W0020278

KRIS VAN
STEENBERGE

VERLANGEN

Roman

Aus dem Niederländischen
von Waltraud Hüsmert

Klett-Cotta

Die Übersetzung dieses Buches wurde gefördert
vom Flämischen Literaturfonds.

Klett-Cotta
www.klett-cotta.de
Die Originalausgabe erschien unter dem Titel
»Woesten« in der Uitgeverij Vrijdag, Antwerpen

Printed in Germany
Umschlag: ANZINGER | WÜSCHNER | RASP, München
unter Verwendung eines Bildes von © Sarah Jarrett/Arcangel Images
Gesetzt von Dörlemann Satz, Lemförde
Gedruckt und gebunden von Friedrich Pustet
GmbH & Co. KG, Regensburg
ISBN 978-3-608-98034-9

Für Arne und Femke,
weil sie das andere Ufer erreicht haben,
was mich so stolz macht.

FLÜGEL

I

Lenkte der Wind sie zu ihm hin? Oder gab ihr das Schicksal einen kleinen Schubs? Er stand mit dem Rücken zu ihr unter einem einsamen Baum neben dem Rübenfeld, in einem langen Mantel und mit einem grauen Hut auf dem Kopf. Sie schwankte einen Moment zwischen den Ermahnungen ihrer Mutter, *sprich nicht einfach fremde Leute an*, und ihrer Neugier, *vielleicht kommt er ja aus der Stadt.* Erst als sie fast bei ihm war und er sich umwandte, erkannte sie ihn. Herr Funke. Also kein Fremder. Obwohl …

»Hier weht es einen fast um«, sagte Elisabeth. Es klang ein bisschen zu erwachsen.

»Der Wind kommt von Westen«, antwortete Herr Funke. »Noch ein, zwei Tage, dann legt er sich.« Eine warme Stimme.

Sie hatte ihn noch nie reden hören, aber ihn schon einmal bei ihrem Vater in der Schmiede gesehen, mit Zeichnungen für ein Geländer am Treppenpodest von Zulmas Haus. Ein Löwe sollte darin eingearbeitet sein, mit einer Rose im Maul. Der Löwe war gelungen und die Blume in seinem Maul auch, und obgleich niemand begriff, was es zu bedeuten hatte, fand es Anklang, man hielt es für eine gute Idee, passend für ein so großes Haus an der Hauptstraße. Ihr Vater hatte mehrere Wochen dafür gebraucht, nicht schlecht daran verdient und pünktlich die vereinbarten Raten bekommen.

»Ich mag das«, sagte Elisabeth.

Er sah sie an und schwieg.

»Ich mag so einen Wind«, fuhr sie fort. »Er pustet einem zugleich den Kopf leer.«

Er hüstelte. »Ist dein Kopf denn so voll?« Ein durchdringender Blick, doch nicht unfreundlich.

»Bis zum Platzen«, sagte sie.

»Du lernst sicher viel in der Schule?« In seinen Augen las sie Neugier.

»Ich geh nicht mehr zur Schule ...«, sie zögerte einen Moment, »... also mein Kopf ist vor allem voll von den Sachen, die ich nicht weiß.«

Er schmunzelte. »Sachen, die man nicht weiß, sind die schönsten. In ihnen steckt Verlangen.«

Sie begriff nicht so ganz, was er meinte, aber sie schloss aus seinen Worten, dass er sie ernst nahm.

Dunkle Wolken. Es würde regnen.

Zusammen gingen sie heimwärts. Er schritt kräftig aus, und um das Tempo zu halten, hopste sie fröhlich neben ihm her, ihr Kleid und ihre Zöpfe wippten. Er schwieg und sie erzählte. Freiheraus. Über Schwester Imelda, die eiserne Hand der Nonnenschule. Über brünstige Hengste, die in der Schmiede nicht stillhalten wollten. Über den Riss im Bezug von Mutters Kirchenstuhl. Über die Steine, die sie schon von klein auf sammelte, weil sie fest daran glaubte, dass man Geschichten aus alten Zeiten hören konnte, wenn man sie sich ans Ohr hielt. Aber man musste wirklich daran glauben. Sie erzählte auch alles von dem Tag, an dem die Schwalbe gestorben war, vor drei Jahren. Was für ein

Jammer das doch war, weil sie nun keine Entdeckungsreisende werden konnte oder Erfinderin oder Künstlerin oder so. Sie würde nun niemals etwas ihren eigenen Namen geben können. Einem Lied, einem Automobil, einer Insel, einer Geige, einem Theaterstück. Einerlei, was.

»Möchtest du das denn?«, fragte er.

»Wer nicht«, antwortete Elisabeth. »Nur dann lebt man weiter nach dem Tod.«

Ein paar blonde Haare, die sich gelöst hatten, flatterten ausgelassen um ihren nackten Hals.

»Ich will nicht, dass du so lange wegbleibst.« Ihre Mutter rieb sich nervös mit beiden Händen über die Ärmel ihres geblümten Kittelkleids.

Mütter haben keine Sorgen, dachte Elisabeth, sie machen sich welche.

»Du wolltest mir doch bei dem Auftrag für Freitag helfen. Das hast du mir versprochen.« Sie setzte sich ans Fenster und griff zu ihrer Spitzenklöppelei. Die Blüten, die Weinranken, die Tiere, die filigranen, verschnörkelten Muster, diese ganze minutiöse Arbeit hatte ihre Augen verdorben. Sie brauchte eine Brille, aber das würde sie niemals zugeben.

Der Kalbskopf würde am Freitag hier stehen, sich in seinem eleganten Anzug über den Küchentisch beugen und die Klöppelarbeiten äußerst sorgfältig mustern. Er hatte ein geübtes Auge für den kleinsten Fehler und für Geld.

»Ich helfe dir an allen Wochentagen, Mutter. Darf ich das kleine Stückchen Sonntag denn auch nicht mehr für mich haben?«

»Du wirst nie zufrieden sein, Elisabeth. Nie.« Ihre Oberlippe spannte sich zu einem dünnen Strich, ihre Augen suchten etwas in der Dunkelheit hinter dem Fenster, einen alten Kummer, von dem jemand gerade den Staub abgewischt hatte. Elisabeth blickte auf die schmalen Schultern ihrer Mutter, den leicht gekrümmten Rücken und die gefalteten Hände, die im Schoß lagen. In dem Schoß, in dem sie gezeugt worden war. Sie forschte nach Linien, Zügen, Wölbungen, Haut, Flecken, die eine Verwandtschaft erkennen ließen.

Ihr Vater, der alles gehört hatte, murmelte etwas von einer kaputten Kohlenschaufel und ging nach draußen.

»Ich bin Herrn Funke begegnet, Mutter, mehr nicht.«

»Dem Fremden?«

»Ja, Mama, dem …« Elisabeth seufzte.

Die Mucker, die mit ihren giftigen Bemerkungen das Dorfleben moralinsauer kommentierten, sprachen oft über Funke. Sie hielten ihn für einen manierlichen Menschen. Das war das Wort. Manierlich. Auch wenn niemand genau sagen konnte, warum. Er pflegte zurückhaltend zu grüßen, war eher schweigsam und hatte dunkle, tief in den Höhlen liegende Augen, mit denen er jeden, der gerade das Wort führte, warm, aber fest ansah, ohne dabei aufdringlich zu wirken.

Vor Jahren war er plötzlich im Dorf aufgetaucht. Keiner wusste, wie alt er war. Herr Funke hatte das Haus der verstorbenen Zulma gekauft. Notar Bouttelgier, in dessen Kanzlei der Erwerb beurkundet worden war, tat sehr geheimnisvoll über seine genaue Herkunft.

Herr Funke war auch nicht berufstätig. Das hatte zunächst für Unmut gesorgt, doch als er das ziemlich heruntergekommene Haus von Zulma – das an der Hauptstraße stand – von ein paar Arbeitern aus dem Dorf instand setzen ließ, machte das vieles gut. Er hatte das Haus sogar um eine Etage aufstocken lassen, sodass der Giebel nun auf gleicher Höhe mit den Häusern der Honoratioren war.

Er las gern, fuhr Zweirad und ging spazieren, und er war unverheiratet. Auch das hatte natürlich anfangs einige Konsternation ausgelöst, aber er erledigte seine Einkäufe selbst und bezahlte seine Rechnungen im Dorfladen der alten Thérèse immer bar auf den Tisch.

»Er kocht sich was Ordentliches und dreht nicht jeden Centime zweimal um«, sagte Thérèse oft.

Nein, es stand außer Zweifel, Herr Funke war ein manierlicher Mensch.

Trotzdem blieb er der Fremde.

Elisabeth saß auf dem Rand ihres Bettes. Um des lieben Friedens willen hatte sie noch die Schwarzwurzeln geputzt. Sie schaute auf ihre Hände, die klebrig waren und voller Flecken. Mein Leben steht still, dachte sie. Seit diesem Tag. Sie konnte sich mühelos an den Geruch des Büros erinnern: Bohnerwachs und gestärkte Röcke.

»Du hast hier eine solide Erziehung genossen, Elisabeth Mazereel. Wir haben dich gelehrt, eine fromme Frau zu sein, in allen Lebenslagen.«

Schwester Imelda hatte ihre runzligen Hände über dem Schoß gefaltet und blickte unter der weißen Haube hervor auf die Wand, als ob sie das, was sie sagen wollte, lieber dem Verputz preisgab.

»Gott hat dir einen großen Verstand geschenkt.«

Es hörte sich eher so an, als sei es ein Geschenk des Teufels.

»Du hast lesen und schreiben gelernt, und auch im Rechnen bist du gut.«

»Am liebsten von allem lese ich«, sagte Elisabeth.

Die Schwester bedeutete ihr durch eine Geste, dass sie schweigen solle.

»Du hattest schon die Gelegenheit, länger hier zu bleiben, als es üblich ist, aber nun ist es so weit, dass du unsere Schule verlassen musst.«

»Ich weiß«, platzte Elisabeth heraus, »ich geh aufs Lyzeum im Mutterhaus.«

»Dazu will ich dir etwas sagen.« Die Nonne blickte ihr nun nachdrücklich in die Augen. »Deine Mutter möchte auf keinen Fall, dass du weiterlernst. Das weiß ich vom Herrn Pastor.«

Elisabeth spürte, wie sich ihr Magen zusammenzog. Sie versuchte zu verstehen, was sie soeben gehört hatte. Die Worte wirbelten durch ihren Kopf.

»Du kannst deiner Mutter einen viel größeren Dienst erweisen, wenn du dich zu Hause nützlich machst und ihr beim Spitzenklöppeln hilfst.«

Elisabeth sah die Nonne entgeistert an. Kein Laut kam aus ihrer Kehle. Das ganze Zimmer erstickte sie. Der massive Schreibtisch aus Kirschbaumholz, das Banner des Schutzheiligen, das schlaff am Fahnenstock herabhing, der bis an die Decke reichende Bücherschrank mit Missalen und Bibeln, und vor allem der Stempel der Schule, der reglos in dem eisernen Ständer hing.

Ihre Augen füllten sich mit Tränen. Die wollte sie aber nicht zeigen, nicht dort. Sie stieß ihren Stuhl abrupt zurück, sodass er umkippte und lärmend auf das Parkett polterte, und stürzte aus dem Büro, die Treppen hinunter, ohne die Stufen wirklich zu sehen. Sie rannte nach Hause, zu ihrem Vater. Er würde sie verstehen. Vater kannte ihren Drang nach der Ferne.

Sie hatte ihm so oft begeistert erzählt, was sie gesehen hatte auf ihren Streifzügen durch die Dörfer der Umgebung. Die Schiffe auf dem Kanal, die langsam, aber stetig zu anderen Gewässern glitten. Die Flügel der Windmühlen, die von Winden aus fernen Gegenden angetrieben wurden und nach jeder Umdrehung wieder herabkamen. Die Gänse, die im Spätherbst in großen Schwärmen in Gebiete flogen, von denen niemand in ihrem Dorf je gehört hatte. Vater hatte damals gelächelt, während er das Feuer in der Esse weiter anfachte, und seine Augen hatten geglänzt. Er sagte nie viel, jedenfalls nicht mit Worten.

Aber er war nicht da gewesen. Die Schmiede war leer. Dann hörte sie den dumpfen Aufprall. Eine Schwalbe war gegen das Fenster geflogen. Mit dem kleinen Körper dagegen geprallt. In vollem Flug, überzeugt von ihrem Können. Schwalben haben eine unvorhersehbare Flugroute. Als kämen sie ständig auf andere Gedanken. Mit zaghaften Schritten näherte sie sich dem ängstlichen Piepsen unter der Forsythie. Vorsichtig hob sie das Vögelchen hoch. Zitternd lag es in ihrer Hand, Blut rann aus dem aufgesperrten Schnabel, die kleinen Augen waren wässrig, die Flügel gebrochen, das Herz klopfte schwach. Sie beruhigte das Tierchen mit einfachen Worten. Natürlich verstand es sie. Vögel und zwölfjährige Mädchen sind seelenverwandt. Sie setzte sich auf die Holzbank vor dem Haus und hielt die Schwalbe, bis sie sich nicht mehr regte.

Danach ging sie mit dem blutigen, toten Vogel in der Hand an den Kanal bis zu der Ulme, ihrem Baum, unter dem sie vor Jahren während eines schweren Sturms – entgegen allen Regeln – Schutz gesucht hatte. Nicht darunter, darin. Der Baum war von Schädlingen ausgehöhlt worden, man konnte sich darin verkriechen. Er war wie ein alter Mantel, in den sie genau hineinpasste. Um ihn herum war ein verwildertes Holunderwäldchen. Ein guter Platz, wenn man allein sein wollte. Sie war hier oft. Sie begrub den toten Vogel mit bloßen Händen und legte graue Steine auf die Stelle. Dann kamen ihr die Tränen, dort unter der alten Ulme, einen Stein noch in der Hand.

Aber Schwalben sind Boten.

Freitagnachmittag. Sie hatte gerade eine Sense weggebracht, die ihr Vater repariert hatte. In der Hauptstraße wurde ein Fenster geöffnet. Herr Funke steckte den Kopf hinaus, rief etwas und winkte ihr zu.

»Elisabeth, ich hab was für dich!«

Ihr Herz klopfte schneller. Sie sprang die drei Treppen hoch und stand vor einer großen Eichentür. Der Klopfer war auch ein Löwe, doch den brauchte sie nicht zu betätigen, denn Herr Funke machte schon auf.

»Komm rein. Ich hole es eben.«

Sie trat in einen Flur, von dem mehrere Zimmer abgingen und eine breite Treppe mit einem grünen Läufer in den ersten Stock führte. Ein Kronleuchter mit milchweißen gläsernen Lilien warf einen schwachen Lichtschein auf Gemälde an der Wand. Herr Funke ging in einen der Räume und ließ die Tür offenstehen. Eine Bibliothek. Mehr konnte sie nicht sehen.

Feinsinnig lächelnd kam er mit einem Buch in der Hand zurück.

»Vielleicht ist es ein bisschen schwierig, aber es stehen bestimmt Sachen drin, die für dich interessant sind.« Die Haut der schmalen Hand war blass. Seine Fingernägel gepflegt. Einen Moment trafen sich ihre Blicke, dann griff sie zu dem Buch. *Steine und ihr Dasein* stand in goldenen, kalligrafischen Lettern auf einem roten Stoffeinband.

»Ich bringe es auch morgen wieder«, sagte sie hastig.

»Nicht nötig. Ich brauche es vorerst nicht.«

Sie zögerte und wusste nicht recht, ob sie noch etwas sagen sollte. Er trug spitze schwarze Schuhe. Die glänzten so stark, dass sich die Lilien darin spiegelten. Schließlich drehte sie sich um und ging zur Tür hinaus.

»Danke schön«, sagte sie noch, als sie die Stufen hinuntersprang, und hoffte, dass er es gehört hatte.

Auf dem Nachhauseweg drückte sie das Buch unter ihrer Jacke an sich. Erst in ihrem Schlafzimmer holte sie es wieder hervor. Sie kniete sich aufs Bett, legte das Buch vor sich und schlug behutsam die erste Seite um. In krakeliger Schrift, doch deutlich lesbar stand dort etwas geschrieben. *Für den Liebsten.* Es berührte eine Saite in ihr, die sie bis dahin nicht gekannt hatte.

Das Buch war zu wissenschaftlich, enthielt aber sehr schöne Zeichnungen von Felsmassiven und Querschnitte von Gebirgen. Im Anhang war eine Tabelle abgedruckt, in der schwierige Namen standen, von denen sie noch nie gehört hatte. Es ging dabei um den Härtegrad von Mineralien.

Allein schon das Wort war eine Melodie. Mineralien. Ihr Härtegrad. Das eine konnte das andere ritzen, dies jedoch nicht das erste. Ganz oben in der Tabelle stand Talk. Weich, fast knetbar. Das war ihr Mineral, dachte sie. Sie stand ganz oben. Herr Funke stand ganz unten, fantasierte sie weiter, der härteste von allen bekannten natürlichen Stoffen. Diamant. Kann nur von sich selbst geritzt werden. Sie versteckte das Buch in ihrem Zimmer unter einem losen Dielenbrett.

Der Kalbskopf grinste. Er zog sein Jackett aus, hängte es über den Stuhl und legte die Muster auf den Tisch. Es ging um den Auftrag einer wohlhabenden Dame, die Deckchen für die Verlobungsfeier ihres Patenkindes wollte. Unter den Achseln zeichneten sich große Schweißkreise auf seinem Hemd ab. Sein kahler Schädel glänzte.

»Es darf auch mehr sein und ruhig was Schwierigeres. Sie haben ja jetzt noch zwei fleißige und schöne Hände im Haus.« Er sah mit seinen Schweinsäuglein zu Elisabeth hin und warf ihr ein öliges Lächeln zu. Sie war neben dem Kamin stehen geblieben, in sicherem Abstand. Vom Geruch seines Parfums, das den Raum erfüllte, wurde ihr übel.

»Sie arbeitet hervorragend, Ihre schöne Tochter, das wissen Sie doch?«

»Die Nonnen haben ihre Arbeit gut gemacht«, sagte Elisabeths Mutter. Sie lächelte treuherzig.

Er zog ein Taschentuch heraus, tupfte sich die Stirn ab und schnupperte auffällig.

»Talent kann man riechen«, sagte er.

Gleich neben Talent liegt Geld, dachte Elisabeth. Sie schaute sich rasch die komplizierten Zeichnungen an und nickte fast unmerklich ihrer Mutter zu. Es herrschte so etwas wie ein Gefühl der Gemeinsamkeit zwischen ihnen. Zum ersten Mal?

»Gut«, sagte Mutter zum Kalbskopf. »Wir machen es.«

»Am zwanzigsten August muss es fertig sein. Ohne Wenn und Aber.«

»Das ist wenig Zeit für so eine Feinarbeit«, gab Mutter noch zu bedenken.

»Sie können bis zum späten Abend arbeiten. Es ist noch lange hell. Und ich gebe Ihnen dreißig Centime mehr.«

»So wenig«, seufzte Mutter.

»Ja oder nein?«

»Vierzig Centime mehr«, sagte Elisabeth ruhig. »Sonst nehmen Sie die Muster nur wieder mit nach Hause.«

Kurzes Schweigen. Der Kalbskopf sah sie an.

»Die traut sich was, Ihre Tochter.« Er baute sich vor Elisabeth auf und ließ seinen Blick auf ihren Brüsten ruhen. »Aber in Ordnung. Weil sie so nett gefragt hat.« Sein Augenzwinkern war noch schmieriger als sein Lächeln.

Eine Woche darauf stand Elisabeth, bevor sie auf den Markt ging, wieder vor Herrn Funkes Tür. Der Löwenkopf tönte metallisch laut. Sie wartete eine Weile, schaute sich um. Kein Mensch auf der Straße, doch sie wusste genau, dass sie beobachtet wurde. Hinter Vorhängen, auf strategisch am Fenster aufgestellten Lehnstühlen, würden sich Muckerrücken strecken, würden spitze Pfoten die verschlungenen Muster der Tüllgardinen leicht berühren, um freie Sicht zu haben auf das, was dort auf der anderen Seite der Hauptstraße geschah, vor der Haustür des manierlichen Herrn. Aber dort geschah nichts. Die Tür blieb zu.

Elisabeth verließ die Hauptstraße und bog um die Ecke. Sie ging über die kleine, baufällige Brücke neben der Brauerei und dann einen schmalen, unbefestigten Weg entlang, der hinter den Grundstücken parallel zur Hauptstraße verlief. Herrn Funkes Garten war von einer Mauer umgeben, aber darin gab es eine Pforte, durch die ein Zweirad oder eine Schubkarre passte. Sie zögerte kurz, bevor sie den rostigen Riegel beiseiteschob. Was sie da machte, gehörte sich nicht. Doch ihre Neugier siegte über die Vernunft und den Anstand. Sie ging hinein und fand sich in einem gepflegten Garten wieder. Das Gras war kurz geschnitten, eine Holzbank stand unter einem Walnussbaum, der das Sonnenlicht über einem Beet mit Funkien und Hortensien filterte. Ein Stück weiter, mehr zum Haus hin, gab es einen sorgsam gepflegten Gemüsegarten. Direkt ans Haus angebaut war ein Wintergarten, getragen von einer Konstruktion aus rostbraunem, handgeschmiedetem Eisen. Nur wenige Pflanzen standen darin. Vor allem ein alter Sessel mit blausamtenen Armlehnen und eine Staffelei sprangen ins Auge. Auf einem kleinen Tisch lagen Pinsel neben Dosen mit Ölfarbe. Eine auf einen Rahmen gespannte Leinwand stand auf der Staffelei. Elisabeth ging zur Seitenwand des Gewächshauses, um das Bild besser sehen zu können. Es war eine Skizze, mehr nicht. Mit Bleistift oder Holzkohle. Die Grundlage von etwas. Ein Anfang. Aber es war überdeutlich. Sie erkannte sich selbst. Die Klarheit, mit der er sie mit wenigen einfachen Strichen wiedergegeben hatte, entblößte etwas von ihr, das sie nicht kannte und das in ihr ein unbehagliches, doch zugleich aufregendes Gefühl auslöste. Rasch legte sie das Buch auf die Gartenbank unter einen umgedrehten Zinkeimer. Dann lief sie vor ihrem Ebenbild davon.

Es wurde ein warmer Sommer. So einer, der die Menschen zwingt, in der Kühle ihrer Häuser zu bleiben und der die

Bauern auf dem Land – denn dort muss die Arbeit ja weitergehen – ächzen und stöhnen lässt beim Anhäufen der Rüben und beim Heumachen auf den Wiesen. Ein Sommer, der sogar am späten Abend – wenn es draußen etwas erträglicher geworden ist – noch nachflimmert im Zirpen der Grillen und in den lebhaften Gesprächen in den Gasthäusern. Es war der Sommer, in dem Elisabeth täglich die Schmiede ausfegte, das Unkraut im Gemüsegarten jätete und viele Stunden neben ihrer Mutter saß, das Klöppelkissen auf dem Schoß. Schweigsam, freudlos. Die Dinge waren nun mal, wie sie waren.

Und doch. An einem Sonntagnachmittag – sie hatte nur noch selten ein paar freie Stunden – konnte sie endlich wieder einmal losziehen. Ihre Mutter war mit den Nachbarinnen zur Andacht.

In Gedanken versunken, fast ziellos, ging sie zu ihrem Baum. Sie zwängte sich durch die Holunderbüsche und setzte sich. Da sah sie es. Der Steinhaufen sah anders aus. Er war höher, breiter, und vor allem: ganz oben lag eine neue Schicht aus weißen Steinen, die sie gewiss nicht dorthin gelegt hatte. Sie hockte sich daneben. Vorsichtig nahm sie den obersten Stein weg, sah ihn an und legte ihn beiseite. Das Gleiche machte sie mit dem nächsten, bis sie alle weißen Steine separat aufgeschichtet hatte. Dann entdeckte sie das Kästchen.

Sie schaute nach allen Seiten, um sich zu vergewissern, dass sie allein war. Das Kästchen war mit Holzintarsien verziert, fein geschnittene Muster und fremdartige Symbole. Es klemmte ein wenig, als sie es öffnete. Ein Buch lag darin, in ein Ledertuch eingewickelt. *Die höchsten Berge der Welt.* Vorn im Buch lag ein Zettel: *Für Elisabeth. Viel-*

leicht weckt dieses Buch dein Interesse. Aufrichtige Grüße, E.F. Sie blieb verstört sitzen.

Wie kam er dazu, hier etwas für sie hinzulegen? Woher wusste er von diesem Platz? Warum tat er das? Er war ein älterer Herr, sie ein junges Mädchen, fünfzehn Lenze, noch nicht einmal eine Frau. Sie legte das Buch neben sich, schloss das Kästchen, stellte es zurück auf das Vogelgrab und ordnete die Steine wieder auf ihren Plätzen an. Mit dem Buch unterm Arm verließ sie das Holunderwäldchen bei der kranken Ulme. Sie überprüfte noch einmal genau, ob der geheime Pfad auch wirklich gut der Sicht entzogen war und ob sie nicht doch von irgendjemand beobachtet wurde. Aber die Felder waren verlassen, an den Ufern des Kanals war keine Menschenseele zu entdecken. Mit festem Schritt ging sie nach Hause. Der Sommer bekam plötzlich eine andere Farbe. Die Hitze wog weniger schwer.

II

Ihr Vater kam an jenem Abend spät nach Hause. Er war zur Probe gewesen und stellte die Tuba neben den Garderobenständer.

»Ich hab meinen Tabak vergessen«, seufzte er. »Noch dazu ein volles Päckchen, verdammt noch mal.«

»Arthur, musst du deshalb jetzt fluchen?«, tadelte ihre Mutter.

»Ich kann's dir eben holen gehen«, schlug Elisabeth vor.

»Es wird im Brouwershof liegen geblieben sein. Auf dem Tisch ganz vorn am Fenster, da hatte ich mir noch ein Glas genehmigt.«

»Mehr als eins, wenn du mich fragst«, sagte Mutter.

»Lauf schnell hin, bevor es jemand anders einsteckt.«

»Aber es wird schon dunkel. Willst du sie wirklich gehen lassen?«, fragte Mutter besorgt.

»So eine große Tochter. Was soll schon passieren?« Er ließ sich in seinen Sessel fallen und legte die Füße auf den Kohlenkasten.

»Ich bin schon weg«, rief Elisabeth.

Ein paar Musiker der Blaskapelle standen draußen und schauten beunruhigt auf die offenstehenden Türen der

Schenke. Das Ungeziefer war gerade aufgekreuzt. Die Messerstecher aus dem Centime-Viertel.

Elisabeth kannte dieses Viertel, weit weg vom Dorfkern, dicht am Wald, bewohnt von Arbeitern und Arbeitslosen, Bettlern und Hehlern. Sie wohnten in Häusern aus Brettern und Lehm, überall war Schmutz und Unrat, und es stank dort immer nach Urin und Kot. Der versoffene Weiler hieß überall nur »Centime-Viertel«. Die Bewohner bekam man nicht oft zu Gesicht. Für gewöhnlich hockten sie in ihrem eigenen Dreck. Auf ihren vielen Streifzügen war Elisabeth mehrmals an diesem Viertel vorbeigekommen. Es gab dort dunkelbraune Tümpel, überwuchert von Entengrütze, in denen es von Salamandern und Stichlingen wimmelte. Sie hatte auch ein paar Jungen aus der Siedlung kennengelernt, zum großen Entsetzen ihrer Mutter.

Elisabeth zwängte sich in die Dorfschenke und ging zu dem Tisch, an dem ihr Vater gesessen hatte. Das Päckchen Tabak lag noch genau da, wo er es vergessen hatte. Als sie es an sich nehmen wollte, hörte sie hinter sich Pfiffe.

»He, Elisabeth, das ist lange her!«, rief Hendrik, der Sohn von Schlunze Mia. Er war der Jüngste von drei Brüdern und einer der Jungs, mit denen Elisabeth stundenlang den Teich nach Salamandern mit orangefarbenen Bäuchen abgesucht hatte. Das waren die schönsten, die Könige des Teiches, so hatte er sie genannt. Sie hatten welche gefunden und in ein Einweckglas gesetzt, das Elisabeth von zu Hause mitgebracht hatte. Er hatte ihr geholfen, als sie mit einem Fuß im Schilf stecken geblieben war, und er hatte sich dabei ganz schmutzig gemacht; nicht, dass der Unterschied zu vorher sehr groß gewesen wäre, aber trotzdem. Danach hatte er sie, das Glas gerade vor sich hertragend, damit das Wasser und die Tiere nicht herausschwappten, nach Hause begleitet, wo Elisabeths Mutter ihn mit einem vernichtenden Blick empfangen hatte.

Letzten Sommer hatten sie ein paarmal miteinander gespielt, doch dann hatte sie ihn aus den Augen verloren, denn er musste von da an täglich mit seinen älteren Brüdern ins Sägewerk.

Er war ein ganzes Stück gewachsen und nicht unansehnlich. Aber sein Hemd war schmuddelig und die Hose viel zu kurz.

»Sieh mal an, was für eine Schönheit«, griente Tist, einer von Hendriks Brüdern, mit einer schlecht gedrehten Zigarette im Mundwinkel. »Und mit allem Drum und Dran, was so 'ne Puppe braucht.«

Er kam näher und stellte sich direkt vor Elisabeth. Er stank nach Alkohol und Erbrochenem, von dem noch Spuren auf seinem zerrissenen Hemd zu sehen waren.

»Na, hat schon wer deine Tittchen angefasst, schönes Fräulein?« Die Asche seiner Zigarette fiel herab und landete zwischen seinen Brusthaaren.

»Lass sie in Ruhe, Tist, sie ist lieb und nett.« Hendrik sah sie an, als er das sagte.

»Seit wann ist lieb und nett ein Grund, keine Fleischbeschau zu machen?«

»Schöne pralle Pfirsiche in der Bluse.« Das war Omer, der Plumpeste der drei, der sich mit seinem im Wachstum zurückgebliebenen und stark verkrüppelten Leib neben seinen Brüdern aufgebaut hatte. Er nahm die Hände aus den Hosentaschen und versuchte, mit seinen gekrümmten Fingern – er litt an Kinderrheuma – Elisabeths Brust zu betatschen.

»Lass mich in Ruhe!«, rief sie.

»Ja, lass sie gehn, sie hat uns nichts getan.« Hendrik trat einen Schritt vor.

»Nichts getan? Als ob uns das nicht schnuppe ist«, sagte Tist. »Wie kommt es, dass du auf einmal so zahm bist?« Er drehte sich zu seinem Bruder um; er war einen Kopf größer und doppelt so breit. »Kennst du sie vielleicht?«

»Nein, aber ich will, dass du sie in Ruhe lässt.«

»Oha, unser Hendrik fliegt auf höhere Töchter. Du weißt doch, dass wir zu Hause alles teilen.« Tist packte Elisabeth am Arm und zog sie an sich. Sie spürte, wie ihr Busen an seinen verdreckten Brustkorb gepresst wurde, und mit der freien Hand hob er ihr Kleid hoch.

»Tist, lass das!«

»Wir teilen alles Hendrik, also …«

»Also ich denke, du lässt sie jetzt besser los.« Eine ruhige, aber kraftvolle Stimme ertönte aus dem Nichts. Elisabeth sah sich überrascht um. Hinter ihr stand Herr Funke. Er hielt einen Spazierstock mit silbernem Knauf in der Form einer Eule in der Hand und streckte ihn drohend nach vorn.

»Du verziehst dich jetzt besser, junger Mann. Ich bringe sie nach Hause.« Im Wirtshaus wurde es mucksmäuschenstill. Tist ließ Elisabeth los und krempelte die Ärmel hoch. Aber Omer tippte ihm auf die Schulter und zeigte auf den Dorfpolizist Daems, der, den Gummiknüppel in der Hand, gerade in diesem Augenblick hereinkam. Tist machte sich davon, und Omer humpelte ihm mit seinen lahmen Knien hinterher. Nur Hendrik blieb stehen und sah Elisabeth und Herrn Funke aufmerksam an. Dann drehte er sich um und stellte sich ans andere Ende der Theke.

»Wenn du möchtest, begleite ich dich nach Hause. Es steht dir frei.«

Elisabeth zögerte und überlegte kurz, auf das Angebot einzugehen.

»Nein, danke. Ich weiß den Weg allein.« Sie nahm den Tabak vom Tisch und wollte gehen. Herr Funke hielt sie mit seinem erhobenen Spazierstock auf. Der silberne Knauf war von seinen schwarzen Handschuhen ganz umschlossen. Feinen Samthandschuhen.

»Ist das Buch für dich interessant?«

»Ja«, flüsterte Elisabeth.

Er war da, er war nicht da. Er war da, er war nicht da. Sie zupfte ein Blütenblättchen nach dem anderen aus einem am Kanalufer gepflückten Gänseblümchen. Er war da, er war nicht da.

Eine Woche nach dem Vorfall im Brouwershof hatte sie *Die höchsten Berge der Welt* ausgelesen und Herrn Funke zurückgebracht. Wie beim ersten Mal war sie durch die Gartenpforte hinterm Haus geschlüpft, diesmal ganz ohne Scheu. Sie hatte sich nicht mehr wie ein Eindringling gefühlt. Aber aufregend war es immer noch gewesen.

Nun lief sie wieder zum Kanal. Er war da, er war nicht da, er war da, er war nicht da. Die Ulme hielt friedlich Wache, schon seit fast hundert Jahren. Sie brauchte nur auf den Steinhaufen zu schauen, dann wusste sie es schon. Er war da gewesen! Er war wieder durchs Gebüsch gekrochen, mit seinem eleganten Mantel, den schwarzen Schuhen, die im Sonnenlicht glänzten, und dem Spazierstock mit dem silbernen Knauf.

Sie holte schnell das Kästchen unter den Steinen hervor

und fand das Buch. Ihr Herz klopfte heftig. Sie war ein junges Mädchen, und sie saß in einem gestohlenen Moment unter einem geheimen Baum. Was war das? In Gottes Namen, was war das? Sie verstand sich selbst nicht mehr.

Major Frans. Kein schöner, prachtvoller Einband, keine goldenen Lettern, keine Zeichnungen. Eine abgegriffene Novelle, Flecken an der Außenseite, erschienen in Amsterdam. Wieder lag ein Zettel darin. *Lies und denk nach.* Es war ein Befehl. Nicht gerade freundlich. Trotzdem freute sie sich darüber. Sie würde es lesen. Unbedingt. Für ihn. In ihrem Innern jubelte etwas. Sie und Herr Funke führten ein Gespräch im Schatten, zwischen seinem Garten und ihrem Baum.

Ein freier Nachmittag. Elisabeths Mutter war zum Kaffee bei Tante Zoë, und ihr Vater war in der Stadt, um neues Werkzeug zu kaufen. Er war mit der Droschke von Notar Bouttelgier mitgefahren, der dort einmal in der Woche ins elitäre Lokal Belle Vue musste, wo er Champagner trank, Pfeife rauchte und mit Papierkram Geld verdiente, was nach Ansicht von Elisabeths Vater mit Arbeit rein gar nichts zu tun hatte, doch das sagte nichts gegen den Notar persönlich. Arthur Mazereel und Notar Bouttelgier hatten keine Gemeinsamkeiten, aber die Fahrt dauerte nicht lange, höchstens zwanzig Minuten, und die Schweigsamkeit des Schmiedes und die allseits bekannte Redseligkeit des Notars ergänzten sich in idealer Weise. Über den Notar und dessen Gattin kursierten kuriose Gerüchte. Bertrand Bouttelgier war ein kleiner, schmächtiger Mann, verheiratet mit *une dame lunathique,* die zu viel Portwein trank. Die Macht, die der Mann außerhalb des Hauses hatte, musste er gegen eine fast ironische Unterwürfigkeit eintauschen, wenn er über die eheliche Schwelle schritt. Seine Frau befahl ihm die sonderbarsten Dinge. So war allgemein bekannt, dass er sich oft, an den unmöglichsten Momenten des Tages, neben sie ans Piano setzen musste, um ihre Partituren umzublättern, während sie romantische Lieder dahinschluchzte. Und danach musste er sie zum Bett tragen. Sie trug dann ihr Hochzeitskleid von ehedem, in das sie kaum noch hineinpasste, und er musste sie sanft niederlegen, den weißen Schleier etwas lüften und sie auf die Stirn küssen, mehr nicht. Er musste sogar das Zimmer wieder verlassen. Jede Woche musste er ihr auch die Todesanzeigen aus der Zeitung vorlesen. Sie lag dann auf ihrer Chaiselongue, nippte an ihrem Lieblingsgetränk und gebot ihm mehrmals, von vorn anzufangen, weil er die Texte nicht pathetisch genug rezitierte. Das alles plauderte ihr Dienstmädchen eifrig aus. Die Frau Notar hatte ein detailliertes Bild von Witwen und Witwern, die nach Todesfällen unweigerlich zurückbleiben, und eine vage Vorstellung von den Erbschaften – sie verfügte schließlich über den Schlüssel zur Kanzlei ihres Mannes. Dieses umfassende Wissen und ihr unstillbarer Hunger nach falscher Romantik brachten sie dazu, ständig, insgeheim oder öffentlich, über passende Liaisons in der Welt um sie herum nachzudenken. So bekam sie denn auch immer wieder Besuch von Verzweifelten, die sie darum baten, ihr Licht in die aussichtslose Finsternis ihrer Einsamkeit scheinen zu lassen. Mit großem Eifer teilte sie dann ihre Meinung mit, selbstverständlich gegen Bezahlung, die aus ein paar Flaschen Portwein bestand. Zuweilen fungierte sie tatsächlich als Kupplerin und stiftete neue Verbindungen.

Vater würde erst spätabends zurückkommen, wenn der Notar seine finanzielle Kopfarbeit vollbracht hatte. Bis dahin hatte Elisabeth das Haus für sich allein. Sie nutzte die Gelegenheit und setzte sich hinter der Scheune in der Sonne auf eine Bank, um *Major Frans* zu lesen. Es ging darin um ein Mädchen, das als Junge erzogen wird und unabhängig denken lernt. Sie vergaß die Zeit.

»Du bist ja vollkommen taub, wenn du mit der Nase in den Büchern steckst.« Es war Hendrik.

»Was machst du denn hier?« Elisabeth schlug das Buch zu.

»Um Entschuldigung bitten.«

»Dein Bruder müsste hier stehen«, antwortete sie und blickte ihn mit zugekniffenen Augen an. Er sah jetzt so anders aus. Die blonden Haare standen wild ab und leuchteten etwas in der Sonne. Nicht mehr das Bürschchen, das stolz mit einem Salamander in den Händen vor ihr herging. Weniger Grünschnabel, mehr Mann.

»Das würde mein Bruder nie tun. Deshalb mach ich es.« Er zeichnete mit der Schuhspitze Kreise in den Sand, gegen den Uhrzeigersinn.

»Das ist nett von dir«, sagte Elisabeth. »Bist du nur deshalb hierhergekommen?«

»Vor allem deshalb.«

Die Worte *vor allem* fielen ihr auf. Er hatte es zögernd gesagt.

»Hast du Durst?«

»Geht schon.«

»Es ist warm. Soll ich dir was holen?«

»Mach dir keine Mühe.«

»Wasser holen macht keine Mühe.« Sie stand von der Bank auf, holte im Haus einen Steinkrug und ging zur Pumpe. Er folgte ihr. Sie pumpte, bis kühles Wasser kam, und reichte ihm den vollen Krug.

»Danke«, sagte er.

»Setz dich einen Moment zu mir.«

Er gehorchte.

»Wie geht es dir?« Sie verfluchte sich selbst für die dumme Frage.

»Gut«, antwortete er.

»Bist du noch oft bei den Teichen?«

»Nein, ich arbeite.« Er zündete sich eine Zigarette an.

»Das hatte ich mir schon gedacht.«

»Ich muss jeden Morgen früh los. Es ist eine ganze Ecke bis zum Sägewerk.« Er blies den Rauch vor sich hin.

»Arbeitest du dort?«

»Ja, sieben Tage die Woche.«

»Und heute nicht?«

»Mein Chef hat mir freigegeben, damit ich mit meiner Mutter zum Arzt gehen kann. Sie hustet viel in letzter Zeit. Bräunlichen Schleim.« Er zog noch einmal kräftig an seiner Zigarette und sog den Rauch genüsslich ein.

»Sie wird doch wieder gesund werden?«

»Ich glaube schon. Sie ist ziemlich stark.«

»Das muss sie auch sein, mit Burschen wie euch.«

»So schlimm sind wir gar nicht. Nur Tist macht manchmal dumme Sachen. Er sollte besser nicht so viel trinken.«

»Er hat mir ganz schön Angst gemacht.« Sie sah ihn an. Die Adern an seinem Hals traten hervor.

»Er war schon seit zwei Tagen im Tran. Sternhagelvoll. Dann kann er nie die Hände bei sich behalten.«

»Vergessen wir es einfach.«

»Ich war unheimlich wütend auf ihn.«

»Es ist längst verziehen. Ich habe nicht mehr daran gedacht.«

»Er wusste es nicht mal mehr. Als er am nächsten Nachmittag wach wurde, konnte er sich an nichts erinnern.«

»Vielleicht auch besser so. Das erspart es ihm, sich groß zu schämen.«

Sie schwiegen beide.

»Wer war das?«, fragte er nach einer Weile. In seiner Stimme lag wieder ein Zögern.

»Wen meinst du?«

»Den Mann mit dem Spazierstock. Der dir geholfen hat. Wer war das?«

»Herr Funke.« Nun zögerte Elisabeth. Sie genierte sich, seinen Namen laut auszusprechen.

»Verwandtschaft?«

»Nein, einfach Herr Funke. Er wohnt hier in der Hauptstraße. Im Haus von der alten Zulma.«

»Ach so, der.«

»Kennst du ihn?«

»Eigentlich nicht. Nur vom Hörensagen.«

»Was wird denn über ihn erzählt?«

»Nichts Besonderes. Die Leute reden so viel.« Er warf die Kippe in ein Beet mit vertrocknetem Zwiebellaub.

»Er ist ein manierlicher Herr«, sagte Elisabeth sofort.

Hendrik ging nicht darauf ein. »Darf ich noch einmal vorbeikommen?«

»Natürlich. Aber ich habe meist keine Zeit.«

»Bald ist Jahrmarkt. Darf ich dich dann abholen?« Er schaute ihr jetzt direkt in die Augen.

»Ich glaube nicht, dass meine Mutter das erlaubt.«

»Sonst kann ich sie doch fragen.«

»Das lass mal besser sein.«

»Ich trau mich aber.«

»Kann ja sein, aber ich will es nicht. Wir werden sehen. Mir fällt schon was ein.«

Er strahlte.

»Du bist hübsch, Elisabeth. Mein Bruder hat recht.« Er stellte den leeren Krug neben ihr ab. Sie spürte, wie sein Arm ihren streifte.

»Also bis Sonntag in drei Wochen«, sagte er noch und ging, ohne sich umzublicken.

»Schön, dass du mitkommst«, sagte Tante Zoë. »Du arbeitest zu Hause hart genug. Ab und zu musst du dich auch mal tüchtig amüsieren.«

»Ohne dich hätte ich nicht gehen dürfen.«

»Ich weiß, mein Liebes. Deine Mutter ist furchtbar ängstlich.« Untergehakt gingen sie über die Straße nach Roesbrugge. »Dabei müsste sie stolz auf dich sein.«

»Ist sie ja auch.«

»Ja, aber sie zeigt es nicht.«

Auf dem Jahrmarkt war es schwarz vor Menschen. Vor der Kirche stand ein überdachtes Podest, wo die örtliche Musikkapelle sich die Seele aus der Lunge blies. Es wurde gefeiert, die Menschen waren fröhlich, sie sangen, sie tanzten, und sie lachten mit- und übereinander. Straßenhändler priesen ihre Waren in den Himmel, Wahrsagerinnen umkreisten junge Liebespaare, deren Zukunft lässt sich mühelos voraussagen, und Zirkusartisten zeigten ihre Künste.

Es wurde mit Bällen und Ringen jongliert, Pirouetten gedreht, dass einem vom Anblick schwindelte, auf Seilen getanzt, auf rollenden Holzfässern balanciert, mit Messern geworfen und Feuer gespuckt. Mitten im ganzen Trubel begegneten Tante Zoë und Elisabeth Médard, einem Saisonarbeiter. Er spendierte ihnen Obstkuchen mit Schlagsahne und Kaffee.

»Médard war schon immer ein verrückter Vogel.« Tante Zoë legte ein drittes Stück Kirschkuchen auf ihren Teller.

»Kennst du ihn so gut?«, fragte Elisabeth.

»Wie die Innenseite meines Korsetts.« Sie zwinkerte. Eine dünne Spur Kirschsaft zog sich über ihr Kinn.

»Was du ganz schön schnell aufknöpfen kannst, wenn's drauf ankommt!«, sagte Médard und lachte schallend. Er saß ihnen gegenüber an dem Tisch mit Stützböcken und trank Wein. Die Flasche hatte er sich mitgebracht, sie stammte von dem französischen Winzer, bei dem er arbeitete.

Médard hielt sich mehr jenseits der Grenze auf als in seinem Heimatort. Weihnachten, Ostern und der Jahrmarkt waren die drei festen Termine in seinem Leben, an denen er ins Dorf zurückkehrte.

»Glaub bloß nicht alles, was er sagt, er ist ein Liederjan.«

»Aber meine Lieder gefallen dir, liebe Zoë. Wie wär's mal wieder mit uns beiden?« Er schlug mit den Händen auf dem Tisch den Takt des Walzers mit, den die Kapelle angestimmt hatte. »Bring deiner hübschen Nichte mal bei, über den Tanzboden zu schweben. Du bist doch auch sonst so eine gute Lehrmeisterin.«

»Komm, Mädchen, ich werd noch verrückt von seinen Märchen.«

»Nicht nur von meinen Märchen«, sagte er grinsend. Tante Zoë sah ihn schelmisch an und führte Elisabeth mitten auf die Tanzfläche.

»Warst du früher verrückt nach ihm, Tante Zoë?« Sie brauchte nicht laut zu sprechen, denn sie hielt ihren Kopf dicht neben dem der Tante.

»Kann man wohl sagen.«

»Jetzt immer noch?«

»Manche Täuberiche können nicht beim Nest bleiben, Mädchen.«

»Also du freust dich immer, wenn er wieder zu Hause ist?«

»Ja, und ich bin auch froh, wenn er wieder loszieht. Dann hat die liebe Seele Ruh.«

Sie tanzten weiter. Fröhliche Runden auf einem vollen Tanzboden.

Sie entdeckte ihn in der Menge. Er war ohne seine Brüder da und offenbar auf der Suche nach ihr. Als sich ihre Blicke trafen, war es, als verstumme um Elisabeth jedes Geräusch. Sie sah zwar, wie die Händler um sie herum laut ihre Waren anpriesen, wie die Kapelle spielte, wie sich die Menschen schnatternd und schwatzend bewegten und wie ein kleiner Junge vor ihr strampelte und brüllte, weil ihn seine keifende Mutter an der Hand mit sich zerrte, aber sie hörte es nicht. Ihre Ohren waren verschlossen vor diesem wimmelnden und flirrenden Bild. Sie hörte nichts und schaute nur und sah immer mehr und empfand etwas, was sie noch nie zuvor empfunden hatte. Er trug ein weißes Hemd mit Puffärmeln, eine karminrote Weste und eine saubere braune Hose aus Cordsamt. Seine Schuhe waren geputzt. Nichts an ihm ließ mehr ahnen, dass er aus dem Centime-Viertel kam. Seine blonden Haare wehten im Wind. Elisabeth musste unwillkürlich an eine Zeichnung denken, die im Kloster hing und Moses auf einem Felsen zeigte. Unten auf dem Bild, in Höhe von Moses' linkem Fuß, war ein junger Mann zu sehen, der hoffnungsvoll zu der Wahrheit aufblickte, die in die Steintafeln gemeißelt war. Sie verspürte ein unbestimmtes Gefühl im Unterleib. Ein Stück weiter war Tante Zoë schon wieder vollauf mit Médard beschäftigt.

»Ich hab dich gefunden«, sagte er, als er vor ihr stand. Die Geräusche kamen zurück.

»Guten Tag, Hendrik«, sagte sie. Mehr nicht. Sie sah, wie Tante Zoë Médard etwas ins Ohr flüsterte und dann auf sie zukam.

»Ich sehe, du hast Gesellschaft«, sagte sie. »Ihr kommt doch allein zurecht, oder?« Sie hakte sich bei Médard unter. »Mein Korsett spannt ein bisschen«, sagte sie lächelnd. »Sehen wir uns in etwa zwei Stunden wieder? Schau auf den Kirchturm, dann weißt du, wie spät es ist.« Bevor sie ging, beugte sie sich noch zu Elisabeth. »Nicht nur auf den Kirchturm schauen. Das führt nie zu was Gutem.«

Elisabeth ging mit Hendrik über den Markt. Dicht neben ihm. Schwebend. So schien es. Verlangsamte Bilder, überaus detailreich. Jemand kaufte bei einem Mann mit Stoppelbart zwei Ziegen für viel zu viel Geld. Drei gackernde Frauen mit einem kleinen Sonnenschirm, der zu nichts nütze war, aber den sie trugen, um sich von der Menge in Farbe, Stil und Stand zu unterscheiden. Rappelvolle Lokale, Menschen draußen auf der Straße, mit Gläsern in der Hand, voll oder halb voll. Ein Bettler, der mit einem seltsam verrenkten Bein in einer geräumigen Wollhose im Schneidersitz dasaß und den Eindruck erwecken wollte, dass sein Bein amputiert war. Die Farben der Buden, die Schatten der Kirche, die Fahnen, die dünnen Schleierwolken, die sich allmählich um die Sonne schlossen. Und am schärfsten von allem sah sie ihn. Er sprach von Dingen, die ihr süß in den Ohren klangen.

Sie kamen an einer korpulenten Frau mit einem grellfarbenen, um den Kopf geschlungenen Schal vorbei, die in eine Schüssel mit Wasser blickte und dann verriet, welche Krankheiten man im Leib trage. Sie lachten über die Diagnose, dass Hendriks Blut zu schnell ströme und Elisabeth Probleme bekommen würde mit geschwollenen Füßen und Wasser in den Unterschenkeln. Sie lachten und streiften weiter umher, sahen Holzschnitzer, Schafscherer und Barbiere, ja, hier gab es sogar noch Barbiere, die an Ort und Stelle Geschwüre aufschnitten und Warzen ausschabten mit Instrumenten, die sie zuvor in Kerzenflammen hielten. Dutzende Menschen drängten sich zusammen, um etwas davon mitzubekommen, aber das fand sie nicht schlimm, denn sie lehnte nun mit dem Rücken an seinem Brustkorb. Sie konnte seine Rasierseife riechen. Sie spürte seine Hand, die sich in ihre Seite legte. Und dort liegen blieb. Reglos. Aber warm.

Sie musste an Herrn Funke denken. Er würde es doch sicher verstehen, der Herr Funke? Er wäre doch damit einverstanden? Ihr Rücken an diesem kräftigen Brustkorb. Er besaß doch bestimmt ein Buch, in dem dieses eine Sinnesorgan beschrieben war? Dieses Sinnesorgan ohne Namen, das in Körper schlüpft und seinen Eigensinn entfaltet. Sie ließ die Hand liegen, wo sie war, und schob ihre Zweifel über die Ansicht von Herrn Funke und den Gedanken an seine Bücher weit weg.

Es wurde Abend. Sie vergaßen die Kirche, die Uhr und die Tante. Hendrik redete voller Begeisterung. Elisabeth merkte, dass er sich größte Mühe gab, schmutzige Wörter und Flüche zu vermeiden. An einem Stand mit feinen Stoffen kaufte er einen bordeauxroten Seidenschal. Erst wies sie das Geschenk zurück, so etwas könne sie nicht annehmen. Er solle sein Geld für sinnvollere Dinge ausgeben. Aber er setzte seine Fußsohle mitten in ihr Herz, als er, ohne zu zögern, erwiderte, dass er sich nichts und niemanden in der ganzen gottverdammten Welt vorstellen könne, für den er sein Geld sinnvoller ausgeben könnte. Sie blieb stehen, die Arme an den Hüften herabhängend, hielt den Kopf etwas schräg nach oben und sah ihm in die Augen, die warmen blauen Augen, während er mit seinen Händen, rau und rissig von der schweren Arbeit im Sägewerk, den Schal um ihren Hals schlang. Das Licht der untergehenden Sonne fiel unwiderstehlich schön auf die beiden herab. Elisabeths schlanker, feiner Hals, offen und bloß, wehrlos. Wäre er wirklich eine Bestie gewesen, ein Messerstecher aus dem Centime-Viertel, wie die Leute so gern erzählten, dann hätte er dort, in diesem vertraulichsten Moment, seine scharfen Zähne in ihr blasses Fleisch geschlagen und sie verschlungen. Er hätte sie mit seinen Klauen festgehalten, an sich gezogen und sie mit brutaler Gewalt und Geknurre genommen. Aber er tat nichts von alldem. Sanft band er den Schal, drapierte ihn ansprechend auf ihrer Bluse und reichte ihr den Arm.

So gingen sie zurück nach Haus. Sie neben ihm, er neben ihr, Arm in Arm. Die Dämmerung hüllte sie ein. Irgendwo auf halbem Wege blieben sie schweigend stehen, schmiegten sich aneinander. Seine Worte waren aufgebraucht. Ihre Haut glühte. Hände wanderten umher. Nur die Grillen waren noch zu hören.

»Es ist eine Schande, eine regelrechte Schande. Alle haben euch gesehen. Hast du überhaupt schon mal darüber nachgedacht, welche Gefahren in den Pfoten von diesem Gesocks stecken? Saufen und raufen, was anderes tun die nicht. Taugenichtse sind es, denen nichts und niemand heilig ist und die kein Gewissen haben. Die huren nur herum und torkeln gottlos durchs Leben. Und du, ausgerechnet du, meine kleine Elisabeth, mein einziges Kind, du willst dich daran verbrennen. Du bist wohl nicht ganz bei Trost? Hast du nicht genug gehört über dieses Gesindel? Wie in Gottes Namen ist das nur möglich? Wie kannst du den Willen, den Wunsch, den ausdrücklichen Wunsch deiner eigenen Mutter in den Wind schlagen und dich mit diesem Stück Abschaum einlassen. Sorg bloß dafür, dass du ihn nie mehr wiedersiehst, sonst lasse ich dich nicht mehr aus dem Haus.« Mutter warf wutentbrannt die Tür von Elisabeths Zimmer zu und polterte die Treppe hinunter, wo sie Vater noch etwas zuschnaubte.

Nachts um halb zwölf hatte Hendrik sie nach Hause gebracht und versucht, der Frau in den schwarzen Röcken, die geöffnet hatte, einen guten Abend zu wünschen, doch die hatte, noch bevor sie auf der Schwelle standen, gerufen: »Pfoten weg von meiner Tochter! Ich will dich hier nie mehr sehen!« Sie hatte Elisabeth ins Haus gezerrt und weiter getobt: »Und du ab nach oben. Das wird dir nicht gut bekommen. Und Tante Zoë auch nicht. Sie hätte dich nie allein lassen dürfen.«

Elisabeth saß mit angezogenen Knien auf ihrem Bett und hatte die Decke um sich gelegt. Darunter ließ sie den Schal durch ihre Hände gleiten. Er fühlte sich jetzt viel weniger weich an. Hier zuhause war das alles so weit weg. Weit weg die schönen Geschichten, die er ihr erzählt hatte von einem großen Schiff, der *Belgenland*, das nach Amerika fuhr, ein Land, in das er irgendwann reisen wollte, wenn er genug Geld gespart hatte. Das würde er irgendwann tun, fortgehen, ohne dass es jemand wüsste. Außer ihr. Aber sie könne doch schweigen? Natürlich könne sie das. Sie wollte nichts lieber als schweigen und wissen. Wissen, wo Amerika lag. Was dort zu sehen war. Wie die Leute dort redeten. Wie lange die Überfahrt dauerte. Wann er die Reise antreten wollte. Das hatte sie alles wissen wollen, und er hatte sie mitgenommen in das Wirrwarr all dieser Fragen und, so gut er konnte, geantwortet. Und dann schließlich das Versprechen, dass sie mitdürfe, wenn sie das wolle.

Sie war wie eine kleine Schwalbe um seine Geschichte gekreist. Nun war das alles so gemein weit weg.

Mit dem Herbst kam der Regen, der den Staub wegspülte und die erhitzten Gemüter abkühlte. Elisabeths Hausarrest lockerte sich allmählich, und nach einiger Zeit durfte sie wieder einkaufen gehen; dabei teilte sie sich ihre Wege so ein, dass sie unbemerkt zwischen der Ulme und Herrn Funkes Garten pendeln konnte. Die wochenlange Unterbrechung hatte ihrem Gespräch keinen Abbruch getan.

Wieder gingen die Bücher hin und her. Jedes Mal spornte er sie mit ein paar eher rätselhaften Sätzen an, auf eine Karte geschrieben, die er in die Bücher gesteckt hatte. Meist enthielten sie eine Aufforderung, die sie nicht sofort verstand, aber die ihr beim Lesen zunehmend klarer wurde. *Finde es in der Hauptstraße. Besuch deine Tante. Probier es selber mal aus. Bete und denk nach.* Das waren nur ein paar dieser Leitsätze, über die sie sich am Anfang den Kopf zerbrach und die sie vollkommen begriff, wenn sie die Bücher gelesen hatte. Denn wenn sie getreu tat, was er ihr befahl, kam sie mehr und mehr dahinter, wie die Menschen um sie herum beschaffen waren. Welche finsteren Windungen ihre Gedanken manchmal nahmen und ihre Taten lenkten. Sie entdeckte, wer noch im beleibten Körper ihrer Tante Zoë wohnte und was diese Person eigentlich wirklich zu sagen versuchte, wenn die Worte aus ihrem Mund plätscherten. Sie kapierte mit einem Mal, warum das Haus des Herrn Bürgermeister so blendend weiß getüncht war, dass das Sonnenlicht sich fast selbst wehtat. Sie begriff auch die Mucker mit ihrem festgeschraubten Gewissen und bekam Mitleid mit ihnen. Sie war Herrn Funke dankbar. Leerer Kopf. Voller Kopf. Er kannte sie.

Aber sie spürte auch, wie ihr Herz für den jungen Mann schlug, der sie auf dem Jahrmarkt sanft an sich gezogen und seine Hand um ihre Taille gelegt hatte. Da war diese schlummernde Sehnsucht, die sich dann und wann ganz unversehens meldete. Wenn sie sich am Waschzuber wusch und dabei die Beine bis hoch an die Schenkel einseifte. Oder wenn sie nachts aufwachte und das Mondlicht einen bläulichen Glanz über die feinen Flaumhärchen ihres Arms legte.

Doch sooft Elisabeth nun wieder nach draußen kam, soviel sie auch umherschaute und hoffte, sie sah Hendrik nicht mehr. Sie erfuhr nichts mehr von ihm. Monatelang. Bis zu dem Tag, an dem die Stare unruhig durch die Luft schwirrten und es nicht wagten, sich auf den Zweigen der Kanadapappeln niederzulassen.

III

Es war der Frühling, in dem sie sechzehn wurde. Der Frühling, in dem sie ihre Fröhlichkeit verlor.

Ihr Vater musste zum Sägewerk, weil er das Dach der Schmiede ausbessern wollte, auf das ein entwurzelter Baum gestürzt war. Als sie morgens am Küchentisch von seinen Plänen erfuhr, war sie sofort hellwach.

»Darf ich mit?«, fragte sie. »Sie haben da eine neue Dampfmaschine.«

»Seit wann interessierst du dich für Maschinen?«, fragte Mutter. Sie ritzte ein kleines Kreuz in die Unterseite des Brotlaibs, bevor sie ihn anschnitt.

»Sie sind so kraftvoll. Groß und kraftvoll. Ich sehe mir auch oft die Schiffe auf dem Kanal an.«

»Sie kann ruhig mitkommen«, sagte Vater und strich sich Schmalz auf sein Brot.

»Ist das Tischtuch schon fertig? Das für Brüssel?«, wollte Mutter noch wissen.

»Ja, ich hab's sogar schon eingepackt. Der Kalbskopf kann es gleich mitnehmen.«

»Ich will nicht, dass du ihn so nennst. Er heißt Mijnheer De Roovere. Du kannst ruhig ein bisschen Respekt zeigen.«

»Aber der Spitzname passt nicht schlecht zu ihm«, murmelte Vater mit vollem Mund.

Mutter warf ihm einen strengen Blick zu. Elisabeth kicherte.

»Na dann in Gottes Namen«, sagte Mutter, »hilf deinem Vater ein bisschen. Und pass auf bei den Maschinen. Nicht, dass du mir verunglückst.«

Das Sägewerk lag hinter den Wäldern des Barons, ebenfalls am Kanal, jedoch weiter südlich, näher an der großen Stadt. Aus dem viereckigen Ziegelschornstein quoll weißer Rauch. Große Baumstämme waren am Straßenrand gestapelt. Fuhrwerke warteten in einer Reihe, um eine Ladung zu bringen oder zu holen. Es herrschte großer Lärm. Vater und Elisabeth stiegen eine Treppe zu einem kleinen Büroraum hoch. Zur Werkstatt hin war ein Fenster in der Wand, sodass der alte Chef von seinem Stuhl aus beobachten konnte, was unten geschah. Oder nicht geschah. Er ging mit Elisabeths Vater hinter das Gebäude. Dort würden Arbeiter alles aufladen.

Elisabeth blieb in dem unordentlichen Büro zurück, in dem nur noch ein Angestellter in einem gepflegten Anzug, über einen Schreibtisch gebeugt, Zeichnungen einer sonderbaren Konstruktion anfertigte. Ab und an sah er scheu zu Elisabeth auf, aber wenn er merkte, dass sich ihre Blicke treffen könnten, beugte er sich rasch wieder vor und zeichnete weiter oder tat zumindest so. Unten waren viele Leute an der Arbeit. Alles Männer, und ein paar Kinder. Die Dampfmaschine sah noch neu aus, und zwei Männer schaufelten Kohlen in eine große, klaffende Öffnung, die sie danach wieder mit einer schweren Klappe verschlossen.

Eine junge Frau erschien, Elisabeth schätzte sie auf fünfundzwanzig, doch sie konnte sich auch täuschen, denn die Fensterscheibe des Büros war etwas zugestaubt, und die

Dame hatte üppige rote Locken und trug einen schicken Hut, sodass ihr Gesicht kaum zu sehen war. Ihr langes helles Kleid war um die Hüften eng zusammengeschnürt mit einem schwarzen Seidenband, das auch mehrmals um die schlanke Taille geschlungen war. Nach unten hin fächerte sich das Kleid auf und war mit parallel angeordneten schwarzen Bändern aus derselben Seide besetzt, auf die Stoffrosen aufgenäht waren. Das Kleid hatte kurze Puffärmel, und die Arme und Hände der Dame steckten in glänzenden langen Handschuhen. Um den Hals lag ein gekräuselter Samtkragen, auch in schwarz, was das Erscheinungsbild noch weiter übersteigerte. Die Frau passte überhaupt nicht an diesen Ort.

Nicht nur Elisabeth schaute sie an, auch die Arbeiter dort unten musterten sie, wenngleich heimlich, von ihren Plätzen hinter einer Maschine oder einem Holzstapel aus. Der Büroangestellte musste Elisabeth im Auge behalten und ihre Verwirrung beim Erscheinen dieser Frau von Stand bemerkt haben, denn er legte Bleistift und Lineal nieder und sagte: »Das ist die Tochter des Patrons.«

»Sie trägt schöne Kleider«, sagte Elisabeth. »Die könnten hier schmutzig werden.«

»Sie ist hier sonst fast nie«, sagte der Angestellte leicht schnaubend. »Aber seit sie in letzter Zeit mit einem der jungen Arbeiter herumpoussiert, sieht man sie hier öfter. Sie wird ihn aussaugen. Sie ist dafür bekannt. Wie so was sein kann, ist mir ein Rätsel, so eine Dame von Stand mit einem Burschen von so niedriger Herkunft.«

»Also ein einfacher Arbeiter?«, fragte Elisabeth.

»Sein Platz ist hinten bei den Hobelbänken. Er arbeitet gut, das muss man sagen.«

»Das ist doch am wichtigsten, oder nicht?«

»Er soll die Hände an den Brettern behalten und von den Frauen lassen. Sonst verbrennt er sie sich. Sie ist ein schlechter Mensch. Und wenn ihr Vater dahinterkommt, wird hier der Teufel los sein.« Er duckte sich ein wenig bei den letzten Worten.

»Vielleicht wird er es nicht erfahren.«

»Ich geb ihm keinen Monat mehr, diesem Kerl aus dem Centime-Viertel.«

Elisabeth drehte sich um und sah den Mann an. Er blickte gleich wieder auf sein Zeichenblatt.

»Centime-Viertel, haben Sie gesagt?«

»Ja, zwischen Woesten und Vleteren.«

»Wissen Sie, wie er heißt?«

»Hendricus De Maere. Noch gestern habe ich seine Papiere abgeheftet. Kennen Sie ihn?«

»Nein«, log Elisabeth und drehte sich wieder um. Die stolze junge Dame schritt mit kerzengeradem Rücken aus dem Sägewerk. Elisabeths Magen krampfte sich zusammen.

Auf dem Rückweg schwiegen beide. Vater, weil das Holz viel mehr kostete, als er gedacht hatte, Elisabeth, weil ihr das Bild des Kleides mit den schwarzen Rosenblüten nicht aus dem Kopf ging.

Sie wollte es nicht glauben. Sie wehrte sich gegen den Gedanken. Wochenlang. Bis eines Tages Dorfpolizist Daems ihrem Vater eine Geschichte auftischte, die ihr den Atem raubte und ihr Blut stocken ließ. Sie stand dabei und hörte, wie Hendriks Name fiel. Er sei an einer Schlägerei in der Stadt beteiligt gewesen und habe dabei den Neffen des Chefs vom Sägewerk niedergestochen. Eine Frauengeschichte. Der andere habe es nicht überlebt. Genüsslich und mit stolzgeschwellter Brust erzählte Daems, wie er mitten in der Nacht zum Centime-Viertel gegangen sei und den Mut gehabt hätte, allein an die Tür von Schlunze Mia zu klopfen. Er sei ohne Gegenwehr mitgekommen, Hendrik De Maere, einundzwanzig Jahre alt, Arbeiter im Sägewerk, der größte Lump weit und breit. Er habe sich mit gesenktem Kopf die Handschellen anlegen lassen. »Das wird sie mir büßen!«, habe er seiner Mutter noch zugerufen, aber Mia habe schweigend in der Tür gestanden und ergeben hingenommen, dass einem von ihrer Brut wieder mal etwas angehängt werden sollte.

Elisabeth blieb stehen, bis der Polizist auf seinem Fahrrad verschwunden war.

»Für alles gibt es Gründe«, sagte ihr Vater und betrachtete die kaputte Sonnenuhr, die Daems zur Reparatur dagelassen hatte. Auch in Elisabeth zerbrach etwas. Die Zeit blieb stehen.

Doch der Frühling war noch nicht fertig mit ihr. An einem Freitagnachmittag fand sie unter der Ulme ein Buch von einer Dame, Loveling hieß sie. Aber das Kärtchen mit dem Text, den Herr Funke selbst geschrieben hatte, ließ das Blut aus ihrem Gesicht weichen. *Vielleicht ist es gut, dass du einmal über Abschied nachdenkst. Ich verlasse euch. Auf Wiedersehen.* Sie las es. Las es noch einmal. Unzählige Male, und sie hoffte, zwischen den grimmig hingekritzelten Buchstaben etwas anderes entdecken zu können als das, was da so glasklar stand. Sie eilte zu seinem Haus und trat in den Garten. Alles war wie immer. Aber die Möbel waren mit weißen Laken abgedeckt. Sie klopfte an die Scheiben des Wintergartens. Sie rief seinen Namen, doch es blieb still dort beim Walnussbaum.

In den folgenden Wochen ging sie jeden Tag zur Ulme, in der Hoffnung, dass alles nur ein Scherz gewesen war, ein großer Irrtum. Aber die Kiste unter dem Baum blieb leer.

Herrn Funkes plötzliches Verschwinden war inzwischen auch ein Dauerthema der Moralapostel. Seine Reputation hatte einen Knacks bekommen.

Zunächst war es ihr kaum anzumerken. Sie war nur etwas schweigsamer.

»Das hat man öfter bei jungen Mädchen«, meinte eine Nachbarin.

Dann kamen die Monate, in denen sie launenhaft war und kurz angebunden. Sie war schroff und biss um sich.

»Das verwächst sich wieder«, meinte eine andere Nachbarin.

Aber dann kam die Zeit, in der sie kaum noch etwas aß und zusehends abmagerte. Die Kleider hingen ihr trostlos um die viel zu mageren Glieder und die Haare, die sie nicht mehr täglich kämmte, fielen in unordentlichen Strähnen über den einst so stolzen, schlanken Hals und die schönen Schlüsselbeine. Sie zog sich oft in ihr Zimmer zurück, schon gleich nach dem Abendbrot. Dann starrte sie an die Zimmerdecke, zählte die Astlöcher in den Balken oder versuchte, im bewegten Linienspiel der Jahresringe in den Dielen Formen zu erkennen. Manchmal gewahrte sie ganz kurz Hendrik oder Herrn Funke, aber die waren gleich wieder in der Maserung des Holzes verschwunden.

»Es wird schon wieder werden«, hörte sie ihre Mutter unten sagen.

»Sie hat Kummer, das siehst du doch.« Das war Tante Zoë, die zu Besuch war.

»Das geht uns allen manchmal so.«

»Du musst mit Elisabeth zum Arzt. Es geht ihr nicht gut.«

Mutter sagte nur noch: »Jeder Kummer verfliegt, und sei er noch so groß.«

Rosalie stand vor der Tür. Sie hatte ihre Schürze noch um und trat nervös von einem Fuß auf den andern. Der Brief in ihrer Hand war mit türkisfarbener Tinte beschriftet. *An Mijnheer und Mevrouw Mazereel, an ihre Tochter Elisabeth*, stand darauf.

»Ist Ihre Mutter nicht zu Hause?«, fragte das Dienstmädchen des Notars.

»Nein«, sagte Elisabeth.

»Würden Sie ihr bitte diese Einladung übergeben?«

»Geben Sie her«, sagte Elisabeth. Sie nahm den Brief lässig entgegen und warf ihn auf den Schuhschrank im Flur.

Das Dienstmädchen zögerte noch. »Sie ist auch für Sie. Die Frau Notar macht sich Sorgen um Sie. Mit Herzenskummer kennt sie sich aus. Sie möchte Ihnen helfen. Es werden noch mehr Gäste da sein.«

»Wovon reden Sie?«

»Ihre Mutter war gestern bei uns. Sie hat erzählt, dass Sie so krank sind.«

»Danke, Rosalie. Sie können gehen.«

Die Tür fiel ins Schloss.

»Du musst mal was anderes sehen. Das ist alles.«

»Du gehst mit der Seele deiner eigenen Tochter hausieren.«

»Das stimmt nicht«, sagte Mutter.

»Ihr heckt zusammen was aus. Und ich werde nicht gefragt.«

»Natürlich. Sogar per Brief. Du bist mit eingeladen zu einem Abendessen. Bei Herrn und Frau Notar.«

»Wer sagt denn, dass ich mit will?«

»Du musst. Auch dein Vater möchte das.«

Sie warf einen Blick ins Wohnzimmer, wo er Zeitung las.

»Oder etwa nicht, Arthur? Sag du auch mal was.«

Die Zeitung sank herab. Ein Seufzer.

»Es wird dir nicht schaden, oder?«, sagte er.

»*Voilà*, jetzt hörst du es auch von ihm. Außerdem musst du mir helfen, das blaue Kleid zu ändern. Das, wo ich nicht mehr reinpasse.«

Zwei Wochen später standen sie vor der bombastischen Haustür aus Eichenholz. Mutter total aus dem Häuschen, Vater schweigsam, Elisabeth sehr unwillig. Nachdem die Türglocke schrillte, dauerte es eine Weile, bis Rosalie öffnete. Sie begrüßte sie freundlich und führte sie in den Salon.

»Da seid ihr ja.« Frau Notar sprang vom Sessel auf und reichte ihnen die Hand. Sie flüsterte Elisabeths Mutter etwas zu.

Elisabeth schaute sich um und war von der Einrichtung beeindruckt. Die wuchtigen Schränke mit dem Porzellangeschirr imponierten ihr noch mehr als das Leder der Sessel und die schimmernden Tasten des Flügels, der aufgeklappt war. Vater setzte sich sofort neben den Notar.

Eine halbe Stunde später trafen die anderen Gäste ein. Madame Duponselle, eine angeheiratete Cousine der Frau Notar, mit ihrem Sohn Guillaume. Eine sehr von sich eingenommene, schlecht parfümierte Dame, die Witwe war und an einem der schickeren Brüsseler Boulevards wohnte.

Sie ergriff sofort das Wort und ließ den anderen Gästen den ganzen Abend wenig Raum. Das machte es denen ein Stück einfacher. Sie brauchten nicht über Gesprächsstoff nachzudenken, den lieferte sie in Hülle und Fülle, und obgleich es sich um Dinge handelte, von denen Elisabeth und ihre Mutter kaum etwas wussten, so vermittelten sie auf jeden Fall ein schillerndes Bild von den exquisiten Kreisen, in denen Madame verkehrte. Elisabeths Mutter hörte mit offenem Mund zu, wie es so zuging in der Hauptstadt, für Elisabeth öffnete sich ein Spielplatz von Wörtern und Begriffen, wenn sie die Witwe vom Cinématographe, von den Galeries du Roi, dem Boulevard Anspach und dem Palais de Justice erzählen hörte. Es klang mitreißend, das ganze Französisch.

Waren es die frankophonen Klänge, oder war es der Portwein? Wer weiß, doch je weiter der Abend fortschritt, desto leichter wurden ihr Gemüt und ihre Gedanken, und desto mehr Aufmerksamkeit schenkte ihr der junge Mann, der neben ihr saß. Er hatte zu Anfang des Diners, wie konnte es auch anders sein bei so einer Mutter, wenig gesagt, aber nachdem sich die beiden älteren Herren ins Antichambre zurückgezogen hatten, um Zigarren zu rauchen, und die Gastgeberin den Portwein zum wiederholten Male am Tisch herumgehen ließ, wurde er gesprächiger. Er sah etwas zu geschniegelt aus mit seinem blütenweißen, gestärkten Hemd, dem grauen Anzug, den mit Brillantine zurückgekämmten Haaren, dem kleinen Schnäuzer. In all dieser Steifheit brachte er in einem einzigen Satz zwei auf den ersten Blick unvereinbare Gedanken zusammen. »Ich habe mein Medizinstudium cum laude abgeschlossen, und ich habe noch nie eine so hübsche Frau gesehen.« Es klang wie eine beiläufige, eher sachliche Mitteilung. Elisabeth lächelte. Er besaß nicht die Männlichkeit, die sie so aufregend fand an Hendrik, mit dem Spitzbübischen in den blauen Augen, und schon gar nicht die wissende Ausstrahlung von Herrn Funke. In nichts ähnelte er einem der beiden Männer.

In der Diele – die Witwe musste noch rasch ihren Sonnenschirm aus dem Salon holen und rief dort alle zu sich, um sich lobend über ein Gemälde auszulassen, das ihr erst jetzt aufgefallen war, ausgerechnet von einem Maler aus Brüssel, bei dem sie ein und aus ging, unbedingt müssten sie auf die Schattierungen des Lichts am Horizont achten, denn das sei seine Spezialität – blieben Elisabeth und Guillaume an der Haustür stehen.

Er seufzte: »Ach, meine Mutter.«

Sie berührte kurz seinen Unterarm. »Macht nichts, sie haben alle so ihre Eigenheiten.«

»Ich hole Sie nächsten Sonntag ab«, sagte er forsch. »Wenn's Ihnen recht ist.«

Elisabeth bekam keine Gelegenheit, zu antworten, denn aus dem nahen Zimmer kamen die anderen wieder zum Vorschein, die Dame von Welt an der Spitze.

»Seine letzten Bilder sind schon unbezahlbar, das kann ich Ihnen versichern«, verkündete sie schrill. Elisabeth nickte noch rasch.

»Ein *coup de foudre*«, sagte er eine Woche später. Sie saßen in einem Kahn, er ruderte, sie war ganz Ohr. Er erzählte von der Stadt Löwen, wo er studierte und ein möbliertes Zimmer bei Madame Brouckère bewohnte, die ihn vergöttere und deren Lieblingsbeschäftigung es sei, Kirschkuchen oder Apfel-Beignets für ihn zu backen. Er erzählte von Brüssel und Lüttich, wo er Praxiserfahrung bei bekannten Ärzten erworben hatte. Er erzählte ihr, wie genial der menschliche Körper eigentlich sei und wie die neuesten Untersuchungsmethoden und Instrumente die Welt der Medizin grundlegend verändern würden. Dass er daran als Pionier mitarbeiten wolle. Weil er die Menschen liebe. Vor allem jene mit Buckeln und Furunkeln, Geschwüren und Verschleimungen. Dass Heilen das höchste Gut auf Erden sei. Seine schönen Worte verwirrten sie nicht wenig. Sie war die Schmiede in einem flämischen Bauernnest gewohnt. Die Wärme des Feuers, die Glut des Eisens, den verschwitzen Oberkörper ihres Vaters, das Zischen des Blasebalgs, ihre Mutter, die hin und wieder vorbeikam mit Brot oder einem Krug frischen Wassers und ihrer ewigen Besorgnis. Elternliebe zwischen Hammer und Amboss. Dass es eine andere Welt außerhalb der ihren gab, hatte sie in den Büchern von Funke gelesen und durch die Seefahrtsgeschichten von Hendrik begriffen. Dass sie zusammen mit so einer anderen Welt in einem Boot saß, dämmerte ihr langsam. Etwas in ihr sagte, dass sie diese Chance nicht mehr loslassen solle. Das Schicksal hatte ihr schon zu vieles zwischen den Fingern zerrinnen lassen.

Ein Jahr lang pendelte er zwischen der Hauptstadt und dem Dorf seiner *fiancée*. Sie fand das Wort schrecklich.

Aber jeden Sonntagmorgen erwartete sie ihn ungeduldig, in ihrem schönsten Kleid, die Haare gewaschen und nach einem der Parfums duftend, die er ihr mitbrachte. Sie gingen zwischen den Feldern spazieren und lächelten den Amseln zu, die ihre Nester bauten, oder sie blieben bei einer Reihe Kopfweiden stehen. Sie dachte dann an ein Sonett, das sie gelesen hatte, während er ihr einen Vortrag über aufsteigende Säfte und Photosynthese hielt.

Elisabeths Mutter gab ihren Segen, weil sie sah, dass ihre Tochter wieder Appetit hatte. Er durfte ins Haus kommen, bis in die gute Stube. Dort las er ihr aus seinen Fachbüchern vor. Sie kapierte nur die Hälfte, wegen der vielen lateinischen Wörter, doch sie genoss die Gelehrtheit, die schon bald den Raum erfüllte. So ersetzte er nach und nach die Gedanken an Herrn Funke.

Sie war seine erste Liebe. Seine akademische Ehrfurcht vor dem menschlichen Körper sorgte dafür, dass sie einander beim ersten Mal langsam, aber sachverständig erkundeten. Es erregte sie, wenn er ihre Brustspitzen sanft mit den Fingern berührte und dabei die Muskeln aufzählte, die den Brustkorb umfangen, wenn er unaussprechliche Namen von Knochen flüsterte und dabei die Innenseite ihrer Schenkel streichelte, wenn er beschrieb, wie viele unsichtbare Tierchen sich im Speichel tummeln, und er danach ihre Zunge hinter den feuchten Lippen suchte. In ihr loderte dann ein Feuer auf, mit dem sie wiederum seinem wissenschaftlichen Ernst zu Leibe rückte. So ersetzte er nach und nach die Gedanken an Hendrik.

Guillaume wurde von der Mutter in den Himmel gehoben und vom Vater geduldet. Die beiden Männer hatten keinen Streit. Aber sie fanden auch keine Worte. Nur ein paar Höflichkeitsfloskeln. Zur Begrüßung. Wenn sie sich bei Tisch das Brot reichten. Zu tiefergehenden Gesprächen kam es nicht. Der Klang von Metall ist so anders als der von kranken Lungen.

Im Dorf rieben sich die Mucker die Hände. »Die Tochter vom Schmied hat was mit einem Arzt.« Sie beugten sich zueinander: »Er hat feine, städtische Manieren.« Sie flüsterten: »Und eine wohlhabende Mutter.« Im Stillen dachten sie: »Nicht schlecht, wenn das meine Tochter wäre.« Schon bald stand fest: Guillaume fand Gnade vor ihren Augen. Vor allem, seit ein Dorfbewohner, der bei allen nur »Buckel« hieß, mit schrecklichen Rückenschmerzen bei ihm angeklopft hatte.

»Er hat nicht viel gemacht, ich musste mich nur auf dem Bauch auf einen Tisch legen«, erzählte Buckel später. »Obenrum war ich nackt, und er hat die ganze Zeit mit seinen Fingern meine Wirbel betastet. Er hat gedrückt und geknetet, als hätte er einen Brotteig vor sich. Und plötzlich schoss ein Krachen durch meinen Oberkörper, und ich war geheilt. Klar hab ich den Buckel noch, aber glaubt mir, der Schmerz ist weg, ich kann wieder schlafen, das ist einfach wunderbar.« Und wenn er die vier Kneipen im Dorf frequentiert hatte, war es nicht mehr nur wunderbar, sondern ein Wunder.

Mit dem »Buckel« hatte es angefangen, doch es folgten noch größere Glanztaten. Wie der Nierenstein, den Bierhändler Nest Vandaele eines Sonntagmorgens hinter der Kirchenmauer auspisste, nachdem er einen Tag zuvor völlig zerschlagen von den Krämpfen Guillaume aufgesucht und von ihm nebst einer Rosskur gegen die Schmerzen ein Gebräu bekommen hatte, mit dem er den Stein bestimmt loswürde. Und er wurde ihn los, hinter der Kirchenmauer, gerade vor dem Agnus Dei in der Elf-Uhr-Messe. Dafür gibt es viele Zeugen, denn Nest hat so laut geschrien, dass es bis in die Kirche zu hören war. Genau in dem Moment, in dem die anwesenden Gemeindemitglieder »Lamm Gottes, gib uns Frieden« murmelten, trat Nest in die Kirche, in der Hand einen Nierenstein von der Größe eines Taubeneis, so wurde erzählt. Obwohl es eigentlich undenkbar ist, so ein Riesending durch das Geschlecht hinauszubefördern. Aber die Leute sehen mit den Augen manchmal mehr, als sie mit den Händen messen können. Vor allem in einer Kirche.

Es gab auch noch die wundersame Heilung der abgesägten Finger von Alfons Verweyden, die vorübergehende Blindheit von Eleonore und dann vor allem – ein dankbarer Gesprächsstoff – die Verstopfung von Gusta Stevens, die mindestens sechs Wochen angedauert hatte, oder waren es nun sechs Monate, in einem Dorf weiß man nie.

Jedenfalls wurde Guillaume in sehr kurzer Zeit von nahezu allen auf Händen getragen. Er war überaus gescheit und hatte begnadete Hände. Das war deutlich. Die Mucker waren gern in seiner Nähe.

Elisabeth stellte sich keine Fragen. Sie wollte nicht darüber nachdenken, ob er wirklich der Richtige war. Sie wollte die geistige Freiheit vergessen, die sie genossen hatte, als sie die Bücher von Herrn Funke las. Sie wollte nicht mehr wissen, wie sich das genau anfühlte, so ein unerwarteter warmer Brustkorb auf dem Jahrmarkt. Sie wollte nur noch eines: Woesten verlassen. Und das musste und würde – das wusste sie nur allzu gut – durch Guillaume geschehen. Vögel im Käfig verlernen das Fliegen.

IV

Guillaume machte ihr einen Heiratsantrag hinter dem Misthaufen. Ein Vorzeichen? Er hatte es nicht gut vorbereitet, sich keine schönen Worte ausgedacht. Er hatte es einfach ausgerechnet. Ihre Monatsblutung blieb aus und Übelkeit drehte ihr schon seit zwei Wochen morgens den Magen um. Er fragte sie an jenem Sonntag, als er die Kartoffelschalen in den Hühnerstall werfen wollte und sah, wie sie sich erbrach. Er strich ihr sanft über die Schultern.

Er ist ein guter Arzt und der Mann meiner Träume. Das sagte Elisabeth sich immer wieder, während sie mit ihm an der Seite gelblichen Schleim spuckte. Ihre Galle zwischen Hühnerdreck und Pferdeäpfeln und seine Hand auf ihrem Bauch, in dem ihr gemeinsames Kind wuchs.

»Ich habe gründlich über alles nachgedacht. Das einzige Hindernis ist vielleicht noch dein Vater«, sagte er. »Willst du meine Frau werden?«

»Überlass Vater nur mir«, sagte sie zögernd. »Und ja, ich will deine Frau werden.« Sie fühlte sich zu elend, um sich Sorgen zu machen wegen des *gründlich über alles nachgedacht*. Er strich ihr die Haare aus den Augen. Sie weinte salzige Tränen und hatte einen bitteren Geschmack im Mund.

Mutter war heilfroh über Guillaumes beherzten Entschluss, der den Dorftratsch sicherlich im Keim ersticken würde.

»Vor allem, wo du jetzt in Umständen bist.«

Vater stimmte schweigend zu und verließ sofort das Zimmer. Den Kaffee hatte er nicht angerührt, der Apfelkuchen war nicht einmal angeschnitten worden. Kurz darauf hörten sie, wie er auf den Amboss schlug.

Es war ein großes Fest, vier Wochen später, in der Scheune neben der Schmiede. Sämtliche Kosten hatte Madame Duponselle übernommen. Auf den Etiketten der Weinflaschen standen Namen, die Elisabeth kaum lesen konnte.

Zwei Tage zuvor hatte Madame Duponselle ihnen drei Dienstmädchen geschickt, die bei ihnen logierten und die Stubenküken füllten, die Kirschen andickten, das Frühjahrsgemüse schnippelten, Rindfleisch marinierten, Bouillon kochten, Hühnerfleischpastete zubereiteten und Kroketten rollten. Die Krönung der Vorbereitungen kam von einem Patissier aus der Hauptstadt, der vierundzwanzig Stunden ununterbrochen an der Hochzeitstorte gearbeitet hatte, drei Etagen hoch, mit weißen Blüten und grünen Zweigen aus Zuckerguss, verziert mit Marzipan, Mandeln und silbernen Zuckerkugeln.

Unter den Gästen waren viele Leute, die Elisabeth nicht kannte. Verwandte und Bekannte von Madame, vermutete sie. Ihre Sprache lag zwischen falschem Flämisch und fehlerhaftem Französisch. Brüsslerisch, wie sich herausstellte.

Elisabeth trug ein weißes, hochgeschlossenes Brautkleid und viel Spitze und Seide, gekauft in einem Laden in der Rue Neuve unter dem wachsamen Auge ihrer Schwiegermutter, und weiße Schuhe, die derart drückten, dass sie, als der Tanz auf der eigens dazu angelegten hölzernen Fläche eröffnet wurde, barfuß erschien, zur großen Blamage für die Geldgeberin des Festes, zur großen Freude des Schmiedes.

Von all dem abgesehen empfand sie etwas, was sich wie Glück anfühlte. Die Welt des Luxus und des schönen Scheins, die in den Koffern und Schachteln von Madame Duponselle ins Haus ihres Vaters Einzug gehalten hatte, fand sie aufregend, und sie wollte sie gern gegen die ihre tauschen. Sie wollte fort von den Wiesen, gesäumt von Weißdornhecken und Kopfweiden, und fort von dem schweren Boden, der einen – vor allem im Winter bei nassem Wetter – ansaugte, als müsste er der Schwerkraft nachhelfen. Sie wollte diesem hässlichen Ort entrinnen mit seinen höchstens hundert Häusern, die meisten davon ärmlich und heruntergekommen. Sie wollte die Städte sehen, in denen sich Guillaumes Geschichten abspielten, und von dem Unbekannten kosten, das er ihr mit so feuriger Begeisterung beschrieb. Nach Ostende fahren, mit nackten Füßen durchs Meer laufen und dann Austern essen oder Hummer in einer Sauce, die mit französischem Cognac zubereitet wird. Oder in Brüssel Arm in Arm über den Grand-Place schlendern und abends, elegant gekleidet, Theaterstücke anschauen über Liebespaare, die nicht zusammenkommen können oder dürfen und sich deshalb für einen Giftbecher entscheiden.

Das Fest ging bis tief in die Nacht. Elisabeths Mutter war etwas konfus von all dem »Tralala«, und ihr Vater hielt sich abseits vom ganzen Trubel. Er saß mit Tante Zoë an einem Tisch und trank Bier.

Madame Duponselle führte das große Wort, ihre Stimme übertönte schrill die Musik der Festkapelle, die sie schon am Anfang der Hochzeit großzügig entlohnt hatte, noch ehe eine einzige Note aus dem Saxophon und der Posaune zu hören gewesen war. Sie lachte unnatürlich und bewegte sich exaltiert, wenn junge Männer in der Nähe waren. Guillaumes Vater war bereits vor langer Zeit gestorben, nach einem unglücklichen Sturz von einem Wagen direkt vor dem Tor seiner Seifenfabrik. Witwe Duponselle hatte seit jenem Tag keine Geldsorgen mehr gehabt.

Irgendwann kam Vater auf Elisabeth zu, nahm ihren Arm und führte sie in seine Werkstatt. Als die Tür der Schmiede hinter ihnen zugefallen war, stellte er sich vor sie und legte die Hände auf ihre Schultern. Es sah so aus, als wollte er etwas sagen, aber er schwieg. Seine Augen wurden feucht, er drehte sich um, ging zu einer Holzkiste hinter dem Blasebalg und nahm eine schmiedeeiserne Rose im Miniaturformat heraus. Er gab sie ihr und ging wortlos hinaus. Es war eine überaus filigrane Arbeit, die winzigen Blütenblätter verrieten meisterliches Können. Es musste ihn viele Tage gekostet haben. Die Rose war wunderschön. Von ihrer Mutter erfuhr Elisabeth später, dass er sofort damit begonnen hatte, an dem Abend mit dem Apfelkuchen. Elisabeth weinte mit dem Kunstwerk in der Hand, dem treuen Schweigen ihres Vaters.

Tante Zoë brachte sie zum Fest zurück. Weil die Leute nach ihr fragten und weil die Braut bei den Gästen sein müsse. Das Leben werde schon seinen Gang gehen. Das Leben geht immer seinen Gang.

Guillaume zog bei ihnen ein. Sie schliefen in einer alten Bettstatt, die Vater im Zwischengeschoss aufgestellt hatte. Das Bett passte kaum in das winzige Zimmer, aber der Platz reichte, um Pläne für ein großes, herrschaftliches Haus in Brüssel zu schmieden. Im Erdgeschoss könnte Guillaume seine Arztpraxis führen, und die Zimmer der anderen Etagen würden genug Raum bieten, um dort nobel zu dritt zu leben. Seine Mutter habe genug Geld, sagte er enthusiastisch, um ihnen zu helfen, und sobald die Arztpraxis gut laufen würde, könnten sie neue Möbel kaufen mit feinen Holzschnitzereien und verglasten Türen. Und danach auch Kristallgläser, ein Service, Teppiche und Gemälde, und wenn alles nach Wunsch ging, ein Cembalo. Ein Freund von ihm könne ihr das Spielen beibringen. Manchmal hatte sie den Eindruck, dass sie sich keinen besseren Ehemann vorstellen konnte.

Traum und Wirklichkeit sind oft nur einen Steinwurf voneinander entfernt. Aber es bleibt ein Steinwurf. Ein warmer Sonntag im August. Guillaume und Elisabeth waren nach Brüssel gefahren, um die Witwe Duponselle zu besuchen und mit ihr über eine mögliche finanzielle Hilfe zu reden.

Der Kaffee in den Porzellantassen duftete herrlich, und das Gebäck sah appetitlich aus. Madame Duponselle erzählte aufgedreht von einem Essen, an dem sie tags zuvor mit Freundinnen teilgenommen hatte im Haus eines Ministers, eines Mannes im gesetzten Alter, und vor allem – kein unwichtiges Detail – seit sechs Jahren alleinstehend. Sie gackerte wie eine Henne und machte noch mehr Wind um ihre Person als sonst. Ihr kleiner Finger stand steil nach oben, als sie Kaffee trank, und sie tupfte sich den Mund geziert mit einer Damastserviette ab. Als Guillaume das Gespräch vorsichtig auf seine Zukunft brachte, nickte sie beifällig mit einigen *»oui«* und einem *»bien sur«* – bis er von Geld anfing, ihrem Geld. Die Lippen zu zwei geraden Strichen zusammengepresst, schwieg sie einen Augenblick, sah die beiden mit strengem Blick an, setzte sich ein bisschen gerader hin, soweit das überhaupt noch möglich war, und sagte spitz: »Den Plebs in Bauerndörfern zu besuchen ist deine Entscheidung, *mon fils*, mein Geld nicht dafür auszugeben, Frauen mit Pferdegeruch in die Stadt zu bringen, die meine. *Chassez le naturel, il revient au galop.*«

Sie räumte den Tisch ab und setzte sich schweigend ans Fenster. Elisabeth sollte sie nie mehr wiedersehen.

Auf dem Heimweg redeten sie kaum miteinander. Guillaume versuchte nicht einmal, das Verhalten seiner Mutter zu beschönigen. Elisabeth fühlte sich ihrer Tagträume beraubt.

»Was machen wir nun?«, wagte sie erst zu fragen, als sie über die Straße von Ypern nach Woesten liefen. Als hätte das Gehen auf dem Boden der eigenen Wurzeln ihr wieder die Kraft gegeben, seinen nach innen gekehrten Blick zu wecken. Er kam nicht dazu, ihr zu antworten.

»Elisabeth, Herr Doktor, schnell!« Schulleiter Schotsaerts kam auf seinem Rad angefahren, völlig außer sich.

»Elisabeth, deinem Vater geht es schlecht!«

Wie er dort aufgebahrt lag. Die Hände auf dem muskulösen Brustkorb gefaltet. Die Haare ordentlich gekämmt. Mit dem guten Jackett – das hatte Mutter gewollt – und mit geschlossenen Augen – dafür hatte Guillaume gesorgt. Sie erkannte nicht mehr den Schmied an seinem Amboss, auch die Kraft in seinen Armen war dahin, selbst sein Schweigen war jetzt ein anderes.

Nach der beunruhigenden Nachricht von Schotsaerts waren Guillaume und sie, so schnell sie konnten, nach Hause gelaufen. In der Schmiede stand ihre Mutter mit einigen Nachbarn um den Vater, der leblos auf dem Boden lag, vor der Esse, mit entblößtem Oberkörper, wie sie ihn so oft gesehen hatte. Guillaume kniete sich zu ihm nieder und betastete seinen Hals. Er legte ihm den Kopf auf die Brust, forderte die anderen auf, ganz still zu sein, und lauschte. Dann holte er tief Luft, blies seinen Atem in den Mund des Schmieds und drückte wie von Sinnen dessen Brust mit ganzer Kraft ein, immer wieder. Nach fünf Minuten gab er auf. Der Schmied hatte das schon eine halbe Stunde eher getan.

Elisabeth stand da wie erstarrt. Der Amboss glänzte im schräg hereinfallenden Sonnenlicht, als bringe er seinem Meister, der ihn nie mehr schlagen würde, einen Ehrensalut dar.

Die Kirche von Woesten war bis auf den letzten Platz gefüllt, und der Pastor predigte über das Feuer, das alles zum Schmelzen bringt und wieder verbindet, über den Hammer Gottes, der schlägt, aber auch salbt, über einen Mann, der weit und breit für seine Meisterschaft bekannt und angesehen war. Ein redlicher Handwerksmann sei von ihnen gegangen.

Auf dem Friedhof roch es unangenehm nach Weihrauch und sauberen Hemden, die zu lange im Schrank gelegen haben. Elisabeth wurde davon übel, aber sie hielt sich tapfer, auch noch, als ganze Schaufeln schwarzer Erde dumpf auf dem Sarg aufschlugen. Dass sie mit ihrem Vater nicht mehr hatte reden können, war viel schlimmer als die drückende Hitze, die seit Tagen auf der Gegend lastete.

Nach der Beerdigung hielt der Notar sie noch kurz zurück. Er zog Guillaume beiseite und flüsterte ihm etwas ins Ohr.

Zu Hause tranken sie Kaffee, auf dem Hof an einem schattigen Platz. Mutter behielt ihre schwarzen Kleider an, wie sie das noch wochenlang tun würde, und blickte geistesabwesend auf das Sterbebildchen. Um es drucken zu lassen, hatte sie auf ihre Ersparnisse zurückgegriffen.

Elisabeth hörte das Geschacker von ein paar sich kabbelnden Elstern hinter der Scheune. Der passende Vorgesang für das, was kommen würde. Guillaume war ins Haus gegangen und kam mit einem braunen Kuvert in der Hand zurück. Es enthielt Urkunden, die unten ein rotes Siegel trugen.

»Wenn du einverstanden bist, Mutter« – er sagte Mutter, das hörte sie gern – »dann bleibe ich mit Elisabeth hier wohnen. Ich kann meine Patienten in einem der vorderen Zimmer behandeln, und später können wir immer noch Vaters Schmiede umbauen. Und wir sorgen für dich, Mutter. Der Notar hat die Papiere schon aufgesetzt. Du musst nur noch unterschreiben. Was meinst du?«

»Ist gut, Junge, ist schon gut.« Ihre Stimme brach, sie ging mit dem Sterbebildchen in der Hand ins Haus. Hassenswerte Tiere, die Elstern.

Schweigsam miteinander essen, geflüsterte Unterhaltungen im Schlafzimmer, schwarze Kleider und rotverweinte Augen. Mutter hatte eine Art Trauerzeit verkündet, und sie hielten sich daran, so gut es eben ging. Sogar die kranken Menschen, die hin und wieder zu Guillaume kamen, sprachen mit gedämpfter Stimme, wenn sie zu erklären versuchten, was ihnen fehlte.

Es war Tante Zoë, die die Atmosphäre des Schweigens und Weinens durchbrach.

»Madeleine, lass es genug sein. Damit kriegst du unseren Arthur nicht zurück, und das Leben geht weiter. Das Leben muss weitergehen. Und das Leben steckt auch im Bauch deiner Tochter, Madeleine, vergiss das nicht.«

»Ich kann nicht, Zoë. Es ist noch zu frisch.«

»Du musst, anders geht es nicht. Arthur liegt schon sechs Wochen unter der Erde. Das ist nicht mehr frisch, Madeleine. Er würde es auch nicht wollen, dass alle hier so herumlaufen.«

»Er hat selbst nie viel gesprochen.«

»Das stimmt, aber er hat sich auch nie hängenlassen.«

»Was willst du damit sagen?«

»Dass er sicher möchte, dass du dich wieder zusammenraffst. Dass du dir deine Schürze wieder umbindest und dass du wieder den Haushalt machst.«

»Elisabeth ist doch auch noch da.«

»Und dass du den beiden die Chance gibst, das, was kommt, zu genießen. Dein Enkelkind ist bald auf der Welt.«

Mutter schwieg. Tante Zoë ging zum Schrank, blies die Kerze aus, die bei einem vergilbten Foto des Schmieds vor seiner Esse brannte, und zog die Vorhänge auf. Sonnenlicht flutete herein.

»Hier, wir haben den schönsten Sommer seit Jahren, und du hast ihn verdammt noch mal ausgesperrt.«

»Fluch nicht, Zoë.«

»Ich fluche nicht, ich sage, was Sache ist.«

Sie wandte sich Elisabeth zu und schaute ihr wohlwollend auf den Bauch.

»Und du, Patenkind, bist du in der Lage, mitzukommen und bis zu Modest dem Möbeltischler zu laufen?«

»Warum, Tante Zoë?«

»Das Kind braucht eine Wiege, eine schöne Wiege. Und die bekommt es von mir. Die Decken habe ich schon gemacht. Mit feiner Stickerei. Komm, lass uns gehen.«

Elisabeth lächelte.

Tante Zoë hatte Modest am Tag nach Vaters Beerdigung besucht und eine Wiege aus Eichenholz in Auftrag gegeben, verziert mit fröhlichen Schnitzereien und mit Leinöl und Bienenwachs bearbeitet. Um ihn angemessen zu entlohnen – da steckt viel Zeit und Schweiß drin, hatte er gemeint –, hatte sie ihn in ihren Obstgarten mitgenommen und ihm zwei alte Buchen gezeigt, die er fällen und zu Brettern zersägt in seinem Trockenschuppen aufbewahren könnte, um sie später für eigene Zwecke zu verwenden. Modest hatte geschwiegen, sich eine Zigarette gedreht, war nach Hause gegangen und hatte gleich eine Zeichnung angefertigt.

Wunderschön war sie, die Wiege. Schmetterlinge und Blüten hatte er daraufgesetzt, und am Kopfende eine Sonne, die ihre Strahlen über das kleine Bett streute. Er konnte schnitzen, dieser Modest.

»Und nörgeln«, hatte Tante Zoë gesagt. »Vor allem wegen dem Preis.«

Die Wiege, auch wenn sie vorerst leer war, brachte wieder Freude ins Haus. Es wurde wieder laut geredet und gelacht. Es ist seltsam, wie der Tod manchmal so einfach vom Leben verdrängt wird.

V

Guillaume saß neben ihr und schlug in einer Enzyklopädie nach, wie er Stielwarzen behandeln konnte, als sie die erste Bewegung im Bauch spürte. Er war außer sich vor Freude und holte ein Buch mit Zeichnungen von Föten aus dem Behandlungszimmer. Sie lachte nervös, es waren eklige Abbildungen.

»So ist es in Wirklichkeit, Elisabeth. In der Universität habe ich das gesehen, in Formalin. Es hat schon Hände und Füße.«

»Das spüre ich.«

»Es muss jetzt ungefähr so groß sein.« Er hielt die beiden Zeigefinger etwa zwanzig Zentimeter auseinander.

Von da an registrierte Guillaume die gesamte Schwangerschaft in einem Tagebuch, machte Notizen und zeichnete Kurven. Er schrieb das Datum dazu, auf die Dauer sogar die genaue Uhrzeit. Ihr Kind hatte bereits eine ganze Geschichte, noch ehe es auf die Welt kam. Und Guillaume war der Historiker, der alles auf Papier festhielt. Elisabeth spürte, dass es seine Art war, das Leben zu begreifen. Er glaubte nicht an den Zufall. Er wollte Zahlen, Systeme und Statistiken. Alles musste messbar sein. Musste benannt werden mit den richtigen Wörtern, am besten auf

Lateinisch, der einzigen Sprache, die seiner Meinung nach nichts dem Zufall überließ.

Genau einen Tag vorher bereitete er alles vor. Einen Stapel gestärkter weißer Handtücher aus dem Mansardenzimmer, die mit blauen Blumen bemalte Waschschüssel aus Steinzeug, die ihnen Tante Zoë zur Hochzeit geschenkt hatte, und eine Anzahl Instrumente, deren Namen Elisabeth lieber gar nicht erst wissen wollte. Er tat es mit Sorgfalt, mit der nötigen Ruhe und mit Ernst. Sie fand es verrückt, diese ganze Vorsorge. Als ob er wissen könnte, wann die Wehen einsetzen würden. Als ob er durch die weiße, von Dehnungsstreifen durchzogene Haut ihres Bauchs hindurchsehen und feststellen könnte, dass der Blasensprung bevorstand.

»Ich bin doch Arzt«, sagte er.

»Ja, der Dorfarzt«, erwiderte sie und war sich bewusst, dass sie das Wort »Dorf« geringschätzig ausgesprochen hatte. »Aber für mich bist du mein Mann. Und das bleibst du auch, sogar im weißen Kittel.«

Er küsste sie auf den Mund und umarmte sie ungestüm, soweit ihr dicker Bauch das noch zuließ.

»Ich werde vor allem der Vater deines Kindes«, sagte er. Sie sah seine Augen glänzen. Die Welt erschien ihr für einen kleinen Moment, in seinen Armen, weiträumiger als zuvor. Dass er damals log, in vielerlei Hinsicht, konnte sie noch nicht wissen.

Zwischen den schmerzhaftesten Wehen fiel Elisabeth in ein tiefes Dunkel, endlos schien sie darin hinabzustürzen. Immer, wenn sich der Schleier vor ihren Augen kurz lichtete, sah sie Guillaume zwischen ihren weit gespreizten Schenkeln. Ihren Mann. Ihren Erlöser.

»Ganz ruhig«, sagte er sanft. »Noch ein Mal.«

Sie tat, was er verlangte, auch wenn sie ihn kaum verstanden hatte. Ihr wurde wieder schwarz vor Augen. Aber Geschrei brachte das Licht zurück. Ihr Erlöser hielt etwas Blutiges, mit Schleim Bedecktes in den Händen. Das war Valentijn. Guillaume schnitt die Nabelschnur durch, wischte der brüllenden Naturgewalt Rotz und Schleim aus Nase und Augen und legte ihr das Kind an die Brust. Elisabeth weinte.

»Beruhig dich«, sagte Guillaume. »Lass ihn suchen.«

Sie konnte sich nicht beruhigen. Ihr Bauch spannte sich erneut, sie biss die Zähne aufeinander, weil sie dachte, dass sie jetzt nicht schreien durfte. Nicht mehr. Nicht nach Valentijn. Guillaume merkte es, runzelte die Brauen und setzte sich wieder zwischen ihre Beine. Er steckte die Hand in sie hinein, murmelte etwas Unverständliches und griff mit der anderen Hand nach den Instrumenten in einer Tasche, die neben dem Bett stand. Elisabeth sah, dass er eine Zange in der Hand hielt. Sie wimmerte. Schrie. Presste. Sie spürte nicht einmal mehr das kalte Metall, das er in sie hineinsteckte. Er bohrte und stocherte damit in ihrem Unterleib, mehrmals, der Schweiß stand ihm im Gesicht und er lief hochrot an. Sie dachte kurz, dass er sie da unten aufriss. Grässliche Schmerzen durchfluteten ihr Becken. Guillaume nahm sich zusammen und zog einen zweiten Sohn auf die Welt. Ein zum Erbarmen deformiertes Gesicht klemmte in seiner Zange. Zwischen all dem Blut war eine scheußliche Verformung des Kieferknochens zu sehen. Ein dunkles Loch klaffte darin, schwabbelnd, voller

Schleim und rotem Schaum, das nicht dahingehörte. Der Mund stand an der rechten Seite in einem seltsamen Winkel, und darüber drückte ein purpurroter Lappen wildes Fleisch das Auge – von dem nur das Weiße zu sehen war, keine Pupille – fast völlig zu.

Er legte Kompressen auf ihren Kopf und fühlte ihr den Puls. Dann wusch er seine beiden Söhne, hüllte sie in saubere Tücher und legte sie an ihre Seite. Schweigend nähte er ihre Risse, säuberte alles sorgfältig und ging nach draußen, um die Nachgeburt unter dem Nussbaum hinten im Garten zu vergraben.

Allmählich begriff Elisabeth es.

»Zwei Jungen«, sagte sie. »Warum hast du das nicht eher gesagt?«

Er schwieg.

In den folgenden Tagen wich Guillaume nicht von ihrer Seite. Er trank viel Kaffee und blätterte stundenlang in alten, in Leder eingebundenen Büchern aus einer der vielen Metalltruhen, die er bei ihrer Hochzeit aus Brüssel mitgebracht und auf dem Dachboden abgestellt hatte. Er las beim spärlichen Schein der Petroleumlampe neben ihrem Bett und machte sich immer wieder Notizen. Ab und zu stand er auf, ging zu der hölzernen Kartoffelkiste, in die er den Zweitgeborenen auf ein paar Decken gelegt hatte – die Wiege mit den Sonnenstrahlen gehörte Valentijn – und studierte minutenlang aufmerksam das entstellte Gesicht des Kindes, um sich dann schließlich wieder seufzend hinzusetzen und den Kopf auf die Hände zu stützen.

Er wurde immer trübsinniger, das sah sie, aber sie war zu schwach, um etwas zu unternehmen. Sie versuchte, ihn davon zu überzeugen, dass es nicht seine Schuld war, doch das Zittern in ihrer Stimme, das er sicherlich wahrnahm, überzeugte ihn gerade noch mehr von seinem Versagen. Auch das sah sie. Also schwieg sie auf die Dauer. Und die Stille machte es noch schlimmer. Je länger sie beide schwiegen, desto heftiger tönte das Geschrei durchs Haus, sodass sogar Passanten draußen stehen blieben, um dem neuen Leben im Haus des Arztes zuzuhören. Seit Malocher Oste und Knubbel Nestor hatte es ja in Woesten keine Zwillinge mehr gegeben. So viel war sicher. Sieht bestimmt hübsch aus, wenn sie später zusammen zur Erstkommunion gehen, mit blauen Kniebundhosen und Hemden mit Spitzenkragen.

In seinen dicken Büchern fand Guillaume allerlei Heilmittel, die er in den darauffolgenden Wochen ausprobierte. Er schmierte den Kiefer des Kindes mit einer zähen, schwarzen Salbe ein, die nach Brackwasser stank. Danach legte er Kompressen mit einem Brei aus Lehm und Pulver der Beinwellwurzel auf. Das roch nicht so penetrant, aber die weißen Laken in der Kartoffelkiste wurden davon schmutzig, denn der Junge zog sich mit seinen kleinen Händen die Wickel vom Gesicht. Mit dem Antlitz voll braunem, nassem Lehm sah er noch monströser aus. Guillaume versuchte sogar mit einer Art eisernen Klammer, die er um das Köpfchen spannte, Druck auf den schiefen Unterkiefer auszuüben. Das durch Mark und Bein dringende Gebrüll machte sofort deutlich, dass dies die bis dahin schlechteste Behandlungsmethode war.

Die ersten Wochen von Elisabeths Mutterschaft waren vorbei. Das Kind weinte und hatte Schmerzen, Valentijn lachte und hatte ständig Hunger. Gepeinigte Ohren und geschwollene Brustwarzen. Guillaume machte wieder Hausbesuche und empfing Patienten in seinem Behandlungszimmer. Elisabeths Körper hatte sich von der Geburt erholt, und sie kümmerte sich wie früher um den Haushalt. Ihre Gespräche waren kalt und distanziert.

Hin und wieder gab es Tage, an denen der kleine Junge ruhige Momente hatte. Dann legte sie ihn neben Valentijn auf die Kissen. Zwischen den beiden gab es keinerlei Ähnlichkeit. Das unversehrte Auge des Kindes war braungrau und strahlte eine unvergleichliche Melancholie aus, während Valentijns zwei blaue Gucker dem Leben fröhlich zulachten. Das Kind hatte nur ein paar schwarze Haarsträhnen, Valentijn eine Fülle blonder Locken. Das Kind war eher klein von Gestalt, Valentijn war größer, hatte starke Beinchen und kräftige Füße. Das Kind litt. Valentijn lebte.

In so einem himmlisch ruhigen Moment – die beiden Babys lagen auf einer großen Decke vor dem Herd – kam Pastor Derijcke zu Besuch.

»Der Doktor ist nicht zu Hause«, sagte Elisabeth. Sie hielt die Tür halb geöffnet.

»Ich weiß, Madame. Ich habe ihn heute Morgen getroffen.«

Er hielt die Hände um eine Bibel verschränkt und wiegte sich sanft auf den Hacken seiner Schuhe hin und her. Ein hintergründiges Lächeln lag auf seinen Lippen, ein paar Schweißtropfen perlten auf seiner Stirn. Er versuchte, über ihre Schulter ins Zimmer zu blicken. Sie schwieg.

»Ich komme eigentlich wegen der Kinder.«

Sie schwieg noch immer. Sie wusste nicht, was sie davon halten sollte.

»Wie ich von Ihrem Mann gehört habe, geht es Ihnen trotzdem gut.«

»Trotzdem?«

»Ich meine nur, ein Kind gebären ist schon ein Wunder für sich, aber Zwillinge auf Gottes Welt bringen ist noch etwas ganz anderes. Eine fast übermenschliche Leistung. Die Ihnen geglückt ist, wie es scheint.«

»Ich wusste gar nicht, dass Sie sich so gut mit dem Gebären auskennen«, antwortete sie. Es klang schroffer als beabsichtigt.

»Mit dem Gebären nicht, Madame, aber dafür mit Gottes Welt.«

»Wenn Gott sich für die Frau das Gebären ausgedacht hat, verstehe ich nicht, warum er sich für den Mann keine würdige Alternative überlegt hat.«

»Gottes Pläne sind unergründlich. Sogar für mich«, sagte er und lächelte wieder.

Sie blieb in der Tür stehen.

»Und was sind Ihre Pläne für diesen Besuch?«, fragte sie.

»Ich würde gern die beiden jüngsten Gemeindemitglieder von Woesten begrüßen und, wenn Sie gestatten, auch segnen.«

Er schritt resolut ins Zimmer, aber als er die Jungen sah, blieb er erschüttert stehen. Er hob eine Hand zum Mund, mit der anderen drückte er die Bibel an seine Brust.

»*Mon dieu, c'est vrai*«, murmelte er.

»Begrüßen Sie sie ruhig, sie beißen nicht. Vorerst nicht.« Jetzt lächelte sie.

Pastor Derijcke kniete bei den Babys nieder und musterte sie andächtig. Er streichelte Valentijn über den Kopf.

Nach einer Weile sagte er: »Ihr Mann hat mich gebeten, sie zu taufen, Madame.«

Sie erschrak.

»Ich darf doch annehmen, dass Sie nichts dagegen haben?«

Natürlich hatte sie etwas dagegen. Schon allein deshalb, weil Guillaume es ihr gegenüber mit keiner Silbe erwähnt hatte.

»Wir haben noch nicht entschieden, an welchem Tag wir sie ...«

»Heute! Jetzt sofort.«

»Warum so eilig?«

»Ich habe mit Ihrem Mann darüber gesprochen, und er hält es auch für die beste Lösung.«

»Aber ich weiß überhaupt nichts davon.«

»Aber ja, ich habe es Ihnen doch gerade gesagt.«

Sie wollte ihn wütend anfahren, doch da wurde die Tür aufgerissen, und Guillaume platzte mit zwei ihr unbekannten Männern herein. Der eine trug einen Anzug mit braunen Streifen, der andere war in einen grauen, mit Blutflecken besudelten Kittel gehüllt und trug eine Mütze aus Kaninchenfell oder Hermelin. Alle drei gehörig betrunken.

»Ach, Sie sind schon da, Hochwürden«, sagte Guillaume. »Das hier ...«, fuhr er fort, an Elisabeth gewandt, »ist Charles De Meutere, der Veterinär. Er befindet sich in der angenehmen Gesellschaft von Basiel. So heißt du doch, oder, Basiel?«

Der Mann mit der Pelzmütze nickte so eifrig, dass er fast vornüberfiel. Der Tierarzt konnte ihn gerade noch stützen.

»Basiel ist Schlachter von Beruf. Präsident der Metzgergilde, also ein Mann …«, Guillaume machte eine kleine Pause, »der auf Messers Schneide lebt.« Das Trio grölte vor Lachen. Sogar der Pastor feixte kurz. Elisabeth stellte sich mit verschränkten Armen vor die Zwillinge. Guillaume taumelte auf sie zu. Sie roch eine Mischung aus Schnaps und saurem Hering.

»Unsere Jungs müssen getauft werden, *mon amour*. Das ist ein Recht für Valentijn und die Chance auf ein Wunder für das Wesen.«

»Und ich habe überhaupt nicht mitzureden?«

»Diese beiden Herren von Stand sind die Zeugen, der Pastor ist anwesend und die beiden Eltern auch. Wir haben Wasser, und die Babys sind alt genug. Ideale Umstände für eine christliche Taufe, nicht wahr, Hochwürden?«

Derijcke nickte.

»Und warum hier?«, fragte Elisabeth.

»Auf diese Weise braucht unsere Schutzheilige …« Er kam ins Stocken und suchte den Blick des Pastors.

»Sankt Rictrudis«, ergänzte der.

»Ja, richtig, Sankt Tiktru … also nicht von ihrem Sockel zu fallen beim wenig paradiesischen Anblick deines Sohnes.«

Saurer Hering, saure Gedanken. Starke Schnäpse, starke Worte.

»Guillaume, ich flehe dich an, bitte hör mir zu.« Sie wollte ihre Hände auf seine Schultern legen, aber er wehrte sie brüsk ab. Es war das erste Mal seit der Geburt von Valentijn und dem Kind, dass er ihr in die Augen sah. Tief, durchdringend, drohend.

»Über solche Dinge bestimme ich in diesem Haus.«

Er drehte sich zum Pastor um und sagte: »Wir sind bereit, Hochwürden.«

Machtlos war sie Zuschauerin der nun folgenden Szene. Guillaume, der die Flasche Genever hervorzog und seinen beiden – wie sie später erfuhr – im Wirtshaus De Ster in Vleteren aufgegabelten Zeugen noch einmal kräftig einschenkte. Der Pastor, der sich eine purpurfarbene Stola umlegte, den Krug mit Wasser auf den Tisch stellte und seine Bibel auf einer wohl bedachten Seite aufschlug. Die drei Saufkumpane, die sich feierlich nebeneinander aufstellten, soweit ihr Gleichgewichtssinn das noch zuließ, und sie, die gezwungen wurde, bei dem Ganzen mitzumachen.

Darum gehet hin zu allen Völkern und lehret sie und tauft sie im Namen des Vaters und des Sohnes und des Heiligen Geistes und lehret sie halten alles, was ich euch befohlen habe.

Das Kind begann zu weinen. War Wasser in sein gesundes Auge gekommen? Oder spürte es die Zwietracht seiner Eltern?

»Das wäre dann geregelt«, sagte Guillaume.

»Und die Namen?«, fragte Pastor Derijcke mit hörbarem Unmut in der Stimme.

»Wie bitte, Hochwürden?«

»Die Namen, Herr Doktor. Wie sollen die Kinder heißen?«

Niedergeschlagen sah Guillaume Elisabeth an. Einen Moment lang nahm sie den Kummer wahr, der sich in ihm breit gemacht hatte. Seit der Geburt der beiden Jungen hatten sie nur über Valentijn gesprochen. Nicht über das Kind. Das war einfach da. Ohne Namen. Anwesend. Sogar als er vor ein paar Wochen vom Standesamt zurückgekommen war, wo er die Geburt ihrer Söhne angezeigt hatte, hatte er mit keiner Silbe über die Namen gesprochen.

Guillaume fasste sich wieder. »Valentijn«, sagte er. »Der hier heißt Valentijn.«

»Und der andere?«

»Der hat keinen Namen. Vorerst. Nur einen Buchstaben. N. Schreiben Sie einfach N. Ein N für Namenlos.«

Derijcke blickte mehrmals zwischen Guillaume und Elisabeth hin und her. Beide blieben stumm.

»Dann notiere ich also im Kirchenbuch Valentijn und N. Falls Sie es irgendwann noch ändern möchten, werde ich – soweit das im Rahmen des Möglichen ist – versuchen, es zu berücksichtigen.«

Nach dieser grotesken Zeremonie schwankten die beiden Zeugen hinaus. Als Letzter ging der Pfarrer.

Guillaume hielt die Tür auf und drückte ihm ein Bündel Geldscheine in die Hand.

»Wie abgesprochen«, sagte er.

In den darauffolgenden Monaten änderte sich wenig. Guillaume stellte Diagnosen, behandelte alle möglichen Krankheiten, operierte Geschwülste, verschrieb merkwürdige Gebräue, drückte Eiter aus, saugte Lungen ab und entnahm Blutproben. Und Elisabeth war bei Valentijn und Namenlos. Tag und Nacht. Sie gab ihnen die Brust. Sie wechselte die Windeln. Sie redete mit ihnen, lachte mit ihnen, sang ihnen etwas vor, machte Obstbrei und Kartoffelpüree. Sie tat, was sie tun musste. Was ihrem Gefühl nach ihre Pflicht war. Automatisch. Vorherbestimmt. Eine Mutter mit allen Fasern ihres Wesens. Doch wo war die Rippe ihres Mannes? Nirgendwo in ihr spürte sie noch eine Verbindung zu ihm.

Das Fürchterlichste war der Wechsel zwischen Stille und Lärm. Der Lärm von Namenlos, der sich durch den Tag weinte, und die Stille, in die sich Guillaume hüllte, wenn das Kind abends, nachdem sie ihm einen Schlaftrunk eingeflößt hatte, endlich schwieg. Über den Taufvorfall wurde nicht mehr geredet. Die Gebrechlichkeit ihres Sohns kam nicht mehr zur Sprache. Ein zweiter Name wurde nicht gesucht. Immer, wenn Elisabeth von den Sorgen anfangen wollte, die sie sich um Namenlos machte, drehte Guillaume sich um und zog sich in sein Behandlungszimmer zurück. Abends, nachdem er sich den ganzen Tag mit Patienten oder Heilmitteln in seinen medizinischen Büchern beschäftigt hatte, legte er sich auf dem Dachboden schlafen. Er teilte das Bett nicht mehr mit ihr. Er aß auch allein. Er füllte seinen Teller am Tisch und verschwand damit in sein Arbeitszimmer, fort von ihr, fort von Valentijn und Namenlos. Das Einzige, was er für das verunstaltete Kind tat, war, die braune Flasche mit schmerzstillendem Sirup aufzufüllen, die auf dem Schrank stand.

»Wenn es zu sehr leidet, gib ihm ruhig einen Löffel. Für die kurze Zeit, die es noch zu leben hat«, hatte er gesagt.

Sie hatte sich zu Namenlos gesetzt, hatte sein verformtes Gesicht gestreichelt und weinend einen weißen Stein, den sie vor langer Zeit gefunden hatte, zu seinen Füßen unter die Bettdecke gelegt. Sie war kein Arzt. Sie glaubte nicht an Gott. Sie machte sich ihre eigenen Gedanken.

Was niemand geglaubt hatte, vor allem nicht sein Vater, tat Namenlos. Am Leben bleiben. Das hatte er weitgehend seiner Mutter zu verdanken, die Tag und Nacht für ihn da war, ihm Brei einlöffelte, wenn er genügend betäubt war, um schlucken zu können, die den schmerzverkrümmten kleinen Körper mit linderndem Öl einrieb, die ihn immer wieder beruhigte und mit ihm umherging, wenn seine Qualen nicht auszuhalten waren.

Jeder Tag, der verging, war für Elisabeth ein Sieg. Sie sah in dem gesunden Auge im Laufe der Zeit immer weniger den Blick eines von der Natur entstellten Scheusals. Mehr und mehr ging eine gewisse Kraft davon aus. Das Auge begann hoffnungsvoll und tapfer in die Welt zu blicken.

Der erste Geburtstag. Elisabeth bestand darauf, dass er gefeiert wurde, wie auch immer, und Tante Zoë gab ihr recht. Ihre Mutter hatte zwei Hemdchen genäht aus Sachen ihres verstorbenen Vaters, und Tante Zoë hatte zwei leuchtend bunte Rasseln auf dem Jahrmarkt gekauft, an einer Bude mit Artikeln aus Afrika. Die drei Frauen tranken Wein, die Kinder wurden von Schoß zu Schoß gereicht, und Guillaume ließ sich nicht blicken. Patienten, hatte er gesagt, aber Elisabeth glaubte ihm nicht.

»Ist er noch immer so kurz angebunden?«, fragte Mutter.

»Er sagt nur das Allernötigste.« Elisabeth steckte sich ein Stück Kuchen in den Mund.

»Er hat viel zu tun bei all den kranken Leuten im Dorf. Und dann die beiden Kinder.« Mutter nahm ihn wie immer in Schutz.

»Er sollte weniger an sich denken«, sagte Tante Zoë barsch. »Es ist auch sein Sohn, ob ihm das nun passt oder nicht.«

»Zoë!«

»Ist doch wahr. Er kümmert sich nicht um das Kind. Er betäubt es, statt es mit großzuziehen.«

»Zoë, schweig!« Mutter hielt sich die Ohren zu.

»Ich schweige nicht. Jetzt hör du mir mal zu. Auch wenn dein Schwiegersohn ein Herr Doktor ist und hier alle Rechnungen bezahlt, kann er mit dem Kind nicht machen, was er will. Sie ist seine Frau, ja, er ist mit ihr verheiratet, und sie ist die Mutter seiner Kinder. Und was macht er? Den ganzen Tag ist er stumm wie ein Fisch, isst sein Essen und legt sich schlafen.«

»Und er arbeitet. Er bringt doch das Geld herein«, verteidigte sich Mutter.

»Das fehlte gerade noch, dass er das auch nicht macht.« Tante Zoë stellte ihr Glas auf den Tisch und nahm Namenlos auf den Schoß. »Das Würmchen kann nichts dafür, dass es so hässlich ist.« Sie streichelte über die schütteren Härchen auf dem kleinen Schädel.

Elisabeth räumte ab.

Die Kinder, inzwischen sechzehn Monate alt, saßen an einem schönen Sonntagnachmittag im Obstgarten beim Kaninchenstall, unter dem wachsamen Auge ihrer Mutter. Auch Guillaume war da, der sich sonst so gut wie nie in der Nähe seiner Sprösslinge aufhielt. Die Hände auf dem Rücken, studierte er die Blätter der Apfelbäume, die rostbraune Flecken hatten. Plötzlich krähte Valentijn vor Freude. Der Junge hatte sich an den Gittern des Stalls hochgezogen und stand nun fest auf seinen zwei kleinen Beinchen, Auge in Auge mit einem dicken Flämischen Riesen. Valentijns Begeisterung nahm kein Ende. Er klopfte mit seinem Händchen an den Käfig und plapperte dem Tier etwas zu. Guillaume wandte sich um, beobachtete die Szene einen Moment und ging dann fasziniert zu seinem Sohn hin.

»Nur zu«, sagte er. »Komm, gebrauch deine Beinchen.« Er nahm Valentijn an den Händen und ließ ihn seine ersten Schritte in die Welt setzen. Valentijn krähte, und Guillaumes verbissene Grimasse wich ganz kurz einem kleinen Lächeln. Winzig, aber gerade groß genug, um erkennen zu lassen, dass er stolz war. Auf seinen Sohn. Seinen einen Sohn.

Valentijn lernte laufen und trat so ins Leben seines Vaters. Seit diesem Tag verbrachte Guillaume regelmäßig Zeit mit dem Jungen. Er ging mit ihm spazieren, nahm ihn auf den Schoß und ließ ihn hin und wieder in sein Behandlungszimmer, wo er ihm die verschiedenen Tiegel und Flaschen und das seltsame Instrumentarium erklärte. Nicht, dass der kleine Junge etwas davon begriff.

Namenlos schenkte er keine Beachtung. Auch nicht, als der im Alter von zwei Jahren ebenfalls zu laufen anfing, und schon gar nicht, als er zu reden begann, selbst wenn ein anderes Wort gesucht werden muss für die merkwürdigen Töne, die er, total verzerrt und unverständlich, ausstieß. Anfangs bemühte er sich um die Aufmerksamkeit seines Vaters. Sogar nachdrücklich, indem er zu ihm hinlief und ihn am Hosenbein packte oder am Ärmel zog. Aber jedes Mal wandte Guillaume ihm den Rücken zu oder herrschte ihn an oder ignorierte ihn einfach und las in aller Ruhe weiter.

Nach einiger Zeit gab das Kind es auf. Es suchte die Wärme bei seiner Mutter, und wenn die keine Zeit hatte, verkroch es sich im vorderen Zimmer im Schrank, zwischen einem Stapel gestärkter Tischtücher und Schachteln mit Christbaumschmuck. Dort saß es dann, in Stille und völliger Dunkelheit, den Oberkörper wiegend, mit einem weißen Stein in der Hand.

Inzwischen war es sieben Jahr her, dass Herr Funke das Dorf verlassen hatte. Um seinen Garten kümmerte sich nun der Mann von Lise Bosmans, der keine Arbeit mehr hatte, weil er die Plackerei in der Zichorienfabrik nicht mehr schaffte. Wohin genau Herr Funke gegangen war, wusste niemand. Natürlich machten Geschichten die Runde. Er sei bei seiner kranken Mutter. Er sei ein Gelehrter und müsse für seine Forschungen Universitäten im Ausland aufsuchen. Er halte sich in den Bergen auf wegen seiner schwachen Lunge. Jeder hatte seine Vermutungen, aber keiner wusste Genaueres.

Eines Tages war er wieder da. So unerwartet, wie er verschwunden war. Er spazierte durchs Dorf und grüßte die Leute mit einem kleinen Nicken, wie früher. Das Seltsamste von allem war, dass sich niemand traute, ihn auch nur irgendetwas zu fragen. Nur der Herr Notar schien mehr zu wissen, oder zumindest tat er so.

Elisabeth kniete im Vorgarten und rupfte zwischen den Steinplatten Unkraut. Ein Schatten glitt über sie. Sie richtete sich langsam auf, um zu sehen, wer hinter ihr stand. Herr Funke. Ein kurzes Schweigen. Sie beobachteten einander. Er war älter geworden, fand sie, an den Schläfen grauer, ein paar Falten um seine Augen hatten sich tiefer eingegraben.

»Guten Tag, Elisabeth, wie geht es Ihnen?« Seine Stimme klang noch genauso wie damals.

»Es geht.« Mehr konnte sie nicht sagen.

Er räusperte sich. »Es hat sich vieles verändert, habe ich gehört.«

»Das Leben«, sagte sie.

»Sie sind jetzt Mutter?«

»Ja«, sagte sie resolut. Es gefiel ihr, dass er *Mutter* sagte und nicht *Ehefrau*.

»Zwei Buben?«, fragte er.

»Das Dorf tut seine Arbeit, wie ich höre.« Elisabeth lächelte.

»Die Leute reden gern«, erwiderte er. »Aber sie sagen so wenig.«

Diese Worte brachten Elisabeth zurück zu jenem Tag am Kanal.

»Das stimmt. Über Sie wird auch viel geredet.«

Er überhörte ihre Bemerkung.

»Einer der Jungs ist ein bisschen krank?«, tastete er sich vor.

»Nicht krank. Anders.« Es tat ihr gut, das so sagen zu können.

»Das meine ich vielleicht.«

»Ich weiß nicht, was Sie meinen.«

Wieder Schweigen.

»Lesen Sie noch Bücher?«

»Nein.«

»Keine Zeit?«

»Nein. Keine Bücher.«

»Sie haben noch eins von mir, oder?«

»Es liegt oben. Soll ich es holen?«

»Nach der ganzen Zeit kommt es nicht auf einen Tag an.«

»Stimmt.«

»Möchten Sie noch eins?«

Sie blickte auf ihre staubigen Schuhe, ihre braunen Strümpfe. Dann sah sie ihn wieder an, den Mann in dem gepflegten Anzug, mit dem geraden Rücken und der Klugheit in den sauberen Kleidern.

»Ja«, sagte sie.

»Ich habe welche dabei.« Er zeigte auf seine Ledertasche.

»Kommen Sie herein«, sagte Elisabeth. Namenlos schlief, und Valentijn spielte auf dem Dachboden mit seinen Zinnsoldaten. Ein gestohlener Augenblick. Doch noch ein bisschen Himmel.

Sie setzten sich einander gegenüber. Er holte mehrere Bücher aus der Tasche und legte sie behutsam auf den Tisch.

»Schickt es sich, dass ich hier bin?«, fragte er.

»Für meinen Geist ist Ihre Anwesenheit ein Segen.«

»Ich möchte Sie nicht in Schwierigkeiten bringen.«

»Würden Sie das können?«

»Ich meine, Ihr Mann …«

»Machen Sie sich um ihn keine Sorgen.«

»Er weiß Bescheid?«

»Er ist nicht zu Hause. Es ist Dienstagvormittag. Dann ist er in der ganzen Gegend unterwegs. Hausbesuche.«

»Dann gehe ich am besten gleich wieder, oder?«

»Nein, bitte bleiben Sie. Ich flehe Sie an.«

»Was würde er dazu sagen?«

»Wieso?«

»Wenn er wüsste, dass ich hier bei Ihnen sitze.«

»Mein Mann ist nicht besonders redselig. Nicht mehr.«

»Wäre er damit einverstanden?«

»Es ist mir ein Rätsel, womit er einverstanden ist und womit nicht.«

Die nun folgende Stille füllte Elisabeth mit dem Einschenken von zwei Tassen Kaffee. Ihre Hände zitterten, und sie verschüttete ein paar Tropfen auf den Tisch. Er wischte sie galant mit seinem Taschentuch weg. Als wollte er damit ihre Angst und seine Zweifel wegwischen. Sie sah ihn an, während sie tranken. Vorsichtig. Der Kaffee war heiß.

»Haben Sie Loveling gelesen?«

»Ja, natürlich.« Das war gelogen.

»Sie ist eine Frau, die frei denkt.«

»Kennen Sie sie?«

»Nicht persönlich. Nur ihre Bücher.«

»Sie schreibt gut.«

»Sie sollten auch weiterhin frei denken.«

»Ach, tatsächlich?«

»So wie an dem Tag damals am Kanal.«

»Das ist lange her.«

»Es stürmte damals, das weiß ich noch.«

»Damals war ich noch ein Kind.«

»Nein, eine angehende Frau.«

»In diesem Dorf ist man dann noch ein Kind.«

»Sie nicht.«

»Auf jeden Fall denke ich nicht mehr so wie damals.«

»Warum nicht?«

»Weil das Leben es nicht erlaubt.«

»Sie müssen dem Leben etwas erlauben. Nicht umgekehrt.«

Er setzte sich etwas gerader, beugte sich ein bisschen vor und legte seine feingliedrige Hand auf ihre.

»Sie müssen für sich selbst sorgen, Elisabeth.«

»Das ist leicht gesagt.« Sie ließ ihre Hand unter seiner liegen. Sie dachte an ihren Mann, der jede Nacht auf dem Dachboden schlief, sie dachte an Namenlos, und blickte auf die Hand, und sie ließ ihre einfach darunter liegen.

»Kann ich Ihnen helfen?«, fragte er.

In diesem Moment ging die Flügeltür des Zimmers auf, und Valentijn und Namenlos standen da, Seite an Seite, der eine mit einem einnehmenden Lächeln, der andere mit einem scheußlichen Grinsen.

»Ich glaube nicht, dass Sie hieran etwas ändern können«, sagte Elisabeth und zog schnell die Hand weg. Sie sah, wie Herr Funke kurz erschrak und sich dann wieder fasste.

»Brüderchen schläft nicht«, teilte Valentijn mit. Namenlos lief zu seiner Mutter und begrub seinen sabbernden Mund in ihrem Schoß. Sie streichelte ihm über den Kopf. Herr Funke ging kurz darauf. Mit dem Versprechen, bald wiederzukommen. An einem Dienstagvormittag.

Die Kinder wuchsen heran. Valentijn freundete sich mit jedem Menschen an, dem er begegnete. Er war ein hübscher Junge mit einem verwuschelten Lockenkopf, blauen Augen und einem ständigen Lächeln.

Namenlos hingegen wurde immer mehr zum Gegenstand von Spott und feindseligen Blicken. Teufelskind wurde er genannt.

Das Schweigen zwischen den Eheleuten wucherte. Elisabeth suchte ihren Weg. Zwischen einem abwesenden Ehemann und einem hilfsbedürftigen Kind. Sie wollte den Mann nicht stören und das Kind beschützen. Das war ihr Leben geworden. Lavieren zwischen den Seelen von Verletzten.

Eines Tages überraschte Guillaume sie vollkommen. Mit einem Sekretär aus Mahagoni. Ein prachtvolles Möbelstück mit kunstvollen Intarsien auf der Schreibfläche in Form eines fünfzackigen Sterns und mit zwei Paar kleinen Schubladen, die abschließbar waren. Sie stellte ihn in ihr Zimmer. Einen Grund für das Geschenk nannte er nicht. Er hatte am Abend nur kurz ins Zimmer geschaut und gesagt: »Du bist die gute Seite des Bergs.«

Eine bizarre Äußerung. Keine weitere Erklärung. Er hatte sich umgedreht, bevor sie sich bei ihm bedanken konnte, mit einem Kuss, mit einer Hand auf seinem Arm, mit einem Blick oder einem Wort. Aus Überraschung wurde Verwirrung. An dem wunderschönen Sekretär las sie fortan ihre Bücher. Wenn Guillaume sich in seinen eigenen Gedanken einschloss, warum nicht auch sie?

Natürlich nahm ihr die immer frohgemute Tante Zoë das Leid hin und wieder von den Schultern. Aber es waren vor allem die Besuche von Herrn Funke, alle paar Wochen am Dienstagvormittag, die sie herbeisehnte. Eine sanfte Brise in ihrem gestrandeten Leben. Sie tranken zusammen Kaffee, und er erzählte von Büchern und Zeitschriften. Er sprach nie mehr über Freiheit. Doch er ließ einen Artikel aus einer französischen Zeitung achtlos zurück. In einem Buch verborgen. Ein Samenkorn in der Erde von Elisabeths Träumen. Die Beschreibung einer Insel jenseits des Meeres.

Elisabeth pflückte einen Tag aus der Kindheit ihrer Jungen, um ihnen eine Ahnung von ihrem eigenen Verlangen zu schenken. Es war nur ein winziger Abglanz der fernen Länder, von denen sie gelesen hatte, nicht Moskau oder Paris oder ein Land weit weg in Afrika oder im Orient. Es war einfacher und viel näher gelegen. Aber doch ein großer Schritt.

Guillaume war für einige Tage außer Haus, weil er an der Universität von Löwen, zu der er noch Beziehungen unterhielt, an einigen Praktika teilnehmen wollte. Er hatte es vorher nicht mit ihr besprochen. Nur eine nüchterne Mitteilung am Morgen. Dann war er einfach gegangen. Das hatte sie rebellisch gemacht.

Am nächsten Tag ließ sie eine Kutsche vorfahren, das hatte Tante Zoë für sie geregelt, und fuhr frühmorgens mit ihren Söhnen zum Bahnhof. Beide trugen ihre Sonntagskleider. Namenlos hatte eine karierte Mütze auf, an der ein Schleier befestigt war, der sein Gesicht verbarg.

Sie hatte am Vorabend noch Waffeln und einen Mandelkuchen gebacken und morgens in die beiden großen Picknickkörbe zu dem Brot, dem Käse, der Wurst, dem gebratenen Huhn und dem Obst gepackt. In der Kutsche herrschte erwartungsvolle Spannung. Vor allem Namenlos, der nur selten nach draußen kam, war ganz aufgekratzt.

Die Sonne war ihnen freundlich gesinnt und schien den ganzen Tag. Im Zug nach Ostende fühlte Elisabeth sich für einen Moment wie eine Ausreißerin; in ihr kam der vage Gedanke auf, nie mehr zurückzukehren. Natürlich absurd. Wo sollte sie hin?

Ein Spaziergang auf dem Deich. Sie zeigte ihren Jungen die weite Aussicht über das Meer. Sie ging mit ihnen bis ans Wasser. Sie raffte ihre Röcke, höher, als es schicklich war, und die Jungen durften sogar ihre Kniebundhosen ausziehen, das Hemd war ja lang genug und fiel über die Unterwäsche. Sie lachten fröhlich und spritzten einander nass.

Namenlos kostete von dem Salzwasser und verzog das Gesicht. Sie sah in diesem Moment ein normales Kind in ihm, das Grimassen zieht, weil es Salzwasser kostet. Es machte sie glücklich.

Sie aßen am Strand auf einer Wolldecke, die sie mitgenommen hatte. Sie tranken Kirschsaft. Gegen Abend setzten sie sich hoch in die Dünen und betrachteten, wie die Sonne am Ende der Welt versank. Nebeneinander, Arm in Arm, atmeten sie kurz die gleiche Luft, die der Freiheit, ohne die Enge und die Zwänge des Dorflebens.

Sie deutete auf die gegenüberliegende Seite jenseits des Wassers. Dort lag ein anderes Land. England. Namenlos blickte auf ihren Mund, sein Auge leuchtete, als er Wörter hörte, die einen so hellen Klang hatten, dass sie vielleicht Bilder in seinen Geist zauberten. Er stieß fröhliche Schreie aus, winkte eifrig mit beiden Armen zum Horizont. Es tat ihnen so gut. Sie blieben sitzen, bis die Dunkelheit sie verschluckte.

VI

Elisabeths Mutter musste sich eines Tages eingestehen, dass ihre Augen inzwischen zu schlecht waren, um noch länger für den Kalbskopf Spitzen zu klöppeln. Könnte Elisabeth nicht ein paar Aufträge übernehmen? Guillaume hörte es und fuhr die beiden Frauen wütend an.

»In meinem Haus arbeitet meine Frau nicht für fremde Leute. Ich verdiene genug.«

Einen Moment war es still. Mutters Hände zitterten. Elisabeth war fassungslos. Meine Frau, hatte er gesagt. Er, der sich schon seit Jahren in keiner Weise mehr wie ihr Mann verhielt, er nahm plötzlich diese beiden Wörter so energisch in den Mund. Woher nahm er das Recht dazu? *Meine Frau.*

»Dann behandle mich auch wie deine Frau«, sagte sie und verließ das Haus. Sie lief über die Felder bis zum Kanal. Ihre Ulme war nicht mehr da. Der Baum war gefällt worden.

Eine Woche später wurde Elisabeths Mutter in ihrem Bett gefunden. Für immer eingeschlafen. Das Ende des Tickens der Klöppel hatte auch ihr Herz zum Stillstand gebracht.

Das Begräbnis war schlicht. Sie war eine fromme Frau gewesen. Als der Sarg hinabgelassen wurde, blickte Elisabeth unter der Krempe ihres schwarzen Huts hervor auf die Menschen, die um das Grab standen. Valentijn, inzwischen ein hoch aufgeschossener Junge, suchte den Blick eines jungen Mädchens, das weiter hinten stand, Violette, die Tochter des Barons. Namenlos stand starr neben seiner Mutter. Guillaume war nicht da, er war zu einem Patienten gerufen worden.

Was hält mich hier eigentlich noch, fragte sich Elisabeth, als sie mit einem Palmzweig Weihwasser über Mutters Grab sprenkelte.

Jahre vergingen. Sie war oft allein, Valentijn war inzwischen in einem Internat, und Namenlos streifte immer häufiger wer weiß wo umher. Er erledigte hier und da kleine Arbeiten, hatte sie begriffen.

Oft zog sie die rechte untere Schublade ihres Sekretärs auf und holte den Zeitungsartikel aus *Le Progrès* hervor. *Une excursion à l'île de Wight.* Auch wenn es aus der Vogelperspektive nur ein paar hundert Kilometer Entfernung waren, kam es ihr so vor wie das Ende der Welt. Auch eine Ansichtskarte war dabei, die Rückseite unbeschrieben, jungfräulich, frei für alle Worte. Artikel und Karte hatten zusammen in einem Buch gesteckt.

Den Inhalt, sogar den Titel des Buchs hatte sie vergessen, aber die Beschreibung der Insel auf dem vergilbten Zeitungspapier und die Ansicht einer kleinen Stadt mit einer langen Mole auf der Karte waren ihr nicht mehr aus dem Kopf gegangen. Das Paradies lag am anderen Ufer. Um dieses Ufer zu erreichen, brauchte sie Geld.

»Wie geht es Ihnen, Elisabeth?« Pastor Derijcke hatte sie ins Pfarrhaus bestellt und rauchte seine obligatorische Zigarre.

»Danke, Hochwürden, gut.« Sie war von der schielenden Haushälterin hereingelassen worden, die sie zum Sprechzimmer des Herrn Pastor geführt hatte und aus Neugier die Stühle abzustauben begann, bis ihr Arbeitgeber sie mit einem kleinen Hüsteln aufforderte, zu gehen und die Türen zu schließen.

»Wie ergeht es Valentijn im Internat?«, erkundigte er sich.

»Er hält sich gut.«

»Und sein Bruder?« In seiner Stimme lag ein Zögern.

»Der kommt auch zurecht. Auf seine Art.« Sie sagte es in scharfem Ton.

»Eine Mutter steht vor mir, das höre ich.«

»Ich weiß, was ich sage. Ich kenne ihn.«

»Gott wird Ihnen den Mut und die Selbstaufgabe vergelten, Elisabeth.« Er richtete den Blick kurz zur Zimmerdecke, als könnte er des Herrgotts selbst dort irgendwo gewahr werden. »Aber Sie wissen so gut wie ich, Mutter hin oder her, dass manche Leute der Ansicht sind, er würde woandershin gehören.« Es klang verachtungsvoll.

»Das weiß ich nicht, Hochwürden.«

»Es gibt ein Heim für junge Männer wie ihn. Die Nonnen von …«

»Sein Platz ist zu Hause«, unterbrach sie ihn.

»Ihr Mann sagt allerdings, dass er das Geld …«

»Mein Mann sollte diese Dinge besser mit mir bereden als mit Ihnen.«

»Er macht sich Sorgen, das ist alles.«

»Das würde mich wundern. Namenlos bleibt bei mir.«

»Eine verständliche Entscheidung, über die ich mich freue.« Lächelnd streifte er Zigarrenasche ab. Beide schwiegen.

»Haben Sie mich deshalb herbestellt, Hochwürden?«

»Natürlich nicht. Ich habe mit Herrn De Roovere gesprochen.«

Mit dem Kalbskopf, dachte Elisabeth.

»Er hat mir erzählt, ganz beiläufig, selbstverständlich haben wir über andere Dinge gesprochen, dass Sie gut sind im Spitzenklöppeln.«

Hinten in der Küche hörte Elisabeth die Haushälterin mit Kochtöpfen klappern.

»Worauf genau wollen Sie hinaus, Hochwürden?«

»Setzen Sie sich, Elisabeth, wir können eine Vereinbarung treffen.« Sie wollte eigentlich gar nicht Platz nehmen auf dem mit Leder bezogenen und mit Kupfernägeln beschlagenen Stuhl, tat es aber doch.

Er selbst blieb stehen, legte die Zigarre in einen Aschenbecher, stemmte die Arme auf den Schreibtisch und beugte sich vor.

»Ich plane für nächstes Jahr eine große Prozession zu Ehren unserer heiligen Rictrudis. Größer als alle anderen Prozessionen, die es hier und in allen Nachbargemeinden jemals gegeben hat.«

Sein Gesicht rötete sich, er hatte sich inzwischen wieder von seinem Schreibtisch entfernt und ging durchs Zimmer. Er sah sie nicht mehr an, tigerte hin und her, vom Fenster zum Ofen und wieder zurück, und beschrieb ihr voller Enthusiasmus seine Pläne.

»Ich will einen Umzug mit allen Heiligenstatuen. Und

die sollen wie neu sein. Ich lasse sie ganz neu anmalen, und auch ihre Kleidung wird aufgefrischt. Alles soll an diesem Tag glänzen und leuchten. Die Bordüren an den Mänteln, die Kragen, die Mützen, sogar die Kaseln der Eisheiligen, alles soll mit der schönsten Spitze ausgestattet sein, Elisabeth.«

»Und dabei hatten Sie auch an mich gedacht?«

»Ich denke dabei nur an Sie.« Er betonte das Wort »nur«.

»Was für eine Ehre.«

»Aber ich habe begriffen, dass Ihr Mann gegen Heimarbeit ist.«

»Guillaume und ich sind auch über andere Dinge verschiedener Meinung.«

»Er braucht nicht zu wissen, dass ich Sie bezahle. Er wird es als ein Werk der Frömmigkeit sehen. Das Sie für die Gemeinde tun. Dafür werde ich schon sorgen.«

Red du nur, dachte Elisabeth.

»Und er braucht auch nicht zu wissen, wer immer dienstags in seinem Haus zu Besuch ist.« Er zog an seiner Zigarre.

Es fiel Elisabeth plötzlich auf, wie sehr geweihter Rauch stinkt.

Pastor Derijcke bezahlte anständig. Elisabeth wusste nicht, welchem Umstand sie das zu verdanken hatte. Vielleicht, weil sie die Muster alle selbst entwarf und ihn mit ihrem außergewöhnlichen Können überraschte. Jedes Mal, wenn sie mit einer Heiligenfigur fertig war, honorierte er sie großzügig. Sie nahm jeden Centime dankbar an und versteckte ihn sparsam in der unteren Schublade rechts, gleich über dem Zeitungsartikel. Es kostete sie nun keine Mühe, das

Klöppelkissen auf den Schoß zu nehmen und viele Stunden durchzuarbeiten, manchmal bis in den späten Abend.

Je mehr sie von ihrem umfangreichen Auftrag im Laufe der Zeit vollendete, desto stärker und größer fühlte sie sich werden, wieder die Elisabeth von vor langer Zeit. Ihr Plan nahm Gestalt an. Das Ziel rückte näher.

Januar 1914. Das Jahr der großen Prozession. Das Jahr, von dem an die Welt eine andere werden würde. Das Jahr, in dem der feste Boden umgewühlt werden sollte wie nie zuvor. Es war bitterkalt. Die Öfen brannten Tag und Nacht, und in den Häusern wurde es trotzdem nicht warm. Der Winter hatte alles fest im Griff.

Elisabeth war allein zu Haus und saß mit ihrer Arbeit am Fenster. Namenlos war zu Tante Zoë gegangen, und Guillaume machte seine Runde und würde, wie sie wusste, den ganzen Tag wegbleiben. Hausbesuche bei Patienten wechselten sich häufig mit Besuchen im Wirtshaus ab. Anderen verschrieb er heilende Säfte, sich selbst schüttete er danach mit heilendem Alkohol voll. Wenn er nach Hause kam, ging er sofort nach oben und schlief seinen Rausch aus.

Die Sonne, die vom Schnee reflektiert wurde, warf ein seltsames Licht ins Zimmer. Fast konnte man vergessen, dass es draußen so unfreundlich war. Plötzlich stand er da. Vor dem Fenster. Die Zeit im Kittchen hatte Linien in sein Gesicht gezogen. Trotzdem sah er noch kräftig aus. Gewiss nicht zu mager. Er trug saubere Kleidung. Eine Glut ging von ihren Augen aus und verbreitete sich über ihren ganzen Körper, um sich in ihrem Unterleib einzunisten.

Hendrik lächelte ihr zu und hob die Hand, die in einem

fingerlosen Handschuh steckte. Er sagte etwas, was sie nicht verstand. Sein Atem bildete kleine Wölkchen in der Eiseskälte. Sie legte rasch das Klöppelkissen beiseite, band die Schürze ab und ging zur Haustür.

»Komm rein«, sagte sie. »Es ist zu kalt.«

Er folgte ihr ins Zimmer und zog seinen Mantel aus, stellte sich vor den Ofen und schwieg. Ihre Knie wurden weich. Sie begriff nicht, was mit ihr geschah. Sie hätte nie gedacht, dass er einmal zurückkäme, und schon gar nicht, dass es sie so aus dem Gleichgewicht bringen würde. Sie sahen einander an. Zwanzig Jahre sind nichts, ein Seufzer nur, ein Atemzug, wenn Menschen, aus welchen Gründen auch immer, eine Erinnerung in einem verlorenen Winkel ihres Lebens aufbewahren, wo niemand sie jemals sieht, auch sie selbst nicht, aber wo sie auch niemand fortgeräumt hat. Dann gibt es keine Worte und es heißt warten, bis jemand die Stille durchbricht.

»Es ist so lange her, Hendrik.«

»Mehr als zwanzig Jahre im Eimer, Elisabeth.«

»Warum eigentlich? Damals lief es doch für dich so gut.«

»Das Miststück vom Sägewerk hat mich ganz übel reingelegt.«

»Was war zwischen euch?« Sie wagte die Frage fast nicht zu stellen.

»Nichts. Nur Versprechungen. Ich sollte angeblich einen schönen Posten kriegen. Sägemeister. Sie wollte ihren Vetter aus dem Weg räumen. Um den andern Familienanteil des Betriebs zu erben. Sie hat ihn im Schlaf erstochen. Mich hatte sie zu seinem Haus bestellt. Alles haben sie mir in die Schuhe geschoben. Wenn du aus dem Centime-Viertel kommst, bist du immer der Angeschmierte. Mehr als zwanzig Jahre im Eimer, Elisabeth, weißt du, was das heißt?«

Das war das, was Elisabeth hören wollte. Was sie schon immer hatte hören wollen. Es war nicht wichtig, ob er nun die Wahrheit sagte oder nicht.

»Weshalb bist du gekommen?«, fragte sie. Sie hatte Angst vor der Antwort, davor, dass er nicht die Worte sagen würde, die sie so oft fantasiert hatte, wenn sie im Bett lag und an die Deckenbalken starrte.

»Ich komme, weil ich dir etwas versprochen habe.«

Sie konnte nichts erwidern. Sie wollte auch nicht. Sie durfte jetzt nichts kaputt machen.

»Ich hatte Geld gespart, als sie mich verhaftet haben. Ich habe gestern die Zinsen abgehoben, und es ist jetzt genug.«

»Was meinst du?«, fragte sie, obwohl sie es nur allzu gut wusste. Er brauchte nicht zu antworten.

»Bevor ich gehe, frage ich dich: Kommst du mit?«

Ihr stockte der Atem. Ein Schauer überlief ihren Körper. Sie trat auf ihn zu.

»Du bist verrückt«, sagte sie und zog mit ihrem Finger langsam eine Linie über seine vollen Lippen, die sich trocken anfühlten durch den rauen Wind. An einigen Stellen waren sie gesprungen. Als sie die Hand zurückziehen wollte, hielt er ihren Arm fest, zog sie noch dichter an sich und küsste sie auf den Mund.

Sie ließ es geschehen. Das Zimmer, der Sekretär, das Kissen mit den Nadeln, der Stuhl, alles forderte sie zur Hingabe auf. Ihre Zungen suchten einen Weg, der vor vielen Jahren versperrt worden war, ihre Hände fuhren unter Kleidungsstücke auf der Suche nach Haut und Haar, ihre

Körper schmiegten sich aneinander, ineinander, um viel, um mehr, um alles zu fühlen.

In solchen Momenten denken Menschen nicht mehr nach. Dann bleiben Vorhänge geöffnet, knarren Möbel unter dem Gewicht von Körpern, werden Schuhe weggestoßen, Strümpfe hinuntergerollt, Röcke hochgeschoben, Hosen herunterstreift, Hemden vom Leib gerissen. Dann wird zugefasst, gedrückt, geknetet, geküsst mit flimmerndem Verlangen. Es gibt dann nichts als Begehren. Einander erschöpfend finden. So tief es geht berühren. Endlos betäuben. Seufzen und Stöhnen erfüllten das Zimmer, ein Feuer ergriff Besitz von ihm, von ihr. Sie aßen und tranken einander wie eine Henkersmahlzeit. In solchen Momenten atmet die Luft die Menschen und nicht andersherum.

Sie lagen mit verschwitzten Körpern vor dem Ofen auf dem Boden, nackt, trotz der Kühle, die sie nicht spürten. Elisabeth entwand sich aus ihrer Verschlingung und stand auf, um sich anzuziehen und herzurichten.

»Verdammt, was haben wir getan«, sagte sie mit heiserer Stimme. Sie drehte ihre langen Haare wieder zu einem Knoten, den sie mit einer Klammer feststeckte.

»Ganz normal miteinander geschlafen.« Er saß träge da, den Rücken an die Holztäfelung gelehnt.

»Das war nicht normal, Hendrik.«

»Nein, stimmt. Aber wir haben den Faden von damals wieder aufgenommen.«

»Das ist es ja gerade, Hendrik. Das geht nicht.«

»Warum nicht?«

»Weil inzwischen so viel passiert ist. Ich bin verheiratet. Ich habe zwei Kinder.«

»Mein Bruder Tist hat mir das erzählt, bevor er selbst eingelocht wurde.«

»Also vergiss den Faden besser, der lässt sich nicht wieder aufnehmen.«

»Entscheiden wir das nicht selbst?« Er stand auf und zog seine Hose an.

»Nein, das entscheiden wir nicht selbst. Das ist so.«

»Du kannst mit mir mitkommen. Für deinen Kerl bist du doch sowieso Luft.«

»Woher weißt du das?«

»Im Bau kommst du an alle Informationen, wenn du dafür löhnst.«

Irgendwie tat es ihr gut, das zu hören.

»Lass meinen Mann aus dem Spiel.«

»Stimmt das denn nicht? Liebst du ihn?« Er knöpfte sich den obersten Hemdknopf zu.

»Das tut nichts zur Sache.«

»Wenn das nichts zur Sache tut, kannst du doch mitkommen, oder nicht?« Seine blauen Augen schauten durch sie hindurch.

»Ich lasse meinen Sohn nicht allein zurück.«

»Er kann mit. Ich habe Geld genug. Für drei.«

»Du kennst ihn nicht, Hendrik. Wenn du ihn siehst, hast du keine Worte mehr und läufst weg.«

»Ich weiß, dass er krank ist.«

»Er ist nicht krank. Er ist ein Monstrum.« Sie erschrak über ihre eigenen Worte.

»Davon habe ich im Knast genug gesehen.«

»Er ist anders. Du könntest es nicht, Hendrik.«

»Lass es mich wenigstens versuchen.«

»Nein, Hendrik, du musst gehen.«

»Elisabeth, du weißt selbst, dass das nicht dein Ernst ist.«

»Dann ist es eben nicht mein Ernst. Aber du musst hier weg. Du machst mich ganz wirr im Kopf, und du wirfst mein Leben durcheinander.«

»Du hast vorhin also nichts gefühlt?«

»Doch, natürlich.«

»Na also.«

»Gefühle genügen nicht. Es muss auch realistisch sein.«

»Es ist realistisch. Wir nehmen das Schiff und sind weg.«

»Verschwinde, Hendrik.«

»Das ist nicht dein Ernst.«

»Verschwinde oder ich mache die Fenster auf, und ich rufe und tobe, dass du mich belästigt hast, so laut, dass es die ganze Nachbarschaft hört.«

»Du würdest lügen, um mir etwas anzuhängen?«

»Nein, um mich selbst zu schützen.«

»Alle Frauen sind also gleich.«

»Nein, Hendrik, glaub das bitte nicht. Aber es geht nicht. Begreif das doch. Es geht nicht.« Sie schlug mit beiden Händen auf seinen Brustkorb.

»Ich werde dir gehorchen, Elisabeth. Aber ich weiß genauso gut wie du, dass es unter deiner Haut sitzt. Und irgendwann eitert es heraus.«

»Psst, Hendrik.« Sie legte ihre Finger auf seine Lippen. »Pssst, und jetzt geh.«

Sie sah durch ihre Tränen, wie er sich umdrehte, seinen Mantel anzog und ging, ohne sich noch einmal umzuschauen. Sie hatte ihm einen Schlag versetzt. Sie ahnte, dass die letzte Stunde in ihrem Haus ihn schwerer getroffen hatte als die zwanzig Jahre Haft. Sie könnte das Blatt noch wenden, wenn sie es wollte.

In den Monaten darauf sah sie ihn noch einige Male wieder, doch immer nur von Weitem. Wenn sie zum Pfarrhaus ging, hatte er sich manchmal an der Straßenecke postiert. Oder er stand ganz am Ende des Feldes, das hinter der Scheune der alten Schmiede lag. Seine Silhouette zeichnete sich dann vor dem hellen Himmel ab. Manchmal lehnte er im Seitenschiff an einer Wand, wenn sie in die Kirche ging. Er, der früher nie das Gotteshaus von innen gesehen hatte. Er kam nicht mehr vorbei, er sprach sie nicht an, er hielt sich an das, worum sie ihn gebeten hatte. Aber er folgte ihr unablässig, in einiger Entfernung. Das merkte sie. Das spürte sie.

Überall, wo sie ihn gesehen hatte, an jedem Ort, an dem er sich kurz in ihrem Blickfeld zeigte, säte er Zweifel in ihr. Alles nagte an ihr. Sein warmer Körper. Ihr Mann, der immer häufiger zur Geneverflasche griff. Namenlos, der sich in letzter Zeit nichts mehr von ihr sagen ließ. Ihre Gedanken machten mit ihr, was sie wollten. Das Einzige, was sie noch aufrecht hielt, war das Spitzenklöppeln.

Sie hatte sich für die heilige Brigida, die heilige Apollonia und die Muttergottes der sieben Schmerzen ausgesprochen komplizierte Muster ausgedacht, und für die heilige Rictrudis selbst hatte sie einen ganzen Mantel aus Spitze vorgeschlagen. Der Herr Pastor hatte zustimmend genickt, und sie hatte sich auf den Berg an Arbeit gestürzt.

Solange sich ihre Hände schnell bewegten, gingen ihre Gedanken nicht mit ihr durch. Um vom Herzen ganz zu schweigen.

Dienstagvormittag. Herr Funke saß mit übergeschlagenen Beinen auf einem Stuhl und las ihr aus einem französischen Gedichtband vor. Das hatte sich im Laufe der Zeit so ergeben. Er konnte so schön vortragen. Seine Stimme wirkte auf sie beruhigend. Sie wiegte ihre trübe Seele. Das war gut. So sollte es sein. An diesem Tag las er ihr etwas von Baudelaire vor. Aus *Les Fleurs du Mal.* Sie klöppelte Spitzen, seine Stimme erfüllte den Raum. Der Takt der Klöppel und der Klang seines Baritons gingen ineinander auf.

Und so hörten sie nicht, dass er zu Hause war. Nicht, dass sie sich für irgendetwas hätten schämen müssen, dass sie etwas taten, was sich nicht schickte. Er saß auf einem Stuhl und las vor, sie saß auf einem anderen Stuhl mit dem Kissen auf dem Schoß. Mehr nicht. Dennoch wurde die Tür mit einer Wucht aufgerissen, die Zorn verriet.

»Es stimmt also, was die Leute reden.« In der Tür stand schwankend Guillaume. Er hatte schon früh mit dem Trinken angefangen.

»Herr Doktor, es ist nicht das, was Sie denken.«

»Das Denken, Herr Funke, überlasse ich den Pferden. Ich versuche nachzudenken. Das müssten Sie eigentlich wissen.«

»Ich zweifle nicht an Ihren verstandesmäßigen Kapazitäten.«

»Eine gute Idee von dem ewigen Fremden im Dorf.«

»Guillaume, hör auf.«

»Ich werde Ihr Haus auf der Stelle verlassen, Herr Doktor. Und wenn Sie so wollen, nie mehr wiederkommen.«

»Herr Funke, lassen Sie nur«, schaltete sich Elisabeth wieder ein.

»Herr Funke! Sprichst du ihn immer noch mit Herr Funke an? Nach all den Jahren Techtelmechtel immer noch beim Sie.« Er wankte näher heran. »Ein guter Trick, Elisabeth, in der Tat, aber nicht mit mir.« Er lachte und ließ sich auf den Stuhl fallen, auf dem gerade noch Herr Funke gesessen hatte.

»Guillaume, ich verlange, dass du in dein Zimmer gehst und dich schlafen legst. Du hast zu viel getrunken.«

»Verlangen. Hören Sie das, Herr Funke, meine Frau verlangt etwas von mir.«

»Sie hat recht, Herr Doktor.«

»Ich habe getrunken, ja, aber nicht zu viel, um nicht zu kapieren, was hier vor sich geht. In meinem eigenen Haus. Direkt neben meiner Praxis. An oder vielleicht ja auf einem schönen Möbelstück, das ich ihr gekauft habe.«

»Guillaume, es reicht.«

»Herr Doktor, Sie irren sich.«

»Ich bin ein bisschen zu früh gekommen, um das Hauptgericht zu sehen, nicht wahr. Ihr wart erst bei der Vorspeise.« Verächtlich betrachtete er das Buch, das Herr Funke in der Hand hielt.

»Herr Doktor, gehen Sie schlafen und lassen Sie uns später darüber reden. Es ist wirklich nicht das, was Sie denken.«

»Ich lege mich erst schlafen, wenn Sie aus meinem Haus verschwunden sind. Für immer. Sie stutzerhaftes Natterngezücht. Elisabeth ist meine Frau, und Sie lassen die Pfoten von ihr.« Er baute sich drohend vor ihm auf, die beiden Männer standen nun fast Stirn an Stirn.

»Ich lasse mich nicht von jemand verleumden, der zu viel getrunken hat. Keine Bange, Herr Doktor, mich sehen Sie hier nie wieder. Leben Sie wohl, Herr Doktor. Leb wohl, Elisabeth.« Herr Funke nahm Mantel und Spazierstock, sah Guillaume beim Vorbeigehen noch kurz in die Augen und verließ das Haus. Aufrecht.

Elisabeth sah ihren Mann starr an.

»Du machst alles Schöne in meinem Leben kaputt«, zischte sie. Sie sah, wie sich etwas in seinem Blick veränderte. Seine Pupillen zuckten mehrmals von links nach rechts, dann holte er mit der rechten Hand aus und schlug sie voll ins Gesicht. Gleich darauf verließ er das Zimmer. Elisabeth spürte, wie ihre Wange brannte. Mehr nicht. Einfach den Schmerz eines Schlages. Mehr empfand sie nicht. Sie blickte auf die untere Schublade rechts an ihrem Sekretär.

Das verfluchte Jahr 1914. Das Jahr des fatalen Sprungs im Pulverfass der Welt. Elisabeth arbeitete Tag und Nacht. Obwohl es nahezu unmöglich war, beim Schein einer Öllampe oder Kerze gute Arbeit zu leisten. Aber sie versuchte es, manchmal gelang es ihr wie im Schlaf, ein andermal musste sie frühmorgens ihre Fehler korrigieren. Dann verlor sie Zeit.

Das war das Einzige, um das ihre Gedanken noch kreisten. Die Zeit. Die Tage im Abreißkalender. Sie wollte im Sommer das Haus verlassen. Das Haus ihres Vaters und ihrer Mutter. Der Sommer war eine gute Jahreszeit. Die Tage waren dann lang, das Wetter mild. Das Meer würde nicht zu wild sein.

Sie hatte bestimmt schon genug Geld zusammen für die Überfahrt, die Eisenbahn und einen Aufenthalt von ein paar Wochen. Sie würde alte Stücke Spitze mitnehmen und verkaufen. Vielleicht fände sie ja Arbeit. Obwohl es dort nicht gut lief. Das hatte sie auch in einer Zeitung gelesen. Aber wo lief es schon gut? Die ganze Welt klagte. Heilige Anna, bitte für uns. Nein, sie musste darauf vertrauen, dass es gelingen würde. Sie könnte zur Not irgendwo Dienstmädchen werden. Oder Landarbeiterin. Oder vielleicht in einer Fabrik arbeiten.

Wenn es schiefginge, würde sie zurückkehren. Sich nichts aus dem Geschwätz der Moralapostel machen. Sie würde sich vom Dorf absondern und in ihrem Zimmer sitzen und warten, und warten und warten. Aber sie wäre dann wenigstens dort gewesen. In ihrem Ausland.

Sie würde Namenlos mitnehmen. Aber er wusste es noch nicht. Achtzehn Jahre, entstellt und stumm. Sie musste es ihm noch sagen. Das würde sie gleich tun. Oder morgen. Oder nächste Woche. Die Zeit drängte. Er müsste mitkommen. Wo sollte er sonst hin? Sie würde für ihn sorgen. Mit der Mütze und dem Schleier würde er drüben an Land gehen. Einfach ein Exzentriker. Niemand dort brauchte sein wahres Antlitz jemals zu sehen. Er wäre ein anderer Mann dort. Fremd, aber respektiert. Er könnte vielleicht Schriftstücke kopieren zu Hause in einem kleinen Zimmer als Schreiber für einen Notar. Er hatte eine so schöne Handschrift. So deutlich lesbar. Man würde ihn nicht als Monstrum kennen. Man würde nicht wissen, wer er war. Das musste sie ihm alles noch sagen. Heute oder morgen.

Es wurde Mai. Wie schnell das ging. Sie musste noch zum Herrn Pastor gehen und ihm den letzten Mantel zeigen. Dafür wollte sie ihn erst um die Statue der heiligen Rictrudis drapieren. Eine schöne Frau. Auch eine schöne Statue. Frisch angemalt. Und dann der Mantel. Ganz aus

Spitze. Ihr war warm in diesen Tagen. Eine Glut am ganzen Körper schien nicht mehr auszukühlen. Sie schlief auch sehr wenig. Sie mied ihren Mann. Was nicht schwierig war, denn er mied sie auch. Valentijn würde schon zurechtkommen. Der kam schon so lange gut zurecht. Und der hatte auch seinen Vater. Sie könnte ihm schreiben. Wenn er noch etwas älter wäre, könnte er sie besuchen. Vielleicht würde es ihm dort auch gut gefallen. Und er würde bleiben. Wieder vereint.

28. Juni. Seltsames Wetter. Nicht allzu warm. Sie hatte den Mantel für Rictrudis sorgfältig in Packpapier eingeschlagen und ging damit zur Kirche. Der Wind auf ihrem glühenden Gesicht tat ihr gut. Ihre Augen waren etwas geschwollen, weil sie seit Langem zu wenig Schlaf bekam. Sie beeilte sich, obwohl es auf diese Minuten nun auch nicht ankommen würde. Sie stieg auf eine Leiter, denn die Statue stand vor dem Pfeiler auf einem Sockel. Sie zog sie mit solcher Sorgfalt an, als wäre es eines ihrer Kinder. Der Mantel sah prächtig aus. Die Sonne schnitt in diesem Augenblick einen Spalt in die Wolken, und ihr Licht flutete durch die Fenster. Orangefarbenes Licht ergoss sich über den Mantel der Heiligen. Elisabeth stieg von der Leiter und betrachtete ihr Werk aus einem Abstand. Bezauberung auf einem Sockel, bitte für uns. Sie musste Pastor Derijcke holen. Er würde ihr den letzten Teil bezahlen, und dann konnte ihre Reise losgehen.

Sie ging am Altar vorbei zur Tür der Sakristei. Die stand einen Spalt offen. Sie hörte etwas poltern. Sie schaute hinein, und dann sah sie ihn. Und er sah sie. Sie konnte es nicht glauben, ihre Augen begannen zu brennen. Sie füllten sich mit schwarzem Wasser, sie musste sich umdrehen. Sie lehnte sich kurz an den Altar und rannte dann weg. Die Tage waren zerrissen.

Sie lief nach Hause und stieß die Tür ihres Zimmers auf. Niemand. Sie setzte sich auf einen Stuhl. Alles um sie herum drehte sich. Die Kerzenleuchter aus Messing. Das Bild an der Wand. Das Tintenfass von Namenlos.

Sie öffnete die untere rechte Schublade und suchte den Zeitungsartikel. Sie nahm auch das Geld und begann, es zu zählen. Es war nicht genug. Alles wirbelte im Zimmer durcheinander. Warum war es nicht genug? Hatte sie sich denn verzählt? Sie sah ihn wieder da stehen. Er hatte sie gesehen. Das konnte gar nicht anders sein. Sie musste zurück. Das Geld doch noch holen. Und zwar sofort. Es duldete keinen Aufschub mehr. Die Tage waren lang, und das Wetter war mild. Sonderbar, aber mild. In Europa zerbrach die Welt. Das stand in einem Artikel in einer Zeitung von gestern. Sie zählte ihr Geld noch einmal. Wieder reichte es nicht. Sie zog das Zeitungspapier zu sich heran und knüllte es zusammen. Vor ihren Augen tanzten die Buchstaben des Satzes, der für sie seit Jahren so schön klang. *L'île de Wight, c'est le paradis terrestre.* Die Schutzheilige mit einem Spitzenmantel. Wer würde das glauben? Wer hatte das schon gesehen? Von nah und fern würden die Leute kommen und darüber reden. Sie legte den Kopf auf den Sekretär und ließ die Arme neben dem Körper herabfallen. Das Papier fiel zu Boden. *Pays de la poésie et du bon climat.*

Wie lange sie dort so gesessen hatte, wusste sie nicht. Sie war wie betäubt. Weil sie ihn gesehen hatte? Weil ihr Geld fehlte? Wegen der vielen schlaflosen Nächte? Sie war kaputt. Viel zu viel geklöppelt, viel zu lange. Heilige Anna, bitte für uns. Warum? Für ihr Ausland? Sie war wie betäubt, als die Tür aufging. Sie drehte sich um und sah ihn an. Ohnmächtig. Er ergriff einen der Kerzenleuchter.

Eine Schwalbe saß auf dem Fenstersims. Sie schlug mit den Flügeln, dann flog sie davon.

SPLITTER

I

Wusste Papa meinen Namen noch, als er starb?

Guillaume wiederholte den Satz fünfzig Mal im Kopf. Exakt fünfzig Mal. Das wusste er genau, weil er an seinen Fingern abzählte und nach jedem fünften Mal eine Fliese weiterging zum Fenster. Zwischen dem Tisch und dem Fenster lagen zehn Fliesen. Schwarzer Naturstein, der so glatt gebohnert war, dass man besser nicht auf Socken darüberlief. Er war einmal ausgerutscht, als er noch viel jünger war. Schwarzer Naturstein kann wehtun.

Fünfzig Mal. Wenn er seiner Mutter eine Frage stellen wollte, musste es fünfzig Mal sein.

»Wusste Papa meinen Namen noch, als er starb?«

Sie war eine schöne Frau, die immer aufrecht saß und Kleider trug, die ihr schmeichelten. Diesmal hatte sie das grüne aus Satin mit den Perlmuttknöpfen an. Vom Hals bis zum Bauch siebenunddreißig Stück.

Sie blickte verärgert von dem Buch auf, das sie gerade las.

»Warum willst du das wissen, Junge?« Ihre Augen verengten sich zu dünnen Schlitzen. Seine Mutter hatte schöne blaue Augen. Fand er. Mit ihren Augen konnte sie ihn zu sich heranholen, bis ganz nah. Gerade wenn er kurz davor war, sich in dem bläulichen, mysteriösen Schleier ihres Blicks zu verlieren, stießen ihn die Augen wieder weg. Eine Art Konfusion blieb dann bei ihm zurück. Etwas Unbestimmtes.

»Wusste Papa meinen Namen noch?«

»Was meinst du denn eigentlich, Guillaume? Du benimmst dich wirklich sonderbar.«

Der Junge blickte hinaus. Auf dem Innenhof stand die Kutsche, schon seit bald mehr als einem Jahr einsam wartend auf Pferd und Fuhrmann. Auf dem Bock lag Staub, und Spinnen hatten ihre Netze zwischen den Rädern aufgespannt. Nach dem Tod kommt Stillstand.

»Er hat nicht Guillaume zu mir gesagt. Er sagte Ferdinand.«

»Wer?« Ihre Stimme klang etwas unsicher. Sie stellte sich neben ihn und legte ihre rechte Hand auf seine nackte Schulter. Er war noch nicht angezogen. Die Hand fühlte sich schwer und ein bisschen feucht an.

»Papa.«

»Das bildest du dir ein, Junge.«

»Nein. Papa hat Ferdinand zu mir gesagt. Bevor er gestorben ist.«

»Wahnvorstellungen, Junge. Ich will nicht, dass du sie laut aussprichst.« Es klang schroff. Weg war die Hand. Das Gewicht auf seiner Schulter blieb.

Wie konnte das Einbildung sein? Er erinnerte sich noch an alles, was an dem Tag geschehen war. Bis ins kleinste Detail. Die Kunden, die um die Mittagszeit gekommen waren, obwohl es ein Samstag war. Der Weißwein und die Krustentiere, reichlich aufgetragen von Catherine, die damals noch bei ihnen angestellt war. Es hatte eine fröhliche

Stimmung geherrscht, und auch seine Mutter hatte von Herzen mitgelacht. Er durfte die Salons nicht betreten. Elf Jahre. Zu jung. Wenn Geschäftliches besprochen wurde, hatten Kinder dort nichts zu suchen. Aber von seinem Zimmer aus, wo er gezeichnet hatte, hatte er die Vergnügtheit mitbekommen, die immer temperamentvolleren Gespräche, das hohe Lachen der Damen, das sich anhörte, als zankten sich Elstern aufgeregt um eine Beute; das tiefe, monotone Brummen der Herren, dieses dunkle Geräusch beim Abschluss von Geschäften. Vater hatte wieder ein paar sagenhafte Aufträge an Land gezogen. Die Besucher, die aus Lüttich kamen, waren gegen halb vier nachmittags gegangen, nicht mehr ganz nüchtern, doch überaus angetan von Monsieur Duponselles Gastfreundschaft und nicht weniger eingenommen von dessen bezaubernder Gattin, vor allem vom Blau ihrer Augen.

Nachdem die Besucher das Haus verlassen hatten, war Guillaume nach unten gegangen und hatte seine Mutter lang ausgestreckt auf der Couch angetroffen, den Handrücken anmutig auf der Stirn vor dem grauen Nebel des Alkohols. Die Tür zum Innenhof stand offen, und Vater war emsig damit beschäftigt, die Kutsche mit Seifenkartons zu beladen. Er schimpfte vor sich hin, weil die Arbeiter schon nach Hause gegangen waren und auf keinen mehr Verlass war. Blanquette, der braune Wallach, der Vaters Arbeitszeiten immer die Treue hielt, stand eingeschirrt vor der Kutsche und malmte in aller Ruhe eine Portion Hafer. Das hatte Vater dann eben auch noch selbst erledigt, es war ja nicht so, dass er das nicht gekonnt hätte. Sein Vater konnte alles, da war sich Guillaume sicher. Er war zu ihm hingelaufen und hatte gefragt, ob er ihm helfen könne.

»Ja, mach schon mal das Tor auf«, hatte Vater gesagt. Er hätte etwas anderes sagen können. »Hol im Büro meine Brille.« »Such meinen schwarzen Hut, der noch an der Garderobe hängt.« Das hätte er sagen können. Oder noch banaler: »Nein Junge, du bist noch zu klein, geh wieder ins Haus.« Das hätte er alles sagen können. Aber nein, er sagte: »Mach schon mal das Tor auf.«

Guillaume war stolz gewesen, dass er seinem Vater helfen konnte. Vor allem, da die Arbeiter schon gegangen waren. Vielleicht durfte er mitfahren zum Ausliefern. Es jubelte in ihm, als er den Riegel zur Seite schob und mit ganzer Kraft das Tor aufzog. Hätte er sie nur gesehen. Dabei waren sie groß genug. Die fünf aufeinandergestapelten Kupferkessel, die am Vormittag geliefert worden waren und noch vor der Mauer standen. Aber das Einzige, woran er in diesem Moment dachte, waren die Stunden, die vor ihm lagen: Er neben seinem Vater auf dem Kutschbock, unterwegs in der Stadt, um Kartons abzuliefern bei den Kunden, die ihm Limonade anbieten würden; mit seinem Vater auf dem Bock am Ufer der Senne entlang, nach den Schiffen schauend, die vorbeifuhren oder am Kai angelegt hatten und darauf warteten, dass die Ladung gelöscht wurde. Das Tor schwang auf und stieß gegen die Kessel, die mit höllischem Geschepper zu Boden fielen. Es hallte durch den Torbogen. Blanquette erschrak so heftig, dass er einen Satz nach vorn machte, gerade in dem Augenblick, als Vater einen letzten Karton auf der Kutsche festbinden wollte. Vater geriet ins Schwanken. Ruderte mit den Armen. Als wollte er jemand begrüßen, der irgendwo ganz weit weg in der Luft hing.

Guillaume sprang zur Seite, als Blanquette durchging

und auf die Straße galoppierte. Die Kutsche schlingerte steuerlos hinterher. Kartons mit Seife fielen auf das Kopfsteinpflaster. Guillaume sah, wie sein Vater mit dem Kopf auf dem scharfen Rand eines gusseisernen Kübels aufschlug, der neben der Werkstatt stand. Sein Körper zuckte noch einige Male unnatürlich. Guillaume lief zu ihm hin und hockte sich neben ihn.

»Papa?«

Sein Vater sah ihn an und machte seltsame Bewegungen mit der Hand. Seine Lippen bewegten sich, aber aus seinem Mund kam nur ein heiseres Geräusch. *Ferdinand* war das Wort, das Guillaume ihn noch sagen hörte, bevor sein Kopf zur Seite sackte.

Dann erst sah Guillaume die klaffende Wunde. Das Loch im Schädel. Das Gehirn. Grau, weiß und feucht. Kleine Äderchen lagen wie ein rotes Spinnennetz darüber. Es war seine Mutter, die ihn wenig später, hysterisch kreischend, vom Körper seines Vaters wegriss.

»Es war keine Einbildung, Mama.«

»Ich will nichts mehr davon hören. Du erzählst noch immer wirres Zeug über diesen Tag. Du hast deine Medizin doch eingenommen?«

Guillaume nickte.

»Zieh dich an und sorg dafür, dass deine Koffer unten bereitstehen. Simon kommt gleich und holt dich ab.« Sie setzte sich wieder hin und blätterte in ihrem Buch. Ohne zu lesen.

Seine Sachen waren gepackt. Vor dem Frühstück hatte er mit wohl überlegter Sorgfalt alles auf seinem Bett ausgebreitet. Die Unterhemden, perfekt gefaltet, nachdem er sie zugeknöpft hatte. Erst den oberen Knopf, dann den mittleren und zum Schluss den unteren. Beim Aufstapeln hatte er darauf geachtet, dass die Rippen im Stoff alle exakt aufeinanderlagen. Dann hatte er die Unterhosen gezählt. Zweiundzwanzig. Verwirrung. Hier stimmte was nicht. Unterhosen mussten durch sieben teilbar sein. Die Wochentage. Er war mehrmals hin und her gegangen zwischen Bett und Schrank und hatte schließlich eine Unterhose zurückgelegt, was ihm nicht leichtgefallen war, denn sie lag dort nun allein, als hätte sie sich in dieses leere Fach verirrt.

Die langen Hosen hatte er flach hingelegt, um die Falten zu inspizieren. Das ging leicht, wenn er sich dicht an die Wand stellte, ein Auge zukniff und mit dem anderen die gerade Linie der Hosenbeine kontrollierte. Er hatte zufrieden gelächelt. Hosen müssen gerade um die Beine hängen, sonst geht man krumm. Danach hatte er alles in die Koffer gepackt. Das war gar nicht so einfach. Nun standen sie im Flur bereit.

Guillaume ging nach oben, um sich anzuziehen. Langsam. Warum sollte er sich beeilen? Am Fenster seines Schlafzimmers blieb er lange stehen. Würde er dieses Haus vermissen? Die Seifensiederei mit ihren weißen Pilastern auf dem Innenhof, dazwischen die fächerförmigen Fensterrahmen aus Metall. Die kleinen, beschlagenen Glasscheiben, auf die er so oft mit dem Zeigefinger etwas gezeichnet hatte. Die mit Blumen bemalten Wände des Wohnhauses oder die Decke des Vestibüls, an der ein Himmel zu sehen war, in dem es von Vögeln und Engelchen wimmelte.

Und das Fenster des hinteren Salons, zum Garten hinaus, in das ein Medaillon aus geschliffenem Glas eingearbeitet war; der Name Duponselle war eingraviert, umgeben von ineinander verflochtenen Blätterranken. Würde er die Düfte der Seife mit sich nehmen? In der Reisetasche seiner Gedanken? *Duponselle*. Der Name hatte ein unerträgliches Gewicht bekommen seit dem Tod seines Vaters.

Jemand klopfte an die Tür. Es war Simon, der alte Diener, der seit der Schließung der Fabrik zum ersten Mal wieder vorbeikam. Mutter ließ ihn ein und redete mit aufgesetzter Fröhlichkeit. Wie ging es ihm jetzt? Hatte er schon eine andere Wohnung gefunden und einen anderen Patron?

Der Mann antwortete höflich und sah ihr während des Gesprächs kaum in die Augen. Sein Blick schweifte verstohlen durchs Zimmer, vielleicht suchte er ja nach etwas von Monsieur Duponselle. Doch nichts in diesem Raum erinnerte mehr an seinen früheren Chef. Das Einzige, was ihm aufgefallen sein musste, war der dunkle, rechteckige Rand an der Wand neben dem Kamin, die Stelle, an der so viele Jahre das Porträt von Guillaumes Vater gehangen hatte. Mutter hatte es am Tag nach der Beerdigung abholen lassen.

Ihr Kuss auf seine Stirn war kalt und auch ein bisschen feucht. Ihre blauen Augen waren weit weg. Ihr Parfum schwebte in seine adrett gekämmten Haare hinab. Er würde es noch ein paar Stunden bei sich tragen.

»Bis Weihnachten, Junge.«

»Ja, Mama, bis dann.«

Simon hob ihn in die Kutsche, die vor dem Haus wartete. Er schnalzte mit der Zunge, das Pferd setzte sich in Bewegung. Guillaume sah sich noch einmal um. Vor dem steinernen Pfeiler des Tors sah er seinen Vater stehen. Nur eine Sekunde. Dann war das Bild wieder weg. Trotzdem winkte er.

Der Direktor, der vor ihm an seinem schweren Eichenschreibtisch thronte, blätterte in einem Stapel Papiere. Hauptsächlich Briefe seiner Mutter. Guillaume erkannte sofort ihre Handschrift. Die anderen Dokumente waren ihm unbekannt.

»Du warst eine ganze Zeit nicht mehr beim Unterricht, Duponselle.«

Guillaume nickte.

»Ich lese hier in dem Bericht des Arztes, dass Du Medikamente einnehmen musst, um ruhig zu bleiben. Stimmt das auch?«

Wieder ein kleines Nicken.

»Du bist ein wunderlicher Junge. Das muss ich schon sagen.«

Schweigen.

»Der Tod des Vaters bedeutet für jeden Mann, wie jung oder alt er auch sein mag, einen großen Verlust«, fuhr der Direktor fort. »Gott verlangt von uns, dass wir das mit einer gewissen Würde tragen. Wie auch immer. Jeder bewältigt ein so dramatisches Geschehnis nach besten Kräften. Aber so wie du das machst, das ist schon sehr befremdlich.«

Guillaume sah ihn fragend an.

Der Direktor zeigte ihm ein paar anatomische Zeichnungen: ein enthäuteter menschlicher Körper, exakt skizziert mit allen Muskelsträngen und Organen.

Das sind nicht mal meine schönsten, dachte Guillaume.

»Warum machst du das, junger Mann?«

»Ich zeichne gern, Ehrwürden.«

»Das sind keine Zeichnungen für ein elfjähriges Kind. Wie bringst du das überhaupt fertig?«

»Ich kopiere sie.«

»Und was nimmst du als Vorlage?«

»Bücher, die mein Vater einmal von einem Kunden bekommen hat.«

Der Mann hinter dem Schreibtisch schwieg und rieb sich lange über den Bart.

»Du bist bemerkenswert, Guillaume. Sehr bemerkenswert. Das beweisen diese Zeichnungen. So bemerkenswert, dass es mir Angst macht.«

»Ich zeichne, Ehrwürden. Ich tue niemandem weh.«

»Nein, das wohl nicht.«

Die Medikamente nahm er ein wegen der absonderlichen Bilder, die seine Nächte heimsuchten. Immer wieder die hochgerissenen, rudernden Arme, das Zucken des Körpers, die sich in den karierten Stoff der Hose krallende Hand, der Kopf, das Loch, die Wunde. Blut und Gehirnlappen und graublaue Lippen, die ihr letztes Wort murmelten. Und jedes Mal dann auch die bizarre Vision, die ihn aus dem Schlaf aufschrecken ließ. Er selbst, in einem weißen Frack, die Arme schwenkend wie ein Dirigent. Aber ohne Taktstock in der Hand. Dafür mit einem Messer. Das quälte ihn. Er war der Kapellmeister gewesen. Er hatte das Tor aufgerissen. Das Pferd zum Scheuen gebracht. Die Kessel nicht gesehen. Dieser Teil der Partitur war ihm entgangen. Unverzeihlich für einen Dirigenten.

Das Dormitorium mit den zwölf Alkoven an jeder Seite, die langen Holztische im Speisesaal mit den dunkelbraunen Stühlen, die Kapelle mit einem festen Platz für jeden, das erzwungene gemeinsame Aufwachen, gemeinsame Essen und gemeinsame Lernen, unter dem allsehenden Auge des Präfekten, brachten Ruhe, zogen ihn aus der finsteren Gedankenwelt der vergangenen Monate und gaben seinen Tagen wieder Schattierungen. In Grautönen.

Von den Lehrern wurde er nie schlecht behandelt. Außer vielleicht an diesem einen Tag im Mai. Die Jungen lernten eifrig für ihre Prüfungen. Nervosität in den Korridoren und Klassenzimmern. In einer Wiederholungsstunde Biologie, als der Blutkreislauf und das Verdauungssystem noch einmal gründlich analysiert wurden, musste sich Guillaume auf Geheiß von Lehrer De Martelaere, einem Mann mit einem Froschgesicht, neben seine Bank stellen.

»Erklär mal deinen unwissenden Kumpanen, Duponselle, wie das Blut in unserem Körper zirkuliert«, befahl er. »Und bitte ganz exakt, falls das einigermaßen im Rahmen deiner Verstandeskräfte liegt.«

Guillaume blickte auf die Schautafel und wusste sofort die richtige Antwort. Ganz leise begann er diesen einen Satz zu flüstern, *das Herz pumpt das Blut durch den Körper.* Er wollte diese Worte, *das Herz pumpt das Blut durch den Körper*, diesen Leitsatz, *das Herz pumpt das Blut durch den Körper*, der schon bald einen militärischen Rhythmus in seinem Kopf bekam, *das Herz pumpt das Blut durch den Körper*, dreiundzwanzigmal leise in sich hinein wiederholen, bevor er ihn laut aussprechen würde. Dreiundzwanzig. Die Ordnungsnummer, die in der linken unteren Ecke des Schaubilds stand.

Die Mitschüler schauten ihn an, sahen seinen starren Blick nach vorn, seine Lippen, die unaufhörlich murmelten: *Das Herz pumpt das Blut durch den Körper.* Manche grinsten verstohlen, *das Herz pumpt das Blut durch den Körper.* Andere sahen einfach zu und wussten vielleicht nicht, was sie von dieser seltsamen Szene halten sollten, *das Herz pumpt das Blut durch den Körper.* Aber alle erwarteten einen Zornesausbruch des Froschgesichts, *das Herz pumpt das Blut durch den Körper.* Sie irrten sich. Der Lehrer blickte ein paar Sekunden in Guillaumes Augen, die nur noch einen Fokus hatten, die Zahl dreiundzwanzig unter dem Schaubild. Dann legte der Mann dem Jungen ruhig die Hand auf die Schulter und zwang ihn sanft, sich wieder auf seinen Platz zu setzen.

»Ist schon gut, Junge, lass nur«, war das Einzige, was er sagte.

Seit diesem Tag hatte Guillaume einen Spitznamen in der Schule. Die Gebetsmühle.

Die meisten Jungen mieden ihn, wo sie nur konnten. Nur Theodorius Van De Casteele, von allen Rost genannt wegen seiner kupferfarbenen Haare, suchte seine Gesellschaft. Er war der Sohn eines Bankiers aus Antwerpen. Sein Mund stand keine halbe Minute still, was ihm oft Nachsitzen und Bettarrest einbrachte, während die anderen draußen bolzten oder im Freizeitraum Karten und Billard spielten. Guillaume war gern in seiner Nähe. Wenn jemand anders das Wort führte, konnte er schweigen.

Rost war bekannt für seine lustigen Streiche, zum großen Missfallen von Direktor und Präfekt. Eines Tages wurde die Marmorstatue des Schutzheiligen der Schule vermisst, die in einer Nische oberhalb der Kapellentür seit Jahrzehnten über die guten Seelen der Jungen gewacht hatte. Zwei Tage und Nächte blieb es ein Mysterium, ob Fremde sie gestohlen oder ob der Direktor sie hatte entfernen lassen, damit der weiße Stein gesäubert wurde. Doch dann war sie plötzlich wieder da, mitten auf der Wiese zwischen den hölzernen Torpfosten, geschmückt mit einer karierten Schirmmütze und einem Bauernkittel.

Es gab auch Bruder Livinus, der Geschichte und Griechisch unterrichtete und immer, selbst im Unterricht, eine Zigarre im Mund hatte. Nur wenn er die Schüler abfragte, legte er sie auf dem Rand des Katheders ab, um mit der ihm eigenen Leidenschaft die schwierigen Übersetzungen an die Tafel zu schreiben. Während sie sich mit dem Weiber-Jambus des Semonides abrackerten, der die Untugenden von Frauen mit denen von Tieren vergleicht, gelang es Rost, unübersehbar nicht in der Stimmung für altgriechische Lyrik, die Zigarre rasch in eine kleine, von ihm mitgebrachte Essigflasche zu tunken. Die Tirade, die folgte, als Bruder Livinus das Ding wieder zwischen die Lippen steckte, war ganz und gar unlyrisch.

Mit seinem übelsten Streich von allen schrieb Rost dann Geschichte, denn niemand im ganzen Internat würde jemals das Gesicht des Direktors vergessen, als der, bei der Abendmesse, nach dem Brechen des heiligen Brots, zwei große Schlucke von etwas nahm, was Wein hätte sein sollen, aber nach genauerer Prüfung verdächtig nach menschlichem Urin roch. Es ging sogar das Gerücht, die Pisse habe eine rötliche Farbe gehabt, doch das wurde nie bewiesen.

Obwohl Rost ständig irgendwelcher Dinge verdächtigt wurde, wusste jeder, wie groß der Einfluss von Bankier

Van De Casteele in einer Lehranstalt war, die notorisch unter ihrer angespannten Finanzlage litt, jedenfalls sah der Cellerar es so. So konnte Rost sich sechs Jahre im Internat halten, und in diesen sechs Jahren war er in der derselben Klasse wie Guillaume.

Nur in den Ferien war Guillaume bei seiner Mutter. Über seinen Vater wurde nie mehr gesprochen. Guillaume ging allerdings noch oft in die leere Siederei. Allein. Die Zeit stand dort still. Seine Mutter mied den Ort.

Das Wohnhaus hingegen sah jedes Mal anders aus. Mal fand er neue Teppiche und Gemälde vor, dann wieder waren die Möbel und das Service ausgetauscht worden. Auch der Herrenbesuch in den Salons wechselte ständig. Männer jedweden Schlags tranken teuren Wein und blickten wie betäubt in die blauen Augen der Gastgeberin oder phantasierten über das Vermögen, das sie geerbt hatte.

Sie lagen auf dem Rücken im Gras, hinterm Speisesaal des Internats. Die allerletzte Prüfung war vorbei. Guillaume hatte gerade noch einen Stapel Bücher über die Geschichte der Anatomie im alten Rom in die Bibliothek zurückgebracht.

»Was hast du jetzt vor?«, fragte Rost. Er spielte mit einem Grashalm zwischen seinen Zähnen.

»Morgen mein Zeugnis in Empfang nehmen und dann natürlich ab nach Hause.«

»Nein, ich meine danach. Hast du dich schon entschieden?«

»Nach Löwen. Ich werde in Löwen studieren.«

»Also doch auf die Universität. Recht so. Anwalt?«

»Arzt. Ich will Arzt werden.«

»Was reizt dich daran? Du bist dann immer unter kranken Menschen, das ist dir ja wohl klar?«

»Darum geht es mir ja auch.«

»Nichts für mich.« Rost spuckte auf den Boden.

»Und du?«

»Was?«

»Was hast du vor?«

»Wenn es nach meinem Vater geht, studieren.«

»Und wenn es nach dir geht?«

»Abhauen. Ich will hier weg. Die Welt sehen.«

»Ohne akademische Weihen?«

»Ich bin gescheit genug. Zu meinem Grips steuert keine Universität noch was Sinnvolles bei.«

»Du Aufschneider.«

»Nein, das ist nun mal so.« Rost straffte den Rücken. »Ohne das ganze gelehrte Gedöns kommst du in der Welt viel weiter, als du denkst.«

»Ich will dich nicht davon abhalten. Aber ich würde mich nicht trauen.«

»Du würdest es auch nicht können.«

»Ich werde jedenfalls studieren. Und irgendwann so gelehrt sein, dass ich deinen Kopf heilen kann, falls damit was nicht stimmt.«

»Studieren, studieren! Pass besser auf, dass du nicht selber verrückt wirst!«

Guillaume gefiel es auf der Universität. Ein kleines Zimmer, drei mal drei Meter, war sein Biotop. Das Studium wurde seine Leidenschaft. Den Lehrstoff eignete er sich mühelos an. Ein paarmal in Ruhe alles durchlesen genügte, damit er später fast alles wörtlich wiedergeben konnte. Mit verblüffender Exaktheit wusste er bei jedem Thema, wo es in seinen Aufzeichnungen zu finden war. Jede Partitur kannte er auswendig. Der Dirigent würde keine Fehler mehr machen, das hatte er sich geschworen.

Das Talent, anatomische Skizzen anzufertigen, hatte er während der ganzen Schulzeit im Internat weiter ausgebaut. Aus dem Kopf heraus konnte er einen enthäuteten menschlichen Körper mit äußerster Präzision wiedergeben.

Er ging in alle Seminare und Vorlesungen und nahm oft an Kongressen teil, die von prominenten Ärzten und Chirurgen geleitet wurden. Seine Professoren waren voll des Lobes. Immer präsent, sehr ambitioniert und außerordentlich lernbegierig. So war es nur folgerichtig, dass einige von ihnen ihn überredeten, sich auf das Studium der Chirurgie zu verlegen. Er dachte lange darüber nach und war in dieser Zeit ein häufiger Besucher des Vesalius-Instituts mit seinem Anatomischen Theater.

Er verfolgte mit gespannter Aufmerksamkeit, wie Körper aufgeschnitten wurden, minutiös, und wie sie ausgeräumt wurden, Organ für Organ. Beim Öffnen der Schädel stand er meist ganz vorn, und seine Faszination für das Gehirn und die Nervenbahnen, die durch die Wirbelsäule verliefen, sowie die wissenschaftlichen Abhandlungen darüber war allgemein bekannt.

Vorbildlicher Student. Schweigsamer Einzelgänger. Er verkehrte nicht mit seinen Kommilitonen, hockte nie mit ihnen in der Kneipe, ging nie mit ihnen in den benachbarten Parks spazieren, nahm auch nicht an den Fakultätsfesten teil. Alle kannten ihn. Aber niemand wusste, wer er war.

Die Stadt Löwen badete an diesem Vormittag im Sonnenlicht. Ein großer Tag. Seine erste Operation. Tagelang hatte er alle seine Bücher über Anatomie und Chirurgie noch einmal gelesen. Die Notizen über die speziellen Handlungen, die bei der Resektion eines Tumors am Hüftknochen ausgeführt werden müssen, lagen geordnet auf seinem Schreibtisch. Er wusste alles. Sämtliche Texte, die er über das Thema besaß, hatte er im Kopf.

Der Operationssaal des Sint-Pieter-Krankenhauses roch nach Chloroform. Es war kein echtes Auditorium, aber es gab ein paar etwas erhöht stehende Holzbänke, auf denen einige jüngere Studenten saßen. Sie durften bei Guillaumes Feuertaufe zuschauen.

Sein Professor stand neben ihm, zusammen mit ein paar anderen Ärzten, die er nicht kannte. Auf dem Operationstisch lag ein Mann um die fünfzig, glatt rasiert und mit einem blütenweißen Unterhemd.

»Ich will hier raus«, sagte der Mann. Er warf ängstliche Blicke um sich.

»Sie wissen selbst, Mijnheer Deruwe, dass Sie keine andere Wahl haben«, erwiderte der Professor.

»Der Schmerz ist weg, Herr Doktor.«

»Das kann nicht sein. Und das wissen Sie auch. Lassen Sie Doktor Duponselle in Ruhe seine Arbeit machen, dann stehen Sie in ein paar Wochen wieder in Ihrem Laden.«

Er gab dem Assistenten, der auf einem Hocker neben dem Operationstisch saß, ein Zeichen. Der junge Mann sprang auf und tröpfelte Chloroform in den Metallbehälter, den er sofort auf das Mundstück schraubte. Er drückte die mit rotem Stoff bespannte Maske über Nase und Mund des sich sträubenden Patienten. Dessen Bewegungen wurden zu Zuckungen und verloren schon bald an Kraft. Der Mann versank in der Narkose.

»Und nun sind Sie dran, Duponselle.« Der Professor wandte sich an Guillaume. »Sie sind brillant in der Theorie. Wir sind gespannt, ob Sie das auch mit dem Skalpell sind.«

Gefeixe auf den Holzbänken. Neben dem Operationstisch stand ein Wägelchen, auf dem chirurgische Instrumente lagen. Guillaume hatte sie so angeordnet, wie es in seinen Büchern beschrieben war. Er entblößte den Bauch des Patienten und ertastete die genaue Lage der Geschwulst. Sie hatte die Größe eines Gänseeis, an der linken Seite des Unterleibs. Es fühlte sich so an, als säße sie relativ lose in der Bauchhöhle. Guillaume drehte sich um, griff zum Skalpell und wandte sich wieder dem Patienten zu.

Er richtete den Blick auf die bleiche Haut des Mannes. In der Leiste lag eine geschwollene Schlagader, durch die das Blut gepumpt wurde, man konnte den Herzschlag sehen. Die Skizzen und Aufzeichnungen, die er zu Hause noch studiert hatte, zuckten durch seinen Kopf. Eine nach der anderen, immer schneller und schneller. Das Licht im Saal begann zu wogen. Die zuschauenden Studenten verschwammen.

Die Geräusche kamen aus weiter Ferne. Ihm brach der Schweiß aus, seine Hände begannen zu zittern. Plötzlich sah er seinen Vater auf dem Tisch liegen. Klar und deutlich. Er trug noch seinen Mantel von damals, jenem Tag. Er wollte ihm etwas sagen. Guillaume beugte sich vor, aber verstand ihn nicht. Das lag an der Chloroformmaske. Er zupfte am Arm des Assistenten, doch der drückte die Maske fest auf das Gesicht des Patienten.

Guillaume hörte, wie sein Vater unter dem roten Samt etwas rief. Ferdinand, rief er, Ferdinand. Guillaume schaute sich im Saal um und sah, dass sich die Anwesenden von ihren Bänken erhoben hatten. Sie riefen etwas und schwenkten die Arme. »Ferdinand«, riefen sie. Er sah, wie sein Vater vom Bett aufstand. Er wollte ihn umarmen, aber das ging nicht. Vater ruderte mit den Armen.

»Geben Sie mir besser das Skalpell«, sagte sein Professor. »Bevor Sie Unheil anrichten.«

Guillaumes ganzer Körper zuckte. Ein anderer Arzt kam eilends zu Hilfe. Zu zweit mussten sie ihn festhalten, um ihn aus dem Saal führen zu können.

»Was ist los mit Ihnen, Duponselle?«

»Er ist ungeeignet. So viel ist deutlich«, sagte der Professor, bevor er wieder in den Saal ging, um die Operation selbst auszuführen. Der andere Arzt blieb bei Guillaume sitzen, bis der wieder ruhig atmete.

»Gehen Sie draußen ein paar Schritte, junger Mann. Sie sind vielleicht übermüdet. Oder das Chloroform macht Ihnen zu schaffen.«

Guillaume stand auf. Ihm wurde bewusst, was gerade geschehen war. Die bereitgelegten Instrumente, die Notizen in seinem Kopf, die Haut des Kranken, Haut, die er nicht kannte. Es war nicht die Haut seines Vaters. Er hatte es nicht gewagt, zu schneiden. Er hätte es nicht gekonnt.

»Richten Sie Ihrer Mutter meine Grüße aus«, sagte die Zimmerwirtin, als sie die Haustür für ihn öffnete. Er nahm sein Gepäck, ging hinaus, aber drehte sich auf der Schwelle noch einmal um.

»Auf Wiedersehen, Madame«, sagte er.

»Alles Gute, Guillaume«, sagte sie und hängte ein kleines Schild ins Fenster: Zimmer zu vermieten.

Guillaume sah sich nicht mehr um. Mit entschlossen wirkendem Gang machte er sich auf den Weg zum Bahnhof. Es waren gut eintausendneunhundert Schritte. Das wusste er von den vorigen Malen. Meist war sein Schritt gleichmäßig. Aber heute merkte er, dass seine Schritte etwas größer waren als sonst. Er wollte weg aus dieser Stadt. Es wurden genau tausendachthundertdreiundsiebzig bis zum Schalter.

»Nach Brüssel, einfache Fahrt bitte«, sagte er. Er bezahlte mit Kleingeld. Der Mann am Schalter sah verwundert zu, wie er die Münzen alle minutiös in eine Reihe legte und bei der Letzten sogar zögerte, da genau an dieser Stelle ein Kratzer im Holz der Theke war.

»Sie können sich offenbar nicht davon trennen«, sagte der Beamte lächelnd.

Guillaume reagierte darauf nicht.

Unter den anderen Reisenden auf dem Bahnsteig war eine Dame in einem langen schwarzen Kleid, die große Mühe damit hatte, ihren kleinen Sohn ruhig zu halten. Mit lauter Stimme kommentierte der Knirps alles, was er sah.

»Der Mann da schläft ja im Stehen, Mama!«, hatte er gerufen und auf Guillaume gezeigt. Guillaume stand zwischen seinen beiden Koffern, die Schuhspitzen exakt an einer Fuge der Steinplatten, und wartete mit geschlossenen Augen auf den Zug. Auf dem Bahnsteig gegenüber drängte sich eine Schar Tauben nervös auf den metallenen Querträgern der Überdachung, weil jede den besten Platz ergattern wollte. Sie ließen sich nicht zählen.

11

Seine Mutter saß in ihrem Fauteuil mit einer Zeitung auf dem Schoß. Sie legte ihre Brille auf das Biedermeiertischchen und sah ihren Sohn an.

»Denen brauche ich nichts zu erzählen.« Sie meinte ihre Freundinnen, mit denen sie dienstags in der Rue Neuve Tee trank.

»Ich kann ihnen auch sagen, dass es dein eigener Entschluss ist, doch kein Chirurg zu werden.« Sie verschränkte die Arme vor der Brust und rieb mit beiden Händen über die Ärmel ihres Seidenkleids.

»Hausarzt ist ja auch nicht schlecht.« Sie schnaubte kurz.

Guillaume saß im Sessel, die Beine übereinandergeschlagen, und zupfte mit der linken Hand Fusseln von seinem Hosenbein.

»Am schlimmsten finde ich eigentlich, dass du seit drei Wochen nicht mehr mit mir sprichst.«

Er zupfte ungerührt weiter.

»Dass ich durch einen persönlichen Besuch beim Rektor von Löwen erfahren muss, dass du mit dem Studium aufgehört hast.« Sie seufzte.

Auf dem Tisch vor ihm stand eine Obstschale. Er beugte sich vor und ordnete die Äpfel gefällig im Kreis an.

»Und eigentlich, mein lieber Sohn, gehört sich das nicht.«

Er verstand nicht, warum sie »lieber Sohn« sagte.

»Ich habe, obwohl dein Vater verstorben ist, immer gut für dich gesorgt. Ich habe dich studieren lassen, wo und was du wolltest. Die Rechnungen habe ich immer pünktlich bezahlt. Und plötzlich kommst du nach Hause und bleibst hier, ohne ein Wort zu sagen. Schon seit drei Wochen. Ich wusste nicht, was los war. Ich dachte, du bist krank. Aber du bist selbst Arzt, also weißt du, was dir fehlt, dachte ich. Ich dachte, er fährt bestimmt wieder zurück, wenn er sich besser fühlt. Bis gestern. Als ich mit dem Rektor gesprochen habe.«

Guillaume blickte auf den Tisch.

»Panische Reaktionen beim Anblick einer chirurgischen Situation. So hat er es genannt. Panische Reaktionen. Was meint er damit, der Rektor?«

Guillaume presste die Lippen aufeinander.

Seine Mutter stellte sich vor ihn.

»Nun sag schon was, Guillaume. Sag endlich was. Was ist da passiert?«

»Es ging nicht. Es war nicht Vater.« Er sah an ihr vorbei, in den Garten, wo die Bäume Knospen getrieben hatten. Die Narzissen hatten braune Flecken vom späten Nachtfrost.

Sie wandte das Gesicht ab.

»Du bist verrückt geworden, Guillaume. Dein Vater ist seit fünfzehn Jahren tot.«

Hinter Guillaume auf dem Kaminsims stand die schwarze bronzene Pendeluhr. Das Pendel in Form einer Sonne mit weit gefächerter Löwenmähne stand still. Es war sechzehn nach acht. Das hatte er beim Betreten des Zimmers gesehen.

Guillaume hielt sich den größten Teil der Zeit in seinem Zimmer auf, das er abschloss, sodass seine Mutter nicht sehen musste, wie er auf den weiß getünchten Wänden mit Holzkohle menschliche Körper zeichnete. Zur Essenszeit ging er nach unten und setzte sich schweigend auf den Platz ihr gegenüber. Er zerkaute sein Essen und spülte es mit Wasser hinunter, aber er schmeckte nichts.

Seine Mutter gab sich an manchen Tagen abweisend, an anderen redete sie wie aufgezogen und ignorierte sein Schweigen. Er müsse mit beiden Händen nach der Zukunft greifen. Es gebe genug Orte, an denen er als Arzt tätig sein könne. Wenn er nur suche. Zu Hause in seinem Zimmer würde er nie Patienten finden. Und noch weniger eine Frau.

Alle Söhne der Damen, mit denen sie sich zum Tee oder zum Kartenspielen traf, seien bereits verlobt, ein paar sogar schon verheiratet.

»Du brauchst ja nicht die Erstbeste zu nehmen«, sagte sie mit einem hohen, girrenden Lachen. »Aber du musst doch wenigstens schon mal kosten, was auf der Speisekarte steht.«

Das verstand er nicht. Sie hatten gerade gegessen. Schweinefleisch mit Austernpilzen.

Eines Nachmittags, zwei Monate waren vergangen, fuhr eine Kutsche durchs Tor der Seifensiederei. Notar Bouttelgier hatte zufällig in der Hauptstadt zu tun. Seine Frau war eine weitläufige Cousine von Guillaumes Vater. Der Notar hatte eine Einladung zu einem Diner dabei, Mittwoch in zwei Wochen.

Die Witwe Duponselle war entzückt und holte Guillaume aus seinem Zimmer. Er ging nach unten, sagte höflich guten Tag und setzte sich mit in den Salon. Die Einladung stieß bei ihm auf mäßige Begeisterung. Er murmelte *vielleicht* und begann mit dem Zeigefinger die Linien der Stickereien am Rand der Tischdecke nachzuzeichnen.

Aber dann zog der Notar aus der Innentasche seines Überziehers ein paar vergilbte Fotografien.

»Vielleicht liegt Ihnen ja noch was daran«, sagte er und legte sie nebeneinander auf den Tisch.

Guillaumes Blick richtete sich sofort auf die beiden Aufnahmen seines Vaters. Auf der einen stand Vater neben einer Dame in einem langen Brautkleid, der Frau des Notars, wie er dann sah, auf dem anderen Bild posierte er auf einem viktorianischen Stuhl zwischen üppigen Blumengebinden in orientalischen Vasen. Dieses Foto berührte Guillaume sehr. Sein Vater trug darauf denselben Anzug wie an dem Tag, als er so unglücklich von der Kutsche gestürzt war.

Der Notar bekam einen triumphierenden Gesichtsausdruck, und nachdem Guillaumes Mutter leicht, doch vielsagend genickt hatte, begann er davon, wie gut er seinen Vater gekannt habe. Guillaume aber nahm seine Worte nicht mehr auf.

Er rutschte auf dem Stuhl hin und her, nahm die Fotos in die Hand und starrte noch eine ganze Weile wortlos darauf. Der Riegel des schweren hölzernen Tors der Seifensiederei lag wieder kalt in seinen Händen, wie vor fünfzehn Jahren, und er wünschte sich, er könnte die Zeit zurückdrehen. Die Pendeluhr auf dem Kaminsims zeigte noch immer sechzehn Minuten nach acht.

An dem bewussten Mittwoch ging Guillaume stocksteif neben seiner Mutter zum Bahnhof. Auf der Zugfahrt zählte er die vor dem Fenster vorbeiziehenden Bäume und versuchte vergebens, ein Muster darin zu entdecken. An der Hose des Schaffners war ein Fettfleck, und er musste sich beherrschen, um diesen Fleck in Ruhe zu lassen.

In Ypern stand eine von Mevrouw Bouttelgier bestellte Kutsche bereit, die sie zu einem großen weißen Haus an der Hauptstraße eines Nachbardorfs brachte. Guillaume folgte seiner Mutter. Sie führte das Wort.

Andere Gäste waren schon da. Ein Mann und eine Frau. Der Mann war Schmied. Ihre Tochter war auch dabei. Guillaume bekam am Tisch den Platz neben ihr. Das war so vorgesehen. Elisabeth hieß sie. Sie hatte schöne blonde Haare, die sich ein bisschen wellten. Sie lächelte nett und entblößte dabei ihre Zähne, zwei perfekte weiße Reihen. Das sah Guillaume sofort. Es wirkte beruhigend auf ihn.

Menschen mit Mängeln machten ihn nervös. Jedenfalls mit körperlichen Mängeln. Ein schielendes Auge, abstehende Ohren, Pickel, faule Zähne, Schorf, Risse, Falten. Aber Elisabeth war makellos. Helle, leicht gebräunte Haut. Und schöne Augen. Er traute sich nicht, lange genug hinzusehen, um die genaue Farbe festzustellen.

Sie nahm sporadisch am Gespräch teil. Er nicht. Er hörte zu, beobachtete und aß. Seine Mutter plusterte sich auf und tat sich umso wichtiger, je mehr Portwein die Frau Notar nachschenkte. Der Abend zog sich zäh dahin. Am Ende ergab es sich, dass er allein mit Elisabeth dasaß.

Sie hatte eine angenehme Stimme. Ihre Worte waren nicht schneidend wie die seiner Mutter. Sie lächelte nett. Wieder die weißen Zähne. Sie trug ein wundervolles Kleid.

Mit blauen Blüten in einem sich wiederholenden Muster. Ein Kelch mit fünf Blütenblättern, jeweils vier dieser Blüten in Karoform angeordnet. Fünfunddreißig Karos vom Kragen bis zur Taille. Er hatte sie unauffällig gezählt.

Seine Mutter erzählte von einem Mann, der ihr feierlich auf den Knien einen Heiratsantrag gemacht und sie gebeten hatte, ihm in sein Haus auf dem Land zu folgen.

»Stellt euch vor«, hatte sie gegiggelt. »Fort aus der Stadt, in einem Nest mit fünf Straßen und einer Kirche leben.«

»Stellt euch vor«, hatte sie ein zweites Mal gerufen.

Dann war es still geworden am Tisch. Fünfunddreißig Karos. Es beruhigte ihn. Es gab ihm innere Ruhe.

Am Ende des Abends fragte er Elisabeth, ob er sie wiedersehen dürfe. Sie nickte und lächelte herzlich.

»Stimmt es, was deine Mutter mir erzählt hat?«

Rost war vorbeigekommen, um Lebewohl zu sagen, denn nach ein paar gescheiterten Anläufen in verschiedenen Studienfächern und mindestens ebenso vielen heftigen Diskussionen im Haus des Antwerpener Bankiers hatte sich sein Vater schließlich mit seinen Reiseplänen einverstanden erklärt.

»Andere Orte und fremde Menschen werden dir hoffentlich die Augen öffnen«, hatte er gesagt. »Studieren kannst du später immer noch, allerdings bezweifle ich, dass du den Grips dafür hast.« Rost imitierte lachend die Stimme seines Vaters.

Guillaume sah seinen alten Schulkameraden, der sich kaum verändert hatte, amüsiert an. Seine Schultern waren etwas breiter geworden, und das Oberhemd spannte sich mehr über dem Bauch. Sonst aber war er derselbe.

»Stimmt es, was deine Mutter mir erzählt hat?«, wiederholte er seine Frage.

»Sie erzählt so viel. Was meinst du denn?«

»Dass du eine Liebste hast.«

Guillaume lächelte und sah auf den Boden.

»Du brauchst dich dafür nicht zu schämen. Das ist doch gut. Gut für deinen Leib, und deinem Kopf wird es auch nicht schlecht bekommen.«

»Ich weiß nicht«, erwiderte er still.

»Was weißt du nicht?«

»Ich weiß nicht, ob es gut für mich ist. Ich weiß nur, dass ich sie Sonntag wiedersehe.«

»Das ist ein guter Anfang.«

»Sie heißt Elisabeth.«

»Ihr Name tut nichts zur Sache, mein Guter.«

»Nein?«

»Dass sie die Tochter eines Schmieds ist, das ist wichtig.«

»Ich weiß, sie kommt aus einfachen Verhältnissen. Das hat meine Mutter auch schon gesagt.«

»Nein, das ist doch gerade gut. Als Tochter eines Schmieds weiß sie bestimmt, wie sie das Feuer schüren muss.« Beim Sprechen zog er die Augenbrauen etwas hoch.

Guillaume sah ihn verständnislos an. »Ich gehe mit ihr spazieren, nicht zur Arbeit.«

Rost brach in dröhnendes Gelächter aus und ließ sich lang auf Guillaumes Bett fallen.

»Also wirklich, Junge. Nicht zur Arbeit? Du wirst dich mächtig ins Zeug legen müssen, sie ist erst siebzehn.«

Guillaume begriff nicht, was er meinte, aber fragte nicht nach, weil er sah, dass Rost seinen Spaß hatte.

»Das sind ja heftige Zeichnungen hier an den Wänden«,

meinte Rost, als er sich wieder eingekriegt hatte. »Was hält deine Mutter davon?«

»Sie weiß es nicht.«

»Wie, sie weiß es nicht? Es ist ihr Haus!«

»Sie betritt mein Zimmer nie. Außerdem ist es das Haus meines Vaters.«

Rost schwieg bei dieser Antwort und stellte sich vor die lebensgroße Skizze eines enthäuteten Mannes, im Profil an die Wand gezeichnet, die rechte Hand auf einem Sockel ruhend, auf dem eine Vase mit Blumen stand.

»Der ist gut ausgestattet«, murmelte er.

»Wohin gehst du?«, fragte Guillaume.

»Amerika. Mit dem Schiff. Je weiter weg, desto besser.«

»Ist das nicht sehr teuer?«

»Geld ist nicht das Problem. Mein Vater hat endlich eingesehen, dass er mich lieber los ist, als sich nur immer über mich zu ärgern. Auch wenn es ihn ein Vermögen kostet, Hauptsache, ich mache ihm keine Schande. Ein Landstreicher unter der Freiheitsstatue in New York schadet seinem Ruf weniger als ein verkrachter Student, der sich in den Antwerpener Kaschemmen herumtreibt.«

»Du schaffst es also.«

»Was?«

»Die Welt zu sehen. Das wolltest du doch?«

»Es ist ein Traum, der wahr wird, Guillaume. Und du? Du bist jetzt Arzt, hat deine Mutter gesagt.«

»Ja, das bin ich«, seufzte Guillaume.

»Du klingst nicht gerade begeistert.«

»Nein.«

»Was ist denn los?«

»Angst. Das ist es, Angst.« Er sah Rost mit verstörtem

Blick an, als würde er durch seine eigenen Worte gleich wieder den Boden unter den Füßen verlieren.

»Angst wovor? Du bist gescheiter als jeder andere, den ich kenne.«

»Ich sehe die Menschen. Ich sehe ihren Körper. Ich sehe ihr ganzes Inneres. Jedenfalls kann ich es mir vorstellen. Ich weiß genau, wo ihre Leber sitzt, wo die Nieren sind, die Milz, das Gehirn. Aber ich habe Angst, wenn ich hinein muss.«

»Wo hinein?«, fragte Rost spöttisch.

»Na in sie rein, bei einem Tumor oder einem Geschwür.«

»Ach, so meinst du das.«

»Ich trau mich nicht durch ihre Haut nach innen, obwohl ich hindurchsehe.«

»Du bist zu klug. Du denkst zu viel nach.«

»Das ist es nicht.«

»Hier«, sagte Rost und zog einen Flachmann mit Cognac aus seiner Innentasche. »Das solltest du öfter mal zu dir nehmen. Wenn ich mich vor etwas fürchte, ist es meine Medizin. Ich hab nicht auf Arzt studiert, aber es wirkt Wunder.«

Er reichte Guillaume die Flasche. Der roch daran und verzog das Gesicht.

»Na los, komm. Probier wenigstens mal.«

Vorsichtig trank Guillaume einen kleinen Schluck. Es brannte wie Feuer in seiner Kehle, und er bekam einen Hustenanfall. Rost hatte seinen Spaß. Das tat Guillaume gut. Mehr als alles andere in den letzten Monaten. Nach ein paar weiteren Schlucken spürte er, wie er von innen warm wurde. Sie hockten den ganzen Nachmittag zusammen. Rost erzählte von seinen Misserfolgen am Tag und seinen Eroberungen bei Nacht.

»Du musst sagen, dass du verliebt bist, Guillaume. Am besten auf Französisch. Und du musst ihnen tief in die Augen sehen, dann sind sie zu allem bereit. Und du darfst nicht schweigen. Von stillen Männern wollen sie nichts wissen. Du musst reden, bis sie deinen Mund mit ihrem verschließt.«

Guillaume hörte zu und nahm noch einen Schluck.

»Du weißt, was ich dir gesagt habe. Sie ist gut genug, um das Leben kennenzulernen, aber vergiss ihre Herkunft nicht«, waren die letzten Worte seiner Mutter gewesen, bevor er an diesem Morgen aufbrach.

Er nahm den Zug und ging das ganze Stück von Ypern nach Woesten zu Fuß. Die frische Luft tat ihm gut. Elisabeth erwartete ihn in ihrem Elternhaus. Sie trug wieder das hübsche Kleid mit den vertrauten Blumen. Sie unternahmen einen Spaziergang über die Felder und gelangten zum Schloss Elverdinge.

»Hier dürfen wir nicht weiter«, sagte Elisabeth, auf die Hecke deutend, die den Schlosspark vom Feldweg abgrenzte.

»Warum nicht?«, fragte er.

»Es ist privat.«

»Ich möchte den Teich von Nahem sehen«, sagte Guillaume und zog sie an der Hand durch eine Öffnung in der Hecke. Sie betraten das Anwesen des Barons. Es war kein bewusster Akt des Übermuts. Er tat es einzig und allein, weil Rost ihm erzählt hatte, der schönste Fleck auf Erden, um ein Mädchen zu küssen, sei ein Nachen auf dem Wasser. Den fanden sie, vertäut an einem kleinen hölzernen Steg. Die Ruder lagen unter den Sitzbänken.

Elisabeth kicherte, als er ihr in den Kahn half, denn er stand sehr wackelig in dem schwankenden Boot, aber er hielt sich doch aufrecht. Sie setzten sich, er begann zu rudern. Zum ersten Mal im Leben. Sie drehten sich viermal um die eigene Achse, bis es ihm gelang, den Kahn zur Mitte des Teichs zu manövrieren.

Nicht schweigen, hatte Rost ihm eingeschärft. Also redete er über seine Zeit in Löwen. Über das Studium, die Zimmerwirtin, seine Hochschullehrer. Ohne Punkt und Komma. Sie war ganz Ohr, und er merkte wieder, dass sein Wissen ihm die Waffen verschaffte, um dem Leben zu Leibe zu rücken. Er fand es nach all den Monaten des einsamen Rückzugs wieder faszinierend, über den menschlichen Körper zu sprechen. Auch wenn es ein Herunterrasseln war. Aufsagen. Aus dem Gedächtnis fischen. Abschnitte aus Lehrbüchern. Zitate von seinen Medizinprofessoren. Wörtlich. Irgendwann im Kopf abgeheftet. Elisabeth hörte ihm zu. Küssen tat sie ihn nicht. Sollte Rost etwa gelogen haben?

Woche um Woche erschien er in dem kleinen Dorf bei Ypern. Jedes Mal erwartete sie ihn. Er fand heraus, dass er ihr ein Lächeln entlocken und damit auch den Anblick ihrer schönen Zähne genießen konnte, wenn er ihr kleine Geschenke mitbrachte. Parfum. Schmuck. Einen Hut. Neue Schuhe. Ein Kleid. Pralinen. Likör. Und jedes Mal stellte er seine Gelehrtheit zur Schau. Doch ihre Lippen blieben versiegelt, und er wusste nicht, wie er das ändern könnte. Rost war inzwischen in Übersee. Ihn konnte er nicht mehr um Rat fragen.

Bis zu jenem Sommertag. Elisabeth nahm ihn auf den

Heuschober über der Schmiede mit. Sie lagen nebeneinander, und er erzählte von seinen Besuchen in Lüttich und Gent, wo er Vorlesungen international berühmter Doktoren beigewohnt hatte. Sie fragte mehr als sonst und wollte genau wissen, wie es in diesen Städten aussah. Was für Häuser dort stünden. Ob die Menschen so redeten wie sie, so gingen wie sie. Ob sie die gleichen Kleider trügen.

Irgendwann schloss sie die Augen und hielt den Kopf näher an seinen. Ihre Lippen berührten seine, und ihre Zunge schob sich in seinen Mund. Er erschrak über die Menge fremden Fleischs, das er in seinem Mund spürte, zugleich aber empfand er ein angenehmes Kribbeln in der Leistengegend.

Nachdem sie einander geküsst hatten, erst tastend, dann im Rhythmus ihres wallenden Bluts, öffnete sie vorsichtig ihre Bluse, Knopf für Knopf. Körper waren für ihn nichts Unbekanntes, natürlich. Sanft fuhr er mit dem Zeigefinger über das Schlüsselbein, die Rippen und benannte alles. Die Clavicula, sagte er, und ein Zittern überlief ihren Körper. Die Scapula, fuhr er fort, und sie stöhnte. Er streichelte ihren Thorax und ihre Costae, und sie wand sich.

Auch ihre Hände suchten ihren Weg. Kleidungsstücke wurden abgestreift, Beine umschlangen einander. Grob, unerfahren drang er in sie ein. Er wusste, wie es ging, aus den Büchern, und Rost hatte ihm auch viel erzählt.

Auf den vielen langen Spaziergängen fiel ihm auf, dass sie völlig andere Dinge wusste als er. Welche Vögel das waren, die in den Bäumen ihre Lieder sangen. Wie der Wind demnächst wehen würde. Sie hielt sich Steine ans Ohr und erzählte dann Geschichten. Sie glaubte, dass Bäume denken können.

Er versuchte, ihr die Gehirnfunktionen zu erklären, aber sie machte nur eine abwehrende und doch anmutige Handbewegung, lief zu einer Ulme und umarmte den Baum. Sie forderte ihn auf, es ihr nachzutun. Er tat es, damit sie sich freute und wieder lächelnd ihre Zähne entblößte, aber er fühlte sich dabei unbehaglich und kam sich kindisch vor.

Wenn sie ihn etwas fragte, verstand er oft nicht, was sie meinte. Was er am liebsten esse? Welche Klänge er am schönsten finde? Welche Farbe ihn am meisten anspreche? Dann versuchte er hingebungsvoll, in seinen Registern von Begriffen und Terminologien, die er einst gebüffelt hatte, Ähnlichkeiten mit dem zu finden, was sie erzählte. Vergebens. Sie war so anders.

Er stand neben seiner Mutter auf der Avenue Louise. Madame Duponselle beobachtete eine Dame auf der anderen Straßenseite, die mit einem Hund an der Leine hinter der Tram verschwand.

»Das ist das Einzige, was sie halten kann, einen Hund«, sagte sie geringschätzig. Sie drehte sich um und sah ihren Sohn streng an.

Er versuchte, ihrem Blick auszuweichen. Sie würde nun Dinge sagen, die er nicht hören wollte.

»Wenn sie dir nichts mehr beibringen kann, musst du sie verlassen.«

»Sie bedeutet mir viel, Mama.«

»Sie hat dich aufgetaut. Das hat sie gut gemacht. Ihre Aufgabe ist jetzt erfüllt.«

»Ich denke manchmal, dass ich sie vermisse, Mama.«

»Das Gefühl geht vorbei. Du musst es einfach ersetzen. Sieh dich hier in der Stadt gut um. Dann merkst du, was du verpasst. Warum gehst du nicht zu den Bällen meiner Freundinnen? Ihre Töchter sind auch da.«

»Mama, Elisabeth ist …«

»Die Tochter eines Schmieds aus einem Bauernkaff in Flandern. Gebrauch deinen Verstand, Guillaume. Deine Hände versagen, wenn du unter Druck bist, nun gut. Aber dann benutz wenigstens deinen Verstand.« Sie warf sich ihre schwarze Boa schwungvoll über die Schulter und drehte sich um, um weiter über die Avenue zu stolzieren.

»Sie ist schwanger, Mama.« Eine Kutsche ratterte vorbei, deshalb konnte er nicht ausmachen, ob sie einen Schluckauf hatte oder hüstelte oder sich nervös räusperte oder hoch und mitleidlos gluckste. Er sah jedoch, dass sie sich wieder umdrehte und seltsame Bewegungen mit ihrer Handtasche und ihrem Sonnenschirm machte. Sie ruckte mehrmals mit dem Kopf und zischte dann: »Das Problem musst du selber lösen, du bist der Arzt.« Und sie verschwand im Gedränge der Stadt.

Mit aufrechtem Rücken.

Er rieb sich mit Daumen und Zeigefinger über seinen Schnurrbart. Vierzehn Mal. Das war die Hausnummer des Antiquariats, vor dem er stand. Plötzlich wurde ihm bewusst, dass er längst nicht mehr so oft zählte, seit er Elisabeth kennengelernt hatte. Aber nun war es wieder da.

Etwas in ihm begann wieder zu nagen, an seiner Magenwand, er hatte einen säuerlichen Geschmack im Mund. Ziellos ging er durch die Straßen und fand sich irgendwann auf dem Place Rogier wieder. Die Hände auf dem Rücken verschränkt, stellte er sich neben den Laternenpfahl in der

Mitte des kleinen runden Platzes. Die Pferdebahn fuhr vorbei, voll besetzt mit fröhlichen Menschen.

Vor der Gare du Nord standen ein paar wartende Droschken. Er registrierte achtzehn Rundbögen im Mittelteil des Bahnhofsgebäudes, zu beiden Seiten hielten vier Heilige Wache über ankommende oder abfahrende Reisende. Die vierte Bogentür von links stand offen.

Obwohl die Sonne schien, war es noch ziemlich frisch. Ein Träger schob einen Karren vor sich her, auf dem zwei Rinderviertel lagen. Ein Junge mit karierter Mütze half ihm bei der mühsamen Arbeit, indem er den Karren vorn an einem Gurt zog. Ein Tuch lag über dem frischen Fleisch, doch das war etwas verrutscht, sodass die Rippen zu sehen waren. Guillaume musste sauer aufstoßen, spürte ein Brennen in der Speiseröhre.

Dann spazierten zwei angeregt miteinander plaudernde Damen vorbei. Die Dame auf der Seite zu ihm hin schob einen Kinderwagen aus Holz mit zwei großen Rädern und einem kleinen Rad vorn. Ein kleines Mädchen saß darin, mit einem weißen Satinkleid und einer gehäkelten Mütze. Er betrachtete die Szene und überquerte dann entschlossenen Schrittes den Platz. Er ging ins Hotel Palace und bestellte etwas Ähnliches wie das, was in Rosts Flachmann gewesen war.

Am Ende hatte er fünf Gläser getrunken.

III

Elisabeth hatte die ganze Nacht unter Übelkeit gelitten und hielt an diesem Sonntagmorgen nicht in freudiger Erwartung Ausschau nach ihm. Keine zwei Reihen Zähne. Ihre Mutter, die in der Küche Kartoffeln schälte, begrüßte ihn anders als sonst.

»Wo ist Elisabeth?«, fragte er.

»Hinten im Gemüsegarten. Sie fühlt sich ein bisschen unwohl.«

»Ich kann die Kartoffelschalen wegbringen«, bot er an.

Elisabeth stand beim Misthaufen. Sie begrüßte ihn nicht, sie übergab sich. Er leerte die kleine Kiste, setzte sie ab und stellte sich hinter Elisabeth. Er legte die Hände auf ihren Bauch und massierte sie ganz sanft. Während sie würgte, unterstützte er zärtlich ihren Magen. Schließlich wurde sie ruhiger und drehte sich zu ihm um. Er zog sein Taschentuch aus der Hosentasche und wischte ihren Mund sauber.

»Du bist so früh«, sagte sie.

»Weil ich gründlich über alles nachgedacht habe.«

Sie nestelte etwas verlegen an ihrer Schürze.

»Willst du meine Frau werden?«, fragte er.

Sie zögerte. Sie antwortete nicht. Wollte sie etwa nicht? Hatte er die Frage falsch gestellt? Wie hätte Rost das gemacht?

»Was meinst du, ist dein Vater ein Problem?«

»Überlass Vater nur mir«, war ihre Antwort. »Und ja, ich will deine Frau werden.«

Sie hatte sich die Haare noch nicht gekämmt. Das störte ihn ein bisschen, er strich ein paar Strähnen nach hinten. Sie begann zu weinen, und wieder wusste er nicht, was das zu bedeuten hatte. Er nahm sie in die Arme und drückte sie an sich, während er in Gedanken ausrechnete, wie viele Wochen es noch bis zur Geburt ihres Kindes dauern würde.

»Und sie selber traut sich natürlich nicht hierher?«

Madame Duponselle stand mit verschränkten Armen vor der Bücherwand. Sie hatte gerade Tee getrunken mit einem Fabrikanten aus Tournai, der auf ihren Wink mit dem Zeigefinger seinen Mantel genommen, selbst seinen Hut von der Garderobe geholt hatte und gegangen war. Guillaume war auf Drängen von Elisabeth hergekommen.

»Doch, sie traut sich, aber sie liegt krank im Bett.«

»Dann hätte sie sich eben nicht von dir bespringen lassen sollen.«

»Mama, also bitte.«

»Es stimmt doch, was ich sage. Jetzt kannst du sie nicht mehr verlassen.«

»Das will ich auch nicht.«

»Du fällst tief, Guillaume. Sogar dein Vater war stärker als du.«

»Ich möchte dein Einverständnis.«

»Für was? Um ihr ein Kind in den Bauch zu spritzen? Dafür ist es zu spät.«

»Ich werde sie heiraten.«

»Das wirst du wohl auch müssen. Was dachtest du denn.«

»Mama, ich bitte dich trotzdem darum.«

»Nein, das ist es ja gerade. Du bittest mich um nichts. Du tust einfach, was du willst.«

»Ich sollte die Speisekarte kennenlernen, das hast du selbst gesagt.«

»Ein erlesenes Diner beginnt mit einer Vorspeise. Du schlingst gleich alles hinunter. Ohne nachzudenken über die Indigestion hinterher. Jetzt hast du die Bescherung. Jetzt kannst du nicht mehr zurück. Und das, während sich Brüssel gerade mit interessanten jungen Damen von Stand füllt.«

»Mama, bitte.«

»Und jetzt bittest du mich auch noch um mein Einverständnis.« Sie war rot angelaufen und hielt eine Porzellantasse zitternd mit der ganzen Hand umklammert.

»Ja, Mama.« Er senkte den Kopf.

»Ohne mich kannst du gar nichts. Das weißt du doch. Du bekommst meine Erlaubnis. Aber dann findet das Fest nach meinen Regeln statt. Du hurst auf einem Dorf herum, also heiratest du auch dort. Ich organisiere und bezahle die Feier, und ich bestimme, wer aus der Hauptstadt seinen Anzug oder sein Abendkleid im Staub dieses öden Nestes beschmutzen wird.«

»Danke, Mama.«

»Noch einen schönen Nachmittag, Sohn!« Das Rauschen ihres Kleides, als sie die Tür zur Bibliothek schloss, verstärkte noch das Gift in ihren Worten.

Es wurde eine Hochzeit, wie man sie in Woesten noch nie gesehen hatte. Die Leute würden noch lange darüber reden. Jeder Dorfbewohner würde dem Ereignis einen besonderen Platz im Schrank seiner Erinnerungen einräumen. Außer Elisabeths Vater, der genau dreißig Tage nach dem Jawort seiner Tochter von einem Moment auf den anderen selbst zu einer Erinnerung wurde.

Der Schmied hatte einen eisenstarken Körper und lag dennoch am Boden. Guillaume war in die Schmiede gerannt und hatte auf einen Blick gesehen, dass es zu spät war. Aber damit wollte er sich nicht abfinden. Er hatte mit ganzer Kraft gepumpt und Luft in den Brustkorb des Mannes geblasen, der so schweigsam war. Vergebens.

Zum zweiten Mal im Leben hatte er einen noch warmen Toten in die Arme geschlossen, und die Bilder von damals kamen wieder zurück. Während Elisabeth und ihre Mutter sich in den darauffolgenden Stunden ganz ihrer Trauer überließen, saß Guillaume auf einem Stuhl in der vorderen Stube und starrte auf seine Hände.

Er hatte am Vormittag dieses Tages zum letzten Mal seine Mutter besucht. Zusammen mit Elisabeth. Sie hatten sich gestritten, es ging um Geld. Er wusste nicht, was er am schlimmsten fand. Hartherzige Mütter oder sterbende Väter.

Aus dieser sonderbaren Erschütterung erwuchs sein Entschluss. Der einzige Ort, an dem er etwas empfunden hatte, was Wärme nahe kam, der Ort, an dem er andere Dinge gelernt hatte als Bücherweisheiten, durfte nicht verraten werden. Er würde Woesten nicht verraten. Er würde Elisabeth nicht verraten, und auch nicht ihre Mutter.

Ein Besuch beim Notar war sein erster Schritt.

Schon bald fanden die Leute den Weg in die ansprechend ausgestattete Praxis des Herrn Doktor. Seine größte Sorge aber galt seiner Frau. Er folgte ihr auf Schritt und Tritt und wachte darüber, dass sie sich nicht übernahm. Wochen vorher lag in einem Schrank schon alles für die Geburt des Kindes bereit. Ihres gemeinsamen Kindes.

Er betastete täglich ihren Bauch und maß den Umfang. Regelmäßig führte er zwei Finger tief ein, um die Frucht zu fühlen. Aus allen gemessenen Werten wurden Kurven, die mehr oder weniger so aussahen wie die Modelle in seinen Lehrbüchern. Alle Nachschlagewerke über Geburtshilfe hatte er griffbereit aufgestellt, und er übte mehrmals spätabends, wenn Elisabeth längst schlief, mit einigen Instrumenten in seinem Behandlungszimmer, um ein Gefühl dafür zu bekommen, wie sie am besten und geschmeidigsten in der Hand lagen.

Die Tarnier-Geburtszange war unbenutzt. Seine Finger streichelten über den Zughebel aus Ebenholz, der an den doppelten Griffen der Zange befestigt war und dazu diente, besser in die Richtung der Achse des Beckens ziehen zu können. So stand es in der Handreichung. Die Griffe der Zange selbst, die aus Horn waren, fühlten sich seltsam glatt an, einladend für die Hand des Arztes, das Leben nach draußen zu holen. Mit großer Leichtigkeit. Der Natur musste manchmal ein wenig nachgeholfen werden.

Er übte mehrmals mit einem dunkelbraunen hölzernen Fötuskopf, den er vor einigen Jahren bei einer Demonstration von Geburtshilfemethoden günstig erstanden hatte. Ein winziger Negerkopf, mit einem feinen Sägeschnitt vom Rumpf abgetrennt, so sah das Ding aus. Die Maserung des Holzes war gut zu erkennen, und durch das rechte Auge zogen sich die feinen Linien eines Astes. Wenn er fertig war, stellte er das Köpfchen auf den Schrank, genau in die Mitte zwischen zwei Glaskolben.

Er setzte sich auf einen Stuhl und blickte hin und wieder zu dem Kopf, während er seine Instrumente eines nach dem anderen gründlich reinigte. Schon zum dritten Mal in dieser Woche. Doch das kümmerte ihn nicht, denn so bekam er das Leben in den Griff, das sich jetzt noch im Bauch seiner Frau verbarg, Leben, das seine führende Hand brauchen würde, sein Wissen, seine glänzende Zange und all die anderen Instrumente in den ledernen Köfferchen und Etuis.

In der Nacht, bevor die Geburt in Gang kam, schlief er schlecht. Er hatte etwas ertastet bei der letzten inneren Untersuchung. Etwas, was er nicht kannte. Es hatte ihn beunruhigt. Es war keine Zyste und kein Polyp. Er durchblätterte alle seine Bücher über Gynäkologie und Geburtshilfe. Nicht einmal in den vierzehn Bänden der *Grande Encyclopédie* von Diderot und d'Alembert fand er eine Antwort. Er konnte es sich nicht erklären. Kein einziger Buchstabe, kein Stich in diesen vielen hundert Seiten konnte die Unruhe in seinem Kopf besänftigen.

Als der Morgen graute, schloss er die Haustür ab. Er erhitzte Wasser auf dem Herd, im Schlafzimmer lag alles bereit. In der Nacht hatten die Wehen eingesetzt. Er beruhigte Elisabeth, tupfte ihr den Schweiß von der Stirn, hielt ihre Hand während der schlimmsten Schmerzen, spreizte ihre Beine in die komfortabelste Position, obwohl sie schrie, dass sie das alles andere als bequem finde, dass er ein Dreckskerl sei und dass er nach einer Hebamme schicken solle. So wie das alle im Dorf machten.

Er ließ es über sich ergehen. Stundenlang wand sich Elisabeth vor Schmerzen, sie wimmerte und stöhnte. Dann kam der Moment, in dem er merkte, dass sie es nicht mehr ertragen konnte, vor allem nicht, wenn er das Spekulum einführte. Er tastete noch einmal mit den Fingern, weitete den Muttermund so viel es ging und ermutigte sie bei der letzten Presswehe. Dann kam er zum Vorschein. Tränen füllten Guillaumes Augen, aber er hielt sie für Schweiß und wischte sie mit dem Handrücken weg. Das Kind lag schreiend in seinen Händen, und er sah sich einen Augenblick in der Oper stehen, vor dem Orchestergraben, die Arme hochreißend und ein Skalpell schwingend. Vor ihm saßen keine Musiker, sondern es sprudelte Blut.

Er sah, dass er einen Sohn hatte und wischte ihn mit einem Tuch sauber. Danach durchtrennte er die Nabelschnur und legte das Kind vorsichtig an Elisabeths Brust.

»Valentijn«, sagte sie heiser. »Er soll Valentijn heißen.«

»Komm zur Ruhe«, antwortete er. »Lass ihn suchen.«

In diesem einen Moment, diesem einzigartigen Moment, flüchtig und ungreifbar, war alles gut. Er fühlte sich von einem paradiesischen Frieden überströmt. Ein Bild von einem Vater, zusammen auf dem Kutschbock mit seinem kleinen Sprössling, der zu einem großen starken Mann heranwachsen würde.

Doch ein Schrei Elisabeths zerriss den Traum. Ihre Augen waren weit aufgerissen. Sie schob das Neugeborene von sich weg. Etwas stimmte nicht mit ihr.

Vorlesungen aus Hörsälen hallten durch seinen Kopf. Sie füllten den Raum. Sie füllten das ganze Haus. Er betastete sie von innen und erschrak. Noch ein Kind. Er begriff es nicht. Wieder nicht. Er hatte diese Frau nie begriffen.

Neben ihr lag ein Kind auf einem sauberen Handtuch, aber sie bekam noch eins.

Elisabeth dämmerte weg. Ihr Atem ging stoßweise, doch sie war nicht mehr bei Besinnung. Er rief ihren Namen, sagte, sie müsse pressen. Aber sie hatte keine Kraft mehr. Immer wieder schwand ihr das Bewusstsein. Ihr Körper war nicht mehr imstande, das zweite Kind zur Welt zu bringen. Der Orchestergraben strömte wieder voll, lief über. Die Musik hallte kakophonisch zwischen den Wänden, ein Tanz der Dämonen, die Töne falsch und ohne jeden Rhythmus.

Guillaume sah sich im Zimmer um und erblickte seine Instrumente. Er griff zur Zange und schob sie in sie hinein. Er war völlig aufgelöst. Er merkte, wie er den Kopf der Frucht, die noch in ihr steckte, in den Griff bekam. Er wühlte und drehte, bis es ihm möglich war, das Kind herauszuziehen. Währenddessen sah er den Teufel und hörte die Mitstudenten auf den Holzbänken rufen. Sie zeigten auf das Monstrum, das er festhielt, ein Rumpf, zwei Beine und zwei Arme, aber ein völlig verunstaltetes Gesicht. Es steckte noch in den Löffeln der Geburtszange.

Er nahm es in beide Hände und versorgte es. Er wischte es ab mit allen Handtüchern, die noch da waren. Doch das verformte Gesicht wurde einfach nicht sauber. Allmählich fasste er sich wieder. Er wusch die beiden Neugeborenen mit warmem Wasser: seinen Sohn und das Wesen. Er fand ein schmerzstillendes Mittel in einer seiner Taschen und löffelte ein bisschen davon in Elisabeths Mund. Er legte ihre beiden Kinder zu ihr ins Bett, versuchte, sie ein bisschen an ihren Brüsten trinken zu lassen. Er deckte sie warm zu, nachdem er seine Frau erst unten genäht hatte. Der Schaden war groß.

Die Nachgeburten lagen in einem Eimer. Unter dem Nussbaum begrub er die Plazenta von Valentijn. Die des entstellten Wesens landete in der Jauchegrube. Es würde ohnehin nicht lange leben. Was hatte er falsch gemacht? Bevor er wieder ins Haus ging, nach oben ins Schlafzimmer, trank er in der Küche aus der Geneverflasche. Brennende Schlucke, um Zweifel auszulöschen.

»Wie geht es ihr?«, fragte Elisabeths Mutter, die unten im Flur gewartet hatte.

»Du hast einen Enkelsohn, Mutter«, sagte er. »Geh nur und hilf ihr. Sie wird es brauchen.«

Die alte Frau stieg die Treppe hoch. Sie hielt sich am Geländer fest. Bei jeder zweiten Stufe schob sie die rechte Hand um das gleiche Stück nach oben. Das bemerkte er. Auch das Loch am rechten Fuß des langen braunen Strumpfs. Er hörte, wie sie ins Zimmer trat. Es dauerte einen Moment. Dann ein gellender Schrei. Die Schlafzimmertür wurde aufgerissen, sie stand wieder oben an der Treppe, hielt beide Hände vor dem Mund und jammerte unverständliche Worte. Dann bekreuzigte sie sich dreimal und richtete den Blick nach oben. Er verstand etwas von Lieber Herr Jesus und Gnade, mehr nicht. Dann blickte sie zu ihm hinab.

»Tu was.« Zwei Schauder erregende Wörter, die das Haus durchschnitten. Er blieb unten stehen und rieb über seine Hände. Es war noch Blut daran, und Schleimfäden.

Wie viele Tage und Nächte waren vergangen? Er wusste es nicht mehr. Durch wie viele Artikel und Studien hatte er sich durchgearbeitet? Das hatte er vergessen. Wie viele Versuche, das schiefe Gesicht des Wesens gerade zu bekommen und das klaffende Loch der Verstümmelung vor

Infektionen zu bewahren? Wie viele Pulver und Salben, Säfte und Verbände? Guillaume hatte den Überblick verloren. Das Geschöpf hatte ihn angestarrt. Wer weiß, wie lange? Das Geschöpf. Die Schöpfung. Gott, er oder sie? Wer war die Ursache dieses mit Gliedmaßen ausgestatteten Fleischklumpens, der so abscheulich aussah und vor Schmerzen die Welt vollschrie? Es erfüllte ihn mit Widerwillen.

Nach Löwen zurückgehen, um seine alten Lehrmeister um Rat zu fragen, war nicht möglich. Schon beim Gedanken daran sah er die höhnischen Blicke der anderen Studenten vor sich, klang ihm die Stimme seiner spöttischen Mutter in den Ohren. Er wusste alles, was er wissen musste, er kannte die Bücher, die Vorträge, die Abbildungen auswendig. Wer könnte da noch etwas Neues beitragen? Dieses Geschöpf wurde nur in einigen Abschnitten als tot geborene Frucht beschrieben, nicht als nach Luft schnappender Anfang des Menschseins.

Eines Abends schloss er die Mappe mit den vielen Aufzeichnungen, die er angefertigt hatte, schnürte die Bänder zu und ging ins Wohnzimmer zum brennenden Ofen. Er warf alle eigenen Studien über das Wesen mit einer einzigen Bewegung – Gottes Hand, dachte er kurz – ins Feuer. Die Flammen leckten langsam die erst so kurze Vergangenheit des Wesens weg. Bis nichts mehr übrig war.

Schweigsamkeit in einem Armstuhl. Vor sich hinstarrend. In Gedanken die Ringe an der Vorhangstange zählend. Siebenunddreißig. Eine Primzahl. Er stand auf, nahm einen Stuhl und reckte sich zum äußersten Ring, den er behutsam entfernte. Was nun an Vorhangstoff zu viel war, hakte er an dem Ring daneben fest. Er legte den Gardinenring in eine Schublade, nahm eine Flasche Genever aus der Küche und ging in sein Behandlungszimmer. Ein paar kräftige Schlucke schenkten ihm wieder das Feuer von Rost. Dann begann er drei große Karaffen braune Flüssigkeit zu mischen, sirupartig, aber betäubend genug, dem Wesen über seine letzten Tage zu helfen. Denn die waren gezählt, dessen war er sich sicher.

In den darauffolgenden Wochen wurde er wieder der Dorfarzt. Aber es war anders als vorher. Die einfachen Untersuchungen machten ihm kaum etwas aus, doch jedes Mal, wenn er in einen Körper eindringen musste, um in Mund, Augen, Ohren oder, schlimmer noch, in einen Anus oder eine Vagina zu schauen, sah er plötzlich mehr Menschen im Zimmer, als tatsächlich da waren. Mit bohrenden Blicken verfolgten sie seine Handlungen, und sein ganzer Körper begann zu beben.

Die Dämonen, die seinen Geist benebelten und seine Hände zittern ließen, verschwanden erst nach ein paar Gläsern Genever. Dann tauchte Rost wieder kurz auf, und alles lief wie von selbst.

Mehrmals kam er spätabends betrunken nach Hause und flüchtete sich stillschweigend mit einem Teller Essen in sein Behandlungszimmer, bis sich der Nebel gelichtet hatte.

Mit Elisabeth sprach er so wenig wie möglich. Denn in ihren Augen, vor allem in ihren schönen Augen, lag der Kummer, für den er verantwortlich war. Er fühlte sich an wie ein Vorwurf, der ihm durch Mark und Bein ging. Er konnte, nach allem, was geschehen war, nicht anders als sich einzugestehen, dass sie recht hatte.

Schweigen war die einzige Lösung. Jedes Wort, das er zu ihr sagte, schmerzte, denn er fand nicht den Ton, um sie zu trösten, und das Zittern ihrer Stimme, wenn sie ihm antwortete, verriet Hass. Das war es: Hass. Glaubte er. Sicher war er sich nicht. Wie konnte er sich irgendeiner Sache sicher sein? Er kannte sie nicht. Vielleicht waren Frauen ja deshalb auf der Welt. Dass man sie nie kannte.

Er gab ihr die Karaffen mit dem braunen Sirup, damit das Sterben des Wesens ohne allzu viel Ungemach verlief. Mehr konnte er nicht für sie tun. Sein Fehler musste wegradiert werden. Vielleicht waren die zwei Reihen weißer Zähne dann wieder da. Vielleicht.

IV

»Die Taufe ist ein heiliges Sakrament. Gott muss freie Hand haben«, hatte Pastor Derijcke zu ihm gesagt.

In dieser Nacht hielten ihn bohrende Kopfschmerzen wach. Er schlief nicht mehr im Ehebett und stolperte vom Dachzimmer in seine Praxis. Dort kramte er in den Schränken, bis er das Pulver fand, nach dem er suchte. Er löste zwei Kaffeelöffel in einem Glas Wasser auf und kippte den Trunk gierig hinunter. Dann wollte er wieder ins Bett gehen, aber im ersten Stock hörte er hinter der Tür der Neugeborenen die Röchellaute des Wesens. Er öffnete vorsichtig die Tür, sah, dass Elisabeth ein Nachtlicht auf kleiner Flamme bei den Kindern hatte brennen lassen.

Er beugte sich über die Bettchen. Valentijn lag auf dem Bauch, die Ärmchen gespreizt, wie ein kleiner Vogel, der sich hoch in der Luft im freien Fall herabsinken lässt, bis er in bessere Windströmungen kommt. Das Wesen lag auf dem Rücken und stieß furchterregende Kehllaute aus. Manchmal hörte es kurz auf, und es schien so, als käme nichts mehr. Als wäre es vorbei, für immer. Doch dann saugte es wieder Luft durch die deformierte Nase und die Kehle ein, und das schaurige Geröchel begann von Neuem.

Gottes freie Hand.

Guillaume sah sich im Zimmer um. Sein Blick fiel auf

einen Stuhl neben dem Bett, auf dem ein Samtkissen mit einer feinen Spitzenbordüre lag. Vorsichtig ergriff er es mit beiden Händen und hielt es ganz nah über das Köpfchen des Wesens. Genau in dem Moment röchelte es lauter, Guillaume erschrak und blickte erneut ängstlich umher. Valentijn schlief wie ein Murmeltier. Einen Augenblick herrschte Stille. Das Wesen verschnaufte wieder kurz. Er legte das Kissen vorsichtig auf den entstellten Mund und begann zu drücken. Unter dem Samt begann das Gezappel. Die Ärmchen ruderten wild umher. Der kleine kränkliche Leib krümmte und wand sich, um dem erstickenden Druck zu entrinnen. Die Beinchen strampelten und traten so kraftvoll, dass eine hölzerne Rassel aus dem Bett fiel und auf den Boden polterte. Guillaume zog das Kissen zurück und sah, wie das Wesen ihn mit dem gesunden Auge ängstlich anstarrte.

Deinen eigenen Krebs schiebst du besser beiseite. Weil der die innere Unruhe schürt und deine Tage peinigt. Du arbeitest eben härter. Du fährst noch weiter weg aus dem Dorf, um Kranke zu heilen. Du weist keinen Patienten mehr ab. Du ziehst in den Kampf gegen die Schmerzen der ganzen Welt. Du fährst mit deinem Fahrrad umher, du besuchst, du untersuchst, du betastest, du trinkst Genever, du schneidest auf, du trinkst wieder Genever, du fährst nach Hause, wenn es dunkel ist. Du gehst schlafen, denn das hast du dir verdient. Du hast ja die ganze Welt geheilt, du hast die Menschheit umsorgt, und du weißt, dass es gut ist. Von allen Seiten bekommst du auch bestätigt, dass du so gut bist. Du trittst über die Schwelle deines Hauses und hüllst dich in ein Schweigen, das niemand durchbrechen kann. Du hast die Leiden der Leute unter Kontrolle, aber du weißt, kurz bevor du die Augen schließt in einer klammen Dachkammer, dass du den Krebs in deinen eigenen Knochen nach Belieben wuchern lässt.

Das nimmst du dann morgen wieder in Angriff, wenn ein neuer Tag ist. Gegen Krebs geht man vor, wenn das Licht da ist, lieblich tanzend auf dem frischen Frühlingsgrün, grell und heiß in Sommermonaten, vielfarbig hinter Herbstlaub versteckt. Und so machst du immer weiter, von einer Jahreszeit zur nächsten, denn kein einziger Morgen, kein einziger Sonnenstrahl, der dich weckt, ist der richtige, der, den du brauchst, um deine eigene Wucherung zu betasten. Also machst du weiter und heilst wieder die anderen. Dich selbst vergisst du.

Seit dem Tag, an dem er Valentijn das Laufen beigebracht hatte, ging er mit ihm auf die Straße und wechselte mit den Menschen freundliche Worte. Ganz schön gewachsen, ja, natürlich wächst er, so geht das, wenn man ihnen was zu essen gibt. Und er sehe seinem Vater so ähnlich, nein, mehr seiner Mutter, ganz das Lächeln seiner Mutter. Die Mucker waren unterschiedlicher Meinung.

Er nahm seinen Sohn mit, wenn er für harmlose Dinge zu Patienten musste, etwa um ihnen Medikamente zu bringen oder ein wenig zu plaudern mit jemand, der auf dem Wege der Besserung war.

Das Kind durfte auch in sein Behandlungszimmer, wo er ihm alles erlaubte. Mit Pipetten spielen, Insekten unter dem Mikroskop angucken, den eigenen Herzschlag hören und dabei vor Vergnügen krähen. Valentijn kletterte auf seinen Schoß und blätterte mit ihm in Büchern mit Abbildungen von Gelenken und Schädeln, Tumoren und Hautkrankheiten. Ein fröhliches und unschuldiges Kind.

Der Namenlose, der zu seinem Erstaunen am Leben geblieben war, benahm sich, je größer er wurde, manchmal wie ein lästiger, unerzogener Straßenköter. Er hängte sich dann an seine Hosenbeine und stieß sonderbare Schreie aus. Es kostete Guillaume Monate und ein paar gezielte Klapse, um dem Wesen beizubringen, dass es sich nicht schickte, den Herrn Doktor auf diese Weise anzuspringen.

Valentijn war sein Sohn. Sein kleiner Gott, dem er das Zählen beibrachte. Symmetrische Zahlen, gerade und ungerade Zahlen, Vielfache und Teiler, Brüche und Dezimalzahlen. Er lehrte den Jungen, Muster zu erkennen in Tischtüchern, auf den Fußböden von Wohnungen, auf dem Schachbrett, im Räderwerk der Wassermühle, in der V-Vorm der vorüberziehenden Gänse, auch wenn die manchmal etwas flatterhaft waren. Er zählte, Valentijn tat es ihm nach, und es kehrte wieder Ruhe ein.

Solange er das machte und ab und zu Genever trank – was hieß ab und zu –, vollbrachte er seine Arbeit tadellos. Die Diagnosen stimmten, die Behandlungen waren angemessen. Das Dorf beweihräucherte seinen Arzt, und in den Lobesbekundungen klang sogar Bewunderung an für den Mut und die Kraft, die er sicherlich aufbringen müsse, um dem Unglück in seinem Leben die Stirn zu bieten. Das darf man nicht unterschätzen, so'n gebrestiges Kind.

Mit dem Namen und dem Ruhm, den sich Guillaume im Dorf erwarb, wuchs auch der allgemeine Widerwille und das Grausen der Dorfbewohner vor dem Wesen selbst. Der Namenlose. Wenige bekamen ihn wirklich zu sehen, aber alle kannten ihn. So ist das bei Muckern.

Notar Bouttelgier griff sich nervös an den Hals, um den er einen dunkelgrauen Schal mit silbernen Punkten trug. Eine kleine Bewegung, doch auffallend genug, um eine gewisse Nervosität zu verraten. Wie immer, wenn er – was äußerst selten vorkam – im Begriff war, etwas auszuposaunen, das nur er wissen konnte, weil es in den Akten seiner Kanzlei stand. Notare unterliegen der Schweigepflicht, das war allen bekannt, und er hielt sich auch daran, aber in manchen Fällen war es einfach notwendig, doch einmal ein kleines Stückchen Wahrheit über diese oder jene Person auszubreiten. Er betrachtete das nicht, so seine eigenen Worte, als Verrat von Amtsgeheimnissen; nein, ihm ging es vielmehr um allgemeine Aufklärung in einem Punkt, über den die Allgemeinheit sonst viel nachteiligere Gerüchte streuen würde, als für das in Frage stehende Individuum gut wäre.

Guillaume, der Notar, der Bürgermeister und der Herr Pastor trafen sich einmal im Monat im Haus des Bürgermeisters zum Bridge. An so einem langen, den Karten gewidmeten Nachmittag waren Zigarren, eine handfeste Mahlzeit, ein tüchtiges Quantum Alkohol und eine zelebrierte Gewichtigkeit die weiteren festen Bestandteile ihrer Runde. Diese Treffen waren nicht ohne Einfluss auf die Beschlüsse, die der Bürgermeister manchmal mit harter Hand im Magistrat durchzusetzen versuchte. Die mehr oder weniger konsequenten Kontrollen der Glücksspiele in der Schenke de Wildeman, die Zuweisung von Pachtland durch die Gemeinde, das Datum des Jahrmarkts, die erlaubte Fläche des neuen Holzpodestes vor der Verkaufsbude auf dem Marktplatz, die Rechtfertigung eines Neuanstrichs des Bürgermeisterhauses, die vorige Farbschicht war eigentlich noch mehr als gut genug, aber nun ja, über die Intensität von Weiß lässt sich trefflich streiten. Fragen solcher Art und viele andere, auch weniger wichtige Dinge besprachen die vier Herren, am liebsten am Anfang einer Mahlzeit, denn zu fortgeschrittener Stunde war der Bürgermeister nicht selten zu betrunken, um noch ein vernünftiges Wort von sich zu geben.

Wenn er dann auf dem Sofa vor sich hindöste, debattierten die drei anderen weiter über profane Probleme, über Gott, über Frauen und den Niedergang der Moral. Sie schonten einander nicht. Jede Frage durfte gestellt werden, ohne dass ein Anspruch auf eine erschöpfende Antwort bestand, erwünscht waren freilich ein paar Gedanken oder eine kleine Randbemerkung. So war die Abmachung.

An einem dieser Abende stellte Pastor Derijcke die Frage nach Herrn Funke in den Raum. Nichts Besonderes. Keine Fallgruben. Einfach nur die Frage, ob einer der Herren vielleicht wisse, wo Funke die ganze Zeit gewesen sei. Darauf herrschte erst einmal Schweigen, unterbrochen nur vom leisen Schnorcheln des Bürgermeisters in seinem Voltaire-Sessel. Der Notar schaute zuerst den Pastor an, dann Guillaume, dann wieder den Pastor und nestelte derweil an seinem Halstuch.

»Wie kommen Sie auf diese Frage, Hochwürden?«, wollte er wissen.

»Finden Sie es nicht befremdlich? Ein paar Jahre lang verschwinden, einfach so, und eines Tages mir nichts, dir nichts wieder auftauchen. Als wäre nichts geschehen.«

»Fremd war er uns schon immer.«

»Kaum jemand kennt ihn wirklich«, sagte Guillaume. Er sah, wie die beiden anderen Blicke tauschten.

»Und doch sehen ihn alle oft«, warf der Notar ein. »Er ist viel unterwegs, mit Hut und Spazierstock.«

Wieder die Blicke. Ein verstohlener Gedankenaustausch, den der Dorfarzt nicht deuten konnte.

»Er geht gern spazieren«, sagte Guillaume.

»Stimmt, man sieht ihn oft an der frischen Luft«, beeilte sich der Notar zuzustimmen.

»Damit haben Sie noch nicht gesagt, wo er die ganze Zeit gewesen ist«, fuhr der Pastor in gedehntem Ton fort. Er legte die gefalteten Hände auf seinen korpulenten Bauch, der die Knöpfe der Soutane zum Spannen brachte, als er sich im Sessel zurücklehnte. Seine Augen wurden klein, wie manchmal bei der Sonntagspredigt.

»Herr Funke ist nicht von hier«, sagte der Notar.

»Das wissen wir alle, aber von wo kommt er nun eigentlich?« Die Knöpfe der Soutane standen unter großem Druck.

»Kam er nicht aus Lothringen?«, fragte Guillaume. Er meinte das irgendwo gehört zu haben, wusste aber nicht mehr, wo.

Der Notar schüttelte den Kopf, ergriff vorsichtig sein Glas, schwenkte den Cognac vor seiner Nase und schnupperte lauter als nötig. Er trank einen Schluck, ohne dass sich ein Muskel in seinem Gesicht verzog, und stellte das Glas wieder auf den Tisch.

»Deutschland«, sagte er. »Herr Funke kommt aus Deutschland.«

Es hätte ebenso gut England, China, Algerien oder irgendein Bergstaat auf dem Balkan sein können, das hätte keinen Unterschied gemacht. Die Gewichtigkeit, mit der der Notar das Wort Deutschland in die Runde geworfen hatte, stellte Herrn Funke in ein seltsames Licht. Oder eher in einen seltsamen Schatten. Als sei er umschattet von Kummer, ja Tragik.

»Und was hat ihn hierher geführt?«, fragte der Pastor.

»Unglück. Pures Unglück.«

»*Weltschmerz?*« Der Pastor war ein belesener Mann.

»Nein, fataler.«

»Sie machen uns neugierig, Herr Notar. Sagen Sie es uns.«

Ein Funkeln trat in die Augen des Pastors. Der Notar fasste sich an den Hals. Das Halstuch war noch an seinem Platz. Er schaute sich zum Bürgermeister um. Dessen Kopf war zur Seite gesunken, das Kinn ruhte auf der linken Schulter. Aus dem Schnaufen war ein leises Schnarchen geworden. Der Notar dämpfte seine Stimme.

»Herr Funke ist der einzige Sohn eines reichen Weinbauern von der Mosel. Besser gesagt, eines ehemaligen Weinbauern von der Mosel, denn der alte Funke ruht seit Jahrzehnten am Fuß eines seiner mit Rieslingstöcken bepflanzten Weinberge.«

»Als einziger Sohn den Besitz des wohlhabenden Vaters erben. Was Sie als fatal zu bezeichnen pflegen, scheint mir eher ideal«, bemerkte der Pastor trocken.

»Geld macht nicht immer glücklich, Hochwürden.«

»Nein, aber es erleichtert sehr vieles im Leben.«

»Wie eine gute Gesundheit«, mischte Guillaume sich ein. Die beiden anderen sahen ihn verwirrt an.

»Ja, natürlich«, sagte der Pastor.

»Herr Funke hat ein Kapital geerbt, von dem Sie und ich«, und nun wandte der Notar sich direkt an Guillaume, »nur träumen können.«

»Also kein Grund, unglücklich zu sein«, bemerkte Guillaume.

»Wenn er nicht verheiratet gewesen wäre.«

»Die Ehe muss nicht die Wurzel allen Übels sein.« Die Betonung lag deutlich auf *muss*. Der Pastor sah Guillaume an. Ein Blick wie ein messerscharfer Vorwurf.

»Seine Frau war eine tyrannische Person«, fuhr der Notar fort. »Stahlhart zu sich selbst. Aber doppelt so hart zu anderen.«

»Ich wusste gar nicht, dass der Mann eine Frau hatte.« Guillaume schenkte allen nach, außer dem Bürgermeister, das verstand sich von selbst.

»In der Tat. Er hatte eine Frau.«

»Und jetzt kommen wir zu dem Unglück?« Der Pastor schien die Geschichte zu genießen.

»Nein, noch nicht. Sie schenkte ihm nämlich eine Tochter, Johanna.«

»Ich glaube nicht, dass ich jemals eine von beiden in unserem Dorf gesehen habe.«

»Das ist auch nicht möglich. Die Tochter ist mit achtzehn gestorben.«

»Woran?«, fragte Guillaume.

»Das steht nicht in den Akten. Gemunkelt wurde: Sie ist ins Wasser gegangen. Aber ich habe meine Zweifel an der Glaubwürdigkeit solcher Gerüchte. Ich weiß nur, dass wenige Monate nach ihrem Tod die Ehe zwischen Herrn Funke und seiner hartherzigen Frau geschieden wurde.«

»Waren sie kirchlich getraut?«

Der Notar ging auf diese Bemerkung nicht ein.

»Und was hinzukommt, durch die Trennung spaltete sich das kleine Dorf an der Mosel in zwei Lager auf. Buchstäblich. Die eine Seite des Berges war Eigentum ihrer Familie. Die andere Seite des Berges hatte er von seinem Vater geerbt. Ich war damals dort, um seinen Besitz zu vermessen. Er hatte die gute Seite des Berges. Die Sonnenseite.«

»Symbolisch.«

»Und was hat ihn hierher verschlagen?«, fragte Guillaume.

»Er wollte fort. Rastlosigkeit quälte ihn. Er verpachtete das ganze Gut. Weingärten, die Gebäude, die Pressen, die Keller, alles.«

»Und mit diesen Einnahmen konnte er dann damals Zulmas Haus ohne Probleme kaufen?«

»Stimmt. Das Haus hat nur einen Bruchteil von seinem Vermögen gekostet.«

Der Notar stand auf und trat an das wuchtige Buffet, das im Zimmer stand. Er warf einen kurzen Blick auf den Bürgermeister. Dessen Mund stand ein wenig offen. Speichel perlte auf den Ärmel seines Hemdes. Der Notar öffnete eine der Schubladen und nahm eine Kiste Zigarren heraus.

»Er hat bestimmt nichts dagegen.« Mit dem Kopf deutete er in Richtung des schlafenden Gastgebers. Der Pastor nahm eine Zigarre aus der Kiste und roch daran.

Schweigend begannen die Männer zu rauchen. Dicke Wolken grauer Qualm. Der Nebel des Genusses. Und der eigenen Gedanken. Es war der Notar, der sich offenbar am schnellsten unbehaglich fühlte.

»Aber er ist ein guter Mensch.«

»Wer?«, fragte Guillaume, der an einen Patienten dachte, dem er am Vortag auf einem Küchenstuhl die Polypen gezogen hatte.

»Herr Funke. Über den haben wir uns doch gerade unterhalten.«

»Ach ja, richtig.«

»Ein guter Mensch«, sagte der Pastor schnaubend, »der öfter mal in die Kirche gehen könnte oder, falls er damit aufgrund seiner Herkunft Probleme haben sollte, wenigstens ein paar Bänke stiften, wenn er tatsächlich so vermögend ist.«

»Sie können ihn doch einfach fragen. Vielleicht beißt er ja an. Aber sagen Sie ihm nicht, was Sie von mir gehört haben.«

»Warum sollte ich, mein Freund? Was man am Kartentisch hört, bleibt am Kartentisch.«

Die Ehe muss nicht die Wurzel allen Übels sein. Die Augen des Herrn Pastors. Das Urteil, das darin zu lesen war. Es hatte sich in seinem Hinterkopf festgesetzt. Er hatte den ganzen Tag gezählt. Die Pedalschläge seines Fahrrads zwischen den einzelnen Häusern: Meist waren es siebenhundertachtzig gewesen. Die Zahl der Weißdornhecken zwischen den beiden Kirchen: sieben; Eichen: achtundzwanzig. Bellende Hunde: drei. Schiffe, die auf dem Kanal vorbeifuhren: sechs, jedenfalls, wenn der kleine Kahn des Rattenbekämpfers mitzählte.

Das Rad neben die grüne Pforte, wie immer, den Griff des Lenkers an die vierte Latte von links, das Hinterrad eine Idee vor der rostigen Türangel. Er ging durch den Hintereingang hinein. Drei Stufen zur Waschküche. Mit dem linken Fuß anfangen. Es war warm dort. Er ging in sein Behandlungszimmer und zog sich für den Rest des Tages zurück. Er aß nichts an diesem Abend. Er blieb sitzen, ohne

Licht. Jemand klopfte an die Tür, gegen acht Uhr, ein Mann, dessen Frau unter Krämpfen litt. Er würde am nächsten Tag vorbeikommen, früh am Morgen. Mehr sagte er nicht. Der Mann verschwand fluchend.

Guillaume kümmerte es nicht. Er ging früh schlafen. In seiner Dachkammer zählte er bis tausendneunhundertundsechs. Manchmal muss man die Jahreszahl zählen, um sich sicher zu sein, dass es wieder einen neuen Tag geben wird.

Der Antiquitätenhändler war ein magerer Mann, der ziemlich kauzig aussah in seinem karierten Anzug, zumal die Hose gut zehn Zentimeter zu kurz war und die in weiße Seidenstrümpfe gehüllten Knöchel sehen ließ. Zwischen dem scharfen Jochbein – er war wirklich Haut und Knochen – und der angegrauten Augenbraue klemmte ein versilbertes Monokel, durch das er einen Zettel an einem Bettgestell studierte. Er schwankte ständig leicht hin und her, als hätte er jahrelang auf einem Schiff gelebt und müsste sich noch immer ans Festland gewöhnen. Seine blauen Schuhe waren aus einer Lederart, die Guillaume nicht identifizieren konnte.

Der Mann hieß Camille Rousseau, jedenfalls vermutete Guillaume das, da dieser Name in verschnörkelten Lettern auf einer kleinen Tafel stand, die über dem schäbigen Schaufenster hing. Seine knochigen Finger waren von Rheuma gekrümmt. Im Laden herrschte Dämmerlicht, und es roch ein bisschen muffig. Der Raum war vollgestopft mit Schränken, Sesseln, Tischen und Stühlen, Gemälden, Orientteppichen und sehr vielen Glaswaren. Eine Wand war über und über mit Uhren behängt, die – und das machte es sehr bizarr – alle tickten oder schlugen, rasselten oder surrten, von denen jedoch keine einzige die richtige Zeit anzeigte. Es war Viertel vor elf, das wusste Guillaume genau, denn er hatte das Läuten der Glocken gehört. Guillaume räusperte sich, aber der Mann blickte nicht auf, so versunken war er in den Text, der auf dem Echtheitszertifikat stand – denn das schien es zu sein, da es ein rotes Lacksiegel trug.

»Pardon, Monsieur Rousseau?« Guillaume war einen Schritt näher getreten. Nun blickte der Antiquitätenhändler auf, ließ das Monokel, das an einem Kettchen hing, in seine linke Hand fallen und streckte die andere Hand aus.

»Angenehm. Sagen Sie ruhig Jean-Jacques.« Er stieß ein merkwürdiges, schrilles Geräusch aus. Das Lachen eines Vogels. Seine Hand fühlte sich an wie Pergament. »Womit kann ich Ihnen dienen?«

Die Karos seines Anzugs tanzten vor Guillaumes Augen. Ihm wurde schwindlig. Nichts in diesem Laden schien zu stimmen. Die Zeit nicht, die Anordnung der Gegenstände nicht, die Datierung der ausgestellten Objekte nicht, nicht einmal der Vorname des Händlers.

Er ließ die trockene Klaue des Mannes los und trat einen Schritt zurück.

»Meine Frau …«, sagte er zögernd.

»Die sehe ich hier nicht.« Wieder dieses Lachen.

»Ich suche einen Schreibtisch für meine Frau.«

»Warum?« Es hörte sich an, als verkaufte er nur ungern etwas.

»Um daran zu arbeiten. Lesen, Briefe schreiben. Um Dokumente darin aufzubewahren.«

»Sie meinen einen Sekretär?«

»Schon möglich.«

»Mit einer ausziehbaren Schreibplatte und mehreren Schubladen, und oben ein bisschen Platz, um Bücher aufzustellen?«

»Hört sich gut an.«

»Ich habe einen. Letzte Woche reingekommen.«

Er drehte sich um und deutete mit seinem karierten Arm nach hinten. Guillaume folgte ihm durch das Labyrinth von alten Kuriositäten und kostbaren Objekten, eins teurer ausgepreist als das andere. Ganz hinten stand eine Reihe von Möbelstücken, die alle im gleichen Stil gearbeitet waren, die meisten aus Mahagoni.

»Wie gefällt Ihnen das?«

»Schön, sehr schön.«

»Das ist ein Kunstwerk, mein Herr.«

»Das sehe ich«, sagte Guillaume. Einfach so. Denn eigentlich sah er das überhaupt nicht. Das Einzige, was ihm auffiel, war der Stern mit fünf Zacken, der in die Schreibfläche eingearbeitet war. Absolut harmonisch wachte er über den Rest des Möbelstücks. Es ging eine Arroganz aus von der Symmetrie, mit der es verfertigt worden war, aus Mahagoni, wie der karierte Anzug mehrmals betonte. Der Stern beherrschte im Stillen die vier Schubladen, zwei an jeder Seite, und den mit feinen Schnitzereien verzierten erhöhten Rand an der Rückseite.

»Den nehme ich«, sagte Guillaume.

»Möchten Sie nicht wissen, was er kostet?«

»Nein.«

»Nehmen Sie ihn heute noch mit?«

»Ich möchte, dass Sie ihn nächste Woche liefern.«

Über den Kaufpreis wurde nicht verhandelt. Guillaume bezahlte die Summe, die der Mann verlangte.

»Sie sind einer meiner allerschnellsten Käufer«, sagte der Antiquitätenhändler grinsend.

Guillaume blieb noch einmal stehen.

»Sie verdient die gute Seite des Berges«, sagte er und ging.

Zeit verrinnt. Sie lässt sich nicht fassen. Glocken, Kirchtürme, Pendülen, Taschenuhren. Sie können nicht verhindern, dass Tage und Monate und Jahre dahingleiten, ohne Richtung und Ziel, man kann sie nicht festhalten. Zeit lässt sich nicht ergreifen, Zeit ergreift uns.

Januar 1914. Eine stahlblaue Klarheit ließ alles, was aus der dicken Schneeschicht herausragte – die knorrigen Stümpfe der kahlen Kopfweiden, die Zaunpfähle, die gepuderten Weißdornhecken, das mit Eiszapfen behängte Bauernpferd – göttlich leuchten, als würde die ganze Landschaft gleich zum Himmel auffahren.

Das Pferd sah ihn mit treuen Augen an. Mähne und Schweif waren gefroren, die Ohren voller Reif. Tränen waren zu Glasperlen geworden, die im Winterfell hängenblieben. Guillaume war unterwegs zu einem Mann, der zwei Dörfer weiter mit Schwindsucht auf dem Sterbebett lag.

Er war an diesem Morgen mit rasenden Kopfschmerzen aufgewacht, hatte sich erst mit einem Pulver betäubt und danach eine Tasse viel zu starken Kaffee getrunken, in dem noch stillen Haus, der schlafenden Hülle, in die er sich jede Nacht verkroch. Mit großem Widerwillen hatte er seine

Runde begonnen. Die schneidende Kälte in den Nasenlöchern und die verräterische Glätte der schmalen Pfade ließen ihn auf seinem Rad schwanken.

Mitten auf offenem Feld, wo der Wind freies Spiel hatte und die Kälte noch grimmiger war, musste er Wasser lassen. Seine froststeifen Finger öffneten die Hose, erst den Gürtel und dann die Knöpfe, und die Eiseskälte bahnte sich ihren Weg vorbei am flatternden Hemd und der Unterwäsche bis auf seinen Rücken, wo sie biss, schnitt und ihn schaudern ließ. Und auch sein Geist erkaltete.

Er blickte auf die gelbe Spur, die sich vor ihm im Schnee bildete. Sie war schmutzig. Er sah es dort auf dem Boden. Es war so dreckig, die gelben Spritzer und Tropfen auf dem hellen Land. Die vorbeigeglittenen Jahre blitzten auf, die ihn von dem ersten Kuss auf einem Heuboden in Woesten trennten. Sie landeten dort, mitten auf den gefrorenen Äckern mit einem Schlag wie ein zentnerschwerer Eisblock auf seinem Kopf. Er sah ein Pferd mit braunem Winterfell und treuen Augen. Ein Pferd und einen Mann auf freiem Feld. Er sah sich selbst in den gläsernen Augen gespiegelt, klein, winzig, mit dem Land im Hintergrund. Ein Nichts.

Dort, die beschneite Ebene hinter sich und das Pferd vor sich, warf er den Kopf in den Nacken, ließ das stahlblaue Licht auf sein Gesicht fallen und stieß einen langgezogenen Schrei aus, von dem Vögel und Niederwild sicher hochgeschreckt wären, hätten sie sich zu dieser Stunde nicht noch in ihren Nestern und Lagerstätten verborgen. Der Schrei durchschnitt die frostige Luft, fand kein Echo und erstarb über dem Eis. Die Luft antwortete nicht. Ebenso wenig das Pferd.

Er schloss die Hose, murmelte dem Pferd etwas zu. Er nahm sein Rad und kehrte um nach Hause. Er würde es ihr erzählen. Alles. Das Zählen. Die Angst. Der Alkohol. Das Pferd vielleicht auch. Vor allem das Pferd. Denn sie wusste viel von Tieren. Daran erinnerte er sich. Sie wusste viel von Tieren und von Bäumen. Der Himmel war heller, und sein Atem bildete Wölkchen. Das gab ihm Vertrauen. Es war ein guter Tag, um den Krebs anzuschneiden.

Der Rückweg kam ihm viel kürzer vor. Aber das war immer so. Woran mochte das wohl liegen, fragte er sich. Der Schnee knirschte unter den Reifen. In der Ferne sah er schon das Dorf. Er keuchte, denn er fuhr in strammem Tempo. Sein Rücken war schweißbedeckt.

Das Dorf kam näher: der Kirchturm, die Gehöfte, die Hauptstraße mit den Häusern des Notars, des Bürgermeisters und des fremden Mannes von der Mosel. Es regte sich kaum Leben. Die Kälte hielt die Menschen in ihren Häusern gefangen. Aus den Schornsteinen quoll Rauch. Ein schöner Anblick, die Rauchfähnchen vor dem stählernen Himmel. Es war ihm noch nie zuvor aufgefallen.

Auch im Haus bei der Schmiede brannte ein Feuer. Er stellte sein Rad nicht wie sonst an die Pforte, sondern unter den Dachvorsprung hinter der Scheune. So blieb es trocken, falls noch mehr Schnee fallen würde. Allerdings sah es nicht danach aus. Der Himmel war ja stahlblau. Mit Rauchfähnchen.

Er ging hinein, ohne den Schnee von seinen Füßen zu stampfen. Normalerweise streifte er seine Schuhe an der Matte in der Waschküche ab, siebenmal den linken Fuß, sechsmal den rechten. Weil er immer mit rechts die Waschküche betrat. Aber heute nicht. Er wusste heute nicht mal, welchen Fuß er zuerst ins Haus gesetzt hatte. Seinen Mantel hängte er über einen Stuhl, und beim Spülstein blieb er kurz stehen.

Eine Tasse Kaffee stand auf der Ablage. Das war sein Kaffee vom Morgen.

Er trat in den Flur. Ihm fiel auf, wie komfortabel dieses Haus doch war. Viel Platz. Gerade Wände. Am Ende des Flurs zwei Türen. Zwei Räume nach vorn. Einer links und einer rechts. Rechts war sein Behandlungszimmer. Links das Zimmer von Elisabeth. Mitten im Flur blieb er stehen.

War es ein leises Keuchen, was er zuerst hörte, oder das Rascheln von Kleidungsstücken? Oder vielleicht ein kleiner Seufzer, das Verrücken eines Stuhls, ein verhaltenes Ächzen? Oder war es das Geräusch eines Menschen, der tief einatmet, Sauerstoff schnell in sich aufnimmt und genauso schnell wieder ausstößt? Oder das Geräusch zweier Menschen, die ein Spiel spielen, mit ihrem Atem? Ein und aus. Immer schneller. Erst exakt in abwechselndem Rhythmus, dann heftiger und fast simultan.

Zwei Lungen, die zusammenwachsen. Möglich wäre es. Irgendwo könnte es das geben. In irgendeiner Universität, wo auch immer auf der Welt, stand bestimmt ein großes Glasgefäß mit zusammengewachsenen Lungen. Pulmo dexter und Pulmo sinister. Und daran festgewachsen noch andere Lungenflügel. Wie Orgelpfeifen nebeneinander, aber durch die Töne miteinander verbunden.

War das der Grund, dass er stehen blieb, sich mit der Rechten an die Wand stützte, Halt suchte vor dem, was das alles bedeutete? Das Eigenartige war, dass er stehen blieb, weiter lauschte und alles hörte dort im Gang bei den drei Stühlen, die für seine Patienten da standen. Aber jetzt waren keine Patienten da. Es war zu kalt. Oder sie waren zu krank, um es bis hierher zu schaffen. Oder waren sie doch da, die Patienten? Und saßen im falschen Zimmer? Hatten sie sich geirrt und saßen sie dort beisammen, im Zimmer von Elisabeth, um auf den Doktor zu warten, keuchend und ächzend, weil die Schwindsucht ihnen den Atem nahm?

Er würde nicht verrückt werden. Keiner könnte ihn verrückt machen. Hier waren keine Patienten. Hier war nur seine Frau Elisabeth. In ihrem Zimmer. Mit jemand anders. Und beide pressten die Luft in ihre Lungen und aus ihren Lungen. Er zog die Hand von der Wand weg, drehte sich langsam um, ging zurück und schloss die Tür der Waschküche hinter sich. Draußen in der klirrenden Kälte gefroren alle seine Fragen zu einem formlosen Klumpen Eis.

Frühjahr 1914.

»Wie läuft es in der Schule?« Eine rhetorische Frage. Guillaume kannte Valentijns Zeugnisse. Miserabel. Haufenweise Defizite.

»Schlecht, Vater, warum fragst du überhaupt noch?« Sie saßen einander am großen Tisch gegenüber.

Zwischen ihnen stand eine Vase mit Frühlingsblumen, von Elisabeth arrangiert. Vor Guillaume lag das Zeugnis seines Sohnes.

Sie waren elegant geformt, die Ziffern, sie sahen völlig gleich aus, auch die roten Nullen für Französisch und Biologie. Er konnte schön schreiben, der Herr Lehrer des kirchlichen Gymnasiums. Seine Handschrift strahlte Ruhe und Gelassenheit aus, auch wenn der Inhalt ein einziges großes Klagelied auf die lasche Arbeitshaltung und den fehlenden Lerneifer seines Sohnes war.

Seines Sohnes Valentijn. Mit dem er so oft durchs Dorf spaziert war, erhobenen Hauptes war er mit ihm durch die Straßen geschritten, bewusst war er nach der Messe noch eine Weile vor der Kirche stehen geblieben, mit dem Stolz eines Bauern, der auf dem Jahrmarkt seine beste Kuh zur Schau stellt.

Er war schon seit einigen Jahren weg aus dem Dorf, sein Sohn. Nur in den Ferien kam er nach Hause. Er hatte ihn in eine große Schule geschickt. Eine gute Schule, mit gutem Namen, geleitet von vertrauenswürdigen Priestern, mit Schülern allein aus der besseren Gesellschaft. Sein Sohn würde dort erfolgreich sein. Das war damals sicher. Davon war er überzeugt gewesen. Der hübsche, blonde Valentijn, bei allen Dorfbewohnern beliebt, würde sich in diesem Kolleg optimal entwickeln, herangebildet werden zu einem Gelehrten, einem Wissenschaftler, der es in der Welt weit bringen würde.

Er war nicht wie sein Bruder. Der Namenlose. Der Verkrüppelte. Er war zu einem großen, gut aussehenden jungen Mann herangewachsen, mit breitem Brustkorb und starken Armen, den Armen seines seligen Großvaters.

Die welligen blonden Haare hatte er von seiner Mutter, auch das ebenmäßige Gebiss. Zwei Reihen weißer Zähne. Wo war die Zeit geblieben. Valentijn war wie ein Gottessohn. Nun aber schien etwas nicht zu stimmen. Die roten Ziffern, gefällig in den Spalten untereinander gesetzt, teilten mit, dass etwas nicht in Ordnung war. Dass der Gottessohn als zu leicht befunden wurde für die Schule mit dem guten Namen.

»Was läuft falsch im Kolleg?«, fragte er. Denn das war in diesem Moment seine Überzeugung. Sein Sohn war hübsch und brillant. Adonis und Minerva. Doch diese höchste Weisheit hatte man in der Schule mit dem guten Namen noch nicht entdeckt. Woran mochte das liegen?

»Was läuft falsch im Kolleg?« Er wiederholte die Frage.

»Ich bin nicht, wie du denkst, dass ich bin, Vater«, sagte Valentijn. Sie klangen etwas traurig, diese Worte. Sie kamen aus einem perfekten Mund mit den wunderschönen vollen Lippen, die Energie ausstrahlten, Herausforderung, Verlockung sogar, und Überredung. Dennoch klangen sie traurig.

»Du bist Valentijn, mein Sohn.«

»Ja, das bin ich. Aber wen siehst du vor dir?«

»Valentijn, meinen Sohn.« Guillaume flüsterte beinahe.

»Du siehst nicht deinen Sohn vor dir, Vater. Du siehst deinen Traum. Deinen Plan.«

»Ich verstehe dich nicht.«

»Du hast mich weggeschickt nach Brüssel, Vater. Aber Verstand lässt sich nicht heranzüchten. Man hat ihn, oder man hat ihn nicht. Das scheint dir nicht klar zu sein.«

»Du hast ihn aber, denn du bist mein Sohn.«

Valentijn sprang abrupt auf, sein Stuhl kippte nach hinten.

»Wann erkennst du endlich die Wahrheit an?«

»Die Wahrheit ist, dass du eine Schule besuchst, in der sie ihre Arbeit nicht ordentlich machen.«

»Du bist verrückt, Vater.«

Geballte Fäuste am Tischrand. Vom süßlichen Duft des Flieders wurde ihm fast übel.

»Ich kann meinen Sohn doch nicht im Stich lassen?«

»Du hast deinen Sohn schon vor achtzehn Jahren im Stich gelassen. Du hast dich sogar geweigert, ihm einen Namen zu geben. Und alles, was du in ihm vermisst, soll ich für dich verkörpern, gleich zehnfach. Du bist verrückt, Vater.«

Scheppern und Klirren einer Blumenvase. Geknickte Stängel. Krachend fiel die Tür ins Schloss. Die Fliederzweige lagen verstreut auf dem Boden, Wasser tropfte auf Guillaumes Schuh. Den linken.

V

Der Namenlose ging leicht gebeugt, die Arme hingen lässig herab. Er war groß geworden. Fast so groß wie Valentijn. Wahrscheinlich wollte er zu Tante Zoë. Dort war er oft in letzter Zeit. Der Verkrüppelte.

Guillaume sah ihm aus dem Fenster hinterher. Er selbst blieb an diesem Vormittag zu Hause, obwohl Dienstag war. Er war sehr früh aufgestanden, die anderen im Haus schliefen noch. Er war leise nach unten gegangen und hatte sich in sein Behandlungszimmer zurückgezogen. Er hatte auf seinem Stuhl gesessen, die Hände unterm Kinn gefaltet, die Ellbogen auf den Rand des Schreibtischs gestützt, und den ganzen Morgen abwesend vor sich hingestarrt.

Elisabeth war heruntergekommen. Sie hatte in der Küche hantiert, das Frühstück für drei Personen bereitgestellt. Drei, das stimmte, Valentijn hatte nun die Schule beendet. Wider Erwarten hatte er doch ein Abschlusszeugnis erhalten. Eines Tages hatte er es mit nach Hause gebracht, war in die Praxis seines Vaters marschiert und hatte es ihm wortlos auf den Schreibtisch geworfen.

Drei Personen. Die Mutter, der Sohn und der Namenlose. Er versuchte, sich das vierte Gedeck vorzustellen. Am Kopf des Tisches. Nie hatten sie zusammen gegessen. Er sei verrückt, hatte sein Sohn gesagt. Aber der war in einer verkehrten Schule gewesen und würde jetzt bald arbeiten. Er hörte sie frühstücken. Drei an einem Tisch. Es wurde nicht viel gesprochen. Manchmal ein paar gedämpfte Töne. Nach dem Frühstück räumten sie ab. Offenbar gemeinsam.

Dann hatte Valentijn das Haus verlassen. Er unternahm in diesen Tagen lange Spaziergänge, durch Wälder und Felder. Er brauchte Raum. Sie hatten ihn erstickt dort in Brüssel, das war deutlich zu spüren. Sie hatten ihm eine umfassende Bildung vermitteln sollen, aber sie hatten ihn nur eingeschlossen und dann elegante rote Ziffern hingemalt.

Nun verschwand auch der Namenlose vom Hof. Aus der Sicht. In der Tasche einen Obstkuchen für Tante Zoë. Den hatten sie gestern Abend zusammen gebacken. Sie machten viel zusammen. Wie kam das eigentlich? Sie verstand ihn. Er brachte seltsame Laute hervor, zum Grausen für die meisten Menschen, aber seine Mutter konnte sie offenbar deuten.

Jetzt waren sie allein im Haus. Er in seinem Behandlungszimmer, sie in ihrer Bibliothek. Wahrscheinlich saß sie an ihrem Sekretär. Er würde gleich zu ihr gehen. Das hatte er gestern Abend beschlossen, allein in seiner Dachkammer, als er auf einen kreisrunden Wasserfleck auf seinem linken Schuh starrte.

Es war ein guter Augenblick. Es war Frühling. Kein Schnee mehr und reglos dastehende Pferde, die ihn irre werden ließen. Nein, ihn würden sie nicht verrückt machen. Diesmal nicht. Was dachten sie sich eigentlich.

Er würde hineingehen und sie fragen. Wie sie das machte, reden mit dem Namenlosen. Wie sie ihn verstand. Ob sie es ihm vielleicht beibringen könnte. Nicht sofort.

Nicht schon diese Woche. Später. Das würde er sie fragen. Und er würde ihr auch sagen, dass er es nicht schlimm fand. Dass es ihm nichts ausmachte, dass sie ein Geheimnis hatte. Dass er nichts mehr dagegen hatte, wenn sie das Klöppelkissen hervorholte. Das würde er ihr sagen. Und er musste sie auch noch fragen, ob der Sekretär das Richtige war, denn das wusste er immer noch nicht. Darüber hatten sie noch nicht gesprochen, in der ganzen Zeit. Das alles überlegte er sich, die Hände unterm Kinn gefaltet, den Kopf auf die Ellbogen gestützt.

Wieder glitt ein düsterer Zweifel in seine Gedanken, der die Schublade seines Schreibtischs aufzog und eine Flasche hervorholte. Er schenkte ihm ein Glas ein. Und noch eins. Und noch eins.

Dann erschien der Fremde von der Mosel vor dem Haus. Was man am Kartentisch hört, bleibt am Kartentisch. Er trug eine graue Hose mit Nadelstreifen, einen langen schwarzen Mantel, aber der stand offen, denn die Sonne schien. Er hatte einen Spazierstock bei sich und trug schöne Schuhe ohne Wasserflecke.

Er klopfte an, sofort war Elisabeth an der Tür. Sie hatte ihn also erwartet. Leise Worte im Gang. Gedämpfte Gedanken. Dann war das Zimmer gegenüber wieder zu. Ja, er hörte, wie die Tür geschlossen wurde.

Guillaume stand ganz langsam auf, hob seinen Stuhl hoch, um ihn geräuschlos unter den Schreibtisch zu stellen, und strich sich in aller Ruhe die Falten aus seinem Hemd. Er ging zu dem Tisch mit den Messern und Skalpellen, ergriff das größte und ließ es in die Jacketttasche gleiten. Leise öffnete er die Tür zum Gang.

Aus dem Zimmer gegenüber war leise die Stimme von

Herrn Funke zu hören. Guillaume ging fast mechanisch ein paar Schritte zu der Tür, hinter der der Bariton deklamierte.

Ainsi je voudrais, une nuit,
Quand l'heure des voluptés sonne,
Vers les trésors de ta personne
Comme un lâche, ramper sans bruit,

In seiner Jackentasche glitten Finger über das kalte Metall des Skalpells. Vorsichtig, damit er sich nicht selbst verletzte. Ruhig hielt er sein Ohr an das Holz, das ihn noch von diesem Liebesgedicht trennte. Denn das war es doch, was er da hörte. Nicht mehr, aber auch nicht weniger.

Pour châtier ta chair joyeuse,
Pour meurtrier ton sein pardonné,
Et faire à ton flanc étonné
Une blessure large et creuse,

Er musste an wuchernde Tumore und Vaginalfisteln denken. Bei einem Leistenbruch muss man den Bruchsack aufschneiden und die Därme einfach wieder in die Bauchhöhle drücken. Er lehnte nun mit der Stirn am Türpfosten.

Et, vertigineuse douceur!
À travers ces lèvres nouvelles,
Plus éclatantes et plus belles,
T'infuser mon venin, ma sœur!

Infusionen. In seinem Haus. Auf seinem Terrain. Der Schweiß stand ihm auf der Stirn. Er straffte sich, stieß sich mit dem rechten Bein kräftig ab und rammte die Tür auf. Zwei verdutzte Gesichter. Seine Frau und der Mann von der Mosel. Der faulende Weinstock, der den Boden Woestens heimsuchte.

Er brüllte und drohte. Er fand seine Worte wieder wie ein normaler Mensch, der sich über etwas aufregt. Ja, er regte sich auf. Das hier passte ihm nicht, nicht im Geringsten. Er ließ sich auf den Stuhl fallen, auf dem der Eindringling bis jetzt gesessen hatte. Die Sitzfläche war noch warm. Sengend heiß durch das Verlangen, von dem noch vor wenigen Sekunden die Rede war.

Sie sagten, er habe zu viel getrunken, die zwei. Wie konnten sie es wagen. Woher wussten sie überhaupt, was zu viel war. Er war doch der Arzt. Nicht sie.

Er lachte über das verknitterte Buch, das der Fremde in der Hand hielt. Auch er könne Französisch, rief er. Und schmiss ihn raus, den Mann. Den Eindringling.

Er stellte sich vor Elisabeth, um ihr zu sagen, worüber er die ganze Nacht nachgedacht hatte. Was er in den langen Stunden an diesem stillen Frühlingsmorgen vorbereitet hatte, mit den Händen unterm Kinn und den Ellbogen auf der Schreibtischplatte. Das wollte er ihr nun sagen, nachdem er diesen Hausierer der süßen Worte rausgeworfen hatte.

Er stellte sich vor sie. Er wollte anfangen. Das erste Wort lag ihm auf der Zunge. Aber sie kam ihm zuvor. Sie sagte zuerst etwas. Dass er alles Schöne kaputt mache. Und das fand er dort in diesem Zimmer gerade in diesem Moment so schrecklich ungerecht, dass er seine vorbereiteten Sätze herunterschluckte und stattdessen spürte, wie rasende Wut von ganz tief innen in ihm aufwallte. Denn sie war es doch, die ihn nach Woesten gelockt hatte, mit ihrem geblümten Kleid, den weißen Zähnen, ihrer Fröhlichkeit, ihren Gedanken, von denen er so wenig begriff.

Sie, die dennoch das Monstrum geboren hatte, das Wesen, das ihnen schon so lange das Leben vergällte. Wie konnte sie es wagen. Sich erdreisten, ihn zu beschuldigen. Und allen Schmerz, alle ertrunkenen Gedanken legte er in diesen einen Schlag, den er ihr versetzte, in ihr Gesicht. Dann verließ er das Zimmer.

Es waren die letzten Worte, die sie zu ihm sagen sollte: Alles Schöne in meinem Leben machst du kaputt. Er war zu weit gegangen. *D'accord.* Eine Frau schlägt man nicht. Es war eine unbedachte Handlung gewesen. Es war falsch. Aber er hatte nichts kaputt gemacht. Das müsste er ihr doch einmal mitteilen. Bald. Dass er mehr war als die kurzen Gefechte, die sie von ihm mitbekam. Das müsste er ihr mitteilen, nicht sagen, denn das würde sie wieder nicht verstehen, einfach mitteilen. Demnächst.

Sie schlichen nun beide durchs Haus, vermieden jede Begegnung. Er strich umher zwischen seiner Praxis, die er nicht mehr aufräumte wie früher, seiner Dachkammer, wo es nach schmutzigen Kleidern stank und dem Nachtgeschirr, das zu selten geleert wurde, und der Außenwelt, für die er noch als der Mann mit der festen Hand und der sicheren Diagnose auftrat. Er aß kaum noch und trank viel zu viel. Aber er gab sich erst dem Lallen seiner Gedanken hin, wenn er allein unter der schmuddeligen Bettdecke lag. Und er vergaß die Mitteilung an sie.

28. Juni. Sonderbares Wetter. Nicht allzu warm. Nicht viele Patienten. Ein ruhiger Tag. Guillaume war früh aufgebrochen, ohne Rad. Er hatte Elisabeth in den letzten Nächten oft arbeiten gehört. Schlief sie überhaupt noch? Ständig das Geticke der Klöppel. Was sollte das nur? Er verstand sie nicht.

Er wanderte über das Kopfsteinpflaster bis nach Ypern. Neben der Straße wuchs Klatschmohn und wiegte sich sanft in der leichten, kaum spürbaren Brise. Zarte Blüten auf zerbrechlichen Stängeln, die bald ihre Kelchblätter verlieren würden. Der Morgen brachte Klarheit in seinen Kopf. Das Sonnenlicht spielte Katz und Maus mit den dicken weißen Wolkenhaufen. Es roch nach Erde. Nach gepflügten Feldern, die auf neue Saat warteten.

Er hätte die Tram nehmen können, aber das wollte er nicht. Er wollte den Boden unter den Fußsohlen spüren. Messbar in Schritten. Zählbare Schritte, bis er im Gewühl der Stadt ankam. Bei den Gasthäusern, deren Wirte ihn kannten.

Er betrat das Palais du Commerce. Schon früh am Tag herrschte große Betriebsamkeit. Verkäufer und Krämer tranken hier ihren Kaffee, mit oder ohne einen ersten Schnaps. Hier wurde über Preise diskutiert, über die Qualität von Stoffen, über Schiffsfrachten und Wagenladungen. Kaffee, Mehl, Steine, Wolle, Uhren, Stahlträger – alles, was sich verkaufen ließ, wurde dort gehandelt.

Der Wirt nickte ihm zu und stellte ein Schnapsglas und eine volle Flasche Genever auf einen kleinen Tisch hinten in der Kneipe, ein bisschen außer Sichtweite der Thekensteher und völlig verborgen vor den Passanten draußen.

»Nicht gerade das Wetter, das vorhergesagt wurde«, meinte der Wirt lächelnd.

»Nein«, sagte Guillaume.

»Es wird sich ändern, Sie werden sehen, es wird sich alles ändern.«

»Absolut.« Er war ein Meister geworden im Abbiegen dieser Art Gespräche. Der Wirt stellte sich wieder hinter den Tresen. Es gab unterhaltsamere Gäste.

Guillaume saß gern hier, allein in der Menge. Er blickte dann vor sich hin und überließ dem Stimmengewirr und dem Alkohol langsam die Macht über seine Gedanken.

Die Unterhaltungen drehten sich um die zunehmenden Spannungen in der Welt. Händler, die oft nach England übersetzten oder in französischen Städten den Markt abschöpften, wussten es nur allzu gut. Etwas stand kurz vor der Explosion, niemand wusste, wann. Aber sie stünden ja auf der richtigen Seite, die Briten seien ja so mächtig, und sie lebten in einem guten Land, das souverän sei und selbstständig und sich keine Feinde machte.

Für Frankreich würde es unangenehm werden. Der letzte Krieg dort mit den Deutschen sei noch nicht verdaut. Der liege vielen im Magen, gärend und brodelnd, bis der Moment kommen werde, an dem alle durch die Jahre hin angehäuften Enttäuschungen wieder nach oben kämen und das Geschwür, das langsam gereift war, aufbrechen lassen würde. Eiter sei darin, viel Eiter.

Vertrackte politische Diskurse wurden gehalten, Debatten über Wirtschaft, manchmal im Flüsterton, manchmal überaus hitzig wegen des Eigeninteresses, das mit dem Thema verknüpft war. Die Leute bestellten und prosteten sich zu, denn eigentlich ging es ihnen gut. Ja, schaut doch, was für ein gutes Leben wir haben. In diesem Schmelztiegel pragmatischer Standpunkte saß Guillaume gedankenverloren auf einem Holzstuhl an einem glatt polierten Tisch, vor sich eine Steingutflasche alter Filliers und ein Schnapsglas, in das zwei nebeneinander verlaufende Zickzacklinien eingraviert waren.

Eine Stimme aus einer dunkelgrauen Vergangenheit holte ihn zurück.

»Bist du es, Guillaume?« Vor ihm stand breit lächelnd ein dicker Mann in einem eleganten Anzug, auf dem Kopf einen Strohhut mit schwarzem Band, aus dem an den Schläfen Haarsträhnen ragten. Rotes Haar. Die graue Vergangenheit bekam Farbe.

»Oder irre ich mich? Dann bitte ich um Verzeihung, dass ich Sie gestört habe.«

»Rost?«

»Du bist es also doch.«

»Rost? Theodoor Van de Casteele? Bist du's wirklich?«

»Leibhaftig, Guillaume Duponselle, komm her und lass dich an die Brust drücken.«

Guillaume blieb gar keine Wahl. Rosts Überschwang war in den zwanzig Jahren nicht abgeflaut, eher im Gegenteil. Er zog seinen alten Freund vom Stuhl und umarmte ihn zum großen Verdutzen der meisten Anwesenden. Die Unterhaltungen an den Tischen und am Tresen stockten kurz, loderten dann aber doppelt so feurig wieder auf, als Rost dem Wirt zurief: »*Tournée générale*, und für mich *une tartine fromage Hollande* bitte sehr. Und trinken Sie einen mit.«

Lachend setzte er sich zu seinem alten Jugendfreund.

»Mensch, Guillaume, wie schön dich zu sehen. Wie geht's?«

»Was machst du denn hier? Nicht mehr in Amerika?«

»*Yes my friend, I do.* Mehr als die Hälfte des Jahres bin ich dort. Aber manchmal setze ich über. Um mir mein Brot zu verdienen. Man muss ja von was leben, oder?«

»Arbeitest du hier? In dieser Stadt?«

»Nein«, sagte er lachend. »Hier gibt es keinen Hafen. Mich interessieren nur die Städte, in denen ein Schiff anlegen kann.« Er blickte angetan auf die dicken Brotschnitten mit den Käsescheiben, die ihm vorgesetzt wurden.

»Was machst du denn?«

»Kaffee«, erklärte Rost mit vollem Mund. »Ich verkaufe Kaffee.«

»Und das wirft richtig was ab.« Guillaume deutete mit dem Zeigefinger kurz zum Tresen, wo der Wirt eine Reihe gefüllter Biergläser abstellte.

»Man darf sich nicht lumpen lassen«, sagte Rost schmatzend. »Die meisten von ihnen sind keine richtigen Geschäftsleute. Nur kleine Fische.« Ein Stückchen Käse klebte in seinem Schnurrbart.

»Und was führt einen gewieften Geschäftsmann dann hierher? Doch nicht der Kaffee.«

»Die Freuden des Lebens, Guillaume. Das Belle Vue, falls dir das ein Begriff ist.«

»Vom Hörensagen, ja.«

»Ach komm, vom Hörensagen, du warst doch bestimmt schon mal da?«

»Nein, noch nie.«

»Dann nichts wie hin, Mann. Gucken kann nicht schaden. Du brauchst nicht nach oben zu gehen, wenn du nicht willst.«

»Es reizt mich nicht.«

»Du hast deine Annehmlichkeiten daheim?«

»Ich habe eine Frau, ja.« Er kippte einen Schnaps und stellte das Glas mit Wucht auf den Tisch.

»Noch immer die Tochter des Schmieds?«

»Ja.«

»Bei meinem Vater zu Hause ist irgendwann eine Einladung zu deiner Hochzeit angekommen. Ich war damals in Amerika.« Er legte sein Messer auf den Teller und schob ihn zur Mitte des Tisches. Er beugte sich etwas vor und sah Guillaume unter den struppigen Augenbrauen grinsend an. »Wenn ich dein Gesicht so sehe, war sie wohl doch nicht ganz das vielversprechende heiße Feuer des Schmieds.«

»Das Leben geht manchmal seltsame Wege«, wich Guillaume der anzüglichen Bemerkung aus.

»Ein Grund mehr, mitzugehen«, sagte der Kaffeehändler, zog ein Holzstäbchen aus seiner Jackentasche und begann, die Essensreste zwischen seinen Zähnen zu entfernen.

»Wie meinst du das?«

»Ins Belle Vue. Ich seh nichts, was dagegen spricht.« Er wischte sich den Schnurrbart mit der linken Hand ab. Am Zeigefinger trug er einen goldenen, mit Diamanten besetzten Ring. Guillaume schwieg. »Komm, ich regel jetzt die Sause hier und lade dich da noch mal ein.« Er hievte seinen fetten Leib vom Stuhl und schritt würdevoll, auch wenn ihn das wegen seiner Korpulenz einige Mühe kostete, zur Theke, wo er dem Wirt einen Geldschein gab. Er winkte ab, Wechselgeld war nicht nötig.

»Ich hab dich hier noch nie gesehen.«

Sie hatte braune Locken. Halblanges Haar, das gerade noch über die Ohren fiel. Sie saß auf dem Rand eines Bettes mit einem majestätischen Kopfende aus vergoldeten Schnitzereien. Miteinander verflochtene Palmzweige, die sich nach oben wanden, um dort zusammen mit Rosen eine Krone zu umschlingen. Man wähnte sich ein König in einem Bett im Obergeschoss dieses Etablissement.

Sie hatte die schwarzen Schuhe mit den hohen Absätzen ausgezogen. Die lagen nun auf dem dicken Teppich. Nicht ordentlich nebeneinander. Sie hatte sie mit der linken Hand abgestreift, sehr gepflegte Nägel, und einfach zu Boden plumpsen lassen. Dort waren sie liegen geblieben.

Sie trug schwarze Strümpfe bis unters Knie, die von einem blauen Samtband gehalten wurden, auf das eine große Blume genäht war, aus dem gleichen Samtstoff gefertigt. Sonst trug sie nichts. Das linke Bein hatte sie hochgezogen aufs Bett, es war unter einem weißen Laken verborgen. Die zwei Kopfkissen waren mit Verzierungen bestickt.

Sie hatte breite Hüften und einen fast perfekten Nabel. So eine perfekte Einstülpung in einem Frauenbauch hatte er noch nie gesehen. Das Laken lag vor ihrem Venushügel und bedeckte das Schamhaar. Sie hatte relativ kleine Brüste, die vorstanden. Die Spitzen etwas bräunlich und überhaupt nicht identisch.

Sie hatte eine scharf geschnittene Nase, sie hätte eine Jüdin sein können. Aber solche Dinge fragt man nicht, wenn man sein Hemd aufknöpft, während eine Frau nackt auf dem Bett zuschaut. Sie hielt den Kopf etwas schief, ihre Augen blickten fragend. Die Lippen wichen leicht auseinander. Dort glitzerte etwas. Sie stützte sich mit einem Arm auf den mit Stoff bezogenen Sitz des Stuhls, der neben dem Bett stand und dessen Rückenlehne eine Harfe mit drei kleinen Engeln darstellte. Mit dem Zeigefinger der anderen Hand zwirbelte sie ihre Locken.

»Du redest nicht gern«, sagte sie schlicht. Es war eine nüchterne Feststellung. Sie hätte ebenso gut sagen können, dass er ein schönes Hemd trug. Oder dass er nach Genever roch.

»Komm nur zu mir, das hilft.«

Auf ihrer rechten Wange war ein Schönheitsfleck. Ein kleiner, dunkelbrauner Klecks. Dass er den jetzt erst sah. Wie blind war er gewesen. Das konnte man nicht übersehen, auch nicht im Halbdunkel des Raumes unten, wo er mit Rost erst noch eine Flasche Rotwein geleert hatte. Dort hatte sie sich zu ihnen gestellt, etwas herausfordernd. Er hätte es da schon sehen müssen. Es war da schon vorhanden gewesen, das konnte gar nicht anders sein.

Rost hatte sich amüsiert, weil Guillaume nicht so recht wusste, wie er die Konversation mit der braun gelockten Dame in Gang bringen sollte.

»Zeig ihm oben doch mal deine Kunstwerke«, hatte er gesagt und ihr dabei ein paar Geldscheine ins Dekolleté geschoben.

»Mein Freund hat eine künstlerische Ader.«

Die Frau mit den Locken hatte ihn an die Hand genommen, er war ihr gefolgt. Eine Treppe hoch und in einen breiten Flur, von dem mehrere Türen abgingen. Sie hatten die letzte Tür links genommen. Ein geräumiges Zimmer, mit vielen Vorhängen, zwei Sesseln, einem großen Bett mit Schnitzereien und einem Stuhl mit einer Harfe und Engelchen. Und die ganze Zeit hatte er den Fleck nicht bemerkt. Er hörte auf, sein Hemd weiter aufzuknöpfen.

»Bist du nervös?«, fragte sie. Sie sah erregt aus. »Komm zu mir, lass dich beruhigen.«

Er setzte sich neben sie. Die Knie nebeneinander, die Füße parallel auf dem Rand des Teppichs, der Rücken gerade. Er blickte vor sich hin. Er hatte keine Angst. Er war nicht froh. Er fand es seltsam. Einfach nur seltsam. Eine Frau auf einem Bett. Eine nackte Frau auf einem Bett, auf einer sehr dicken Matratze, die mitfederte, das spürte er, als er jetzt neben ihr saß. Es war seltsam, aber es ließ ihn kalt. Sie streichelte ihm übers Haar und rückte ein bisschen näher.

»Du hast schöne Ohren«, sagte sie. Sie flüsterte es heiser. War sie erkältet? Er sah sie an. Ihr Gesicht war nun dicht an seinem. Ihre vollen Lippen glänzten. Aber er sah auf den Fleck. Den Fleck auf ihrer rechten Wange.

Er verspürte eine unwiderstehliche Neigung, ihn zu entfernen. Er legte seine Hand auf ihr Jochbein, und sie kam noch näher. Langsam krümmte er die Finger zu einer Klaue, und gerade, als sie ihn mit ihren feurigen Lippen küssen wollte, zog er vier Streifen über ihr Gesicht. Sie verliefen akkurat nebeneinander, gute Arbeit, doch der Fleck war noch da.

Die Frau schrie auf und wich zurück.

»Was fällt dir ein! Du Bestie!«

Sie sprang vom Bett, lief zur anderen Seite des Zimmers, schlug dreimal heftig auf eine Glocke und zog sich dann ein Negligé an.

»Für solche Sachen bist du hier an der falschen Adresse. Das wirst du übrigens in ganz Ypern nicht finden.«

Ein großer, breitschultriger Mann kam, ohne anzuklopfen, herein.

»Schaff ihn weg, Jacques. Merk dir sein Gesicht gut und sorg dafür, dass er sich hier nie wieder blicken lässt.«

Der Kleiderschrank baute sich vor Guillaume auf. Er umklammerte seinen Oberarm mit einer Hand, die so groß wie eine Kohlenschaufel war, und knurrte etwas Unverständliches. Guillaume zog noch schnell sein Jackett von einem Stuhl, bevor er unsanft aus dem Zimmer gezerrt wurde. Im Flur sah er das verständnislose Gesicht von Rost, der in einer Türöffnung erschienen war. Mit nacktem Oberkörper und ohne Schuhe und Strümpfe sah er seinem Freund nach.

»Guillaume, was geht hier vor?«

Der Kleiderschrank blieb kurz stehen. »Ihr Freund kostet kein Fleisch, er zerfetzt es.«

Guillaume sah Rost an, ohne zu widersprechen, und nahm in dessen Blick etwas wahr, was er nicht genau benennen konnte. Bestürzung? Widerwille? Mitleid? Der Rohling ließ ihm keine Zeit, weiter darüber nachzudenken, und stieß ihn grob die Treppe hinunter.

»Du darfst nicht schweigen«, hörte er Rost noch rufen. »Von stillen Männern wollen sie nichts wissen.«

Die Luft in der Tram nach Hause war unerträglich. Das Geruckel des Waggons, die dicke Frau, die neben ihm saß und ständig seufzte und pustete und sich mit einem rosa Taschentuch über die Stirn rieb, obwohl darauf gar kein Schweiß zu sehen war, und der Alkohol in seinem Körper bewirkten, dass er die ganze Zeit einen Brechreiz verspürte. Aber er kämpfte dagegen an, indem er immer wieder kräftig schluckte. Seine Kieferknochen verspannten sich durch die fast spastischen Bewegungen, und in seiner

Kehle knirschte es jedes Mal, wenn sich sein Adamsapfel auf und ab bewegte.

Die Frau stieg an der Kreuzung mit der Straße aus, die in den Wald führte. Ein Gedanke durchblitzte ihn. Nur ein kurzer Gedanke. Er könnte auch aussteigen und ihr folgen, sie bis in den Wald begleiten und sie dort zwingen, sich an den Wegrand zu legen, weil sie dringend untersucht werden müsste. Sie war ungesund dick und würde es nicht mehr lange machen. Er könnte Stücke entfernen, wenn es sein musste. Er könnte es ihr vorschlagen, entscheiden müsste sie selbst. Für die Frau vielleicht eine Erleichterung. Der Gedanke war gleich wieder verflogen.

Er hatte jetzt mehr Platz in der Tram. Die übrig gebliebenen Fahrgäste waren Leute aus seinem Dorf. Seinem Woesten. Er kannte sie alle, durch und durch, von den meisten kannte er sogar den Körper auswendig. Er hätte sie mühelos zeichnen können, ohne Kleidung.

Was würden sie denken, wenn sie durch eine Ausstellung mit lauter nackten Körpern gehen würden, gehäuteten Körpern, und sich plötzlich selbst erkannten, gelehnt an eine römische Säule, daneben eine große chinesische Vase mit exotischen Blumen, oder auf einem Stuhl mit einer Harfe und Engelchen sitzend? Was würde ihnen dann durch den Kopf gehen? Es wäre schärfer als ein Spiegelbild. Ihr ehrliches, entwaffnetes Ebenbild. Ihr ureigenes Inneres.

Sie würden jubeln, endlich befreit von der Haut, die sie seit Jahren wegzukratzen versuchten, weil das Leben einen so schrecklichen Juckreiz verursacht, wenn man ihm nicht gewachsen ist. Sie würden ihm zujubeln und in Scharen zu ihm kommen, vor seinem Haus anstehen, weil im Gang mit den drei Stühlen zu wenig Platz war. Sie würden warten, Tage und Nächte, wenn es sein musste, und wenn sie dann endlich an der Reihe waren, würden sie ihn in seinem Behandlungszimmer anflehen, sie so zu machen wie auf den Kohlezeichnungen an den weiß getünchten Wänden seines Jungenzimmers in der Seifensiederei. Sie dürften selber das Skalpell auswählen. Warum nicht, er besaß genug davon.

Die Tram hielt mit einem Ruck an. Die Dörfler stiegen aus. Seine Dörfler. Seine Schäfchen.

»Alles in Ordnung, Herr Doktor?«

»Geht es Ihnen gut?«

»Sie sehen so blass aus.«

Guillaume antwortete nicht und stieg als Letzter aus. Ein seltsames Licht lag über dem Dorfplatz. Frauen mit gefüllten Einkaufskörben – in Ypern war Markt gewesen – gingen ihres Weges, riefen sich gegenseitig noch etwas nach. Über ein Rezept, wie man Ente man besten hinkriegt, und über ein bestimmtes Kraut, um den Stinkefüßen des Mannes zu Leibe zu rücken. Eine Ente mit Stinkefüßen. So ein Tier ist immer im Wasser. Sorgen haben die Leute.

Der Weg zur Schmiede vor ihm wogte leicht auf und nieder. Der Rotwein aus dem Belle Vue war stärker, als er gedacht hatte. Er rieb sich immer wieder über die rechte Wange. Er konnte sein Haus nicht mit einem Schönheitsfleck betreten.

Er knöpfte sein Jackett zu. Die linke Seite hing tiefer als die rechte, mit dem falschen Knopfloch angefangen. Er knöpfte es wieder auf und ließ es schließlich so. Nicht schweigen, von stillen Männern wollen sie nichts wissen.

Er würde es der Frau mit den schönen weißen Zähnen

mitteilen. Seiner Frau. Elisabeth. Jetzt musste sie einfach zuhören. Jetzt musste sie begreifen, dass er nichts kaputt machte, nein, im Gegenteil. Wenn sie das begriff, würde sie ihn wieder anlächeln. Vielleicht setzte sie sich ja aufs Bett, an den Rand, nur mit Strümpfen, oder sogar ohne, warum nicht ganz nackt?

Sie würde sich langsam zurücklehnen und sagen, dass er sich zu ihr setzen solle. Um sie von innen ganz zu besitzen. Denn in seinen Gedanken war das schon so. Er würde das Fleisch essen. Ihr Fleisch. Waren ihre Brustspitzen eigentlich gleich? Er konnte sich nicht mehr daran erinnern.

Der Weg zur Schmiede war lang, und die Pflastersteine blieben nicht so liegen, wie sie sollten. Er stolperte dreimal. Ein Leidensweg, der ihn bis zu den letzten Häusern führte, bevor er die Schmiede erblicken würde. Den Gipfel des Kalvarienbergs. Keine Umwege, einfach vorn durch die Haustür. Mitteilen, was er mitzuteilen hatte. Vater, o Schmied unseres Wahns, bitte vergib ihr, denn sie weiß nicht, was sie tut.

Ihr Zimmer bewegte sich nicht. Kein Wellengang des Fußbodens, die Bilder schaukelten nicht an ihren Haken, die Bücher standen aufrecht. Musik tönte in seine Ohren. Die Oper eines italienischen Meisters, vor langer Zeit in Brüssel irgendwo gehört.

Der Orchestergraben war voller Instrumente. Die Musiker hatten nur Augen für ihn. Das Publikum saß hinter ihm, herausgeputzt in den besten Anzügen und Kleidern, die raschelten wie eine sanfte Meeresbrise. Sie waren im Begriff, von ihren stoffbezogenen Sitzen aufzuspringen. Keine Holzbänke mit einer Meute junger Studenten.

Eine Menschenmenge, eine Masse, deren Hände prickelten, um bei der stehenden Ovation, die gleich kommen würde, zu applaudieren wie noch nie. Sie würden Rosen werfen, aus dem Saal, vom Balkon, von den Logen. Rosen, die wucherten und sich um ihn winden und ihm eine Krone auf den Kopf setzen würden. Geschmückt mit Diamanten.

Der Kapellmeister. Der Erlöser. Er verbeugte sich tief vor dieser Huldigung und stand erst Minuten später wieder aufrecht. Dann sah er sie da liegen. Er sah die Blutlache, die sich rund um ihren Kopf gebildet hatte. In den Händen hielt er einen Messingleuchter, der am Rande des Schrankes gestanden hatte. Der dort immer gestanden hatte, links von den Steinen, die er, wenn es nach ihm ginge, anders anordnen würde.

Wo war der andere? Der sonst auf der rechten Seite stand? Keine Symmetrie. Logisch, dass ihr der Schädel geplatzt war. Es gab keine Symmetrie mehr im Raum. Darum hielt er den Messingleuchter in der Hand. Um Ordnung zu schaffen. Dann kam Valentijn herein.

VI

»Von wo kamen Sie?«

Der Ermittlungsrichter trommelte mit den Fingern auf die Schreibtischplatte. Er saß etwas zurückgelehnt auf dem Stuhl, den ihm einer der beiden anwesenden Gendarmen hingestellt hatte. Dorfpolizist Daems war auf ihren Befehl widerwillig nach draußen gegangen. Guillaume saß auf dem einzigen anderen Stuhl im Zimmer, auf der anderen Seite des Schreibtischs. Seine Hände fühlten sich trocken an, durch die Seife, mit der er sie im Haus der Gendarmen gewaschen hatte. Sie rochen ein bisschen säuerlich. Er hielt sie aneinandergedrückt vor den Mund, die Zeigefinger direkt unter den Nasenlöchern, die Daumen unterm Kinn. Als würde er beten wie ein Kind am Tag der Erstkommunion.

»Schweigen bedeutet so viel wie gestehen.«

Der Mann stoppte kurz mit seinem nervtötenden Getrommel. Er fühlte sich sichtlich wohl in dieser Rolle. Niemand wollte etwas von stillen Männern wissen, er offenbar doch. Es vereinfachte seine Aufgabe.

Guillaume schwieg. Seine Worte waren irgendwo weit hinter seiner Zunge versiegt, alle, nach dem langen Tag und einer schlaflosen Nacht. Valentijn hatte ihn vor dem Leichnam seiner Mutter stehen sehen und war weggerannt.

Etwas später – absolut unmöglich zu sagen, wie viel später genau – war er wieder da mit dem Dorfpolizisten und in dessen Schlepptau zwei Gendarmen. Ein hochgewachsener, dessen Mütze ein bisschen zu groß war, sodass er ständig nervös daran tippte, um sie zurechtzurücken, und ein kleinerer, der jedoch durch seinen imposanten Schnurrbart, der zu beiden Seiten in einen eleganten, doppelt gezwirbelten Kringel auslief, mehr Autorität ausstrahlte als sein von der Natur größer geschaffener Waffenbruder.

Sie waren betroffen, das merkte man ihnen an. So viel Blut, und dann eine so hübsche Frau. Jedenfalls, bevor sie mit dem Kerzenleuchter bearbeitet worden war. Der Große hatte die Feinfühligkeit eines Pflastersteins.

Sie hatten ihn in die Zelle der Gendarmerie gebracht, wo er die ganze Nacht auf dem viel zu schmalen Holzbrett gesessen hatte, das an der Wand befestigt war und mithilfe von zwei Ketten in der Horizontale blieb. Er hatte sich nicht auf den Strohsack gelegt. Er hatte sich nur die Hände gewaschen. Mehrmals. Mit Seife, die stank. Säuerlich. Aber das alles war besser als das Blut der eigenen Frau an den Händen zu sehen. An den Armen. Valentijn hatte ihm ein anderes Hemd gebracht, auf die Bitte des kleineren Gendarms, eines Mannes mit einer menschlichen Seite.

Am frühen Morgen war der Ermittlungsrichter gekommen und hatte mit dem Verhör begonnen. Was hatte er gesehen? Von wo war er gekommen? Warum hielt er den Kerzenleuchter noch in der Hand? Warum war er voller Blut? Warum hatte er es getan? Auf keine einzige Frage hatte Guillaume geantwortet.

Der Ermittlungsrichter, ein Mann um die fünfzig mit buschigem grauem Backenbart und rutschender Hose schien die Ruhe selbst zu sein. Er stellte unablässig Fragen, stets auf andere Art, immer wieder mit einer anderen Intonation und mit vielen oder wenig Pausen. Wie ein Jagdhund, der sich in seiner Beute festgebissen hat und sie beharrlich hin und her schüttelt. Haben Sie jemanden in der Nähe des Hauses gesehen? Von wo ist Ihr Sohn Valentijn gekommen? Ja, ich muss sogar die peinlichsten Fragen stellen. Hatte Ihre Frau Feinde? Hatte sie einen Liebhaber? Haben Sie selbst Feinde?

Guillaume schwieg weiterhin. In der Wüste seiner Gedanken fand er kein einziges Wort, um sich zu verteidigen. Es gab einfach keine. Der Jagdhund machte in der Mittagszeit eine Pause und ging essen, aber setzte das Verhör um zwei Uhr fort, bis es dunkel wurde. In der ganzen Zeit hatten in dem kleinen Raum der Gendarmerie nur drei Menschen etwas gesagt: der Jagdhund, der Große und der Kleine. Keine Silbe aus Guillaumes Mund.

Die Nächte in der kleinen Zelle erhärteten Guillaumes Stummheit noch mehr. Er schlief nur ein paar Stunden auf der schmalen Pritsche, mehr brauchte er nicht. Der Strohsack stank nach Exkrementen. Es brannte kein Licht, er bekam auch keine Petroleumlampe, nur ein schwacher Schein des Mondes fiel durch das kleine Fenster hoch über ihm durch die Gitter herein. Es zeichnete neun identische Formen auf die Wand gegenüber der Pritsche. Zu Beginn der Dunkelheit waren es Parallelogramme, im Laufe der Nacht wurden es Quadrate, neun Quadrate, drei mal drei, um wieder zwei Stunden später als feine dünne Striche langsam in den Backsteinen zu verschwinden.

Die Zeit, in der es neun perfekte Quadrate waren, war

sehr kurz. Er starrte darauf, aufrecht sitzend, um den Höhepunkt erleben zu können. Innerhalb dieser neun geometrischen Formen bekam die mittlere Figur, genau die in der Mitte, das meiste Licht. In der versteckte er seine Gedanken. In diesem mittleren von neun Quadraten. In der kurzen Zeitspanne, in der das Mondlicht das kleine Feld bläulich anstrahlte, formulierte er für sich, was er zu tun hatte. Schweigen. Rost hatte unrecht. Ein Mann sollte schweigen.

Eine Woche war vorübergegangen. Valentijn war noch einmal vorbeigekommen. Er hatte sich vor die Gittertür der Zelle gestellt und ihn angesehen. Guillaume war ganz nah an die Tür getreten. Nur die schmiedeeisernen Stäbe trennten sie. Sein Sohn umklammerte die beiden mittleren mit den Händen, als wollte er die Tür herausreißen oder aber, auch das war möglich, um sie ganz fest an ihrem Platz zu halten.

Es war eine mondhelle Nacht gewesen. Guillaume hob die Hand zum Gitter und streichelte mit dem Zeigefinger sanft über die Fingerknöchel seines Sohns, während er seinen Anblick von Kopf bis Fuß in sich aufnahm.

Die blonden Haare, die ihm mit einem hübschen Schwung bis in den Nacken fielen, die perfekte Nase nach dem Modell griechischer Marmorstatuen, die tiefliegenden Augen von bläulicher Farbe, man konnte sich darin verirren, das hatte er von seiner Großmutter. Das kräftige, glatt rasierte Kinn und der feine Mund mit Lippen, die perfekte Symmetrie ausstrahlten. Sein Götterkind.

Guillaume schreckte hoch, als die Zellentür aufging. Ein unbekannter Mann trat ein. Der Gendarm mit dem Schnurrbart brachte noch einen Stuhl, schloss die Zelle wieder ab und zog sich zurück. Der Mann war gediegen gekleidet und um die sechzig, schätzte Guillaume. Er setzte sich, schlug die Beine übereinander und wartete ab. Guillaume stumm, der Mann auch, eine lange Zeit. Ein seltsamer Moment in einer feuchtkalten Zelle. Guillaume hörte das Blut in seinen Ohren rauschen.

Die Stimme des Mannes durchbrach schließlich die Stille.

»Ihre Mutter hat recht.«

Um Guillaumes Magen krampfte sich etwas zusammen. Seiner Stummheit war ein Schlag versetzt worden. Zwei Wörter wanden sich heraus, ob er wollte oder nicht.

»Meine Mutter?« Eine zu starke Betonung lag in dieser Frage. Er ärgerte sich über sich selbst, weil er etwas gesagt hatte. Er wollte doch schweigen.

»Frappant, diese Ähnlichkeit zwischen Ihnen und ihr.« Der Mann lächelte und schüttelte leicht den Kopf. Ein bisschen wie ein Greis, der seine Nackenmuskeln nicht mehr richtig unter Kontrolle hat.

Guillaume hielt sich die Hand vor den Mund und bewegte den Kopf ebenfalls etwas.

»Wirklich. Sie haben die gleiche Ausstrahlung. Nur redet sie mehr. Aber das haben Sie vielleicht auch getan, bevor Sie Ihrer Frau den Schädel eingeschlagen haben.«

Ein Kuss auf seine Stirn. Guillaume spürte einen Kuss auf seiner Stirn. Er wischte ihn weg, aber er spürte ihn immer noch. Er wischte fester, obsessiv fester, doch die seltsame Wahrnehmung hielt an. Da war auch auf einmal ein Duft. Ein starkes Parfum in seinen Haaren. In dieser Zelle?

»Wegen dieser letzten Heldentat bin ich hier.«

Schade, dass das Fenster nicht geöffnet werden konnte, um den kleinen Raum ein wenig zu lüften. Er erstickte fast.

»Ich komme in ihrem Auftrag.«

Es gab so wenig Sauerstoff. Machte das dem Mann denn nichts aus?

»Mir kommt es so vor, als würde sie Ihr Verbrechen aus irgendeinem Grund nicht einmal so sehr verurteilen.«

Tief Luft holen. Wie schwierig es auch war.

»Aber das wird Mutterliebe sein.«

Guillaume sprang auf und ging zur anderen Wand. Er rieb seine Stirn sanft an den Mauerziegeln.

»Sie können ihr dankbar sein. Und mir auch, denn ich setze viel aufs Spiel.«

Guillaumes Kopf bewegte sich nun an den rauen Steinen hin und her. Der Kuss verschwand.

»Schließlich gibt es keine wirklichen Beweise für Ihre Täterschaft. Sie standen einfach da. Sie hielten einen Kerzenleuchter in der Hand. Der blutig war. Aber der Gerichtsarzt hat so seine Zweifel.«

Die Haut über seinen Augen begann zu brennen.

»Und Ihr Verhalten, das Sie die ganze Woche durchgehalten haben, und auch jetzt noch, in diesem Augenblick, gereicht Ihnen zum Vorteil.«

Er scheuerte immer energischer. Das Parfum musste aus seinen Zellen verschwinden.

»Sie haben Glück, Monsieur Duponselle, das internationale Klima ist ideal für Männer wie Sie.«

Nun begann er mit dem Kopf an die Wand zu schlagen, zuerst sanft, dann fester, rauer, heftiger.

Der Mann kam auf ihn zu. Er fasste ihn an den Schultern.

»Hören Sie auf«, sagte er mit strenger, doch gedämpfter Stimme. »Das hat keinen Sinn. Ich kann mir vorstellen, dass Sie Schmerzen haben. Dass es Sie quält. Aber Ihre Mutter hat recht. Ihre Lösung ist die beste.«

Guillaume drehte sich langsam um. Seine Stirn war völlig wund, Blut rann an seiner Schläfe hinab, übers Kinn, auf das Hemd, das Valentijn ihm gebracht hatte.

»Wer sind Sie?«, flüsterte er heiser.

»Ferdinand Dupage.«

Ganz weit weg in seinem Gedächtnis rappelte sich eine verlorene Erinnerung hoch.

»Ich bin Richter im Arrondissement Brüssel. Ich kenne Ihre Mutter schon lange.«

»Kennen Sie sie gut?« Guillaume sah, wie ein brauner Wallach durch das Tor der Seifensiederei stürmte.

»Ich kenne sie gut. Sehr gut. Intim, wenn Sie so wollen.« Letzteres betonte er mit einem gewissen Stolz.

»Kennen Väter ihren Sohn, bevor sie sterben«, murmelte Guillaume.

»Aber das weiß die Außenwelt nach all den Jahren auch«, fuhr der Richter fort. »Das braucht vor keinem mehr verborgen zu bleiben.«

»Wie geht es ihr?«

»Ausgezeichnet. Ein bisschen älter, aber noch immer eine appetitliche, temperamentvolle Frau.« Ferdinand Dupage lachte kurz.

»Woher weiß sie es?«

»Die grauenhafte Mordgeschichte ist auch in der Hauptstadt angekommen. Es wäre eher unnormal gewesen, wenn sie es nicht erfahren hätte.«

»Was will sie?«

»Ihnen helfen.«

»Ich weiß nicht, was passiert ist. Elisabeth ist tot. Den Schädel eingeschlagen.«

Richter Dupage rieb sich kurz mit der Hand übers Kinn.

»Der Ermittlungsrichter ist davon überzeugt, dass Sie es waren.«

»Ich habe nichts gesagt. Kein Wort.«

»Das war ein perfekter Schachzug.«

»Weil ich es einfach nicht weiß.«

»Das ist unerheblich. Wenn Sie tun, was ich sage, sind Sie bald von diesem Albtraum erlöst. Ihr Leben wird sich zwar ändern, aber alles ist besser als dieser enge Raum, oder etwa nicht? Außerdem ist das noch nichts im Vergleich zu beispielsweise dem Gefängnis von Brügge. Dagegen ist das hier ein Hotel.«

»Es bleibt ein Albtraum. Für immer. Daran können Sie nichts ändern. Und auch nicht meine Mutter.«

»Ich kann verstehen, dass Sie jetzt so darüber denken.«

»Sie hatte schöne Zähne.«

»Ihre Mutter? Das stimmt.«

»Nein, Elisabeth.« Keiner sagte mehr etwas, bis der Richter fand, dass es Zeit war, den Besuch zu beenden.

»Sie hüllen sich wieder in Schweigen. Ich regel den Rest.«

Er ging zur Zellentür und rief die Gendarmen. Der kleinere kam angetrabt. Am linken Schnurrbartkräusel hing Kaffee.

»Ist das warm«, seufzte Dorfpolizist Daems, während er sich bedächtig auf den Küchenstuhl setzte. »Das Wasser steht einem förmlich unter den Achseln.« Er war durch den Hintereingang in das Haus des Doktors eingetreten und hatte Guillaume beim Spülstein mit eingeseiftem Bart und dem Rasiermesser in der Hand angetroffen.

»Hmm.« Die scharfe Klinge machte ein raspelndes Geräusch, als sie über den Kiefer glitt.

»Sie sind nicht der Einzige.«

»Was?« Ein paar Schaumspritzer klebten am Spiegel.

»Ich hab noch mehr Briefe in den Dörfern zugestellt. Der Regierung ist es offenbar ernst.«

Guillaume reagierte nicht. Sein Bart war im Gefängnis so gewachsen, dass er wie ein Landstreicher aussah und erforderte seine ganze Konzentration.

Am Vorabend hatte man ihn freigelassen. *Aufgrund richterlicher Anordnung,* wie ihm der hochgewachsene Gendarm mitgeteilt hatte. Der Tonfall hatte verraten, wie der Mann selbst darüber dachte. Zu Hause hatte er niemanden angetroffen. Valentijn nicht. Auch nicht das Wesen. Er hatte sich ins Bett gelegt und war in einen tiefen Schlaf gefallen. Drei Wochen auf einer schmalen Pritsche hatten ihren Tribut gefordert. Der sonnige Morgen und das kalte Wasser hatten ihm gut getan. Nur der schreckliche Bart musste noch ab.

»Aber der hier kommt vom Ministerium selbst.« Der Polizist blickte auf das Kuvert, das er mit wichtiger Geste vor sich hielt. Er musste die Augen etwas zukneifen, um die Aufschrift lesen zu können.

»Da sind viele Stempel drauf.«

Guillaume spülte das Rasiermesser in der Schüssel mit Wasser ab, die vor ihm stand.

»Seltsam, dass Sie eingezogen werden.«

»Darf ich mal?«

»Sie waren doch nie beim Militär.«

»Sie sitzen drauf«, sagte Guillaume.

»Pardon?«

»Ich möchte mich abtrocknen.« Guillaume deutete mit dem Rasiermesser auf Daems, der erschrocken aufsprang, dabei den Stuhl umkippen ließ und dann erst merkte, dass er auf Guillaumes Handtuch gesessen hatte.

»Entschuldigung«, stammelte er. Er stellte den Stuhl wieder hin und händigte Guillaume das Gewünschte vorsichtig aus. »Ich bin ein bisschen nervös.«

»Warum?«

»Überall, wo ich mit meinen Briefen hinkomme, gibt es Kummer. Väter fluchen, Mütter weinen, und die meisten jungen Burschen werfen sich in die Brust und fühlen sich stark.«

Guillaume trocknete sich das Gesicht ab, ohne den Blick vom Dorfpolizisten zu wenden.

»Aber sie wissen nicht, was ihnen bevorsteht. Sie kennen noch nichts von der Welt, und vor allem nicht vom Krieg.«

»Mir geht es genauso.«

»Aber Sie sind älter.«

Er legte das Handtuch beiseite, nahm den Brief vom Tisch und riss ihn auf.

»Und Sie werden dort gebraucht. Ich begreife gut, dass Sie einberufen werden. Aber üblich ist es nicht.«

Guillaume überflog den Brief. Er schnaubte kurz. Ein ihm unbekannter General – Hauptarzt irgendeiner Division – bewunderte seine Vaterlandsliebe und würde ihn mit offenen Armen als Freiwilligen empfangen. Jeder Arzt würde gebraucht, aber als Zivilist solle er sich keine

Illusionen machen über irgendwelche Vorteile oder eine Anerkennung innerhalb der Armee. Sollte es jemals zu Problemen an höherer Stelle kommen, würde der General die schon selber lösen. Er schulde Monsieur Dupage einen Gefallen, deshalb gehe er so bereitwillig auf dessen Ansinnen ein. Respektvolle Grüße standen noch unter dem Brief, eine krakelige Unterschrift und eine Reihe Stempel.

Der Dorfpolizist war näher herangetreten und versuchte, aus einem Augenwinkel mitzulesen. Das Rasiermesser lag auf dem Tisch.

»Sie machen was mit, Herr Doktor«, war das Einzige, was er sagte.

»Danke, dass Sie mir den Brief gebracht haben.« Guillaume öffnete die Tür zum Flur und deutete auf die Haustür.

Daems zögerte kurz, als erwartete er eine Belohnung für seinen Heldenmut. Doch Guillaume steckte den Brief in seine Tasche, setzte sich an den Tisch und begann, mit der Spitze einer Schere seine Fingernägel zu säubern. Der Dorfpolizist stand noch immer unschlüssig da. Mit einem Seitenblick registrierte Guillaume, wie er ängstlich in Richtung des Zimmers schaute, das Elisabeth gehört hatte. Danach hörte er, wie er im Gang den Schritt beschleunigte und kurz darauf hastig vom Hof radelte.

Auf dem Artillerieplatz herrschte Chaos. Er war mit der Tram hingefahren, die voll war mit Männern in Militärkleidung. Aufgeregte Gespräche wurden geführt.

»Sie stehen schon zu Tausenden an der Grenze.«

»Nicht die geringste Chance haben die.«

»Der Festungsring um Lüttich ist viel zu stark. Da kommt keiner durch.«

»Felsbrocken, groß wie Heuschober. Mein Vater war noch beim Bau dabei. Das pustet keiner weg.«

»Und was ist mit ihren dicken Berthas?«

»Die liegen zu Hause und machen die Beine breit, ihre Kerle sind ja weg.«

Gegröle. Schulterklopfen. Getrampel. Flackernde Blicke. Aus allem sickerte die Nervosität. Guillaume starrte vor sich hin. Die Beine geschlossen, die Hände auf den Knien. Neben ihm stand der Koffer, den er gepackt hatte.

Die Tram ruckelte. Dieser große Haufen Menschen, diese überschäumenden Leiber aus Fleisch und Blut, eifrig dabei, sich gegenseitig ihre Meinungen aufzudrängen, waren davon überzeugt, dass sie an einen Ort gebracht wurden, wo man sie den richtigen Kompanien zuteilte, damit sie dann mal eben für kurze Zeit die Grenzen des Landes bewachten, bis das kleine Scharmützel vorbei war. Bis *les Boches* von den Franzosen zurückgepfiffen worden waren. Das war am Ton ihrer Gespräche zu hören. Aufregung. Spannung. Wenig Angst eigentlich.

Pferde erspüren Dinge, die Menschen nicht gewahr werden. Das hatte Elisabeth ihm einmal erzählt. Er musste daran denken, als er auf dem Artillerieplatz stand. Sie stampften, schnaubten unruhig, der Schaum stand ihnen vor dem Maul, sie waren widerspenstig beim Aufzäumen. Manche bäumten sich auf. Die Kutscher fluchten und schlugen mit ihren Peitschen oder mit einem Stock.

Ein Apothekenwagen kippte um, es war ein Wunder, dass es keine Verletzten gab, denn mehrere Sanitäter, drei

Lehrer und ein Priester hatten darin auf dem Boden gesessen und Karten gespielt. Nur ein paar Flaschen gingen drauf.

»Doktor Duponselle?« Ein großer schlanker Mann stand neben ihm. Die Knöpfe seiner makellosen Uniform glänzten in der Morgensonne. Sein Lächeln, distinguiert und ein wenig verhalten hinter einem kleinen, adrett gestutzten Schnurrbart, zeigte eine Sanftheit, die nicht ganz zu der straff sitzenden Uniform passte. Mehrere Orden prangten auf seiner linken Brust. Er hatte die Hände auf dem Rücken verschränkt, einem starken Rücken, kerzengerade, bereit, allen Gefahren zu trotzen.

Neben ihm stand ein Militärgeistlicher, der mit kleinen, hellen Augen unter dem Hutrand hervorblickte und dessen Finger nervös an einem Rosenkranz fummelten, den er sich als Gürtel um die Taille gebunden hatte.

»Jawohl«, sagte Guillaume. »Das bin ich.« Er sah die beiden an. Der große schlanke Mann streckte die Hand aus. Guillaume stellte den Koffer ab und begrüßte ihn.

»Diderik De Vleeschhouwer, Regimentsarzt.«

»Angenehm.«

»Und das ist Hochwürden Vantichelen …«

»Seminarist«, unterbrach ihn der Mann mit dem runden Hut. »Ich bin noch in der Ausbildung.«

»Aber trotzdem muss man ihn hoch würdigen.« Der Regimentsarzt tippte mit dem Zeigefinger an den Rand seines Käppis. »Er ist einer unserer Sanitäter.«

Guillaume schwieg und fragte sich, wie um Himmels willen dieser kleine, noch junge Mann mit der schmächtigen Gestalt eine Tragbahre würde schleppen können, wenn der Verwundete eher korpulent war.

»Der General hat Sie mir als Hilfsarzt zugewiesen.«

Guillaume war sich nicht sicher, ob er diesen Titel als Herabsetzung deuten musste. Was er gleich sah, war, dass die Physiognomie von De Vleeschhouwers Gesicht dem Ideal sehr nahe kam. Der Backenbart millimeterkurz auf gleicher Höhe neben den Ohren, zwei identischen Ohren zudem, was sehr selten ist, die Lippen fest zusammen, wenn er schwieg, mit einer feinen Welle in der Oberlippe, gerade noch sichtbar unter dem Schnurrbärtchen. Die Augenbrauen ausreichend dicht, aber nicht struppig, und beide im gleichen Bogen zur Nase hin verlaufend, ohne die Nasenwurzel ganz zu bedecken. Seine Haut war leicht gebräunt und nirgends von einer Narbe oder einem Geschwür verunstaltet. Nirgendwo auch nur ein Fleckchen. Diese fast paradiesische Perfektion gab Guillaume ein gutes Gefühl. Er fasste Vertrauen zu dem Mann.

»Und außerdem«, der Regimentsarzt deutete wieder auf den Sanitäter, »ist er ein hervorragender Kutscher. Er wird den Ambulanzwagen lenken, er kennt die Pferde wie kein anderer.«

»Es sind zwei Hengste von meinem Vater«, erklärte der Sanitäter stolz.

»Was erwarten Sie von mir?«, fragte Guillaume.

»Dass Sie in meiner Nähe bleiben und mit mir hoffen und beten, dass wir keine Arbeit haben werden. Nur vermute ich, dass so etwas utopisch ist.«

Sie wurden aufgeschreckt von einem toll gewordenen Hund, der davonschoss und die Hundekarre mit dem darauf befestigten Maschinengewehr hinter sich herzerrte. Ein paar Gewehrpyramiden fielen scheppernd um, Fellmützen der Grenadiere rollten über das Pflaster, Soldaten brüllten vor Lachen. Kleine Anlässe reichen, wenn jede Faser des Körpers angespannt ist.

Krieg ist ein seltsames Tier. Es kriecht langsam in den Menschen hinein. Leise brummend, kratzt es mit seinen Pfoten an den Unterschenkeln, wenn Greise mit zittriger Stimme vom Vaterland reden. Souveräner Boden, der nicht befleckt werden darf von den brutalen Stiefeln der Soldaten mit den Pickelhauben in ihren feldgrauen Uniformen. Das Tier zeigt seine Klauen, sobald Landkarten hervorgeholt und mit gestrecktem Zeigefinger Linien angedeutet werden, Linien, die man nie zuvor gesehen hat auf so einer Karte und deren Klang ein Gefühl des Widerstands hervorruft. Grenzen. Man muss das Wort nur einmal aussprechen. Grenzen. Ein Wort, das niemanden kalt lässt.

Plötzlich ist der Tag gekommen, an dem der Mensch losmarschiert, früh am Morgen. Es ist noch kühl, obwohl August ist, die Luft ist feucht, die Vögel singen nicht, denn die vorbeimarschierenden Truppen haben die Tiere mit Stummheit geschlagen. Die Männer mit ihren Gewehren und den steifen Lederrucksäcken, in denen das Besteck im Kochgeschirr klappert und auf denen eine blauweiß gestreifte Schlafdecke festgeschnallt ist, sind sehr verschieden.

Manche machen viel Lärm und erzählen Witze, andere blicken schweigend auf die Fersen des Mannes vor ihnen, sind in Gedanken versunken. Es ist nicht von Belang, alle sind sie besessen von demselben Tier, das an einem der vergangenen Tage in ihren Körper gekrochen ist. Krieg.

Guillaume sah es alles vor sich. Ihm war bewusst, dass er auch nur einer von ihnen war. Noch dazu mit gelähmten Gedanken. Er war durch Zufall dort. Nein, nicht durch Zufall. Es war eine ausgesprochen gute Entscheidung. Von seiner eigenen Mutter war er hierher gesandt worden.

Sie hatte es nicht selbst getan. Sie hatte den Mann dazu benutzt, der schon so lange das Bett mit ihr teilte. Der Mann, dessen Name Guillaumes Vater auf der Zunge gelegen hatte an dem Tag, als er starb. Sie hatten ihn vor einem Gerichtsverfahren bewahrt. Es hatte keine schlagenden Beweise gegeben. Ein paar hohe Herren in teuren Salons hatten ihre Macht spielen lassen.

Guillaume war es gleichgültig. Ob er nun hier marschierte oder im Gefängnis saß, was machte es schon. Er gehorchte einfach und hörte sich gefügig die Monologe des Regimentsarztes an. Gespräche kamen kaum zustande. Den Mann schien es nicht zu stören. Er versuchte, Guillaume auf seine ärztlichen Erfahrungen abzuklopfen, doch der äußerte sich dazu nur vage. Wie betäubt ging er mit der Masse mit, die das Tier in sich wühlen spürte.

Ihre Kompanie sollte einen Fluss verteidigen. Keine Sorge. Sie waren bestens vorbereitet. So sah es jedenfalls aus. Und wer weniger gut vorbereitet war, tat zumindest so. Keiner zeigte, dass er sich eigentlich in die Hosen machte.

Am Fluss lag eine Ebene, eine weit offene Landschaft. Es sah friedlich aus. Aber dann brach jäh die Hölle los. Geschützdonner. Gewehrschüsse. Hochstiebender Sand. Schreie in der Sommerluft.

Guillaume musste die ersten Verwundeten verarzten. Die Sanitäter brachten mehrere Soldaten in die Ambulanz, die sie im Haus des örtlichen Gemeindedirektors eingerichtet hatten. Schlimm zugerichtete Körper. Ein Mann, dem ein Ohr weggeschossen worden war und dem sie kaum einen Verband anlegen konnten, weil er fortwährend brüllte, er wolle seinen Sohn sehen. Schusswunden in den Schenkeln, in der Hüfte. Für viele war es zu spät. Die mussten sie zurücklassen, denn der Feind rückte vor. Sie hörten von ihnen nur noch Schreien und Wimmern.

Am merkwürdigsten von allem war, dass Guillaume begann, sich mit diesem Geräusch anzufreunden. Der Dirigent erkannte darin eine Symphonie.

Sie hatten ein gutes Essen genossen. Die Frau des Gemeindedirektors hatte ihnen Huhn mit Kartoffeln und Apfelmus aufgetischt. Ihre Einheit hatte sich zurückziehen müssen, bis weit hinter den Fluss, den sie eigentlich verteidigen sollten. Die Ärzte würden mit ein paar Sanitätern hierbleiben, nur für eine Nacht. Dann würden sie den Streitkräften folgen. Die Frau hieß Gilberte, ihr Alter war schwer zu schätzen.

»Ihr Kollege ist so schweigsam«, sagte sie lächelnd.

De Vleeschhouwer nickte zustimmend, während er sich das Fett einer Hühnerkeule mit einer Serviette vom Mund abwischte.

»Aber er ist ein guter Arzt. Das ist das Wichtigste«, verteidigte er seinen Gehilfen.

Guillaume trank sein zigstes Glas Wein.

Sie waren sehr gastfreundlich, der Gemeindedirektor und seine Frau. Sie weigerten sich sogar, die Quartiermarken anzunehmen, und nahmen kein Geld für die Mahlzeiten.

»Das ist das Einzige, was wir als Zivilisten tun können«, hatte der Mann gesagt.

Gilberte räumte den Tisch ab, und der Regimentsarzt zog sich in das Schlafzimmer im Obergeschoss zurück, das man ihnen zugewiesen hatte. Guillaume blieb am Tisch sitzen. Gilberte hatte eine zweite Weinflasche aus dem Keller geholt und vor ihn gestellt. Sie band ihre Schürze ab und setzte sich zu ihm. Eine hübsche Frau, trotz einiger Falten im Gesicht.

»Sie machen einen gequälten Eindruck, Herr Doktor.« Sie hielt den Kopf etwas schräg und ihr Ausdruck verriet ehrliche Besorgnis. Auf ihrem Schoß lag die Uniformjacke, die Guillaume an seinem ersten Tag beim Militär bekommen hatte. Sie nähte einen Knopf an, der am Vortag abgegangen war.

Eigentlich war er losgedreht worden, von der verkrampften Hand eines jungen Soldaten von höchstens zwanzig, der mit dem Kopf in Guillaumes Schoß an seinen Verletzungen gestorben war. Sein Bein war vom Knie bis an die Leiste durchsiebt. Er hatte sich am Ende, vor dem letzten Atemzug, noch an der Jacke des Arztes hochgezogen und ihm kaum hörbar etwas ins Ohr geflüstert.

»In meiner Tasche. Ein Brief. An meine Mutter.«

Guillaume hatte ihn fast gleich danach auf den harten Boden gelegt, ihm die Augen geschlossen und den Brief aus der Jackentasche gezogen. Dann bemerkte er die geschlossene Faust. Er bog die Finger der rechten Hand auseinander, auch ein Toter hat Muskelkraft, und nahm den blutverschmierten Knopf seiner eigenen Jacke aus der Handfläche.

Gilberte hatte den Knopf vor dem Annähen abgewaschen,

mit etwas Seife und einer kleinen Bürste. Dann hatte sie ihn poliert.

Sie waren kinderlos, der Gemeindedirektor und seine Frau. Das erzählte sie ihm, als er dort am Tisch saß, mit einer Flasche Wein, die er Glas um Glas leerte. Sie ließ ihn kurz ein in die dunkle Kammer ihres Herzens, wo ein Kummer wohnte. Er schaute in ihre Worte und in ihre Gedanken.

Sie hatte eine warme Stimme. So wie die Stimme einer Frau sein sollte. Ihre warmen Klänge, der Wein, die Geschehnisse der letzten Tage und der Brief des viel zu jungen gefallenen Soldaten in seiner Jackentasche führten ihn zurück in eine längst vergangene Zeit, zu einem Tag in der Seifensiederei, wo er sich als kleiner Knirps an die Beine seiner Mutter gedrückt hatte.

Seiner Mutter, die damals noch normal mit Vater umging, ohne fremde Männer in ihr Leben und in ihr Bett zu lassen. Mutter und Vater, die darüber sprachen, dass sie einen Sonntagsspaziergang im Park machen wollten. Daran erinnerte er sich plötzlich, dass sie das gemacht hatten, sie waren durch den Park spaziert, hatten gelacht und gespielt und waren den weißen Gänsen hinterhergelaufen, er und seine Mutter. Das alles sah er dort, in den Augen von Gilberte.

Er trank die Flasche leer, stand auf, ging auf sie zu und bedankte sich für den angenähten Knopf.

»Die Farbe des Nähgarns passt nicht«, seufzte sie, »aber der Knopf ist jedenfalls wieder dran.«

Er küsste sie vorsichtig auf die Stirn. Das hatte sie noch bei ihm gut.

Sechs volle Wochen, bis Anfang Oktober, zogen die Truppen durchs eigene Land wie aufgescheuchte Vagabunden, Dorf und Stadt verteidigend.

Flüsse waren saubere Linien, die sich über die Landkarten schlängelten, aber sie verlangten besondere Aufmerksamkeit, wenn es um die Verteidigung ging. Trotzdem gaben sie die Flüsse immer wieder preis, samt Brücken und Schleusen. Mit allem darauf und daran. Sogar mit dem Wasser, das hindurchströmte. Auch die große Stadt mit dem Hafen fiel. Die prachtvolle Kathedrale, die darüber hinausragte, konnte es nicht verhindern. Sie sah still und starr zu. Sie muss den Kummer des Landes gespürt haben.

Dann ging es von der großen Stadt mit dem Hafen und der betrübten Kathedrale zu Fuß oder per Eisenbahn ganz nach Westen, in den entlegensten Winkel des Landes. Zum letzten taschentuchgroßen Fleckchen Vaterland, von Gott dort einst niedergelegt hinter der Biegung eines ruhigen Flusses, der seit Jahrhunderten genügsam ins Meer glitt.

Dort kamen die erschöpften Pferde an, die Munitionswagen, die ausgehungerten Hunde, Kavalleristen, Grenadiere, ausgedünnte Bataillone, wandelnde Trümmer sowie Generäle und Oberste, um die Befehle zu geben, meist von oben herab, immer aus sicherer Entfernung.

Befehle, sich in Schützengräben zu verschanzen. Befehle, den letzten Strohhalm des eigenen Reiches zu verteidigen mit allem, was noch da war an Schweiß und Blut und Tränen. Befehle. Kommandos. Anordnungen. Instruktionen. Wider besseres Wissen.

Guillaume folgte diesem Strom Menschenfleisch im Kielwasser des Regimentsarztes, von dem er nicht mehr wusste als den Namen und welche Zigarrenmarke er bevorzugte. Sein Schirmherr.

An diesem Vormittag dröhnte Geschützfeuer ganz in der Nähe. Der Feind stand höchstens ein paar hundert Meter weiter. Sie duckten sich in ihren Gräben. Überall Schlamm. Manchmal bis zu den Knien. Es war kalt, die kleinste Brise ließ sie bis auf die Knochen schaudern. Der Geschützdonner wurde immer heftiger. Sie kämpften nicht mehr um ein Land oder um die verletzte Souveränität, sondern um ein paar Meter Erde. Aus Verzweiflung. Aus unbedingtem Willen. Was sie wollten, konnte keiner mehr benennen.

Man kämpfte, weil man dem Ungeheuer widerstehen wollte. Es trug Pickelhauben und schmutziggraue Uniformen. Es sprach eine Sprache, die unserer glich. Man konnte sie verstehen, wenn man wollte. Es hatte ein Gesicht genau wie du. Es hatte Augen, mit Pupillen in einem weißen Feld, genau wie du. Aber es ging alles zu schnell, um zu sehen, ob man Angst darin las, oder Heldenmut, oder Wahnsinn, in diesem Augenweiß.

Das Ungeheuer besaß schwere Geschütze. Der Kampf war nicht fair. Das Ungeheuer war schnell und gnadenlos und setzte alles aufs Spiel, um dich von deinen eigenen letzten Metern Boden zu vertreiben.

April, mittlerweile. Ständig war die Luft von Geschützdonner und Gewehrschüssen erfüllt. Man schlief nicht mehr, weil man es selbst wollte, höchstens, weil die Kräfte versagten.

De Vleeschhouwer hatte eine Sanitätsstation eingerichtet in einem Gehöft direkt hinter der Front. Der Platz reichte nicht aus für den großen Zustrom an Opfern, es war zu dunkel und zu schmutzig, aber sie taten ihr Möglichstes. Die Sanitäter wurden von den Offizieren zusammengestaucht. Wie kann man noch strategisch denken, wenn man wimmernde Menschen aus dem Schlamm zu ziehen versucht, um sie dann, unter feindlichem Beschuss, so schnell wie möglich zum Arzt zu bringen. Junge Burschen lagen schreiend auf der Tragbahre, weil ihnen die Unterschenkel weggeschossen waren, weil sie nichts mehr sahen. Wie kann man ordentlich und nach Plan Menschen evakuieren, die, bleischwer durch die Nässe und den Schlamm in ihren Uniformen, plötzlich brüllten, wenn sie sich die Erde aus den Augen reiben wollten und entdeckten, dass es nicht ging, weil da keine Hand mehr war.

Guillaume wollte sie mit eigenen Augen sehen. Würde es so sein wie bei seinem Vater neben dem gusseisernen Kübel vor der Werkstatt? Er ging mit zwei Sanitätern durch das Scheunentor hinaus.

»Doktor Duponselle«, rief der Regimentsarzt, »bleiben Sie hier. Da draußen können Sie sich nicht nützlich machen.«

Guillaume drehte sich um. Von De Vleeschhouwers schönem Gesicht war nicht mehr viel zu sehen. Er rackerte sich schon einen Tag und zwei Nächte am Stück ab.

»Ich bin Kapellmeister«, sagte Guillaume und setzte seinen Weg entschlossen fort.

»Duponselle! Kommen Sie sofort zurück! Das ist ein Befehl!«, schrie De Vleeschhouwer.

Sogar seine Stimme ist schmutzig geworden, dachte Guillaume, als er den beiden Sanitätern in die Nacht hinaus folgte, zum Vorposten.

Guillaume verspürte keine Angst. Er wunderte sich selbst darüber. Die Panik, die er ringsum wahrnahm, erstaunte ihn. Er spürte eine Kraft bei all dem, bei den gellenden Schreien, dem Anblick der zertrümmerten Schädel und beim Fixieren der zuckenden Glieder. Etwas in ihm brodelte wie aufwallende Lava in einem Vulkan. Alles in ihm war angespannt, jede Körperzelle war wieder voller Leben. Das hier, das war doch er, und er war es immer schon gewesen. Gott des Lebens und des Todes. Kapellmeister auf einem Schlachtfeld. Hier benötigte er kein Skalpell. Hier, in diesem Sumpf aus Schlamm und Blut, erschuf er selbst die Welt. Männer flehten, lagen betend da, lallten in fremden Sprachen, suchten Teile von sich selbst. Er war kein Soldat, er war kein Arzt, er war ein Messias. Endlich Erlösung.

Der Himmel brach auf, ein Regen aus Licht wirbelte herab. Kirmes mitten im Krieg. Guillaume lag auf dem Boden, neben ihm die beiden Sanitäter. Höchstens zwanzig Meter vor ihnen sahen sie, wie in den herabschwebenden Funken drei Männer in die Luft geworfen wurden. Wie Puppen, Figuren bei einem Kinderspiel.

»Einer von ihnen lebt bestimmt noch«, rief er seinen Kameraden zu.

»Du hast sie wohl nicht alle. Das ist direkt beim Feind.«

»Und wenn du jetzt dort liegen würdest?«, blaffte Guillaume zurück. Er wartete nicht auf die Antwort, lief mit eingezogenem Kopf zu den verwundeten Soldaten.

»Wir kommen auch«, rief der Sanitäter, der ihm folgte, eine Tragbahre unter den Arm geklemmt.

Die drei Opfer lagen nah beieinander. Drei Kameraden, Freunde vielleicht, gleichzeitig aus ihren Träumen herausgeschossen, in die Luft geschleudert und dicht beisammen wieder herabgefallen, als wollte die Freundschaft sich auch noch einmal zeigen.

Zwei waren tot, das sah Guillaume sofort. Der Dritte stöhnte. Sein Gesicht war schlammig und blutüberströmt. Die Beine waren weggeschossen.

»Vater, wo bist du?«, wimmerte er. »Vater.«

»Pst, still, wir bringen dich nach hinten. Sei ganz ruhig.«

Guillaume suchte nach Verbandszeug in seiner Tasche, aber die war leer. Er zog seine Jacke aus und benutzte die, weil der Soldat wie Espenlaub zitterte. Der junge Mann, er war höchstens zwanzig, schrie. Guillaume half, ihn auf die Tragbahre zu heben.

»Los, weg hier«, rief er den Sanitätern zu. Die beiden Männer wollten nichts lieber. Sie packten die Griffe und trugen den jungen Mann weg. Ein Stück weiter schlug eine Granate ein. Der Himmel leuchtete wieder kurz auf. Der Soldat auf der Bahre wandte den blutigen Kopf zu Guillaume. Der Arzt sah das blutbesudelte, schmutzige Gesicht. Es löste etwas bei ihm aus. Ein Gesicht aus der Vergangenheit erschien vor seinem inneren Auge. Das Gesicht eines Neugeborenen. Eine Geburtszange. Der Soldat schrie wie Elisabeth damals.

Wieder Detonationen, ganz nah. Die Sanitäter entfernten sich stolpernd mit dem Verwundeten. Sie sahen nicht mehr, wie Guillaume sich auf den Boden warf. Er begrub den Kopf in den Armen. Dennoch war es taghell. Grellweiße Helligkeit.

Der Lärm verstummte. Um ihn herum wurde es paradiesisch still. Aus dem Licht trat eine schöne junge Frau mit hellen weißen Zähnen. Elisabeth. Sie hielt die Hände vor dem schönen runden Bauch. Ihr Kleid spannte etwas. Guillaume rappelte sich hoch und humpelte ins Licht. Hinter sich hörte er Rufe. Vielleicht Studenten, die ihn johlend auslachten. Oder seine Mutter, zusammen mit dem Richter ihrer Träume.

Der Brief des jungen Soldaten, dachte er. Der Brief für seine Mutter, ich hab's ihm versprochen. Er griff instinktiv an seine Brusttasche, aber merkte, dass er seine Jacke nicht mehr anhatte. Die hatte er soeben einem jungen Mann überlassen, dessen Gesicht ihn an ganz früher erinnerte.

Er wankte weiter, auf das Ungeheuer zu. Er breitete die Arme weit aus und warf den Kopf in den Nacken.

»Elisabeth«, brüllte er. »Das wollte ich dir noch sagen!«

Die Worte hallten über die Ebene.

Dann wurde der Körper des Herrn Doktor Duponselle, freiwilliger Arzt bei der Armee, von einem Kugelhagel durchsiebt.

GEBOTE

I

Es ist halb vier, die Nacht erwartet uns. Ich habe mich daran gewöhnt, vor allen anderen aufzuwachen. Mühelos. Keiner braucht an mein Bettgestell zu klopfen oder mir die Laken von den Schultern zu ziehen. Ich stehe schon im Gang, bevor die anderen herauskommen, und sitze dann eine Weile allein im Dunkeln. Nach und nach ist das Rauschen der Kutten zu hören, ein unterdrücktes Hüsteln, das Scharren der Sandalen. Das Holz der Bänke in der Kapelle knarzt. Es gibt nicht viel Licht, ein paar Kerzen und sonst nichts als eine kleine Glühbirne über der Kanzel, auf der ein dickes Buch aufgeschlagen liegt. Der Lektor nimmt Platz. Wir setzen die Kapuzen auf und knien nieder. Mit gesenktem Kopf lauschen wir den lateinischen Texten.

Hören alle zu? Hört jeder die Worte, die hier gesagt werden, und die Psalmen, die man hier singt? Gibt es noch andere, die wie ich in ihren Gedanken die Kapelle heimlich verlassen und in ihren Erinnerungen umherstreifen oder in ihren Plänen für morgen? Schließlich bedeckt die Kapuze unseren Kopf. Darunter tun wir doch, was wir wollen. Zumal es Nacht ist und der Rest der Welt schläft.

Von klein auf stimmt etwas nicht mit meiner Nachtruhe. Ich bin als Neugeborenes zu oft betäubt worden mit allerlei Zeug, das den Körper benebelt. Später war das nicht mehr so oft nötig, weil die schlimmsten Schmerzen verschwanden. Nur bei sehr kaltem oder feuchtem Wetter spüre ich ab und zu noch die Tausende Nadelstiche auf der Haut meines Gesichts und die eisernen Pfrieme, die man mir scheinbar in die Wangen sticht. Als Baby muss ich so fürchterlich geschrien haben, dass alle verrückt davon wurden, nur nicht meine Mutter. Sie hat mir das erzählt. Meine ersten Lebensjahre hat man betäubt. Das hat meinen Rhythmus aus dem Gleichgewicht gebracht. Wachen ist mir zur zweiten Natur geworden.

Bruder Jozef sitzt neben mir. Er atmet schwer, weil sein Körper durch die jahrelange Arbeit in der Bäckerei ruiniert ist. Das Mehl in seiner Lunge würde für mehr als vierzig Brote reichen. Noch Fische oder Wein dazu, dann hat man eine Bibelgeschichte. Er ist über achtzig, hat ein graues, zerfurchtes Gesicht und eine ewige Tropfnase. Ständig zieht er Auswurf hoch, aus für einen jeden von uns ungeahnten Kratern seines klapprigen Gerippes. Er räuspert und schnauft sich durch den Tag und besprenkelt dabei den Teig öfter mit seiner eigenen Flüssigkeit.

»Im Backofen, da sterben alle Viecher ab, sogar meine«, krächzt er dann. Er spricht wie eine Krähe, aber sein Backwerk ist vorzüglich. Die Leute kommen von nah und fern, um es zu kosten.

Ich glaube, er spürt das Ende seines Lebens nahen, was ihn freilich nicht zu ängstigen scheint. Er hat schon ein bisschen mit seinem Exodus begonnen. Gestern sah ich ihn wie so oft bei der Grotte sitzen. Er redete laut mit der Figur, die dort steht. Ich weiß, Horchen ist eine Untugend, aber ich habe ihn deutlich sagen hören: *Komm mich holen, Mütterchen, komm, es ist meine Zeit.*

Ich selbst hatte eine wunderbare Mutter. Sie hat mich oft stundenlang im Arm gehalten. Bis ich es nicht mehr wollte. Ich war damals zwölf. Sie hat mir fast alles gegeben, was man einem Geschöpf wie mir geben kann. Es war bestimmt nicht leicht für sie. Schaudern und doch lieben. Sie konnte das. Obwohl sie unter der schrecklichen Qual litt, mir das Schönste, was ich noch gebraucht hätte, niemals geben zu können. Einen Vater.

Abgesehen von diesem niederschmetternden Kummer war sie in vielem ein fröhlicher Mensch. Und eine wunderbare Mutter.

Ich wuchs im Schatten auf. Die Sonne ist mir nicht gewogen. Ihr Licht ist zu grell und schmerzt auf der Haut. Der Schatten ist mein Gefährte. Als die Beschwerden durch das Sonnenlicht anfingen, hat Mutter verschiedene Kopfbedeckungen für mich gemacht, bis ich eine hatte, durch die ich hindurchblicken konnte, ohne dass die Welt mich sah. Sie hat alles ausprobiert: eine gehäkelte Mütze, einen umgearbeiteten Zylinder des Doktors, eine Drapage aus Seide, sogar ein absonderliches Exemplar aus schwarzer Spitze, das fast aussah wie der Hut von Napoleon, nur ohne dessen mächtige Ausstrahlung.

Schließlich wurde es eine alte Mütze meines Bruders, an die sie einen Schleier genäht hatte, sodass mein Gesicht für andere verhüllt blieb. Ich bin ihr sehr dankbar dafür, denn ich kann nicht sagen, was am schlimmsten auf der Haut brennt: Sonnenstrahlen oder Menschenblicke.

So wie damals auf dem Markt, in der großen Stadt. Dort

wimmelte es von Beinen. Weil ich fast immer mit der kuriosen Mütze und gesenktem Kopf herumlief, sah ich kaum etwas anderes als untere Gliedmaße. Hosen, Röcke und Schuhe vor dem Hintergrund von gepflasterten Straßen und staubigen Wegen waren meine Landschaft.

Mein Bruder war auch dabei. Wir waren noch klein, und unsere Hände ruhten sicher in denen unserer Mutter. Ich stand rechts von ihr. Sie unterhielt sich lebhaft mit einer Frau, die Holzschuhe trug. Die Schuhe klapperten lustig auf dem Steinpflaster, wenn sie sich hinter ihrem Marktstand bewegte. Es duftete herrlich nach Brot und vielen Sorten Gebäck. Die Holzbretter, die auf Böcken auflagen, bogen sich etwas durch unter dem Gewicht der Obsttorten, der Schokoladenpasteten, der Karamellküchlein und der Kekse mit verschiedenen Nusssorten.

Aus dem Augenwinkel linste ich auf eine große Pflaumentorte. Sie war von Wespen umschwärmt, die die Frau wiederholt zu verscheuchen versuchte mit einer alten Zeitung, eine Ausgabe von *de Dixmudenaar*.

»Elisabeth, was sind die Jungs gewachsen.«

»Sie sind ja auch schon fünf.«

»Wie die Zeit vergeht.«

»Und wir werden auch älter«, sagte meine Mutter mit nervösem Lachen. Sie wurde öfter nervös, wenn Leute sie auf uns ansprachen.

»Du hast die blonden Locken von deiner Mama.« Mein Bruder wurde erst übers Haar gestreichelt und dann geherzt. So ging das immer.

»Unsere Liza wird nächsten Monat sieben.« Liza erschien nun hinter den Röcken ihrer Mutter. Das Mädchen war barfuß, und ihre Knie waren ein bisschen schwarz.

»Sie hilft mir schon tüchtig hier am Stand.«

»Du bist wirklich schon ein großes Mädchen«, sagte meine Mutter. »Kannst du mir die mal eben einpacken?«

Mutter zeigte auf die Pflaumentorte, und das Mädchen löste sich vom Rock der Mutter und hob die Torte mit beiden Händen vorsichtig hoch.

Ich blickte ein wenig nach oben, um ihr Gesicht zu sehen. Sie hatte lustige Sommersprossen um die Nase. Meine Mutter kramte in ihrer Tasche nach ein paar Münzen. Dadurch verlor sie mich kurz aus den Augen, sonst hätte sie mich sicher mit einer freundlichen, aber resoluten Handbewegung dazu gebracht, den Kopf wieder zu senken. Doch sie bemerkte es nicht, und ich richtete mich noch weiter auf. Das Mädchen, das die Torte noch in den Händen hielt, schaute mich erstaunt an. Sie fragte sich bestimmt, warum ich verschleiert war. Das war ich schon gewohnt. Sie wandte den Blick nicht von mir. Die Sommersprossen tanzten auf ihren rosigen Wangen. Meine Mutter bezahlte und nahm das Wechselgeld entgegen.

Dann geschah es. Ein Windstoß strich über den Marktplatz, ließ die Kleidungsstücke am Stand gegenüber hochwehen und hob auch mühelos den Schleier, der vor meinem Gesicht hing. Ich blieb stehen, das Mädchen ebenfalls. Was vielleicht nur kurz gedauert hat, ein paar Sekunden, schien sich über Minuten hinzuziehen. Das Mädchen riss die Augen weit auf, und ich nahm eine seltsame Angst wahr, die ich noch nie bei jemandem gesehen hatte.

Zuckungen liefen durch ihren Körper. Ihre Wangen blähten sich mehrmals. Erst konnte sie es wohl runterschlucken, aber dann wurde es doch übermächtig, und sie erbrach sich über der Torte, die sie noch in den Händen hielt. Sie hatte an diesem Morgen Brot gegessen, offenbar mit Fleisch, noch nicht alles war verdaut.

Rund um den Marktstand schien alles in Starre zu verfallen. Es war mein Bruder, der unsere Mutter anstieß und auf mich aufmerksam machte. Ich bekam eine Ohrfeige, und das Tuch fiel wieder über mein Gesicht. Meine Mutter riss dem Mädchen die Torte aus den Händen, entschuldigte sich ausgiebig bei der Marktfrau und verschwand dann schnell mit uns in der Menge. Als wir uns ein Stück entfernt hatten, warf sie das besudelte Gebäck in den Hühnerpferch eines Geflügelhändlers.

Ich war noch so klein und mir meiner Hässlichkeit voll bewusst.

Dass ich Bruder Jozef gestern belauscht habe, während er einer Gipsfigur in einer imitierten Grotte Vertrauliches mitteilte, macht mir jetzt zu schaffen.

Weil ich höre, dass er wirklich schwer atmet und mir Sorgen mache, dass sein Bittgebet an die Jungfrau Maria vielleicht keinen Tag zu früh kommt und sehr berechtigt ist.

Zugleich geniere ich mich dafür. Es liegt in meiner zweiten Natur, dass er mich nicht kommen gehört hat und ich auf diese Weise die Worte zwischen ihm und dem Höheren aufgeschnappt habe.

Es war mir wieder einmal geglückt, jemandem nahe zu kommen, ohne dass es auffiel. Eine Gabe. Ein Fluch. Eigentlich ist es egal.

In unserem Elternhaus gab es früher einen Flur mit einer Treppe ins obere Stockwerk und an der anderen Seite zwei

Zimmern nach vorn hinaus. Eins links und eins rechts. Ich hielt mich in beiden Zimmern gleich oft auf, aber das wusste niemand.

Links war das meiner Mutter. Darin stand ein Schrank, in dem sie allerlei Schnickschnack aufbewahrte. Stoffreste, Christbaumschmuck, eine Schachtel mit Steinen, eine hölzerne Marionette mit einer zu langen Nase und craquelierten Augen sowie eine Papiertüte mit kleinen Körben, die sie, soweit ich weiß, nie benutzt hat. Ich hatte mir dort eine Höhle gemacht, in diesem Schrank, es war schön dunkel. Durch die Türritzen fiel gerade genug Licht, dass ich den weißen Stein sehen konnte, den ich so gern in der Hand hielt. Und in einem Buch blättern. Das tat ich oft, wie meine Mutter.

Sie bekam die Bücher von einem Mann, der sie regelmäßig besuchte. Er hieß Funke und sprach mit einem mir unbekannten Akzent. Er kam nur in diesen Raum, nie weiter, wo sie sich unterhielten, über alles Mögliche, viel über Schriftsteller und über Bücher, manchmal auch über das Leben. Seins und ihres.

Ich bekam alles mit, was sie sagten. Ich war sechs, die Laute, die aus meiner Kehle kamen, klangen nicht wie bei anderen Kindern. Weil ich nicht sprach und damals auch noch nicht lesen und schreiben konnte, gingen alle ganz selbstverständlich davon aus, dass ich auch nichts begriff. Das war ein Irrtum. Wenn es so vieles gibt, was man nicht kann, schult man den Rest umso mehr.

»Wollen Sie mir nicht endlich sagen, warum Sie damals so lange weg waren?«

Die Stimme meiner Mutter klang liebenswürdig, wie

immer. Sie trug ein hübsches Kleid an diesem Vormittag. Das bedeutete, dass es Dienstag war.

Ich hatte eine schöne Mama. Wenn sie sich vor dem Spiegel die Haare bürstete, summte sie Kinderlieder. Ich hockte dann hinter ihr im Schrank, die Türen standen offen, und konnte sie zweimal sehen. Meine Mutter und ihr Spiegelbild. Die welligen Haare, die sie kämmte und mit einer Hornspange hochstecken würde, das lächelnde Gesicht mit den schönen Lippen. Stundenlang hätte ich es anschauen können. Meine Mutter im Spiegel war schön. Ich selbst musste erst lernen, Spiegel zu mögen.

Sie wiederholte ihre Frage, denn er hatte nicht geantwortet.

»Wo waren Sie die ganze Zeit?«

»Ich bin doch nun wieder da. Es tut nichts zur Sache.«

»Ich möchte gern wissen, was Sie dort gemacht haben.«

Langes Schweigen. Ich hielt den Atem an. Nichts durfte die beiden jetzt stören. Das spürte ich. Obwohl ich erst sechs war.

»Ich habe meiner Tochter ihre Würde zurückgegeben.« Er seufzte.

»Sie haben eine Tochter?«

»Ich hatte eine Tochter.«

»Dann gibt es auch eine Frau. Sie sind verheiratet?« Ein leichtes Zittern lag in ihrer Stimme.

»Ich war verheiratet. Ich habe sie schon vor langer Zeit verlassen.«

»Sie haben mir nie erzählt, dass Sie eine Frau hatten.«

»Sie haben mich nie danach gefragt.«

Wieder Schweigen. Durch die Ritzen in der Schranktür sah ich, dass Mutter die Hände im Schoß gefaltet hatte.

»Warum sind Sie von ihr fortgegangen?«

»Da war nichts mehr.«

»Nichts mehr übrig von der Liebe, meinen Sie?«

»Da war nichts mehr, was uns noch verband.«

»Also keine Liebe?«

»Ich glaube nicht, dass ich für diese Frau jemals etwas empfunden habe. Mein Vater hat sie mir aufgedrängt. Durch die Heirat bekamen wir dreiundfünfzig Hektar Weinberg zu unserem dazu.«

»Sie waren reich.«

»Reich ja, das stimmt. Damals auf jeden Fall.« Er sagte es nicht mit Stolz, eher mit Ekel in der Stimme.

»Warum sind Sie nicht früher weggegangen? Wenn Sie sie nicht geliebt haben?«

»Ich bin wegen meiner Tochter geblieben.«

»Wie hieß sie?«

»Johanna.«

»Was ist mit ihr geschehen?«

»Sie ist gestorben, mit achtzehn.« In seiner Stimme zerbrach etwas.

»Verzeihen Sie, Herr Funke. Ich bitte aufrichtig um Verzeihung.«

»Nein, reden Sie weiter, bitte. Stellen Sie Ihre Fragen.«

»Es macht Sie traurig, das sehe ich.«

»Nein, ist schon gut. Sie dürfen alles wissen. Sie sollen alles wissen.« Ich sah, wie er seinen Stuhl näher rückte und die Hände meiner Mutter ergriff.

»War sie krank?«, fragte sie.

»Nein, sie hat eines Tages selbst Schluss gemacht.«

»Wie furchtbar.«

»Es war der dritte Tag im Mai, herrliches Wetter. Am

Abend zuvor hatte es einen schrecklichen Streit in dem großen Haus an der Mosel gegeben. Meine Frau hatte davon angefangen, dass wir noch mehr Land besitzen könnten, wenn wir unsere Tochter einem Mann drei Dörfer weiter zur Frau geben würden. Johanna flehte sie an, das nicht zu tun. Sie kniete sogar vor ihr nieder. Sie wollte nicht heiraten. Sie wollte studieren. Fremdsprachen lernen. Sie wollte nicht mit den Weinstöcken an den Hängen zusammenwachsen. Sie wollte dort weg. Aber meine Frau beharrte darauf. Wenn sie sich etwas in den Kopf gesetzt hatte, war sie nicht davon abzubringen. Aus lauter Ohnmacht begann Johanna zu weinen und zu schreien und mit Gegenständen um sich zu werfen. Danach schloss sie sich in ihrem Zimmer ein. Ich stand dabei. Ich unternahm nichts. Ich sah, wie sie die Tassen und Teller aus dem Geschirrschrank auf den Boden schleuderte, wie eine Wahnsinnige, ich sah, wie sie Bilder an der Wand mit einem Messer aufschlitzte, ich sah, wie sie sich buchstäblich die Haare ausriss, und ich habe nichts unternommen. Ich war zu feige, um einzugreifen. Mir hatte man damals das gleiche Schicksal zugemutet, ich wusste, wie sich das anfühlte, und trotzdem stand ich nur da und handelte nicht.«

Er schwieg einen Moment. Er saß nun direkt vor ihr, hielt noch immer ihre Hände, ihre Knie berührten sich. Er hatte den Kopf gesenkt. Vielleicht um nach Worten zu suchen, um die Bilder wieder nach oben kommen zu lassen, um Mut zu sammeln, damit er weitererzählen konnte.

»Am Tag darauf habe ich sie gefunden. Sie hatte sich in ihrem Zimmer mit einer Vorhangschnur erhängt. Ihr einst so hübsches Gesicht war ganz violett. Ihr Kleid war besudelt. Meine Frau zeigte keine Reaktion. Sie ließ sie mit

Pomp und Pracht bestatten. Ich habe sie gewähren lassen. Ich bin ein Feigling, Elisabeth.« In der ganzen Zeit hatte er den Kopf nicht mehr zu ihr erhoben. Sie löste ihre Hände aus seinen und streichelte ihm über die Haare.

»Sagen Sie das nicht, Herr Funke.«

»Es ist die Wahrheit«, schluchzte er.

So saßen sie eine Zeitlang da. Er weinte leise, sie tröstete ihn mit ihren zarten Händen. Ich kannte diese Hände. Ich wusste, wie gut sie ihm jetzt taten.

»Warum sind Sie wieder hingefahren? Wenn es so eine Qual für Sie ist?«, fragte meine Mutter nach einer Weile.

»Das hat mit Ihnen zu tun, Elisabeth. Mit Ihren Worten damals am Kanal. Über das Weiterleben nach dem Tod. Ich war die ganze Zeit weg, um einen Wein für sie zu machen. Dem habe ich ihren Namen gegeben. Johannasberg. Er moussiert ein wenig. Und schmeckt sehr fruchtig. Er hat etwas Kraftvolles im Abgang. Künftig wird der Johannasberg jedes Jahr auf Flaschen gezogen. Ein paar tausend Liter. Sie ähneln ihr ungeheuer, wissen Sie das?«

»Wie meinen Sie das?«

Sie sahen einander an. Tief in die Augen. Das beobachtete ich durch den Spalt in der Tür. Meine Mutter lächelte zaghaft. Dann wischte sie mit der Hand etwas von seinem Gesicht. Ich konnte nicht sehen, was es war. Ich denke, es waren Tränen.

Es ist seltsam, wie wir uns gleichzeitig erheben, einunddreißig Brüder. Heute sind alle da. Vielleicht sind sie mir zu Ehren so früh hier anwesend, um mir Kraft zu geben. Nur weiß ich nicht, wer genau im Bilde ist. Vater Abt mit Sicherheit, der hat es vielleicht weitererzählt. Um zu hören, wie die anderen über seine Entscheidung denken. Ob ich da draußen überhaupt zurechtkomme, nach der ganzen Zeit. Ob ich den Anblick jenes Orts überhaupt noch ertragen kann, nach allem, was sich dort abgespielt hat. Hat es überhaupt Sinn, die Vergangenheit zu zergliedern? Sollte man Narben nicht einfach hinnehmen? Er sagte das alles mit blumigen Worten und vor allem mit der Abgeklärtheit, die so typisch für ihn ist. Aber mein Entschluss steht fest. Das ist mein letzter Tag.

Im Zimmer vorne rechts, in dem der Doktor sich seine Praxis eingerichtet hatte, war ich auch oft, allerdings nur dann, wenn er nicht da war. Dann roch ich an allen Fläschchen und öffnete Tiegel mit rätselhaften Etiketten und kleine Holzkisten, um nachzuschauen, was darin war. Es faszinierte mich. Wie er Kranke heilte. Ich kannte ihn nicht, den Arzt, obwohl er bei uns wohnte. Er redete nie mit mir. Mit Valentijn sprach er oft, aber der ist ja auch so hübsch, dass ich manchmal denke, er lebt nur auf dieser Erde, damit ihn die Leute anschauen. Ich habe ihn oft angeschaut. Lange. Ununterbrochen. Wenn ich wieder irgendwo im Zimmer saß und mich niemand beachtete, ließ ich den Blick nicht von ihm und redete mir ein, ich müsste ihn nur lange genug ansehen und seine helle Haut nur ausgiebig genug bewundern, um eine ebenso glatte Haut zu bekommen und genauso blond und genauso so mundfertig zu sein. Außerdem hat er einen sehr schönen Mund. Einen Mund, den ich am liebsten geküsst hätte, aber das ging nicht, denn ich habe kaum Lippen. Er ist mein Bruder, behauptete meine Mutter. Gott muss betrunken gewesen sein beim Ordnen seiner Schöpfung.

Im Behandlungszimmer meines Vaters lagen dicke Bücher. Mit Zeichnungen von Menschen, völlig nackt, so wie sie sind, wenn man sie bis unter die Haut auszieht. Selbst ohne Haut sahen sie immer noch besser aus als mein Spiegelbild. Ich habe endlose Stunden nach der Zeichnung eines Menschen gesucht, der so aussah wie ich, aber keine gefunden. Oft habe ich mir einen Mann im Schneidersitz angeschaut, der Kopf im Halbprofil. Der war nicht gehäutet, sondern weiß und glatt wie Marmor. Immer, wenn ich ihn mir ansah, fuhr mein Zeigefinger sanft über die Linien seiner Lippen, seine Wangen, seine Stirn, sein Kinn. Und immer strich meine andere Hand an den gleichen Stellen über meinen eigenen Kopf, und ich spürte, intensiver denn je, wie es eigentlich hätte sein müssen. Ich nannte ihn den Mann aus Atlantis.

Im Behandlungszimmer gab es noch etwas, das mich anzog. Im Schrank lag das braune Lederetui mit dem kupfernen Schnappverschluss. Es roch wunderbar, und die gegerbte Kalbshaut fühlte sich weich an. Ich hielt es erst eine Weile an mein Gesicht und öffnete es dann ganz vorsichtig. Es enthielt die heiligen Instrumente des Arztes. Wenn das Etui dann offen dalag, nahm ich die Metallgegenstände nacheinander heraus, und sie glänzten im Sonnenlicht, das durch das Fenster einfiel. Ich betastete sie, die scharfen Messer, die Scheren und die Zangen. Wie durch Butter gleiten sie durch dich hindurch. Ich habe es mit Papier ausprobiert. Manchmal stellte ich mich mit dem größten Messer vor den Spiegel und strich ganz langsam mit der Schneide über meinen verformten Kiefer. Ohne ihn zu berühren. Ich wollte mich nicht verletzen, aber es prickelte dabei doch von innen. Wenn ich alles wieder verstaut hatte, fühlte ich mich jedes Mal ein bisschen schuldig. Ich weiß bis heute nicht, warum. Vielleicht, weil ich etwas angefasst hatte, was ein Kind nicht anfassen darf.

Auf der Ostseite der Klostermauer wird es allmählich hell. Ein rosiger Lichtschein streichelt behutsam die Landschaft, die in den vergangenen vier Jahren so geschunden wurde durch die alles umwühlenden Granateneinschläge. Es wird noch eine ganze Zeit dauern, bestimmt Jahre, bevor dieser Winkel des Landes der Nacht und dem Tag wieder vertraut. Ich stehe im Gemüsegarten, ohne zu wissen, warum. Ich stehe dort einfach. Was mache ich hier? Die Luft riecht würzig. Will ich heute noch allen Flecken meines Unterschlupfs auf Wiedersehen sagen? Lebewohl? Selbst daran zweifle ich.

Zwischen den Beeten hat Bruder Innocentius kleine Holztafeln aufgestellt, in die er die Namen der Pflanzen mit einem glühend heißen Eisenstift eingebrannt hat. Er ist ein sorgsamer Mann, nicht sehr gesprächig, aber wenn er das Wort ergreift, hat er recht. Er liebt den Gemüsegarten und vor allem seine Kräuter. Er kann stundenlang in alten Manuskripten blättern, um Varianten zu bestimmen, die er in einem Kloster des Ordens im Ausland gefunden hat. Beim Lesen fährt er mit dem Finger über den Text. Dann erinnert er mich an meine Tante Zoë.

Sie hat mir das Schreiben beigebracht. Das fand ich immer sehr edelmütig von ihr.

Erst wollte sie mir das Sprechen beibringen, doch das klappte nicht. In meiner Kehle ist ein Loch. Schon seit meiner Geburt. Durch dieses Loch gehen meine Worte in die falsche Richtung. Wieder nach innen. Meine Worte stecken alle in meinem Bauch oder in meiner Lunge oder in meinen Därmen. Niemand hört sie. Nur ich. Allein. In meinem Kopf.

Tante Zoë hat das verstanden. Sie gab mir den Federhalter meines Großvaters. Er war noch fast unbenutzt. Wie konnte es auch anders sein, mein Großvater hat fast nie geschrieben. Er schlug lieber. Auf den Amboss. Das ging ihm besser von der Hand.

Sie gab mir den Federhalter an dem Vormittag, an dem sie mich zu Hause behalten hatte. Von diesem Tag an ging ich nie mehr zur Schule. Das muss Ende November gewesen sein. Sie hatte sich neben mich gesetzt und roch nach Schweiß. Sie legte ein leeres weißes Blatt Papier auf den Tisch und schrieb Buchstaben darauf. Ich kopierte sie, die Zungenspitze aus dem Mund geschoben. Spucke tropfte auf das weiße Blatt, aber sie wischte sie mit einem Taschentuch weg. Ich strengte mich an, ach, wie habe ich mich angestrengt, denn ich spürte, dass dieser Tag nicht wie die anderen Tage war. Es war ein hoher Festtag, noch mehr als Ostern oder Weihnachten. Mein Tag. Als ich fertig war, zitterte ich am ganzen Körper. Die Tür zu einem mir bis dahin unbekannten Zimmer war einen Spalt geöffnet. Wie verrückt: Das erste Wort, das ich schrieb, war *Papa*.

Es folgten mehr Wörter: Stein, Auge, Fisch, Mama. Danach kam Tante Zoë jeden Tag mit einem leeren Blatt vorbei. Jedes Mal schrieb ich es von Neuem mit Wörtern voll. Die ganzen Blätter hob ich auf und legte sie in eine große Blechbüchse, die ich unter meinem Bett versteckte. Manchmal machte sie auch kleine Zeichnungen zu den Wörtern. Schön waren die nicht, aber es half. Die ungelenken Skizzen von Tante Zoë halfen mir, die Wörter in meinem Kopf in Richtung meiner Hände zu schicken. Und der Federhalter meines Großvaters, der schrieb.

Dabei war es Tante Zoë selbst gewesen, die anfangs darauf gedrängt hatte, mich zur Schule zu schicken. Es hatte sie viel Überredungskunst gekostet, meine Mutter so weit zu bringen, dass sie ihre bangen Sorgen – *sie werden ihn doch nur auslachen* – für eine Weile unterdrückte. »Und ohne die Mütze«, sagte Tante Zoë noch. »Das Dorf muss es mal kapieren.«

An meinem ersten Schultag schien die Sonne. Ich trug eine braune Kniebundhose aus Cordsamt und Hosenträger mit kleinen Karos. Ich ging neben meinem Bruder. Aus irgendeinem Grund nahm er mich nicht an die Hand. Wir traten durch ein großes hölzernes Tor, das dringend neu gestrichen werden musste. Überall lösten sich grüne Fetzen, als hätte es sich an irgendetwas verbrannt. Auf dem Schulhof standen Kinder in Grüppchen zusammen. Die meisten von ihnen hatte ich noch nie gesehen. Ich wusste nicht einmal, dass es so viele Kinder gab. Sie starrten mich an. Valentijn blieb bei mir. Aber meine Hand hielt er nicht, obwohl ich das gern gewollt hätte. Ein paar Jungen warfen einen Ball gegen die Mauer und versuchten, ihn mit den Fäusten zurückzuschlagen. Immer wieder kam der Ball zurück. Als sie mich sahen, hörten sie auf. Der Ball sprang etwas unsicher weg, ohne zu wissen, wohin. Ich ähnelte ein wenig diesem Ball, fand ich. Der größte der Jungs – Pier Keiremelk – kam mit den Händen in den Hosentaschen auf mich zu. Seine Freunde folgten ihm. Der Ball rollte unter einen Kastanienbaum und blieb dort zwischen abgefallenen Fruchthüllen liegen.

»Ist das Scheusal dein Bruder?« Die Frage war nicht an mich gerichtet. Valentijn ballte die Fäuste. Ich sah seine Fingerknöchel weiß werden.

»Mein Bruder heißt Namenlos.«

»Hoffnungslos, meinst du wohl.« Piers Freunde lachten. Inzwischen standen noch mehr Kinder um uns herum. Manche flüsterten sich gegenseitig etwas ins Ohr. Ein Junge mit einer blauen Hose und weißen Socken hielt sich die Hand vor den Mund. Pier rief ihm zu: »Ist was, Aimé, hast du Angst, dass dich die Bratze beißt?« Noch mehr Gelächter. Und noch mehr Kinder um mich herum.

Valentijn stellte seine Schultasche ab und ging auf die Jungs zu.

»Oh, jetzt krieg ich aber Muffensausen. Das Doktorsöhnchen kommt.« Mein Bruder stürzte sich auf ihn und schlug mit den Fäusten gegen seine Brust. Aber Pier Keiremelk – zwei Köpfe größer – hob Valentijn mühelos hoch.

»Da musst du früher aufstehen, Kleiner. Der Pier ist kein Milchbubi, das weißt du doch.« Valentijn strampelte mit den Beinen, aber konnte sich aus Piers Griff nicht befreien.

»Los, Mathijs. Wirf den Stock mal nach der Bratze, vielleicht bringt er ihn ja zurück.«

Mathijs, ebenfalls so groß wie Pier, grinste etwas schafsgesichtig und warf mir seine Zwille vor die Füße.

»Aufheben und herbringen«, rief er.

Ich blickte auf den Boden und dann wieder zu Mathijs. Die Sonne wärmte schon, er hatte Schweißperlen auf der Stirn. Er schien den Augenblick zu genießen. Einen Moment war es still. Alle sahen mich an.

»Aufheben und herbringen«, sagte Mathijs wieder. Es klang wie ein Knurren. Mehr Wolf als Schaf.

Ich hörte Valentijn noch »nein« rufen, dann brach die Hölle los. Alle Kinder um mich herum begann zu johlen.

»Bringen! Bringen! Bringen!«

Ich sah große Münder. Große Löcher, aus denen immer wieder dieselben Laute kamen.

»Bringen! Bringen!«

Das verwunderte mich noch am meisten. Dass diese Kinder alle die gleichen Geräusche machten. Mühelos. Und schrecklich laut. Ich bückte mich langsam. Ich wollte die Schleuder aufheben, aber da brüllte Mathijs: »Mit deinem Maul, du Bratze, nicht mit den Pfoten.«

Ein neuer Sprechchor.

»Bratze. Bratze. Bratze.«

Meine Verwunderung wurde noch größer. Andere Laute, und doch wieder mühelos. Mein Bruder zappelte vergeblich, um loszukommen. Ich ging auf alle viere nieder und senkte den Kopf zur Erde. Ich biss in das Holz der Schleuder. Es gelang nicht gleich. Ich bekam Blätter und Sand in den Mund. Ich sabberte auch ein bisschen. Schließlich hatte ich das Ding zwischen den Zähnen. Es schmeckte etwas salzig. Als ich wieder aufstand, johlten die Kinder noch lauter und klatschten in die Hände. Sie applaudierten, also hatte ich es gut gemacht, dachte ich. Unter ihrem Beifall brachte ich Mathijs die Schleuder. Der nahm sie mir vorsichtig aus dem Mund und klopfte mir auf die Schulter.

»Brav«, sagte er. »Brav. Und jetzt noch mal.«

Er warf die Holzgabel erneut weg. Diesmal weiter. Ich drehte mich um und wollte sie wieder zurückholen. Die Glocke von Lehrer Schotsaerts machte der Aufführung jedoch ein Ende. Pier ließ Valentijn sofort los, und Mathijs hob sein Spielzeug rasch selber auf.

Lehrer Schotsaerts war ein Mann, der allein mit seinem Blick vierzig übermütige Kinder dazu bringen konnte, sich in Zehnerreihen aufzustellen. Mit genau acht Klinkern Zwischenraum von Kind zu Kind. Er trug einen grauen Kittel mit tiefen Taschen. Darin waren Kreidestumpen, Murmeln, aufgerollte Bindfäden, Holzstücke und Dutzende anderer Dinge, die er Kindern abgenommen hatte. Von Zurückgeben war nie die Rede. Er selbst machte nichts damit. Unter dem Kittel trug er immer ein weißes Hemd mit Stehkragen. Das ließ ihn besonders streng aussehen.

Nachdem die Glocke geläutet hatte, stürmte jedes Kind zu seinem Platz auf dem Schulhof. Der Lehrer sah Pier und Valentijn drohend an, sagte aber nichts. Ich stand etwas verloren da, wie eine falsch gesetzte Figur auf einem Schachbrett. Alle hatten sich stramm aufgestellt, den Rücken gestreckt, die Füße zusammen, den Kopf etwas erhoben, das Kinn zu dem Kruzifix gerichtet, das über der Schultür hing. Ein trübseliger Jesus übrigens. Ein Stück von seinem linken Fuß war abgebrochen.

Ruhig kam er auf mich zu, legte die Hände auf meine Schultern und sah mich an. Ich fühlte mich unbehaglich. Er sah mir nicht in die Augen, sondern auf das Loch in meinem Oberkiefer.

»Ich zeige dir deinen Platz. Komm mit.«

Er stellte mich ganz hinten auf.

»Los.«

Die erste Reihe setzte sich in Bewegung und ging ins Klassenzimmer. Hohe, weiß getünchte Wände und Fenster, die nur Aussicht auf die Kastanienbäume draußen boten. In der Mitte ein großer Ofen mit einem Rohr bis zur

Decke. Ein paar Bücherstapel lagen darauf. Vorn eine Tafel. Daneben ein Pult mit einem Tintenfass. Ich sah Schautafeln mit Abbildungen von Männern und Frauen in langen Gewändern und mit Sandalen an den Füßen. Ihre Häuser, neben Bäumen, die ich noch nie gesehen hatte, sahen anders aus als unsere. Es gab nicht genug Bänke für alle Kinder. Manche setzten sich vorn auf den Boden, andere lehnten sich an die Wand.

Ich blieb in der Tür stehen. Ich wurde wieder angestarrt. Ich muss ihnen ebenso merkwürdig vorgekommen sein wie sie mir. Lehrer Schotsaerts schlug auf seinem Pult ein großes Buch auf. Er tauchte seine Feder in die Tinte und richtete den Blick auf mich. Ich hatte keine Ahnung, was von mir erwartet wurde.

»Name.« Schotsaerts war äußerst sparsam mit seinen Worten.

Ich versuchte zu antworten, aber mein Name kreiselte in dem Loch in meiner Kehle herum. Ein paar Laute fanden doch ihren Weg nach draußen. Deutlich für mich, widerwärtig für die anderen. Noch heute sehe ich ihre Blicke vor mir. Sprachlos, viele von ihnen hatten auch Angst, so schien es. Ein Getuschel ging los.

»Die Stimme des Teufels«, hörte ich Pier murmeln. Kichern bei der Wand.

»Mein Bruder heißt Namenlos«, rief Valentijn, der rechts vorn saß.

Lehrer Schotsaerts sah Valentijn lange an, sagte nichts, schrieb dann schließlich doch etwas auf.

»Das Morgengebet.« Er faltete die Hände, die ganze Klasse folgte seinem Vorbild. Ein seltsames Gebrabbel kam aus ihren Mündern, alle machten mit, außer Mathijs.

Der drehte sich zu mir um und bildete lautlos mit seinen Lippen ein Wort.

»Brav.«

Das war der Anfang der Schikanen, die ganz allmählich, aber mit außerordentlicher Gründlichkeit den Damm meines zerbrechlichen Glaubens an die Welt bröckeln ließen. Zugegeben, meine Welt war klein zwischen den sicheren Wänden unseres Hauses, ohne allzu viel Licht und mit meiner Mutter in der Nähe, vor allem mit ihren tröstenden Händen. Daran zu glauben war nicht schwer. Doch es war ein Vertrauen, das auf Sand gebaut war und einbrach bei meinen ersten Begegnungen mit den Kindern, die es gewohnt waren, ihre Tage miteinander zu verbringen, im vollen Tageslicht, und die bis auf ein paar Hasenzähne, rote Haare, bizarr geformte Leberflecken und einen Klumpfuß eher hübsch anzusehende Geschöpfe waren im Vergleich zu dem Monstrum, das plötzlich in ihr Blickfeld geriet und das sie – für ihren Seelenfrieden – einzig und allein einordnen konnten durch die bildhaften Beschreibungen, die sie aus ihrem Wortschatz ausgruben.

»Kriech doch in ein Fass mit Formalin und lass dich zur Universität bringen, die haben dann schön was zu tun.«

»Was für ein Tier hat dich denn gebissen und vergessen, die Arbeit zu Ende zu bringen?«

Manchmal ging es auch derber zu.

»Wenn du sprichst, hört sich das so an wie bei meinem Vater, wenn er Dünnpfiff hat.«

»Mensch, du hast echt Glück, kein Problem mit Schmeißfliegen, sogar die Viecher haben Geschmack.«

Nicht immer blieb es bei Worten.

»Warum machst du deine Fresse nicht mal zu, gleich fliegt was rein, ohne dass du's merkst.« Und sie zielten mit Kieselsteinen nach meinem Mund.

»Weißt du, was dein Unglück ist? Nicht, dass man dich in den Ofen gesteckt hat, sondern dass das Holz nicht gereicht hat.«

Ich lachte mit. Natürlich lachte ich mit.

»Ochsenarsch.«

»Rosenkohl.«

»Kackbratze.«

In diesen wenigen Wochen, in denen ich als Kind ohne die Mütze mit dem Schleier aus dem Haus ging, befand ich mich ständig im Auge eines Orkans der Boshaftigkeit. Es gab Momente, so seltsam das auch sein mag, in denen ich sie verstand und die Kränkungen logisch fand.

Meine Schulzeit endete im November.

Pier Keiremelk stand – Hände in den Hosentaschen – vor dem Haus von De Pelze, dem Wild- und Geflügelhändler des Dorfes, und wartete schon auf mich. Er grinste seinen beiden Trabanten zu: Mathijs und Berthold Vlijmen. Fußsoldaten im schmutzigen Krieg ihres Generals. Mathijs hatte einen Jutesack dabei, der voller dunkelroter Flecken war. Berthold kaute Fingernägel und sah sich etwas unruhig um.

Pier trat einen Schritt vor, als ich mich ihnen näherte.

»Die Wolfsfratze geht nach Hause?« Das Lächeln auf seinen Lippen kam aus den Kellern seiner Seele.

Ich hatte Angst. Ich fürchtete mich vor seinem Blick. Ich zitterte vor dieser Umgebung: der Hof eines ekligen Hühnerschlachters, der Geruch von Tod und Verderben, die

Haufen stinkender Tierhäute. Die Angst war mir zweifellos anzusehen.

»Ist dem Wolf kalt? Das Wasser auf den Teichen ist noch nicht gefroren, aber du zitterst wie ein Schilfhalm.«

Ich sah schweigend zu Boden. Dort lagen ein paar Taubenfedern. Das Werk von De Pelze oder einer Katze.

»Oder vermisst du deinen Bruder?«

Die beiden anderen kamen nun auch näher.

»Ohne ihn kannst du nicht sprechen. Das wissen wir schon. Aber vielleicht bist du ja stärker. Vielleicht zeigst du uns die Zähne hinter deiner verhunzten Fresse.«

Ich wollte weglaufen, blieb aber doch wie festgenagelt stehen. Es war seltsam.

Ein Zwinkern von Pier reichte aus. Mathijs ließ den Sack fallen und hielt mich fest, Berthold half ihm. Dessen Atem roch nach in Schnaps eingelegten Kirschen. Ich ließ sie gewähren, wehrte mich nicht mal. Es wäre sinnlos gewesen. Einer von ihnen griff mich an den Haaren und riss meinen Kopf nach hinten. Der andere band mir die Arme auf dem Rücken fest mit einem Strick, der wahrscheinlich in dem Jutesack gesteckt hatte.

Die Sonne schien. Die weißen Wölkchen ihres Atems tanzten um mich herum. Es war ein schönes Licht, aber es blendete. Sie ließen mich wieder los und stießen mich zu Pier hin. Der ergötzte sich an der Szene. Meine Büchertasche war in den Dreck gefallen, zwischen die weißen Taubenfedern.

»Du bist so schwach wie ein kleines Kätzchen.«

Pier strich mit der Hand über die verunstaltete Haut meines Gesichts. »Du bist kein Wolf. Du hast nur so ein Maul. Du beißt nicht mal. Knurrst nicht. Heulst nicht. Nix.«

Er hob den Sack vom Boden auf und zog ein schmutziges Fell von irgendeinem Tier heraus. Es war voller Blutklumpen, und es hingen noch Brocken stinkender Fleischreste daran.

»Es wird Zeit, dass alle Leute wissen, wer du wirklich bist.«

Mit beiden Händen zog er mir die faulige Tierhaut über den Kopf und band sie unterm Kinn mit einer Schnur fest. Es war ein Hase gewesen. Der Kopf baumelte noch daran, die Ohren waren von Krätze angefressen, die Augen aus den Höhlen gefault.

»Ein Angsthase, das bist du. Ein Nagetier.«

Pier flüsterte. Mathijs amüsierte sich, und Berthold vergewisserte sich mit ein paar Blicken, dass sich niemand näherte.

Dann hob Pier meine Büchertasche hoch, öffnete sie und nickte Mathijs zu.

»Alles, Pier?«, fragte der.

»So viel wie reinpasst.«

Mathijs wühlte mit der Hand in dem Sack und holte die Eingeweide des Tiers heraus. Sorgfältig stopfte er so viel wie möglich in meine lederne Büchertasche.

»Hier«, sagte Pier und zwängte mir den Riemen der Tasche in den Mund. »Gehe hin und mehre dich, wie es die Kaninchen tun.«

Tante Zoë war fuchsteufelswild. Sie kochte vor Wut. Sie rief die ganze Nachbarschaft zusammen, als sie mich heranstolpern sah. Ich erinnere mich noch an den Geruch, den penetranten Gestank, der mich umgab, in meine Haare gedrungen war und tagelang haften blieb. Ein ekelerregender

Geruch, der an Kadaver und dunkelbraune Abdeckgruben mit Schlachtabfällen denken ließ.

Die halb verwesten Innereien quollen aus meiner Büchertasche. Mein schönes kalbsledernes Kleinod, in Brüssel mit einem Preisnachlass gekauft, weil ein Fehler in der Stickerei war. Das war wieder eine der Aktionen von Tante Zoë gewesen. Um dem Doktor vor Augen zu führen, dass ich in die Schule gehen sollte und gehen würde, egal, wie er darüber dachte. Er hatte sich nicht auf einen Streit eingelassen, aber ihm war anzusehen, dass er die Idee lächerlich fand. Geldverschwendung hatte er es genannt. Er sollte recht behalten. Ich weiß nicht mal, ob es eine Genugtuung für ihn war. Aber er hatte richtig gelegen. Ich konnte in der Schule so gut wie gar nichts tun. Nicht nur in der Stickerei meiner Büchertasche war ein Fehler.

Ich dürfe jetzt nicht mehr aus dem Haus. Ich solle zu Hause im Dämmerlicht der Vorhänge heranwachsen. Nein, das Wort benutzte er nicht. Entarten, das war es. Ich würde entarten zu etwas, das plump und hässlich und stumpfsinnig auf Dauer in einer Anstalt in der Stadt landen werde. Er hätte Beziehungen dorthin, der Doktor. Ja, das war sein Plan.

Niemand wusste, dass ich alles mithörte.

11

Während die Sonne sich langsam nach oben schiebt, bleibe ich im Garten sitzen. Die Luft ist feucht, alles atmet Dampf aus. Ich traue mich etwas, was ich nur selten mache. Ich schlage meine Kapuze zurück und gebe meine narbige, entstellte Haut dem sanften Morgenlicht preis.

Das Leben in der Abtei kommt in Gang. Ketten klirren in den Ställen, in der Ferne muht eine Kuh. Es hört sich an wie eine lang gezogene Klage, als wollte sie der Welt und den Menschen mitteilen, dass das Gras, auf dem sie steht, das sie kaut und wiederkäut, noch immer den bleiernen Geschmack des Todes hat.

Ihre Wehklage lässt mich schlagartig verzagen. Auf einmal sehe ich wieder die dunklen Seiten der Außenwelt vor mir, die Abgründe jenseits der Backsteinmauern von Vater Abt, und mein Mut, der in den vergangenen Tagen stürmisch in mir aufwallte, schmilzt dahin wie Eis in der Frühlingssonne, allein durch die Laute eines Tieres, das irgendwo draußen in den Nebelschwaden mit bis zum Platzen gefülltem Euter wartet.

Wie leicht gerate ich aus dem Gleichgewicht, wie schnell verliere ich den Boden unter den Füßen. So gut passen mir diese Mönchskleider inzwischen, so sicher ist die Kutte geworden, so beschützend die dunkle Kapuze. Kann irgendetwas die Bruderschaft ersetzen? Was wird mein Herz machen, wenn gleich die Klosterpforte hinter mir zufällt?

Beata Solitudo. Sola beatitudo.

Valentijn saß im Wohnzimmer. Er war vor einer Weile aus der Schule zurückgekommen, in die ich schon lange Zeit nicht mehr ging. Er beugte sich über ein Buch auf dem Tisch, das neben seinem Heft lag, und saugte am Griff des Federhalters. Der Doktor hatte gerade wütend das Zimmer verlassen. Dass er mit seinem Sohn schimpfte, kam eigentlich äußerst selten vor. Es ging um die Bücher, ums Lernen, um den Verstand. Der Doktor wollte, dass Valentijn einmal ein großer Mann würde. Und deshalb musste er klug sein. Valentijn saß schluchzend vor dem leeren Blatt. Sein Kopf war puterrot. Ich stellte mich zu ihm.

»Du hast es gut, du brauchst nicht in die Schule«, fauchte er mich an. Ich blieb stehen. Angefaucht wurde ich öfter. Über seine Schulter blickte ich auf die aufgeschlagene Seite. Ich las, dass vier Arbeiter dreißig Meter Straßenpflaster in zwölf Tagen legten. Und dass aus irgendeinem Grund diese schwere Arbeit von acht Arbeitern verrichtet werden sollte. Man fragte sich, wie viel Zeit die brauchen würden.

»Steh nicht rum und glotz, du lenkst mich ab. So kann ich es überhaupt nicht.«

Ich wollte ihm den Federhalter aus der Hand nehmen, aber er ließ es nicht zu.

»Jetzt nicht, Namenlos. Ich muss rechnen. Lass mich in Ruhe. Vater wird wild, wenn ich die Hausaufgaben nicht fertig kriege.« Nicht wirklich grob, aber doch energisch schubste er mich weg.

Ich verzog mich an den Platz beim Ofen, wo ich oft

hockte, einer meiner Plätze, wo ich im Nichts verschwand, auf einer alten Decke, die dort lag. Ich hatte sie selbst irgendwann hingelegt, und Mutter hat sie von da an liegen lassen. Neben mir stand ein Eimer mit Anmachholz und ein paar alten Zeitungen. Auf dem Boden lagen auch ein paar nur halb verbrannte Holzscheite, die aus dem Aschkasten gefallen waren. Ich riss ein Stück von einer Zeitung und schrieb mit Holzkohle mitten auf die Ankündigung einer Zwangsversteigerung eine große Sechs.

Ich ging wieder zum Tisch und legte Valentijn die Lösung hin. Er starrte mich an und sah dann wieder auf das Stück Zeitungspapier.

»Echt?«, fragte er.

Ich nickte. Schnell schrieb er das Ergebnis in sein Heft ab, sprang dann aufgeregt hoch, rückte einen zweiten Stuhl an den Tisch und gab mir durch eine Geste zu verstehen, dass ich mich zu ihm setzen sollte.

»Lies das hier.«

Ich fand es spannend. Meine Augen glitten über die Worte. Diesmal ging es um einen Bauern und die Pflaumen in seinem Obstgarten. Es war kinderleicht. Auf ein weißes Blatt Papier, das er mir hinschob, durfte ich das Ergebnis mit seinem Federhalter schreiben. Dann übertrug er es wieder ordentlich in sein Heft.

So ging es weiter. Lauter Rätsel. Liter Milch, die eine Kuh gab. Stunden und Minuten, die ein Zug brauchte, um von einer Seite des Landes zur anderen zu fahren. Das Gewicht von sieben Säcken mit Kartoffeln. Die Entfernung zwischen zwei Kirchen. Ich las sie alle, löste sie, Valentijn schrieb die Ergebnisse begeistert ab. Weg war sein roter Kopf, und er knabberte auch nicht mehr an seinem Federhalter.

»Komm«, sagte er, nachdem er einen langen Strich unter seine Arbeit gezogen hatte. »Wir gehen jetzt raus und spielen, du darfst bestimmen, was.« Ich glaube nicht, dass ich ihm jemals näher war.

Ab dem Tag, an dem er festgestellt hatte, dass meine Handschrift schöner war als seine, durfte ich seine Hausaufgaben gleich selber machen. Ich schrieb seine Hefte voll, und er erzählte mir dafür, was in der Schule alles so passierte. Das Biotop von Lehrer Schotsaert und seinen Schülern bekam genaue Konturen durch Valentijns detaillierte Beschreibungen der Ereignisse jedes Schultages und die anschaulichen Anekdoten über seine Klassenkameraden.

Pier Keiremelk, der sich mehr prügelte als dass er Bücher las, Berthold, der beim Äpfelklauen im Garten von Alfons Verweyden erwischt worden war und, als Alfons mit dem Stumpf seines Zeigefingers – den Rest hatte er sich an einem unseligen Tag im vorigen Jahr selbst abgesägt – theatralisch in die Luft drohte, so furchtbar lachen musste, dass er aus dem Baum donnerte und sich beide Arme brach, du müsstest ihn jetzt mal sehen, auf beiden Seiten geschient und in weiße Tücher gewickelt, wie eine Mumie.

Oder Mathijs, der tatsächlich dümmer als das Hinterteil von Schlunze Mias Ziege war, und die war schon mit Abstand das dümmste Tier im ganzen Dorf, weil sie oft so lange dem eigenen Schwanz hinterherjagte, bis sie von dem Karussell in ihrem Kopf umfiel.

Und es war auch dieser Mathijs, den sie so bearbeitet hatten, dass er bei den Tanten Briard anklopfte und sie fragte, ob sie nicht sein vorzügliches Mittel gegen Bandwürmer kaufen wollten, ein Marmeladenglas mit kaltem Kaffee, das Pier ihm gegeben hatte. Seinen Schneid, der im Großen und Ganzen aus der erbärmlich schlechten Funktionsweise seines Denkapparats resultierte, musste er mit einer tüchtigen Tracht Prügel der Tanten bezahlen, die sich, ehe er bis drei zählen konnte, mit einer Scheuerbürste und einer Kohlenschaufel bewaffnet hatten. Die zwei Franc, die Pier und die Seinen ihm versprochen hatten, bekam er nie zu sehen.

Valentijn machte mir all diese Geschichten zum Geschenk, als wollte er damit seine Schulden begleichen, weil ich für ihn die Hausaufgaben erledigte. Er erzählte mir, wer seine Freunde waren und welche Mädchen ihm gefielen.

»Ich werde Violetta einen Kuss geben«, sagte er eines Nachmittags.

Ich lachte verhalten.

»Wirklich«, sagte er. »Ich werde sie küssen. Und zwar richtig.«

Ich sah ihn verständnislos an.

»So«, sagte er. Er hielt den Kopf schräg, schloss die Augen und öffnete den Mund. Seine Zunge bewegte sich ein bisschen.

Jetzt musste ich richtig lachen. Es war clownesk.

Er gab mir einen Schubs, ich schubste zurück, es ging hin und her, bis wir uns auf dem Boden der Scheune kugelten, sodass wir abends vor dem Schlafengehen mehr als eine Stunde brauchten, um das Heu aus unseren Kleidern und Haaren zu zupfen.

Es war eine Nacht, in der ich mich schon eine ganze Zeit im Licht des Vollmonds hin und her gewälzt hatte. Schließlich stand ich auf, zog ein Hemd an und schlich nach unten. Ohne ein Geräusch zu machen, ging ich zur Tür des Behandlungszimmers. Ich wollte gerade den Knauf umdrehen, als er plötzlich vor mir stand. Wir standen beide da, ein paar Sekunden, ohne etwas zu sagen. Am Tag hätte er mich weggestoßen oder mir einen Tritt verpasst. Nun aber blieb er stehen. Er atmete schwer durch die Nase, und ihn umgab ein Geruch nach Alkohol.

»Weißt du, wie spät es ist?«, lallte er.

Mein Gefühl sagte mir, dass ich besser den Mund hielt.

Mit unsicherem Schritt, er musste sich an der Wandtäfelung festhalten, kam er näher. Dann tat er etwas Unerwartetes, ich begriff es nicht, und es wird mir wohl für immer ein Rätsel bleiben. Aus der Brusttasche fischte er seine Taschenuhr, hakte das silberne Kettchen ab und reichte sie mir. Einfach so. Es ist das einzige Mal, dass er mir etwas geschenkt hat. Ich wusste nicht, was ich damit anfangen sollte. Ich betrachtete die Uhr unschlüssig, meine Hände zitterten ein wenig. Er war zu betrunken. Ich wagte es nicht, das Geschenk abzulehnen.

Oben saß eine Kugel, sie sah ein bisschen aus wie ein Kopf mit einer gezackten Krone, etwas Königliches. Mitten durch den Kopf ging ein Ring, damit man die Zeit an sich anketten konnte. Ein Zifferblatt aus Porzellan mit goldenen Zeigern. Der Große ein kleines bisschen krumm, zu viele Stunden um die eigene Achse gedreht; der Kleine an der Spitze verziert mit einer Silhouette von Eulenaugenbrauen, Weisheit, um die Vergänglichkeit der Dinge zu erfassen. Graziöse schwarze Ziffern von eins bis zwölf, kein vollständiger Tageslauf, Tag und Nacht noch sinnvoll getrennt. Rote Buchstaben: LOUIS ROSKOPF S.A. PATENT. Deutsche Klarheit, Schweizer Ingeniosität. Perfektion. Das Uhrwerk des Doktors. Aber: Direkt neben der Stelle, wo sich die beiden Hälften der Acht ineinanderdrehten, war ein schwarzes Sternchen auf dem Perlweiß.

Dieser Sprung im Ziffernblatt führt mich noch heute in jene Jahre meiner Kindheit, bis in den Flur unseres Hauses. Hin zu den Flecken Sonnenlicht, durch das Laub des schief gewachsenen Walnussbaums gefiltert, die auf den Kragen der Mäntel an der Garderobe fröhlich tanzten. Daneben die drei Stühle, auf denen die Patienten saßen, bis der Doktor die Tür zum Behandlungszimmer öffnete. Krank und fiebrig den Husten unterdrückend. Meist flüsternd.

Ich vermute, dass auf diesen Stühlen oft an den Tod gedacht wurde, auch wenn das meist voreilig war, da die Gebräue und Behandlungen, die den Leuten hinter der Tür zuteil wurden, dem kalten Atem, der in ihrer Schwarzmalerei waltete, gewachsen waren.

Auf der obersten Treppenstufe hockend, eignete ich mir gleichsam die Welt an. Ich erlebte eine seltsame Form von Ordnung, wenn ich dort unten die Bauchkrämpfe sah, das Spucken und Sabbern hörte, die Geschwüre und eiternden Wunden riechen konnte. Ich hatte etwas von einem Gott. Ich konnte es stundenlang anschauen und sah, dass es so gut war.

Aber dann kam jeden Tag wieder der Moment, an dem der letzte Patient gegangen war und der Doktor, nachdem er sich mit einem schnellen Blick in den Flur vergewissert hatte, dass keine halbtote Seele in einer Ecke dahinsiechte, seine Taschenuhr aus der Brusttasche zog, fünfmal an der kleinen Königskrone drehte und dann unweigerlich nach oben schaute, in die Dunkelheit, in der ich mich versteckte, und sekundenlang wartete, den Blick starr auf das schwarze Loch gerichtet, bis ich es wieder genau wusste: Es gab nur einen Gott.

Es war also diese Nacht mit dem hellen Mondlicht, in der seine Uhr meine wurde. Worte wurden nicht mehr gewechselt.

Trotz aller Pendeluhren, Taschenuhren, Sanduhren, manchmal springt die Zeit vor, ruckartig, ohne dass man merkt, was sie mit den Menschen um einen herum anrichtet. So war es in jenem Sommer. Der Sommer, als wir zwölf waren. Valentijn lag auf dem Rücken im Gras. Er kaute auf dem Stängel eines Gänseblümchens herum. Sein Hemd stand offen, und sein gebräunter Brustkorb hob und senkte sich.

Er hatte sich verändert, mein Bruder. Auf seiner Oberlippe zeigte sich ein kleiner, flaumiger Schnurrbart, und seine Stimme hatte ein paar Wochen an einem Stück Kapriolen geschlagen, über die wir beide herzhaft lachten. Seine Schultern waren auch breiter geworden. Ich fand, dass er sehr gut aussah, und war sogar ein bisschen neidisch.

Er lächelte geheimnisvoll.

Ich brummte fragend.

Valentijn verstand mich. Er und meine Mutter, sie verstanden mich immer. Und auch Tante Zoë.

»Ich weiß selber nicht, was los ist, Bruder. Aber es ist einfach wunderbar. Das kann ich dir sagen.«

Ich muss wohl sehr begriffsstutzig dreingeschaut haben. Valentijn setzte sich auf und beugte sich zu mir.

»Ich hab Violette geküsst«, flüsterte er mir ins Ohr. In seinen Augen glitzerte etwas.

Violette war die Tochter des Barons und mit Abstand das hübscheste Mädchen im Dorf, jedenfalls für Valentijn. Sie war vierzehn, hatte kastanienbraune Haare, die ihr über die Schultern fielen, wenn sie den Pferdeschwanz löste, und große braune Augen. Was sie allen anderen Mädchen voraushaben sollte, war mir ein Rätsel. Mein Bruder sprach vor allem von den für ihr Alter eher großen Brüsten, die sich in ihrer Bluse spannten, aber das hielt ich mehr für einen Fehler der Natur als für eine Quelle der Ästhetik, die einen lyrisch werden ließ. Er jedenfalls war ganz wild auf sie, und er hatte sie also geküsst.

Ich mit meiner deformierten Visage konnte mir nicht vorstellen, welche Empfindung zwei fremde Lippen auf meinem Mund auslösen würden, und ich hatte auch gar nicht das Bedürfnis. Er muss meine Verwirrung, ja auch ein bisschen Ekel, bemerkt haben.

»Kapier das doch, Namenlos, sie ist vielleicht das schönste Mädchen von allen Dörfern in der Umgebung. Alle Jungs sind wild auf sie.«

Ich wiegte mich ein bisschen vor und zurück auf dem Baumstumpf, auf den ich mich gesetzt hatte, und drehte den Kopf etwas weg.

»Sie wartet schon seit drei Wochen jeden Tag nach der Schule auf mich, und wir gehen ein Stückchen spazieren. Gestern hat sie mich hinter die Friedhofsmauer gezogen.«

Ich wandte ihm mein Gesicht wieder zu. So wie er das sagte, klang es in meinen Ohren wie ein Verbrechen.

»Und da haben wir uns geküsst.«

Ich sah etwas bei meinem Bruder, das ich vorher noch nie wahrgenommen hatte, und verspürte einen schlechten Geschmack im Mund. Es hatte nichts mit dem Bild zu tun, das ich mir vergeblich vor Augen zu rufen versuchte, zwei Münder und feuchte Lippen und etwas mit Zungen, die aneinander leckten. Nein, das war es nicht. Der Geschmack in meinem Mund kam von der Bitterkeit des Neides. In mir war Eifersucht aufgekommen, die meine bis dahin unversehrte Bruderliebe ankratzte. Diese Violette hatte einen Platz in Valentijn in Beschlag genommen, zu dem ich niemals vordringen könnte oder dürfte. Das sah ich an seinem Blick, auch wenn ich nichts von dem ganzen Getue hinter der Friedhofsmauer begriff.

Die Monate, die darauf folgten, waren von einer weiteren Entfremdung zwischen Valentijn und mir geprägt. Er war öfter nicht zu Hause, und in der Schule rutschte er mächtig ab. Er kam nicht mehr zu mir, damit ich seine Aufgaben löste oder ihm alles noch einmal auf einem Blatt Papier erklärte, und ich bin mir auch nicht sicher, ob ich ihm wirklich noch hätte helfen wollen nach dem Verrat, den er begangen hatte. Er schwebte in den Wolken.

Eines Nachmittags hörte ich den Doktor in der Küche zetern und toben.

»Kein Wunder, dass das nichts Gescheites wird in der Schule.« Ein Stuhl wurde beiseitegeschoben. Heftiger als sonst. Ich hörte keinen Schlag, kein Gepolter. Es blieb bei Worten.

»Du interessierst dich mehr für Mädchen als für Bücher. Und das in deinem Alter.«

Ich schlich unbemerkt hinein und blieb neben dem Büfett stehen. Mutter stand bei der Spüle, Valentijn saß auf einem Stuhl, und der Doktor stand an der anderen Seite des Tisches.

»Es ist harmlos, sie sind noch so jung.« Mutters beschwichtigende Worte blieben ohne Wirkung. Der Doktor zog eine Grimasse.

»Harmlos, harmlos. Ich hab sie doch gesehen, die zwei. Sie haben sich abgeleckt und aneinander gerieben wie brünstige Tiere.«

»Guillaume, achte auf deine Worte.« Mutter schleuderte das Geschirrtuch, das sie sich schon die ganze Zeit um die Hand gewickelt hatte, so heftig auf die Ablage des Spülbeckens, dass zwei Tassen aus Steingut umfielen und auf dem Boden in viele Stücke zerbrachen.

»Mir fehlen die Worte, um es ihm ein für allemal einzuhämmern. Ich tu alles für ihn, ich arbeite den ganzen Tag, von Sonnenaufgang bis Sonnenuntergang, nur für ihn, damit er es mal zu etwas bringt und über die Grenzen dieses Mistdorfs hinauskommt. Und er verbockt es. Der da. Mein Sohn. Mein einziger Sohn.«

»Guillaume, hör auf.«

Mutters Augen schossen von ihm zu mir und zurück, denn sie hatte mich als Erste bemerkt. Der Doktor stand noch mit dem Rücken zu mir, aber wegen der alarmierenden Blicke seiner Frau drehte er sich um. Er sah mich an und saugte die Luft tief in seine Lungen. Dann kam es heraus.

»Das da ist der Grund, warum du dich noch mehr schämen solltest.«

Bei den Worten *das da* zeigte er auf mich und starrte dabei Valentijn an. Er zitterte am ganzen Körper. Der zürnende Hauptgott, der in rasender Wut auf das Chaos unter ihm hinabblickt. Das Zepter schwenkend. Schaum vorm Mund. Bebend. Mutter trat zu mir, legte mir den Arm um die Schulter und führte mich aus der Küche.

»Wer ist hier die Bestie«, hörte ich sie noch zwischen den Zähnen zischen, als sie die Tür hinter sich zuschlug.

Sie brachte mich in ihr Zimmer, setzte mich auf ihren Schoß und wiegte mich. Sie summte, obwohl es Nachmittag war, ein Wiegenlied, das mir vertraut in den Ohren klang. Ich war zwölf und eigentlich schon zu groß, um dort zu sitzen. In der Küche zog derweil der Orkan eine Spur der Vernichtung.

»Und du wirst und du musst, du störrischer Esel.«

Valentijns Weinen.

»Du hast den Grips dafür, hier, in deinem Kopf.«

Geschrei.

Das Geräusch einer Hand, die gegen etwas schlug. Und noch einmal.

Noch mehr Geschrei von Valentijn.

Das Pfeifen eines Hosengürtels, der durch die Luft peitschte.

Gebrüll von Valentijn.

Ich sprang von Mutters Schoß und rannte hinaus. Ich lief in den Baumgarten und verkroch mich zwischen zwei Holzstapeln. Ich hielt mir die Ohren zu, obwohl das nicht nötig war, denn aus dem Haus war kein Geräusch mehr zu hören.

Ich war zwölf und wollte nicht mehr bei meiner Mutter auf dem Schoß sitzen, wütend, weil die Welt voller Betrug war. Violette war Betrug. Valentijn war Betrug. Der Doktor auch. Doch die größte Wut, die in mir brodelte, hatte ihren Ursprung in mir selbst, weil ich zwischen zwei Holzstapeln hockte, versteckt, mit zugehaltenen Ohren, weil ich nicht in die Küche gerannt war und diesen Mann mit seinem ewigen guten Anzug, der schwarzen Arzttasche, dem Gürtel, der durch die Luft pfiff, dass ich diesen Mann nicht mit aller Kraft von meinem Bruder ferngehalten hatte. Scham nennt man so etwas.

III

Das Brot und der Käse schmecken mir nicht. Zu angespannt, um zu essen. Das kühle Wasser im Steinkrug schmeckt nach Metall. Ich gehe früher als die anderen in die Kapelle, setze mich auf meinen angestammten Platz. Mein Versuch zu beten scheitert. Als ob die jahrhundertealten Worte nicht mehr in meinen Kopf hineinkönnten, weil andere Gedanken ihren Platz eingenommen haben.

Es ist ihm schlimm ergangen. Wie er wohl aussehen mag? Fünf Jahre sind eine lange Zeit. Und warum England? Warum um Himmels willen England? Die anderen Brüder kommen herein. Mit den Psalmgesängen kehrt sofort wieder Ruhe in mir ein. Auch ein bisschen das Heimweh. Schon jetzt fehlen sie mir, dabei bin ich noch gar nicht gegangen.

Bruder Anselmus mit den Segelohren und der schönen Stimme. Der kraftvollste Bariton, den ich je gehört habe. Er könnte ganz allein eine Kathedrale füllen. Bruder Ludovicus. Der Mann der Zahlen. Für den Bier und Mehl und Getreide Posten auf dem Papier sind, nicht mehr, aber auch nicht weniger. *Und lieber etwas weniger*, habe ich Vater Abt einmal grummeln gehört, *dein Glaube leidet manchmal unter der Last der Kommas.*

Bruder Remoldus, der Kleinste von allen, der alles weggeben würde, was er besitzt. Vielleicht ja der Grund, warum er nie größer als einen Meter fünfzig geworden ist.

»Ein bisschen zu viel gestutzt«, sagt er oft. »Aber das ist gut für den Glauben.« Und dann streicht er mit der Hand durch das für sein Alter noch sehr füllige Haar.

Bruder Jan Baptist, Bruder Antonius, Bruder Benjamin. Für Fremde sehen sie nun alle gleich aus, die Kapuzen über den Kopf gezogen, die Hände vor der Brust gefaltet, dem im Gleichtakt sich hebenden und senkenden Brustkorb, wenn sie tief Luft holen, um einträchtig die Psalmlieder zu singen. Die Verbündeten des Gebets.

Sie haben mich vor fünf Jahren aufgenommen, ohne Worte, als ich wie ein Stück Treibholz hier angeschwemmt wurde. Ich bin in dem Ganzen aufgegangen. Verdunstet gleichsam. Wie der Atem, den wir ausstoßen, sich beim Murmeln von liturgischen Texten unsichtbar mit dem Klang der Glocken vermischt. Das alles lasse ich also zurück. Abschied birgt immer Gefahr oder Unheil. Das weiß ich nur allzu gut.

»Streng dich dort mehr an als hier, Junge.« Der Doktor klopfte Valentijn auf die Schulter.

»Ich werd mir Mühe geben, Vater.« Seine Stimme klang dünn, und er sah unsicher zu mir hin.

»Es ist die beste Schule des Landes. Sie haben da die fähigsten Lehrer.«

Mutter reichte ihm stolz seinen Koffer, als er in der Kutsche saß. Darin waren nur kleinere Dinge. Ein paar Bücher, eine Federdose, Taschentücher, eine Mütze, ein Handtuch und mehrere Paar Socken. Seine andere Kleidung hatten sie in eine große schwarze Kiste gepackt, die hinten auf der Chaise festgebunden war. Das Leben meines Bruders Valentijn war mit Lederriemen an einer Kutsche festgebunden, bereit, meines zu verlassen.

Er umarmte mich. Ich blieb mit hängenden Armen stehen. Es schnürte mir die Kehle zu. Dieser Abschied, den ich nicht wollte, den ich hasste, den ich am Abend zuvor noch aus unserem Leben hatte hauen wollen, indem ich wie besessen hinter der Scheune mit einem Stock die Brennnesseln wegschlug. Aber es hatte nichts genützt, mehr als einen beißenden Schmerz an den Unterarmen behielt ich davon nicht zurück.

Der Doktor fuhr mit, Valentijn durfte neben ihm auf dem Kutschbock sitzen. Ein Vater und ein Sohn unterwegs. Ich blieb zurück in einer Art von Nirgendwo.

Meine Mutter wollte mich in die Arme schließen, aber ich lief weg, weil ich es feige von ihr fand, dass sie es geschehen ließ. Sie war es, die mich hatte glauben lassen, dass er mein Bruder war. Sie war es, die mir so oft zu erklären versucht hatte, wie ähnlich wir uns doch seien. Warum saß er dann auf einem Kutschbock, und ich stand hier hinten im Garten, um ihnen nachzuspähen, bis sie fern am Horizont aus meinem Blickfeld verschwanden?

Die Kutsche wurde zu einem Punkt, der Punkt löste sich schließlich in der grellen Herbstsonne auf. Meine Mutter hat mich gesehen. Sie stand hinter der Scheune und blickte ebenfalls der Kutsche nach.

Die Monate, die dann folgten, überlebte ich. Anders kann ich es nicht nennen. Ich ging dem Doktor aus dem Weg und duldete meine Mutter in meiner Nähe. Ich half ihr bei einfachen Arbeiten. Ich fegte den Hof, kümmerte mich um den Gemüsegarten, schälte Kartoffeln und hängte Wäsche auf

Ich vermisste meinen Bruder und die Hausaufgaben, die ich für ihn gemacht hatte. Für mich war ein Stück Wissen weggeschnitten worden. Durch meinen Bruder war ich eine Zeitlang zur Schule gegangen. Damit war es nun vorbei.

Er kam nur dreimal im Jahr nach Hause. Beim ersten Weihnachtsfest spürte ich es sofort, als er wieder vor mir stand. An dem Tag, als er mit der Kutsche unser Dorf verlassen hatte, war etwas amputiert worden und würde nie mehr heilen. Er redete anders. Er war mir gegenüber fahriger und kurz angebunden. Er spielte nicht mehr mit mir, er interessierte sich nicht für mich. Er sah mich sogar an, als hätte ich ihn betrogen.

Seine Schulnoten waren schlecht. Er hatte es nicht leicht in dieser großen Schule. Der Doktor bezahlte ein paar Priester dafür, dass sie ihm Nachhilfeunterricht gaben. Das weiß ich nicht von Valentijn, auch nicht vom Doktor. Das habe ich in Gesprächen gehört, bei denen ich stiller Zeuge war, irgendwo in einer Zimmerecke.

Ich hörte auch Namen von Jungen, die ich nicht kannte und mit denen er nun zu tun hatte. Ich war eifersüchtig. Ich hörte seinen Vater zusammen mit ihm Deklinationen herunterleiern. *Rosa, rosa, rosae, rosae, rosam, rosa.* Worum ging es? Eine fremde Sprache der Welt da draußen.

Es war ansteckend. Ich spürte eine Unruhe in meinem heranwachsenden Körper. Ein unbeschreiblicher Drang nach draußen stieg in mir auf. Mein Bruder war in die Welt hinausgeschickt worden. Ich würde mich in sie einschleichen müssen. Allerdings verborgen unter Kopfbedeckungen. Aber wie kommt ein Junge, der ständig vor den Blicken des Dorfes geschützt wird, von sich aus unter Menschen? Durch blinden Zufall und das Geseiche von Kirchgängern.

»Er wird jeden Tag bei dir vorbeikommen. Er ist groß genug, um zu arbeiten.« Meine Mutter ordnete die Blumen, die sie in unserem Garten gepflückt hatte, in einer Vase an.

Im Sessel lag Tante Zoë mit einer karierten Decke über den Beinen. Sie fröstelte, obwohl es draußen Sommer wurde. Tags zuvor war sie die Treppe hinuntergefallen. Die Ärmste hatte sich das Becken gebrochen. Nun lag sie hilflos da und betrachtete das Schattenspiel der Sonne auf den Dingen in ihrem Wohnzimmer. Machtlosigkeit und Tante Zoë, das verträgt sich nicht miteinander.

»Bist du sicher, Elisabeth?« Mit schmerzverzerrtem Gesicht setzte sie sich etwas gerader.

»Natürlich, warum nicht. Er wird nächsten Monat dreizehn.«

»Er war noch nie allein draußen.«

»Dann wird es höchste Zeit, dass sich das ändert.«

»Was wird Guillaume dazu sagen?«

»Das, was er schon so lange sagt. Nichts.« Mutter war kurz angebunden. Mit einem Messer kürzte sie einen Margeritenstängel. Tante Zoë betrachtete mich.

»Komm mal her zu mir, Junge.«

Ich ging schlaksig zu ihr hin.

Sie schlug den Schleier an meiner Mütze zurück. Sie und Mutter waren die einzigen, die das jemals taten. Und tun durften.

»Du hast die Augen deines Großvaters, weißt du das?«

Ich schüttelte den Kopf. Großvater war für mich nur noch ein Federhalter, mit dem ich schrieb, und ein Foto, das im Zimmer meiner Mutter auf dem Schrank stand. Ein Mann mit wenig Kleidern. Das Hemd, an dem die drei obersten Knöpfe offen stehen, bedeckt seinen breiten, behaarten Brustkorb nur zum Teil. Er trägt Hosenträger. Auf dem Bild wirkt er ernst. Obwohl er nicht so war, hat mir meine Mutter einmal erzählt. Seine Augen liegen in gut geformten, ausgeprägten, normalen Augenhöhlen mit buschigen Brauen. Deshalb war mir die angebliche Ähnlichkeit ein Rätsel. Aber Tante Zoë widerspricht man nicht, auch dann nicht, wenn ein gebrochenes Becken sie an den Sessel fesselt.

Ich ging jeden Tag zu ihr. Allein. Zum ersten Mal im Leben bewegte ich mich ohne Begleitung im Dorf. Am Anfang starrten mir die Leute nach, doch im Laufe der Zeit gewöhnten sie sich daran, und ich konnte nur noch das leise Flüstern von Frauen hören, die in einer kleinen Gruppe standen und sich zueinander beugten.

Blinder Zufall und Geseiche von Kirchgängern.

Eines Morgens schnitt ich die Hecke vor Tante Zoës Haus.

»Große Arbeit für einen großen Burschen.« Hinter mir stand der Herr Pastor. Er lächelte leutselig, hielt die Hände auf dem Rücken und musterte bewundernd das Ergebnis meiner Arbeit.

Ich fühlte mich ein bisschen geschmeichelt. Warum, weiß ich nicht. War es sein langes schwarzes Gewand mit den Knöpfen von oben bis unten, waren es die Geschichten über Predigten, die ich zu Hause aufgeschnappt hatte, in denen er mit polternder Stimme und fuchtelnden Armen den Dörflern Begriffe wie Tugend und Schuld und Buße um die Ohren schlug, oder war es einfach, weil er der erste fremde Mensch in meinem Leben war, der mich ansprach, ohne ein Gefühl von Abscheu durchschimmern zu lassen? Ich lächelte auch, aber das konnte er nicht sehen, denn der Schleier hing vor meinem Gesicht.

»Wenn du fertig bist und deine Tante es erlaubt, dann komm doch gleich mal bei mir vorbei. Ich kann auch jemand brauchen, der anpacken kann.«

Er wartete nicht auf eine Antwort und setzte seinen Weg einfach fort. Ich sah ihm noch hinterher.

Gegen vier erschien ich im Pfarrhaus. Es war still. Ich klopfte an, kurz darauf öffnete ein Dienstmädchen die Tür. Ihren Blick konnte ich nicht festhalten, im wörtlichen Sinn. Sie führte mich zum Herrn Pastor.

Ein schöner Schreibtisch, auf dem schöne Bücher lagen. Eins war aufgeschlagen. Ein Text in verschnörkelten alten Lettern, am Anfang ein Großbuchstabe, in den ein winzig kleines Bild hineingemalt war. Ich brummte vor Staunen. Der Herr Pastor stellte sich hinter mich und legte mir die Hand auf die Schulter.

»Interessierst du dich dafür?«

Ich nickte.

»Es ist ein altes Gebetbuch, in lateinischer Sprache, aber davon kapierst du nichts.« Er lachte kurz, es klang etwas seltsam.

Ohne groß nachzudenken, ob es sich überhaupt schickte – wie sollte ich das auch wissen, ich bewegte mich erst seit Kurzem in der Außenwelt – ging ich zur anderen

Seite des Schreibtischs, nahm einen Federhalter aus dem Tintenfass und kritzelte auf ein weißes Blatt, das da lag, schnell ein paar Worte. Er ließ mich gewähren. Ich schrieb für ihn die vollständige Deklination von *servus* und die Konjugation von *vocare* nieder. Stolz reichte ich ihm das Ergebnis. Er sah auf das Blatt, dann auf mich, dann wieder auf das Blatt.

»Merkwürdig«, murmelte er. »Komm, stell dich zu mir, ich lese dir ein Stückchen vor.«

Der Stoff seiner Soutane fühlte sich weich an. Er roch intensiv, es prickelte in meiner Nase. Heute weiß ich, dass es Weihrauch war. Er las vor, aber in meinen Ohren klang es wie Gesang. Die lateinischen Sätze wurden zu einer Melodie, die ich heute noch hören kann, wenn ich will.

Et animal primum simile leoni,
et secundum animal simile vitulo
et tertium animal habens faciem quasi hominis,
et quartum animal simile aquilæ volanti.

Er übersetzte, was er vorgelesen hatte, und erzählte mir von den Tieren. Vor allem das Tier mit dem Gesicht eines Menschen fesselte mich. Er forderte mich auf, den Text selbst noch einmal laut vorzulesen und wies dabei mit dem Zeigefinger, braun vom Zigarrenrauch, auf die Wörter in dem dicken Buch. Er verbesserte mich nicht, denn die Laute, die ich ausstieß, ähnelten seinen nicht im Geringsten, aber er hatte sofort erkannt, dass ich genau wusste, was ich las. Er strahlte.

»Fein, mein Junge, so kann man sich irren.« Er streichelte mir kurz über die Haare und kam dann zur Sache.

»Weshalb ich dich zu mir bestellt habe, ist Folgendes. Draußen an der Kirche ist ein Mäuerchen, an dem die Männer, direkt vor der Messe, noch rasch … na du weißt schon.«

Ich hatte keine Ahnung, was er meinte.

»Jetzt im Sommer riecht es dort manchmal unangenehm.« Er setzte sich auf die Schreibtischkante. »Hin und wieder kippe ich ja selber einen Eimer Wasser drauf, aber als ich dich heute Morgen sah, dachte ich, warum nicht großmütig sein?«

Für mich sprach er immer noch in Rätseln.

»Deshalb schlage ich vor, du kommst jeden Tag eine Viertelstunde nach der Frühmesse, wenn die Leute nach Hause gegangen sind, in der Sakristei vorbei, füllst einen Eimer mit Wasser und spülst die Ursache dieses gottesverachtenden Gestanks weg.«

Nun klingelte bei mir etwas.

»Und am Sonntag kommst du gut eine Stunde nach dem Hochamt, wenn der Kirchplatz auf jeden Fall leer ist, und erledigst es dann auch noch einmal.« Für ihn schien es beschlossene Sache, doch er merkte, dass ich mir nicht ganz sicher war.

»Ich geb dir natürlich ein paar Centime dafür. Siehst du, das meinte ich mit Großmut.«

Die Bedeutung des Geldes ging mir gar nicht richtig auf.

Ich konnte den Blick nicht von dem großen Buch mit den lateinischen Versen lassen.

»In der Sakristei liegt noch so eins«, sagte er, als er es bemerkte. »Ich könnte dir ab und zu noch ein bisschen Latein beibringen.«

Ich nickte und hob den Kopf. Er stand direkt vor mir.

Mein Lächeln war unter einem feinen Stückchen Stoff verborgen, das sich jedes Mal, wenn ich ein- oder ausatmete, ein bisschen bewegte. Er gab mir eine Hand, die sich kraftvoll anfühlte. Dann verließ ich sein Haus. Das Dienstmädchen sah ich nicht mehr.

Zufall und das Geseiche von Kirchgängern. Mehr war es nicht. Die Worte des Johannes flimmerten in meinem Kopf nach. *Et tertium animal habens faciem quasi hominis.*

IV

Ich habe die Sachen, die ich mitnehmen will, auf dem Bett bereitgelegt. Es ist nicht viel. Ein Unterhemd, zwei Hosen, ein Stück Seife, die Roskopf-Uhr mit dem gesprungenen Ziffernblatt und ein weißer Stein. Viel braucht man nicht, um eine Verabredung einzuhalten. Der Schlafsaal ist leer. Ich habe einen kleinen Koffer bekommen von Bruder Remoldus, der auf dem Dachboden danach gesucht hat. Es ist noch Platz, nachdem ich meine Habseligkeiten eingepackt habe.

Alle sind mit ihrer täglichen Arbeit beschäftigt. Heute versäume ich meine. Ich habe mir vorgenommen, mir die ganze Abtei noch einmal anzusehen. Ein seltsames Vorgefühl treibt mich dazu. In den Stallungen steht eine Stute mit ihrem neugeborenen Füllen. Es ist noch wacklig auf den Beinen, und die Stute schnaubt unruhig, als ich zu nahe komme. Ich brumme leise. Ich habe hier in den vergangenen Jahren gemerkt, dass die Tiere meine Laute verstehen, besser als die Menschen. Es nützt mir nicht viel, aber es ist tatsächlich so.

Bruder Fabianus, der Schmied des Klosters, ließ mich immer rufen, wenn er Pferde beschlagen musste. Meine brummenden Kehllaute scheinen die ängstlichen Tiere zu beruhigen. Sogar der immer hitzige schwarze Hengst

Vulcano, der hier für die Schwerstarbeit eingesetzt wird, ist in meiner Nähe sanft. Ich stehe am Gatter der großen Weide und sehe ihn in der Ferne traben. Feuriges Blut, das gefällt mir.

»Es ist nichts Besonderes. Es gehört zu den Gefühlen der Menschen dazu.« Die Stimme des Herrn Pastor klang gedämpft. Ich hatte den ganzen Sommer lang gewissenhaft meine Aufgabe erledigt. Um die Kirchenmauer herum roch es nicht mehr. Hin und wieder schrubbte ich die Steine sogar mit einer Bürste ab, um sicher zu sein, dass Gottes Fassade frei von üblen Flecken war.

Er stand dicht bei mir, und die unteren Knöpfe der Soutane waren geöffnet. Ich hatte es nicht bemerkt, als ich an dem Abend in die Sakristei eingetreten war.

Es war Sonntag. Die Messe war längst vorbei, die Dörfler waren nach Hause gegangen und saßen nun vor ihren Häusern oder in ihren Gärten, sie plauderten über den schönen Sommer, warm genug und mit ausreichend Regen. Über die Ernte, die gut ausfallen würde. Sie saßen auf Küchenstühlen und Fenstersimsen, auf Schemeln und Holzbänken. Frauen klöppelten Spitzen, Männer rauchten. Ich war an ihnen entlanggegangen. Unmerklich vorbeigehuscht. Es wurde nicht mal hinter meinem Rücken geflüstert. Man redete über die schönen Dinge an diesem Abend.

Ich hatte zwei Eimer Wasser über die Kirchenmauer gekippt und war in die Sakristei gegangen. Der Herr Pastor hatte, wie immer, ein Buch aufgeschlagen. Eine Stelle über Lot, der Männer in sein Haus einlud und ihnen etwas zu essen und Wein gab.

Inzwischen kam ich gut zurecht mit dem Latein, ich

hatte den Herrn Pastor in all den Monaten mehrmals in Erstaunen versetzt, weil ich mir die Wörter schnell merkte, die grammatikalischen Zusammenhänge sah und die alte Sprache so gut ins Flämische übersetzen konnte. Ich hatte den Text mit Inbrunst noch einmal laut vorgelesen, und der Herr Pastor hatte sich hinter mich gestellt. Bizarre Klänge müssen es gewesen sein, die aus meinem Mund kamen dort in der Sakristei.

Als ich fertig war, legte er mir die Hände auf die Schultern und drehte mich um.

»Hinter deinem Schleier bist du schön. Du besitzt eine große innere Schönheit, mein Sohn.«

So etwas hatte noch nie jemand zu mir gesagt.

»Hab keine Angst. Es ist auch gut für das Wohlergehen deiner Seele. Und ich werde noch mehr zum Herrn beten, dass er dein Aussehen beim Heranwachsen verbessert.«

Geht das denn, wollte ich fragen, aber aus meiner Kehle kam kein verständlicher Laut.

Er nahm meine Hand und führte sie zwischen die losgeknöpften Schöße seiner Soutane.

Ich spürte hartes Fleisch, heftig pulsierendes Fleisch, es fühlte sich warm an.

Er bog meine Finger um sein Glied.

»Geh einfach auf und ab, sachte, so gehört es sich.«

Ich weiß nicht, was ich damals gefühlt habe. Ich sah einen Mann vor mir stehen, der es schon seit einigen Monaten gut mit mir meinte und der mir Latein beibrachte. Einen Mann, der erregt wurde von meiner eifrigen Hand. Natürlich war meine Hand eifrig. Ich wollte ihn nicht verlieren. Er war meine Tür zur Außenwelt. Ich rieb mit Hingabe.

»Schneller«, sagte er heiser. »Schneller.«

Ich gehorchte und beschleunigte den Rhythmus. Bis er sich an mich drückte und der Beschlag des breiten Schranks, auf dem noch der Kelch mit den Hostien stand, mir schmerzhaft in den Rücken schnitt. Sein Atem ging schneller, und auf einmal spürte ich, wie eine warme Flüssigkeit über meine Faust rann. Das erschreckte mich noch am meisten. Ich dachte, er würde pinkeln. Er fasste sich bald wieder, nahm das Kelchtuch vom Hostienteller und wischte meine Hand und seine Hose ab. Irgendwie zärtlich, so schien es mir. Vielleicht ist es gerade das, was mir nach all den Jahren noch so weh tut.

»Das ist unser Geheimnis, mein Sohn.« Er legte den Zeigefinger unter dem Schleier auf meinen missgestalteten Mund.

Ich nickte.

»Erzähl es keinem. Ich bringe dir weiterhin Latein bei, und ich bezahle dir noch ein bisschen mehr für deine Arbeit hier. Und du schweigst. Abgemacht?«

Wieder nickte ich. Langsam nahm er den Zeigefinger weg. Auf dem wilden Fleisch an der Stelle, wo eigentlich meine Lippen hätten sein müssen und das sonst so gefühllos war, brannte etwas.

Er knöpfte die Soutane zu und ordnete ein paar Dinge auf dem Schrank hinter mir, während ich noch immer verwirrt dastand. Dann griff er in seine Tasche und holte zehn Centime heraus. Mehr als das Doppelte wie sonst.

»Du bist ein guter Junge, mein Sohn«, sagte er, als er mir das Geld in die Hand drückte.

»Und nun geh. Ich sehe dich morgen wieder.« Er ging vor bis zur Tür der Sakristei, die nach draußen führte. Er schloss auf und ließ mich hinaus.

Auch das hatte ich nicht gemerkt, dass er die Tür abgeschlossen hatte. Ich sprach mit niemandem darüber.

Es geschah alle paar Monate einmal. Nicht regelmäßig. Es gab für mich keine Anzeichen, wann er sein Bedürfnis haben würde. Denn so hatte ich es genannt, nach einiger Zeit. Sein Bedürfnis.

Dann wurde die Tür der Sakristei abgeschlossen, ich glaube sogar, ich selbst habe den Schlüssel einige Male im Schloss umgedreht, auf sein Geheiß natürlich. Dann kam er ganz nah, drückte mein bedecktes Gesicht in den Stoff seiner Soutane, und ich wusste, was er von mir wollte. Sein Bedürfnis. Das hatte er nun mal. Als Gegenleistung für den Unterricht und die paar Centime, die er mir gab, war es logisch, dass ich es erfüllte.

Ich fasste dann in seine offene Hose und griff nach dem Fleisch, das sich verlangend zu mir aufrichtete. Ich wurde versiert darin, es schnell vorangehen zu lassen. Manchmal rollte er mit den Augen, wenn ich fast fertig war, oder er keuchte sehr schwer. Und wenn es vorbei war, sprach er von unserem Geheimnis und über den Schaden, den ich davon haben würde, wenn es ans Licht käme. Es ginge nur uns beide etwas an.

Wenn ich den geheimen Eid geschworen hatte, indem ich nickte, holte er Geld hervor, mehr als nötig war für den kleinen Gefallen, den ich ihm erwiesen hatte. Und dann ging ich wieder und rannte nach Hause. Dort wusch ich mir die Hände, ich spülte und rubbelte, bis das schwere Versprechen, das daran klebte, nicht mehr zu riechen war, doch das Prickeln in meinen Fingern ging nicht weg.

Das Säubern der Kirchenmauer war meine erste Aufgabe gewesen. Aber danach folgten viele weitere kleine Aufträge, die dafür sorgten, dass ich oft in die Sakristei kommen musste. Zum Kloster gehen und Hostien holen. Oder die gewaschenen Kaseln. Den niedrigen Holzschrank der Sakristei mit den schweren schmiedeeisernen Beschlägen und den Schlüsseln aus Messing polieren. Den Fußboden putzen. Die Stühle in der Kirche für eine Andacht bereitstellen.

Er dachte sich immer neue Beschäftigungen aus, damit ich zu ihm kam. Jedes Mal lagen auch lateinische Texte bereit. Entweder las und entzifferte ich sie selbst, oder er unterwies mich geduldig in der Sprache des Heiligen Buches, der Sprache des Gottes, der die Liebe unter die Menschen brachte.

Die Sprache des Schöpfers, der mich aus Versehen modelliert hatte, sodass ich nicht zur Schule gehen konnte und kaum unter Leute kam. Ich war ein Tier, das dem Menschen glich und nur durch die Gunst eines Höheren aus dem Schatten des Waldes treten konnte. Dass diese Gunst an meinen Händen klebte, Tag und Nacht, damit musste ich mich abfinden.

Erst in dem Sommer, in dem ich siebzehn wurde, empfand ich zum ersten Mal Ekel bei dem, was da geschah. Diesmal reichten ihm meine Hände nicht. Diesmal verlangte er von mir, dass ich die Haltung der betenden Jungfrau Maria einnahm auf dem Bild, das über dem Schrank hing, und zwang mich, sein Glied in den Mund zu nehmen. Es schmeckte nach sauer gewordenem Urin. Es stank. Ich würgte, als er zum Höhepunkt kam.

»Du bist ein guter Junge, mein Sohn, du wirst ins himmlische Königreich aufgenommen werden.« Er machte das

Kreuzeszeichen auf meiner Stirn und reichte mir dann ein nasses Tuch, mit dem ich meinen Speichel und sein Sperma vom Boden wischen konnte. Ab diesem Mal kamen auch die Drohungen. Ich könnte eingesperrt werden. Es gebe ja Anstalten in der Stadt für Krüppel wie mich, die man dort hinter Schloss und Riegel halte, damit ihr Anblick die Mitmenschen nicht schockierte. Aber er würde mir dabei helfen, in Woesten zu bleiben, solange unser Geheimnis gewahrt bliebe und Latein unsere heimliche Sprache sei.

»Vade in pace.«

Links von der großen Wiese, neben der Straße, die nach Proven führt, steht eine große Buche mit tief herabhängenden Zweigen, die sich breit über dem Gras auffächern. Ich kann noch gerade so darunter durchgehen, ohne mich zu bücken. Während der Schrecken des Krieges saßen hier oft ein paar Iren beisammen und sangen. Einer von ihnen spielte Geige. Ich gehe bis zum Stamm und lehne die Stirn an die Rinde.

Die Buche wird niemals etwas preisgeben. Ich frage mich, ob ein Baum Schmerzen haben, ob er etwas empfinden kann. All die Last, der Dreck, die Geheimnisse. Er ist schon so alt. Er muss Hunderte kennen. Verabredungen, Geflüster, suchende Hände und murmelnde Münder, für immer unter dem braunen Blätterdach verborgen. Ich drehe mich um und gehe zurück zur Abtei.

Das Dach der Kirche musste ausgebessert werden, denn das Wasser troff bisweilen auf manche Skulpturen und hinterließ salzige Flecken auf den Gewändern und Sockeln.

Beschmutzte Heilige, das war kein Anblick. Also wurde das Dach repariert.

Ein Mann mit blonden Haaren lenkte seinen Pferdewagen bis vor die Sakristei. Ich war gerade mit meiner Arbeit fertig. Die Hostien waren gezählt und die Kaseln, die die Schwestern gewaschen hatten, hingen wieder auf den mit bordeauxrotem Stoff überzogenen Kleiderbügeln. Ich hatte den Schlüssel vom Herrn Pastor bekommen. Ihn hatte ich an jenem Tag nicht gesehen.

»Du bist doch der eine Sohn vom Arzt, oder?«, fragte der Mann, als er von seinem Wagen sprang. Seine Stimme klang kraftvoll. Er nahm die Zügel und führte das Pferd vors Kirchenportal. Dort band er es an einem Ring in der Mauer an. Das Tier schnaubte, als es an mir vorbeiging. Er klopfte der Stute auf den Hals und streichelte mit der flachen Hand ihren Kopf.

»Sie sieht den Leuten gern in die Augen. Bei dir ist das schwierig.«

Ich wusste nicht recht, wie ich diese Bemerkung deuten sollte. Wirklich spöttisch klangen seine Worte eigentlich nicht. Ich hatte etwas mehr Mut bekommen in den vergangenen Jahren, aus dem Haus zu gehen und mich unter Menschen zu begeben, aber dass sie mich ansprachen, war noch immer ungewohnt. Es kam auch nur selten vor.

Es muss seine liebenswürdige Ausstrahlung gewesen sein oder die Art und Weise, wie er das Pferd abschirrte, während er mich weiterhin ansah, die mich dazu veranlasste. Ich stellte mich vor ihn, griff mit beiden Händen nach meinem Schleier, tat aber weiter nichts und wartete ab. Er zeigte keinerlei Reaktion. Mit dem Kopf lehnte er am Hals des Pferdes, er klopfte ihm weiter sanft auf die Schulter und sah mich dabei freundlich an. Seine Gesichtszüge waren unverändert. Meist sieht man es an den Augen der Menschen, oder an kleinen, kaum wahrnehmbaren Zuckungen, meist um den Mund. Die Furcht vor dem Anblick. Aber er nicht. Dieser blonde Mann sah mich immer noch unbeirrt an, machte weiter mit seinen vertrauten, alltäglichen Handlungen und brachte mich mit dem, was er sagte, ganz aus der Fassung.

»Du hast die Hände deiner Mutter, das ist nicht zu übersehen.«

Verwirrt brummte ich etwas und schaute auf den Boden. Das Pferd begann an dem Unkraut zu knabbern, das zwischen den Steinen wuchs.

»Wenn du Lust hast, kannst du mir ein bisschen zur Hand gehen. Die ganzen Sparren und Dachlatten müssen abgeladen werden.« Er ließ sein Lasttier los und ging an mir vorbei.

»Zu zweit geht's schneller, und danach kriegst du einen Schluck von mir ab.« Er boxte mir kumpelhaft auf den Oberarm und knüpfte die Seile los, mit denen die Ladung festgebunden war.

Ich half ihm. Fünfzig Dachsparren. Und ein großer Stapel Latten. Ich hatte Splitter in den Händen und mein Unterarm blutete ein bisschen, doch ich tat so, als würde ich es gar nicht spüren. Ich half ihm, so gut ich konnte. Das Holz war schwer, und es war ein warmer Tag. Als wir fertig waren, setzte er sich auf den abgeladenen Stapel und forderte mich auf, es ihm gleich zu tun. Ich setzte mich neben ihn. Die Sonne schien und hätte den Schweiß auf meinem Gesicht leicht trocknen können. Aber ich ließ den Schleier hängen. Ich war nicht allein, außerdem würde meine empfindliche Haut verbrennen, und Mutter müsste dann in den nächsten Tagen wieder Salbe auf die Blasen schmieren, die sich bilden würden.

»Ein Schluck Bier?«, fragte er und hielt mir eine Steingutflasche hin. Ich nickte.

»Das hast du dir verdient«, sagte er, als ich mit gierigen Zügen trank. Die Flüssigkeit war kühl und tat mir gut. Ich nahm große Schlucke.

»Es muss sich seltsam anfühlen, wenn man alles Mögliche sagen will und doch schweigen muss.«

Ich räusperte mich und drückte den Bügelverschluss wieder fest.

»Deine Mutter trägt das Herz auf der Zunge.«

Ich sah ihn fragend an.

»Ich bin Hendrik De Maere«, sagte er, um ein paar meiner Fragezeichen aufzulösen. »Ich transportiere Frachtgut. Egal was. Solange man mich dafür bezahlt. Sogar im Sägewerk hol ich Sachen ab, wenn's sein muss.« Er klopfte grinsend auf die Balken, auf denen wir saßen. »Ich kenn deine Mutter von früher. Wir haben zusammen gespielt. Hinterm Centime-Viertel.«

Ich konnte mir nicht viel darunter vorstellen, Kinder, die außerhalb des Elternhauses Spaß haben, mit fremden Jungen und Mädchen, die nicht ihre Geschwister sind.

»Aber das ist lange her. Viele schöne Jahre.« In seiner Stimme klang kurz Wehmut an.

»Sie ist immer tapfer gewesen.« Er hatte sich wieder unter Kontrolle. »Wahrscheinlich hast du das auch von ihr. Aber sie versteckt sich ebenfalls vor allen Leuten, so wie du hinter dem Tuch.«

Sein Pferd schnaubte kurz. Es wurde ungeduldig.

»Schau«, sagte er. »Siehst du das?« Er hielt einen Astansatz in der Hand, der aus einem Brett gefallen war. Eine runde Scheibe, so groß wie seine Handfläche. »Hier wollte ein Ast herauswachsen. Zum Licht. Einen Seitensprung machen, vom Stamm weg. Hin zu einem anderen Teil der Welt. Viele Leute finden das nicht schön, wenn es in ihrem Holz ist. Es verunziert ihre Möbel und Dielen, sagen sie. Ich nicht, ich mag das. Es macht das Holz ein bisschen lebendig.« Er folgte mit dem Zeigefinger den Kreisen in dem Aststück, sanft, als hätte er es lieb. Dann stand er auf, ging zu seinem Pferd und band es gemächlich los.

»Komm, Belle, wir müssen weiter.«

Das Tier gehorchte treu.

»Manchmal muss man einen Seitensprung machen«, sagte er noch. »Vergiss das nicht.« Er tippte an meine Mütze, wendete Pferd und Wagen und winkte mir beim Abfahren zu.

Abends schrieb ich seinen Namen auf ein Blatt Papier und zeigte es meiner Mutter. *Wer ist Hendrik aus dem Centime-Viertel?* stand da in meiner schönen Handschrift. Das Fragezeichen ein bisschen provokant größer als die Buchstaben. Das Fragezeichen würde immer eins bleiben. Mutter zerknüllte das Blatt und schwieg.

V

Ich kann heute die Käserei nicht fegen. Es weht ein Wind, der den Staub immer wieder woanders ablegt. Auch in meinem Herzen. Ich kann das Wasser nicht aus dem Brunnen hochpumpen. Die Arme tun mir weh, wenn ich es versuche. Ich kann heute nichts, so will es scheinen. Ich gehe wieder in die Kapelle. Ich möchte gern beichten, aber es ist kein Priester in der Nähe. Kein feines, metallenes Netz in einem dunklen Kasten, durch das ich murmeln könnte, was mich so belastet. Auch wenn man es auf der anderen Seite nicht verstehen würde, man würde mir Absolution gewähren.

Kann es Vergebung geben für das, was ich getan habe? Lässt sich mein Handeln verzeihen? Kann ich meinen Körper, der so hässlich ist schon seit meiner Geburt, noch vom Unreinen befreien? Lässt sich meine Seele zur Ruhe bringen? Ist Vergebung möglich für einen Mann wie mich, der nicht imstande war, das Blattwerk schweigen zu lassen, die stillschweigende Buche zu sein, wie es von ihm erwartet wurde?

Eigentlich ist es erstaunlich, dass meine Mutter und Herr Funke mich nie bemerkt haben. Dabei habe ich so oft im Schrank gehockt, oder später im Zimmer über ihnen auf dem Fußboden gelegen, das Ohr an die Dielen gepresst, und sie belauscht, wenn sie im Zimmer meiner Mutter ihre Treffen hatten.

Dienstagvormittage. Auf die Dauer wurde es für mich zu einem Spiel. Morgens so tun, als würde ich das Haus, ja sogar den Hof verlassen, mich aber unbemerkt irgendwo verstecken. Ich habe viele ihrer Gespräche mitgehört. Über die unterschiedlichsten Dinge. Doch nie habe ich sie, durch den Spalt in der Schranktür oder durch die Ritzen im Fußboden, etwas tun sehen, was Mann und Frau sonst miteinander tun. Nur ein einziges Mal haben sie sich wirklich berührt, und das war, als sie ihm die Tränen trocknete, nachdem er ihr die Sache mit seiner Tochter erzählt hatte.

Mich wunderte das, denn er brachte ihr viel bei, und von meinem Versteck aus lernte ich mit. Ich hatte erwartet, dass ein Lehrer wie er auch von ihr etwas fordern würde. Aber das tat er nie. Herr Funke war ein Mann ohne Bedürfnis.

»Malen Sie noch?«, fragte sie eines Tages.

»Täglich«, antwortete er.

»Darf ich das Bild von mir irgendwann sehen?«

»Wenn es fertig ist.«

»Sie arbeiten schon so lange daran.«

»Es gibt Dinge an Ihnen, die sich mit Farben nicht erfassen lassen.«

Es folgte eine Stille. Er sagte öfter Sätze, die ein Gespräch abreißen ließen und einen völlig verwirrten. Das mochte ich sehr. Wie er mit Worten spielte, die ich nie herausbekommen würde.

»Trotzdem möchte ich es einmal sehen.«

»Die Zeit kommt noch, Elisabeth.«

»Ich werde Ihnen damit weiter in den Ohren liegen, Herr Funke.«

»Und wenn Sie bis zu meinem Tod darauf drängen, ich zeige Ihnen kein Bild, das noch nicht fertig ist.«

Meine Mutter seufzte mit gespieltem Unmut. Sie kostete das Zusammensein mit diesem Mann aus. Das hörte ich an der Art des Seufzers.

Wie schon so oft fragte ich mich, warum er nur an Dienstagen kam und nicht für immer in unserem Haus wohnte an Stelle des Doktors. Zwischen dem Doktor und ihr herrschte nur Hauen und Stechen, angetrieben von bitterem Groll. Mit Herrn Funke unterhielt sie sich über angenehme Dinge, über Bücher, über Schriftsteller, über Gedichte, über das Leben. Sie war seine Schülerin, er ihr Lehrer. Es musste also auch ein Geheimnis zwischen ihnen geben. Ich hatte nicht das Recht, es wissen zu wollen.

Ich habe meine Mutter an einem Tag als wahre Göttin erlebt.

Tags zuvor hatte sie den ganzen Abend in der Küche hantiert. Sie hatte dabei gesungen. Der Doktor war nicht zu Hause und würde auch nicht so bald zurückkommen. Neben dem Duft nach frisch gebackenem Kuchen war das Haus von einer Art Unbekümmertheit erfüllt.

Auch Valentijn hopste fröhlich umher. Während Mutter Leckereien zum Abkühlen ausbreitete, saßen wir auf dem Küchenfußboden und spielten mit einem Kreisel. Wir waren noch klein. Mutter erzählte uns aufgeregt, dass wir ans Meer fahren würden. Der Kreisel drehte endlose Runden, und in diesem Strudel feuerte Valentijn seine Fragen ab.

»Was ist das Meer?«

»Wie sieht es aus?«

»Bis wohin reicht es eigentlich?«

»Schmeckt es wirklich so salzig, wie die Leute sagen?«

Mutter lachte und zog uns an sich.

»Geduld, Jungs, morgen ist ein Festtag.«

Wir saßen in unseren Sonntagskleidern neben ihr in der Kutsche. Danach fuhren wir mit der Eisenbahn. Allein das war für mich ein unvergessliches Erlebnis, denn ich war noch nie aus unserem Dorf herausgekommen.

Vor allem das Rauschen der Wellen wird mir in Erinnerung bleiben, und das kalte Wasser, das an unseren Waden leckte und tatsächlich salzig schmeckte. Mutter kriegte sich vor Lachen kaum noch ein, als sie meine Grimassen sah, nachdem ich eine Kostprobe runtergeschluckt hatte. Dass in meiner Mutter so viel Fröhlichkeit steckte, hatte ich nie gewusst. Die Möwen müssen es auch gemerkt haben, denn sie kreisten kreischend über unseren Köpfen.

Ich weiß noch genau, wie sie roch, welcher Duft von ihrem Arm ausging, wenn sie ihn ausstreckte, um mit dem Zeigefinger auf einen Fleck jenseits des Wassers zu deuten, dorthin, wo ein anderes Land lag. Der Wind spielte in ihren Haaren und wehte sie an mein Gesicht. Wie liebte ich damals diese Göttin mit den Locken, die salzig schmeckten und die meine tote Haut für einen Moment zum Leben erweckten.

Ich wollte unbedingt in dieses *Engelland*. Wir sahen es zu dritt versinken, zusammen mit der Sonne, auf den Grund des Meeres. An diesem Tag habe ich sie nicht mehr losgelassen. Ich muss schon geschlafen haben, als sie mich nachts ins Bett brachte, und auf meinem entstellten Gesicht war bestimmt eine Art Lächeln zu sehen.

Wie konnte ich meine Göttin verraten?

Es war Ende Juni. Etwas hing in der Luft. Manchmal spürt man das. Ich ohnehin. Seit dem Frühjahr hatte ich die Sakristei nicht mehr betreten. Er hatte mir auch keine Arbeiten mehr aufgetragen.

Es sei zu viel Betrieb in der Kirche und um sie herum wegen der Vorbereitungen für die Prozession, hatte er gemeint. Das sei nicht gut für das Geheimnis. Aber an jenem Nachmittag war ich ihm auf der Landstraße begegnet, die zu den Wäldern des Barons führt. Er war vom Rad abgestiegen und hatte mich angesprochen.

»Heute Nachmittag muss der Schrein aufpoliert werden. Das ist was für dich.«

Ich nickte nicht sofort und sah ihn an.

»Oder nicht?« Es klang fordernd. Er spürte, dass ich unschlüssig war. Mein guter Hirte.

»Ich war übrigens letzte Woche in Brügge«, sagte er. »Da habe ich Jungs wie dich gesehen. In Zwangsjacken und Isolierzellen.« Er muss gemerkt haben, wie ich vor Angst zusammenzuckte.

Ich war achtzehn, war trotz meiner Behinderung stärker als der Mann vor mir, und doch duckte ich mich bei seinen Worten.

»Sie haben nicht alle einen Schutzengel wie du.« Er nahm den Lenker wieder in beide Hände.

»Bis nachher«, sagte er noch.

Ich bin hingegangen und habe ihn mit Metallpolitur und einem Stapel Tücher beim Schrein angetroffen. Das Silber war matt. Wenig daran glänzte. Ich begann wie verrückt zu reiben. Während ich den Reliquienschrein wienerte, stand er an den Schrank gelehnt, in der Hand das Alte Testament. Er deklamierte heftiger als sonst. Jedes Mal, wenn er eine Seite umschlug, nahm er einen kräftigen Schluck aus einer Flasche Messwein.

Meine Arme waren schweißüberströmt. Sie glänzten wie die Teile des Silbers, die ich schon bearbeitet hatte. Das Licht tanzte in dem kleinen Glasfenster über der Tür und warf bunte Flecken auf den Schrein der Schutzheiligen.

Was steckte eigentlich in der Schatulle dieses veredelten Sargs? Knochen einer Frau, die vor langer Zeit gelebt hatte? Die Geheimnisse gehabt hatte und ins Königreich unseres Herrn eingegangen war?

Ich putzte, ich polierte, beschrieb wutentbrannt mit dem Lappen in der Hand Kreise. Er hatte sich neben mich gestellt, ich roch schon, dass seine Hose offen stand. Seine sonst so sanfte Hand, die mich in der Sprache der Heiligen unterrichtete und mir Worte zeigte, die man deklinieren oder konjugieren konnte in einem berauschenden Rhythmus, diese Hand packte mich grob bei den Haaren und zog meinen Kopf an seine Scham. Er war nicht mehr ganz sicher auf den Beinen.

Ich sah, dass die kleine Tür zum Kirchenschiff nicht richtig zu war. Darauf hatten wir sonst immer geachtet. Ich wollte es ihm sagen, aber er drückte meinen Kopf fester an seinen Schritt. Ich wollte es ihm unbedingt sagen, ich hatte die Absicht, doch sein Bedürfnis war zu stark, und meine Angst vor dunklen Einzelzellen und einem Leben in Zwangsjacke unter lauter Schwachsinnigen war so groß, dass ich nicht einmal auf die Idee kam, ihn umzustoßen, was ein Leichtes gewesen wäre, denn ich war fast achtzehn, und er hatte getrunken, und die Hose hing ihm auf den Knöcheln.

Es wäre so einfach gewesen. Dann hätte ich die Tür zumachen und abschließen können. Aber ich tat es nicht. Ich nahm sein Glied in meinen verformten Mund, ließ es ein und aus gleiten und saugte daran, wie er, mein Herr, es von mir erwartete.

Er war diesmal lauter als sonst. Sein Gebrumme kam von irgendwo ganz weit unten. Er begleitete mich mit beiden Händen auf dem Hinterkopf, immer heftiger, und entlud sich plötzlich tief in mir, aber ich schluckte all das Bittersüße hinunter und sank dann mit verschwitzter Stirn und völlig außer Atem auf alle viere nieder.

Erst dann sah ich sie. Sie stand so zerbrechlich da, so unwissend, so erschüttert, weil sie nun gesehen hatte, was für eine teuflische Kreatur sich hinter dem Schleier verbarg, den sie mit solcher Sorgfalt für mich gemacht hatte. Sie stand im Schatten der Figur der heiligen Rictrudis, die ein himmlisch schönes Gewand trug aus der feinsten Spitze, die ich jemals gesehen hatte, mit geöffneten Händen, die Arme etwas vorgestreckt, wie man sie hält, wenn man ein heranstürmendes Kind auffangen will. Meine Göttin des einen Tages.

Sie schrie auf und stürzte aus der Kirche. Der Herr Pastor drehte sich ruckartig um und fluchte. Wie wahnsinnig schlug er mit den Fäusten auf den großen polierten Schrank, schmiss die leere Flasche auf den Boden und herrschte mich mit Schaum auf den Lippen an:

»Es ist nichts verloren, solange du die Klappe hältst.«

Dann verschwand er durch die Kirche nach draußen. Ich blieb sitzen. Der Boden war kühl und feucht. Ich hatte Bauchschmerzen, meine Lippen brannten, mein Kopf platzte fast, und ich hatte das Gefühl, dass in meiner Brust alles in Stücke gerissen war.

Der Himmel färbte sich rot über den Wäldern des Barons, und die Bäume sahen aus wie gigantische, schwerfällige Ungetüme, die ihre Krallen eingezogen hatten und sich mit gekrümmten Rücken schlafen legten. Gedämpftes Gemurmel. Geflüsterte Sätze. Dorfbewohner standen in Pulks vor unserem Grundstück. Grüppchen, ungeplant, die sich zusammengefunden hatten je nach der Färbung und dem Ton, den man dem Geschehen geben wollte.

»Es musste ja so weit kommen, er hat zu viel getrunken.«

»Sie hatte oft Besuch. Das wisst ihr doch, immer dienstags.«

»Begreiflich, die ganzen Jahre mit so 'nem Malheur.«

»Pssst, da kommt das Hackgesicht.«

Man rückte ein bisschen zur Seite. Um einen Durchgang zu schaffen. Um mich, wie bei einer Prozession, zu meinem Haus schreiten zu lassen, beladen mit einem Schrein, der die Reliquien meiner Scham und meines Verrats enthielt.

Ich hatte meine Kopfbedeckung in der Sakristei zurückgelassen. Das und die Tatsache, dass ich trotz allem aufrecht ging, mit der roten Abendsonne auf meiner verknorzten Pelle, muss etwas Makabres gehabt haben, zumal unter diesen Umständen. Alle verstummten. Keiner sprach mehr von dem Blut, das an die Wände gespritzt war. Die weiß getünchten Wände, Adriaan Van Den Bulck hatte sie noch letzten Sommer gestrichen. Man schwieg von der Barbarei, mit der sie abgeschlachtet worden war. Man sprach nicht mehr über den Wahnsinn, denn man wich zurück, weil da etwas war, vor dem man sich noch viel mehr fürchtete: der Namenlose. Ich ging zwischen ihnen hindurch, bis zu der Bank neben unserer Haustür. Der Dorfpolizist stellte sich mir in den Weg.

»Von wo kommst du?«

Ich sah starr vor mich hin. Ich schwieg.

»Weißt du schon, was da drin passiert ist?«

Ich schüttelte den Kopf.

»Deine Mutter ist tot.«

Ich blieb stehen. Man braucht nicht viele Worte. Ein Ton sagt so viel mehr als tausend Buchstaben. Ich setzte mich auf die Bank. Ich umklammerte mich mit meinen eigenen Armen, weil ich Angst hatte, in kleine Stücke zu zerplatzen. Wie von selbst begann ich, mich hin und her zu wiegen und dabei leise das *Dies irae* zu summen.

Die beiden Gendarmen, die den Herrn Doktor aus dem Haus führten, Valentijn, der ihnen folgte, sich kurz umwandte, als er mich sah, dann aber weiterging, die Menge, die in Flocken zerfiel und wieder die eigenen Häuser aufsuchte oder die Gaststätten, um das Unheil gemeinsam zu verdauen. Das habe ich alles noch wahrgenommen.

Es sind Fotografien, Sepia-Abzüge, die ich nie mehr loswerde. Klare Bilder gegenüber dem wüsten Mahlstrom von Eindrücken, die mich bis heute verfolgen, wenn ich nachts hochschrecke und mich wieder in der Sakristei sehe.

VI

Magnificat anima mea Dominum

Diese Gesänge liebe ich am meisten. Vor allem, weil das Licht in der Kapelle dann am schönsten ist. Egal, ob das Wetter gut oder schlecht ist. Sind das meine letzten Gesänge in dieser Bruderschaft?

Er stürzt die Mächtigen vom Thron
und erhöht die Niedrigen.

Ich habe ihnen so viel zu verdanken. Vor allem meinem Vater, den ich hier endlich fand, an diesem Ort.

Auch als ich ankam, war nur wenig in meinem Koffer: ein paar Hosen und Hemden, die Taschenuhr und ein weißer Stein, mehr nicht. Ein Pater in einer braunen Kutte öffnete mir das Tor der Abtei. Seine Sandalen waren mit feinem Staub bedeckt, Mehl, wie ich später entdeckte.

»Sei willkommen.« Er hustete schwer und hatte weißlichen Auswurf, den er kraftvoll zwischen die Rosensträucher spuckte. Er fragte nicht, wer ich war. Ich war der Angekündigte.

Der Mann keuchte bei jedem Schritt. Sein Gesicht konnte

ich nicht sehen, es war unter einer braunen Kapuze verborgen. Über einen Innenhof mit holprigem Kopfsteinpflaster führte er mich in einen kleinen, weiß gestrichenen Raum. Es gab nur einen Stuhl mit einem Sitz aus Korbgeflecht, das knirschte, als ich mich vorsichtig daraufsetzte. Mein kleiner Koffer stand neben mir.

»Ich hole Vater Abt. Er wird dir weiterhelfen. Bis bald.«

Ich antwortete mit einem Nicken.

Der Bruder ging, und eine sonderbare Stille umfing mich. Ich hatte kein Zeitgefühl mehr. Die ganze Nacht hatte ich vor unserem Haus gesessen, mich wiegend, lateinische Lieder singend. Dann hatte mich Modest, der Schreiner, abgeholt.

»Letztes Mal, als ich hier war, hab ich deine Wiege gebracht«, sagte er trocken. »Du bist inzwischen mächtig gewachsen, aber du wiegst dich noch immer.«

Ich hatte weiter vor mich hingesummt.

»Los, steig auf. Ich will schnell wieder weg, bei allem, was hier passiert ist.« Er sah sich ängstlich nach dem abgeschlossenen Haus um, an das ich mich auf meiner Bank lehnte.

»Deine Tante Zoë hat mich geschickt.«

Bei diesem vertrauten Namen hörte ich mit meinem inneren Gesang auf und bestieg folgsam die Kutsche. Modest brachte mich zu Tante Zoë, und ich blieb dort noch zwei Tage und drei Nächte im Bett liegen.

Tante Zoë kochte Taubensuppe für mich und sprach nicht viel, ganz entgegen ihrer Gewohnheit. Am dritten Tag ließ sie erneut Modest kommen.

»Er bringt dich zur Abtei, Junge. Dort kannst du erst mal zur Ruhe kommen.«

»Da kannst du nach Herzenslust Bier trinken«, sagte Modest grinsend. Tante Zoe quittierte die Bemerkung mit einem bösen Blick.

»Man darf doch wohl noch einen Scherz machen«, versuchte er sich zu verteidigen. »Nach dem ganzen Schreck.«

Tante Zoë knallte ihm eine. Seine Mütze fiel auf den Boden.

»Halt den Mund, du Scheusal, und bring den Jungen zu den Patres.«

Selbst jetzt, auf Krücken, war sie eine Frau, die nicht mit sich spaßen ließ. Modest hatte nichts mehr gesagt und getan, was von ihm verlangt wurde.

Ich hörte Vater Abt nicht hereinkommen. Ich bemerkte ihn erst, als er neben mir stand. Seine nackten Füße in den Sandalen, das war das erste, was ich von ihm sah. Schwielige Füße. Das Leben verschleißt jeden Menschen. Er war sanft und hatte eine warme Stimme.

»Folge mir, ich zeige dir dein Zimmer.« Der Abt brachte mich in eine kleine Zelle, in der ein Bett stand und ein kleiner Tisch mit einem Stuhl. An der Wand war ein hölzernes Bord angebracht, darüber hing ein Kruzifix. Es gab kein Fenster.

»Ich bitte um Entschuldigung, dass ich dir kein Tageslicht geben kann. Das ist der einzige Raum, der noch frei ist.« Er meinte es gut, er konnte nicht wissen, wie sehr ich die Dunkelheit zu schätzen wusste.

Ich setzte mich auf den Stuhl.

Er legte meinen Koffer auf das Bett und blieb stehen.

»Ich weiß, du machst eine schlimme Zeit durch.«

Mein Schweigen irritierte ihn nicht.

»Du kannst gern eine Weile hierbleiben. Pastor Derijcke hat sich für dich eingesetzt.«

Das war ein Schlag in den Magen. Bis auf etwas Suppe hatte ich in den letzten drei Tagen nichts mehr gegessen, doch das half nicht, pure Galle suchte sich einen Weg nach draußen.

Vater Abt ist ein liebenswürdiger Mann. Während ich, vornübergebeugt auf dem Rand meiner Matratze, den Kopf zwischen den Händen, meine Geheimnisse auszuspeien versuchte, aber nur ein paar gelbe Schleimklumpen herausbeförderte, holte er einen Krug Wasser und einen Lappen, putzte alles weg und gab mir zu trinken.

Ich schaute ihn an und sah nichts als Liebe. Mit kleinen Schlucken sank das Geheimnis wieder tief in mich hinab.

Für mich war kein besserer Ort auf Erden denkbar, um überleben zu können. In der Abtei herrschte eine Stille, die eine weiche Decke auf meinen zerstörten Seelenfrieden legte, und wenn sie doch durchbrochen wurde, dann durch das Gebet in Latein.

Sieben Mal am Tag musste ich anwesend sein. Das störte mich nicht im Geringsten. Ich mochte die Schweigsamkeit, die zwischen den Mauern herrschte, die Kühle, die mich begleitete, wenn ich durch die Flure streifte, die Ruhe, die von den Männern in weißen und braunen Kutten ausging. Das Läuten der Glocken wurde eine Leitlinie und führte mich sicher durch den Tag.

Nach den Geschehnissen in der Sakristei und den Tagen, die darauf gefolgt waren, mit den eindringlichen Befragungen eines Ermittlungsrichters, an dem mir vor allem die grauen Strümpfe in den schwarzen Schuhen aufgefallen waren, mit meiner besorgten Tante Zoë, die mich mitleidig ansah und mir Suppe vorsetzte, obwohl sie kaum auf den Beinen stehen konnte, wusste ich nicht einmal mehr, ob es Tag oder Nacht war. Als hätte sich eine endgültige Finsternis über mich geworfen. Zeit und Stunde sagten mir nichts mehr. Nicht einmal seine Taschenuhr war noch ein Verbündeter. Im Gegenteil, sie fühlte sich kalt an, und wenn ich sie aufzog, war es jedes Mal so, als würde etwas in meiner Kehle noch weiter zugeschraubt, als raubte der Mann, der sie mir einst geschenkt hatte, mir nach und nach qualvoll die Luft.

Wenn er ihr den Kopf einschlagen konnte, er, in dessen Haus ich immer hatte wohnen dürfen, dann war er sicher auch imstande, mich zu erwürgen, zu ertränken, zu erhängen oder zu vergiften, oder was man sonst mit Monstren macht, die treulos Türen offen stehen lassen, sodass verschwiegene Mysterien zufälligen Passanten auf dem Präsentierteller dargeboten werden.

Ich weiß bis heute nicht, welches Bild mich am schrecklichsten quält. Das Gesicht meiner Mutter in der Kirche, vom Sonnenlicht, das durch die bunten Fenster einfiel, in eine violettgrüne Aureole gehüllt, ihr starrer Blick, ungläubig, verstört, noch realer durch das feine Spitzengewand der Schutzheiligen im Hintergrund? Oder das, was ich gar nicht mit eigenen Augen gesehen habe, aber das sich durch die Beschreibungen des Ermittlungsrichters und der Gendarmen in meinem Kopf zu einem Bild mit immer mehr Einzelheiten geformt hat? Dieses Bild in meinen Gedanken, schaurig, meine Mutter schrecklich zugerichtet, blutüberströmt, mit zertrümmertem Kopf und doch für den, der aufmerksam hinschaute, mit einem Lächeln auf dem zerschmetterten Mund, einem Lächeln, das mir etwas sagen wollte. *Siehe,* hörte ich, *ich habe dich geboren.*

Vater Abt ließ mich gewähren. Was nicht heißt, dass er mich mir selbst überließ. Im Gegenteil. Mit einfachen Worten umriss er mir den Weg, dem ich folgen sollte. Ohne dass es auffiel, umgab er mich mit den richtigen Brüdern. Erst durchschaute ich es nicht, später bemerkte ich es selbst, als er bei anderen Neuankömmlingen auch so zu Werke ging. Man könnte es Macht nennen, das Marionettentheater eines einzigen Mannes, ich nenne es lieber die Hand eines guten Vaters.

»Du liebst die Psalmen?« Bruder Leonardo war hochgewachsen und breitschultrig, das Orgelbänkchen, auf dem er saß, bog sich unter seinem Gewicht bedenklich durch. Trotz seiner Plumpheit, die durch das weiße Gewand noch betont wurde, glitten seine Hände geschmeidig über die Tasten der Klaviatur, und seine Füße tanzten federnd auf den Pedalen. Er hatte die merkwürdige Gewohnheit, beim Umblättern der Partitur jedes Mal den Kopf kurz nach hinten zu werfen und die Augen für einen Sekundenbruchteil zu verdrehen, um dann unbeirrbar und vor allem fehlerlos weiterzuspielen.

»Hast du jemals versucht zu singen?« Er hatte eine warme Stimme.

Ich schüttelte den Kopf und sah dabei auf den braunen Ledereinband des Gebetbuchs in meiner Hand.

»Du solltest es mal versuchen. Es brauchen nicht die lateinischen Wörter zu sein. Jeder Mensch hat die Gabe, Grundtöne zu summen. Ich bin mir sicher, dass du die Melodie richtig wiedergeben kannst.«

Mir war nicht klar, worauf er hinauswollte. Er merkte es.

»Komm, stell dich neben mich«, sagte er. Er deutete auf einen Platz neben der Orgel.

Ich gehorchte.

Er ergriff meine Hand.

Ich erschrak, ein Zittern lief durch meinen Körper, aber er ließ nicht los und legte sie auf das Holz des Orgelgehäuses.

»Schließ die Augen«, sagte er. »Hör gut hin. Fühl mit den Händen, welchen Ton ich spiele. Nimm diesen Klang in dir drin wahr und versuch, ihn nachzubilden. Egal, wie.« Er schlug mit beiden Händen ein paar Tasten an, ein voller Klang erfüllte die Kirche.

Von meinen Fingerspitzen aus lief er durch meine Hand bis in den ganzen Körper.

»Jetzt du«, sagte er laut genug, dass ich ihn hören konnte. »Sing einfach.«

Ich war neunzehn Jahre alt und zum ersten Mal im Leben sagte jemand zu mir: Sing einfach. Ich öffnete den Mund und stieß einen Laut aus. Ich sah an seinen frohen Augen und dem Eifer, mit dem er noch mehrmals die gleichen Töne anschlug, dass mein Klang gleich gestimmt war mit seinem.

»Exzellent«, rief er und spielte noch andere Noten.

Auch die sang ich nach.

Er nannte es Singen, dafür war ich ihm dankbar. Er lachte aus ganzem Herzen und spielte ein leichtes, weltliches Musikstück, einfach aus dem Kopf, doch völlig anders als die gregorianischen Chorgesänge, die hier sonst erklangen.

Ich blieb die ganze Zeit bei der Orgel stehen und legte beide Hände auf das Holz.

Der letzte Ton verhallte zwischen den Holzbänken und den dunklen Steinen der Klosterkirche. Ich brummte vergnügt.

»Du bist sehr musikalisch«, sagte er begeistert und legte mir dabei die Hand auf die Schulter. »Aber du wirst starr vor Angst«, fuhr er fort, »wenn ich dich berühre. Was hat man nur mit dir gemacht?«

Die Dankbarkeit glitt aus mir weg. Ich drehte mich um und verließ die Kirche.

Die Stille der Abtei wurde von Gerüchten gestört. Ulanen waren an diesem Tag in den Wäldern von West-Vleteren gesichtet worden. Es war etwas im Busch. Leute, die anklopften, um Bier oder Käse zu kaufen, sprachen von bestialischen Grausamkeiten, die Eindringlinge, Soldaten zu Pferd mit Pickelhauben, auf denen Raubvögel in der Sonne glänzten, im Süden des Landes begangen hätten. Doch der Süden ist weit weg. Von so weit weg bekommt man nichts zu hören. Nur Gerüchte. Die kann man wegbeten.

Die Gerüchte wurden konkreter durch das Verbot, das uns auferlegt wurde, noch am selben Tag. Nachts durfte kein elektrisches Licht mehr angemacht werden, und die Glocken durften nicht mehr läuten. Der Feind versuchte, die Zeit in Besitz zu nehmen, als wären ihm das Territorium und die darauf lebenden Menschen nicht genug. Es sagt etwas aus über Hochmut. Auch dagegen kann man nur beten. Allerdings zweifelt man, wenn ein paar Tage später Dutzende Menschen vor der Pforte stehen, vom Bürgermeister gesandt, die einen Zufluchtsort suchen. Man zweifelt, wenn man unter ihnen die runzlige Frau sieht, zusammengekrümmt nach gut achtzig Jahren Knochenarbeit, die auf dem Rand eines klapprigen Bauernkarrens sitzt. Sie hat ihr ganzes Leben in ein altes Laken gewickelt und drückt es krampfhaft an sich. In ihren Augen liest man Verlorenheit.

Dann zweifelt man. Dann weiß man nicht, ob man die Hände noch falten soll. Und das Läuten der Glocken, um einen dennoch in die Kapelle zu rufen, ist verboten. Man gibt ihnen Schlafplätze in der alten Schule. Man überlegt, wie man Frauen und Männer gesondert unterbringen kann. Obwohl sie alle denselben Atem der Angst ausstoßen. Man arbeitet, und man betet.

Man zweifelt, weil man das Weinen der jungen Mutter, die einen Tag und eine Nacht mit dem Leichnam ihres kleinen Sohnes umhergeirrt ist, nicht aus dem Kopf bekommt. Das Kind war nicht einmal ein Jahr. Es hatte niemandem etwas zuleide getan. Es hatte die Lippen gespitzt und »oh« gesagt, als es das Krachen in der Luft hörte. Es war ein »oh« der Verwunderung gewesen, da dieses Geräusch ein anderes gewesen war als das Gackern der Hühner und das Plätschern des Bachs hinter dem kleinen Gehöft, das es gewohnt war. Was geht durch so einen kleinen Kopf in der Sekunde, bevor der Firstbalken auseinanderbricht und dem viel zu kurzen Leben ein Ende macht? Es hatte niemandem etwas zuleide getan.

Trotzdem betet man wieder. Obwohl sie weiterhin herbeiströmten, in den Tagen und Wochen danach. Menschen mit Koffern in der Hand, Bündeln auf dem Rücken. Hausrat, auf Hundekarren festgezurrt. Töpfe und Pfannen, nicht mal abgewaschen, mit angekrusteten Essensresten, aus dem Spülbecken oder vom Ofen genommen, hastig vor dem Mittagessen weggerissen. Große, vollgepfropfte Jutesäcke, formlos oft, was nimmt man mit, wenn man flüchtet? Schmuck, Briefe von geliebten Menschen, ein Grammophon, Sonntagskleider, einen Räucherschinken, das Hochzeitsservice, Bücher, eine Milchziege, Tauben, Kaninchen, eine Pendeluhr, Kästchen mit Erinnerungen, und sehr viele Illusionen. Hoffnung in Jute eingepackt und auf den Rücken gehievt.

Kutschen, Fahrräder, Schubkarren, alles kam zupass, um ihr ganzes Dasein zu transportieren in ein Land, das sie nicht kannten. Die Flüchtlinge brachten die Angst. Sie rochen danach. Sie steckte ihnen in den Kleidern und Poren, sie brach heraus in ihren Geschichten, selbst erlebt und mit eigenen Augen gesehen oder unterwegs weiter ausgesponnen, denn wenn sich die Herde weiterbewegt, kann man das Leben, das man zurücklassen musste, nur noch begreifen, indem man die Gräuel beschreibt und die Märtyrer benennt. Die auf dem Markplatz füsilierten Dorfgenossen, die vergewaltigten Frauen, die Kinder, denen die Hände abgehackt wurden.

Beten und arbeiten. Was blieb uns anderes übrig?

»Der Boden ist knochenhart«, seufzte Bruder Ludovicus. Er war es nicht gewohnt, mit dem Spaten umzugehen, und wischte sich den Schweiß von der Stirn. Die Hühner kakelten unruhig in ihrem Stall, in den er sie gesperrt hatte.

»Bring die Eier in die Küche und komm dann helfen«, sagte er zu mir.

Das Holzkistchen in meinen Händen mit den Eiern von diesem Tag nahm der Koch dankbar entgegen.

»Ich krieg so viele Leute nicht mehr satt«, sagte er. »Wenn der Hunger zu groß wird, werden sie wütend. Ich hoffe, unser Abt weiß, was er tut.«

Ich zuckte mit den Schultern und ging zurück, um Bruder Ludovicus zu helfen. Er wollte eine Grube im Hühnerpferch.

»Wenn es stimmt, was die Leute erzählen, und es kommt irgendwann so weit, dass sie hier einfallen, ist das bestimmt der letzte Ort, an dem sie suchen.« Das kurze Lachen, das auf diese Worte folgte, verriet einen gewissen Kampfgeist, der so gar nicht zu seiner Frömmigkeit passen wollte.

Ich half ihm beim Graben, und als er sah, dass es bei mir viel schneller ging, überließ er mir die Arbeit. Kurz darauf kam er aus der Kapelle, gefolgt von zwei Laienbrüdern, die eine Truhe schleppten.

»Stellt sie hier ab«, sagte er zu ihnen und zeigte auf eine Stelle neben der Grube, in der ich bis zur Taille stand. »Und bringt auch den Rest.«

Sieben Koffer wurden herangeschleppt, einer schwerer als der andere.

»Heilige Gegenstände sucht keiner unter Hühnerdreck«, sagte er schnaufend. Ihm war anzusehen, dass er stolz auf sich war.

»Merk es dir gut«, sagte er etwas leiser zu mir. Seine beiden Helfer waren inzwischen wieder zur Brauerei gegangen, um mit ihrer normalen Arbeit weiterzumachen. »Wenn ich nicht mehr bin und es irgendwann darauf ankommt: Hier drin sind die alte Monstranz und drei Ziborien. Sie sind wertvoll. Und da drin ist die silberne Kapsel mit der Reliquie der glückseligen Margareta Maria Alacoque.« Er zählte alles auf, was in den Koffern versteckt war. Es war seine Lösung für das, was kommen würde.

All die Zivilisten, unterwegs nach nirgendwo, man gewöhnt sich schneller daran, als man denkt. Sie kamen von überall her. Sie wollten alle dasselbe, eine Unterkunft und etwas zu essen. Aber die Stadtverwaltung zwang sie, weiterzuziehen. Man köderte sie mit kostenlosen Überfahrten nach England, man zwang sie mit der drohenden Aussicht, dass es in unserer Gegend bald nichts mehr zu essen gäbe.

Das war nicht zur Abschreckung vorgeschoben, sondern die reine Wahrheit. Wir würden in absehbarer Zeit keine Suppe mehr kochen können. Die Kartoffeln gingen zur Neige, der Obstvorrat schrumpfte beständig, und mit Bier allein kann man niemanden satt machen. Gendarmen stellten sich vor der Pforte auf und schickten die Flüchtlinge weiter. Nur wer mit einem der unseren verwandt oder zu alt oder zu krank war, durfte noch bleiben. Und nach den Flüchtlingen kamen die Waisen, deren Heim in Schutt und Asche gelegt worden war. Sie wurden auf den neuen Dachböden über dem Kälberstall untergebracht. So ging es immer weiter. Im darauffolgenden Sommer wurden sogar Baracken außerhalb der Klostermauern gezimmert.

Und dann kamen *les poilus*. Erst requirierten sie Pferde, Heu und Stroh. Dann benötigten sie Unterkünfte. Französische Soldaten, die ihre Notdurft auf der WC-Brille stehend verrichteten. Schmutzfinken, die Läuse einschleppten und auf die Bruder Franciscus in Andeutungen schimpfte, weil er die Kühe nicht mehr ordentlich melken konnte, da sie im Durchgang der Ställe schliefen. Es gab kein sauberes Wasser mehr, weil die Soldaten sich so oft wuschen.

Was hätten wir schon sagen können. Sie gingen an die Front und trugen, wenn sie überhaupt zurückkamen, jedes Mal ein Stückchen Front mit sich: im Schlamm an ihren Stiefeln, im Schweiß in ihren Hemden, in den Blutspritzern am ganzen Körper, in den vom Staub tränenden Augen, in der Müdigkeit und den unausgesprochenen Worten für gefallene Kameraden.

Die Front war weit von uns entfernt, wir hörten höchstens das Dröhnen oder sahen Lichtscheine am Nachthimmel. Doch obgleich Vater Abt uns, soweit es ging, von den Soldaten fernhielt und die Soldaten von uns, kroch die Front auch in uns hinein – durch den Mörtel der Klostermauern, durch die Ritzen der Fenster und Türen, mit dem Wasser, das die Soldaten vergeudeten. Sie spülten sich die Front vom Leib, sie schrubbten zur Not so lange, bis ihre Haut rot glühend war, solange die Front nur verschwand und zwischen den Pflastersteinen des Innenhofs versickerte. So trugen auch wir allmählich die Front in uns.

Im Frühjahr wurde die benachbarte Stadt bombardiert, und es gingen Gerüchte, das feindliche Geschütz sei in unserer Abtei aufgestellt worden. Welch ein Unsinn: Was ein Krieg doch mit Menschen macht. Die schmutzigen Soldaten verschwanden im Sommer wieder und wurden zehn Tage später von den *Tommys* abgelöst. Bei ihnen war es anders, straff organisiert und untadelig. Sie schleppten alles mit sich mit, sogar Sessel und Waschbecken für den Offiziersstab, der sich innerhalb der Klostermauern einquartierte. Sie waren diszipliniert. Auch zu sich selbst waren sie streng. Aber untadelig?

Auf der kleinen Wiese veranstalteten sie Konzerte, es gab Filmvorführungen für die Soldaten, Boxkämpfe und Fußballturniere. Es waren starke Männer, fern von zu Hause und ohne Frau. Der Gefahr an der Front ausgesetzt, entfaltet sich in jedem Mann der kleine Junge, der er einmal war, der Knirps, der jubelt, wenn er ein Tor geschossen hat mit einem Ball aus zusammengebundenen Lumpen, das schmächtige Bürschchen, das Tränen mit dem Handrücken wegwischt, wenn einem auf eine Leinwand projizierten Komiker die Blumen in der Hand verwelken, weil seine Liebste einen anderen hat.

Zu kleinen Buben wurden sie dann alle, die sonst so lautstark trinkenden und rauchenden Kerle, die aus der Werkstatt ihre Kantine gemacht hatten und aus der Käserei einen Lagerraum für Bomben. So kindlich ausgelassen waren sie auch an jenem Aschermittwoch, an dem die Landschaft von einer Schneeschicht bedeckt war. Sie machten eine Schneeballschlacht. Kleine rumtollende Jungs, quietschend vor Spaß, wenn sie getroffen hatten. Ich habe mitgemacht, zusammen mit Bruder Vincentius und Bruder Bonifaas. Kutten zwischen den Uniformen, warum nicht, wenn die Freude einen gepackt hat. Drei Fenster der Kapelle mussten daran glauben, der Abt war wütend, aber der Krieg war für einen Moment weit weg.

VII

Das letzte Gebet. Ich gehe früh schlafen. Ich will vor dem neuen Morgen aufbrechen. Es wird noch dunkel sein. Aber das macht mir nichts aus, mit der Dunkelheit stehe ich im Bund. Das Krähen des Hahns wird mich begleiten, wenn ich die ersten Häuser des Dorfs erreiche. Ich knie tiefer als sonst nieder, brumme lauter die Lieder mit, falte die Hände fester, als sie es gewohnt sind. Zum letzten Mal habe ich alles hier im Griff.

»Guten Tag, Bruder.«

Ich schreckte aus meinen Gedanken auf. Ich kniete vor der kleinen Mariengrotte im Garten. Seine Stimme. Etwas in mir ließ es nicht zu, dass ich mich umschaute.

»Mir wurde gesagt, dass ich dich hier finde.« Er berührte mich nicht. Gut, dass er das nicht tat. Ich sah weiter vor mich hin. Er blieb hinter mir stehen, irgendwo rechts, vielleicht auf der Höhe der zweiten oder dritten Bank, die letzten Monat noch neu gestrichen worden waren.

»Ich habe ein paar Kostbarkeiten aus unserer Kirche hierher gebracht. In Sicherheit, sozusagen.«

Ich blickte auf die Figur über mir. Sie trug einen blauen Mantel und hielt den Kopf ein bisschen schief. Als habe sie Mitleid mit der Welt.

»Es wurde von oben angeordnet.«

Ein paar Kerzen brannten in der unteren Nische.

»Du verstehst bestimmt, dass ich vor allem den hier unterbringen will.«

Eine sanfte Brise ließ die Flammen nervös tanzen.

»Den Spitzenmantel der heiligen Rictrudis. Ich habe ihn gut verpackt, damit er nicht beschmutzt werden kann. Ein Meisterwerk. Von der Hand deiner Mutter.«

Ich musste schlucken, konnte aber nicht, mein Hals war zu trocken. Wäre er einen Schritt näher gekommen, ich wäre auf ihn losgegangen. Er öffnete dort den Deckel einer achtlos beiseitegeschobenen Urne, die meine verbrannte Vergangenheit mit ihren Geheimnissen enthielt. Er kam keinen Schritt näher. Er setzte keinen Fuß falsch. So vermessen war er. Aber er hatte den Deckel gelüftet. Es war nur noch eine Frage der Zeit.

»Du hast dich hier nützlich gemacht in letzter Zeit. Das freut mich sehr. Vater Abt hält große Stücke auf dich.«

Ich suchte Halt bei der Frau im blauen Mantel. Azurblau. Ein Blau, dem man kaum in der Natur begegnet in unseren Regionen.

»Du tust gut daran, dir diesen Ruf zu bewahren. Vor allem in diesen unsicheren Zeiten.«

Die Lippen der Marienstatue bewegten sich. Ich weiß, dass es nicht sein kann, ich glaube nicht an Visionen, nach all der Zeit nicht mehr. Aber ihr Mund regte sich, weil ich es wollte. Es war der Gedanke, dass sie sprach, der mich weiter auf dem grün angestrichenen Bänkchen knien ließ, der meine Füße in den Sandalen nebeneinander stehen ließ und der, vor allem, meine Hände gefaltet ließ.

»Ich gehe dann mal wieder. Pass gut auf dich auf, auf

deine Gedanken und auf das, was du weiter damit machst.« Es dauerte ein Weilchen, bis ich die Schuhsohlen von Pastor Derijcke – der sich entfernte – nicht mehr im Kies knirschen hörte.

Das Ende des Krieges. Man jubelte. Man feierte. Man kletterte auf Munitionswagen, zumindest diejenigen, die noch übrig geblieben waren. Man schwenkte Fahnen und sang Lieder in drei, vier Sprachen, eine babylonische Hymne von Kriegern, die ihr Glück kaum fassen konnten. Man schrie und johlte und trank und zog Frauen an sich, Fleisch rieb sich an Fleisch, auch wenn es einander in Worten nicht verstand.

Man erzählte aufgeregt von den vergangenen Jahren, verlorene Jahre, verflogene Monate, lose Schnipsel im Leben. Es hat etwas Sonderbares, so ein Ende eines Krieges.

Man ist schließlich ein bisschen damit zusammengewachsen. Nach vier langen Jahren. Der Krieg hat den Tageslauf bestimmt, die Hierarchien, das Schlafen und das Aufwachen. Das Essen, das Trinken, das Beten, alles wurde von ihm reglementiert. Was man auch tat oder plante, man war abhängig von diesem Krieg. Man hatte keine Wahl. Man musste ihn trinken, manchmal in großen Zügen, dann in kleinen Schlucken oder nippend.

So erging es den Menschen. So erging es uns Brüdern. Der Krieg kam zum Erliegen, die Bestie knurrte noch ein wenig, während sie in der flämischen Erde versank, die Feuer in den verbrannten Städten und Wäldern schwelten noch nach, und alle, die im Kloster Zuflucht gefunden hatten, erhoben sich langsam und verließen die Abtei. Es dauerte noch eine Weile, aber es wurde wieder vollkommen still.

»Bist du dir sicher, dass deine Entscheidung richtig ist?«

Ich nickte. Wir saßen im Esssaal. Vor einem Monat. Er am Lesepult, mir gegenüber, ich auf der Holzbank am Tisch, das Brot lag noch neben meinem Teller, die Suppe war kalt geworden. Mein Appetit war verschwunden, seit ich an diesem Vormittag den Brief bekommen hatte.

Beim Abendessen hatte er aus dem Alten Testament vorgelesen, doch ich hatte den Inhalt seiner Worte nicht mitbekommen. Ich sah ihn an. Seine Hände ruhten auf den Seitenrändern des Pultes. Der Vater, der mich vor fünf Jahren in seine Abtei eingelassen hatte. Der für mich die Tür eines fensterlosen Zimmers geöffnet hatte, der mein Erbrochenes aufgewischt und mir einen Mantel umgelegt hatte.

Der Mann, der mich wie ein dem Tode nahes Vögelchen in seine Hand gelegt und mich behutsam gefüttert hatte, nicht zu viel auf einmal, damit ich mich nicht verschluckte.

Er hatte es natürlich nicht selbst gemacht, das überließ er den Brüdern. Doch ich bin mir sicher, dass er sie vorsichtig zu mir hingelotst hat. Mit sanften Worten oder kurzen Befehlen, aber gut ausgewählt. Bruder Vincentius, der mir das Käsen beibrachte und mir so lange Witze erzählte, bis ich wieder lachte. Bruder Bonifaas, der jeden Tag lateinische Texte für mich übersetzte und aus der Geschwindigkeit, mit der ich lernte, selbst große Freude schöpfte. Ich glaube sogar, dass er Bruder Leonardo zu mir geschickt hat, oder mich zu ihm. Sogar auf dieser Ebene halte ich ihn für einen großen Meister. Und nun stellte mir dieser Mann die Frage, vor der ich mich gefürchtet hatte. Ob ich mir meiner Entscheidung sicher sei. An welche Gewissheiten hatte ich mich in den letzten fünf Jahren noch halten können? Hatte es jemals etwas gegeben, an dem ich nicht zweifeln musste?

Ich hatte seine Handschrift an den Krakeln erkannt, die sich nicht verändert hatten. Die nachlässigen Rundungen, die eher kantigen Schleifen, der zu geringe Abstand zwischen den Wörtern. Er schrieb so, wie gelebt werden musste, alles schnell nacheinander, ohne Pausen. *An den Ehrwürdigen Bruder Namenlos Duponselle.* Ich musste darüber lächeln und zugleich wagte ich es kaum, den Brief vom Pförtner entgegenzunehmen. Der war kurz mit ausgestreckter Hand stehen geblieben und hatte das Kuvert schließlich neben mich gelegt. Ich saß in der Bibliothek und las ein Buch. Ich habe es zugeklappt, an seinen Platz im Regal gestellt und bin in die Käserei gegangen.

»Wenn es deine Einberufung ist, dann sind sie zu spät dran«, sagte Bruder Vincentius. Mit einem Messer öffnete ich den Umschlag. Ich spürte, dass ich einen Schnitt in mein Dasein machte. Ich höre jetzt noch das Geräusch des aufreißenden Papiers, das Rascheln des Briefs, den ich herausnahm und auseinanderfaltete. Er war von Valentijn.

Ehrwürdiger Bruder,

ich würde dich gern wiedersehen nach all der Zeit.
Nächsten Monat, am Pfingstsonntag, werde ich wieder in Woesten sein.
Ich freue mich darauf, dich dort zu treffen, an der Kirche.
Ich möchte dir etwas sagen, was du wissen musst. Antworte mir nicht. Ich besitze keine Adresse.

Dein ergebener Bruder
Valentijn

Ich sah Vater Abt an und nickte. Mein Entschluss stand fest.

Die Mönche stehen auf und ziehen sich in die Stille zurück. Nur ein Mann bleibt vorn an seinem festen Platz sitzen, Bruder Leonardo. Dann erhebt auch er sich und kommt zu mir. Ich sitze noch gebeugt da, die Kapuze über dem Kopf. Er legt seine Hände auf meine Schultern, wie er das in den vergangenen Jahren öfter getan hat.

Nach meinen ersten Grundtönen an jenem Nachmittag bei seiner Orgel hat er mich auch noch das Berühren gelehrt. Seine sanften Hände, fast zu klein und zu weiblich für seine hünenhafte Gestalt, haben seit jenem Tag ihren Weg auf meiner Haut gefunden. Sie haben meine Haare gestreichelt, meinen Körper erkundet, ohne dabei jemals das Ehrbare mit dem Ehrlosen durcheinanderzubringen. Am Anfang habe ich gezittert, meine Haare sträubten sich, der Schweiß brach mir aus.

Aber er ließ sich nicht beirren und durchbrach den Schild meines Widerstrebens. An kalten Morgenden, wenn in der Nacht der Reif ein seidenweiches Laken über die Felder gebreitet hatte und die Schmerzen in meinem Gesicht wieder einmal unerträglich waren, massierte er mein Gesicht mit seinen sanften Fingerspitzen, bis ich ruhig wurde. Jetzt steht er vor mir. Ich habe ihm nicht gesagt, dass ich gehe. Aber ich spüre, dass er es weiß.

»Hör nicht auf mit dem Singen, Bruder«, flüstert er.

Ich blicke nicht hoch.

»Wann kommst du wieder?«

Ich brumme und zucke mit den Schultern.

Er nimmt die Hände langsam von meinen Schultern

und streift vorsichtig meine Kapuze nach hinten. Ich spüre seinen Zeigefinger unter meinem Kinn, der meinen Kopf sanft anhebt, bis sich unsere Blicke treffen. Seine Augen sind feucht. Ein Mann von mehr als hundert Kilo steht in der Dunkelheit der Kapelle und weint. Seine Fingerspitzen berühren das wilde Fleisch in meinem Gesicht. Er beugt sich langsam vor, und seine Lippen drücken einen Kuss auf die Stelle, wo meine Lippen sein müssten.

»Lebewohl, Bruder.« Er dreht sich um und verschwindet in den Gängen.

Am großen Tor, mit meinem Köfferchen in der Hand, fühle ich mich wie ein Dieb. Aber ich habe hier nichts weggenommen. Ich lasse höchstens viel zurück. Der Pförtner ist nicht da. Er schläft. Ich schiebe den Riegel beiseite, die Metallstange in den Bügeln macht mehr Lärm, als ich ahnen konnte. Ich erschrecke selbst darüber.

Ich schaue mich noch einmal um. Der Innenhof mit seinen uneben verlegten Pflastersteinen, bei Regenwetter stehen Pfützen an der Seite der Zimmerei. Die Kirche aus porösem Stein, die vor allem durch ihre Schlichtheit ins Auge fällt, die Kapelle, die in der ganzen Zeit eine Oase in der Wüste meiner Schreckbilder war, die Käserei, in der jetzt alles still ist, nur den Geruch kann man noch ein bisschen wahrnehmen, die Ställe, in denen die Tiere ab und zu schnauben oder sich im Schlaf auf dem Stroh anders hinlegen.

Und dann eine Gestalt im Schatten, die sich nähert. Vater Abt sagt nicht viel, obwohl er es könnte und das Recht dazu hat. Er hat nicht einmal eine Erklärung verlangt. Seine Weisheit ist so groß, dass er keine Gründe zu hören brauchte.

»Lebewohl, mein Sohn.« Er umarmt mich fest und öffnet mir dann das Tor.

»Geh mit Gott, Bruder Rochus.« Das ist der Name, den er mir geschenkt hat, vor zwei Jahren, zu Beginn meines Noviziats.

Die schwarze Nacht gähnt auf der anderen Seite. Ich trete hinaus, ohne noch etwas zu sagen. Kein Geräusch. Nur meine Schritte. Das Tor fällt hinter mir zu.

Es ist mein Vater, mein einziger wirklicher Vater, der den Riegel wieder ins Schloss schiebt.

Beata solitudo, sola beatitudo.

BEFEHLE

I

Da steht sie nun. Vom Himmel gefallen wie ein Engel. Ein erfreulich anzusehender Engel, das ja. Vielleicht ja vom Schicksal gesandt. Obwohl das verdammt stark wäre, das Schicksal hat mir in den letzten Jahren wenig Erfreuliches geschickt. Und schon gar nicht einen Engel.

Ein rettender Engel mit schönen weißen Flügeln und einem Blumenstrauß. Sie hat mir Blumen mitgebracht. Ein paar Gramm Arsen wäre aufmerksamer gewesen. Das würde mir gleichfalls den Atem nehmen, aber dann für immer. Da steht sie nun, und ich habe keine Chance, mich zu verstecken. Sie ist mir auf die Spur gekommen und hat mich in diesem aschgrauen Ort aufgestöbert. Sie hat mein kleines Zimmer bei der Witwe Eduards gefunden.

Fast jede Frau in dieser Stadt ist Witwe. Jedenfalls, wenn man den Geschichten hier Glauben schenken kann. Meine Witwe ist klein, um die vierzig, hat Schweinsäuglein und kann wunderbar kochen. Ein Herz aus Gold. Witwe Eduards hat sich meiner erbarmt. Ihr Häuschen ist klein, das bedauert sie manchmal. Sie träumt davon, irgendwann ein herrschaftliches Haus in der Oberstadt zu beziehen. Das wird wohl ein Traum bleiben.

Ich habe ein kleines Zimmer nach hinten raus, drei mal zwei Meter. Es ist feucht. Bei Sturzregen rinnt das Wasser unter dem Fensterrahmen herein. Das Holz ist morsch und halb verrottet. Das Dach hat nach hinten eine so starke Schräge, dass man nur bei der Tür aufrecht stehen kann. Für mich ist das selbstredend unwichtig. Die meiste Zeit verbringe ich im Bett.

Die Witwe Eduards hat drüben Mann und Sohn verloren. Kein Wort zu ihr über französische Flüsse. Die Namen will sie nie mehr hören. Aber sie trägt ihr Schicksal tapfer. Sie hat Fotos von ihren beiden Lieben in vergoldeten Rahmen auf dem Kaminsims stehen und zündet jeden Tag eine Kerze für sie an. Ein Ritual. Den Stummel mit einem Kartoffelmesser aus dem Leuchter fummeln und ihn dann, zusammen mit den herausgekratzten Wachsresten, die auf die Tischdecke gefallen sind, in eine Pappschachtel werfen, die neben dem Kamin auf dem Boden steht. Die neue Kerze mit ein paar Wachstropfen ankleben. Das Streichholz, das sie zweimal anreißen muss, bevor es aufflammt, langsam auspusten mit gespitzten Lippen, für das Zeremoniell rot geschminkt. Schnell ein Gebet murmeln zu *My Lord* oder so. Und immer wieder der kurze Schlusssatz im Stil von: *see each other again.* Ein flüchtiger Kuss auf die Fotos, ohne das Glas direkt zu berühren. Das war es dann. Ritual vorbei. Das Leben geht weiter. Eigentlich verrückt.

Sie haben ihr das Herz zweimal aus dem Leib gerissen, die Männer, die nie einen Fuß auf die Fähre zum anderen Ufer setzten. Das erste Mal mit einem einfachen Schreiben. Einem Brief mit den notwendigen Stempeln und Unterschriften, das ja, aber es blieb ein Brief, aneinandergereihte Anschläge von Buchstaben auf der Schreibmaschine, die das Ende ihres Ehestandes verkündeten. Einfach ein Brief mit Punkten und Kommas, und schon versank sie in Elend und Jammer.

Das zweite Mal ging es höflicher vonstatten. Diesmal wurde der Tod auf ihrer Türschwelle abgeliefert, durch versilberte Knöpfe und ein Paar goldener Epauletten. Ein Armeeoffizier teilte es ihr höchstpersönlich mit. Allzu viele Worte wird der Mann wohl nicht daran verschwendet haben. Aber wie viele Worte gibt es eigentlich, um eine Mutter über den Verlust ihres einzigen Sohnes zu benachrichtigen?

Eine verirrte Kugel noch dazu. In dem ganzen Chaos von Sprengstoffen und Geschossen, die einem wochenlang ununterbrochen um den Kopf schwirren, wegen einem umherirrenden kleinen Stahlklumpen auf der Strecke bleiben. Heldentum sieht anders aus. Der arme Kerl hat damit keine Menschen gerettet, keine Fahne stolz aufgepflanzt auf irgendeinem zurückeroberten Flecken Wiese, der Nation keinen Fatz weitergeholfen in diesem einen unbedachten Augenblick. Vielleicht spielte er gerade Karten oder rasierte sich oder wusch sich die Füße. Und dann begibt sich so eine Kugel auf Wanderschaft.

Wie verirrt sich so ein Ding eigentlich? Es wurde so viel geschossen. Manchmal nur, um die Zeit totzuschlagen. Man spürte, wann es Ernst war und wann Zeitvertreib. Im ersten Fall schmiss man sich gleich hin, die Waffe im Anschlag. Im anderen Fall blieb man einfach sitzen und machte weiter mit dem, was man gerade tat. Hauptsache, der Kopf ragte nicht aus dem Schützengraben. Und dann pfeift so eine Kugel in die falsche Richtung. Vielleicht sogar abgeprallt von einer Schaufel, die er selbst hatte herumliegen lassen. Noch verirrter geht nicht.

Der Offizier hat sich auch unwohl gefühlt in seiner Haut. So endet jedes Mal ihre Geschichte. Das hätte auch noch gefehlt. Dass er sich dabei *wohl* gefühlt hätte. Dass er beim Anblick der soundsovielten Mutter, die in Tränen ausbrach oder laut schrie oder stumm dastand und nervös an der Schleife ihres Kleides nestelte, dass er dann einfach seine Uniformjacke geradeziehen und wegspazieren würde. Das Frühlingswetter genießen. In Gedanken bereits bei dem blutigen Steak, das er sich in seinem Lieblingsrestaurant einverleiben würde. Oder bei seiner Frau, der er es gleich mal gründlich besorgen würde.

Aber nein, er nicht, *er hat sich auch unwohl gefühlt in seiner Haut.* Sie hat es mir schon so oft erzählt, und immer wieder kommt zum Schluss dieser Satz. Als würde das in ihren Augen den ganzen Schlammassel rechtfertigen. Als wären die vier Jahre in der Kälte und im Dreck dadurch erträglicher geworden. Strafft die Schultern, Kameraden, verbeißt euch den Schmerz, Mütter, lasst das Fluchen und Verdammen, daheimgebliebene Väter, spart euch all die Vorwürfe, denn Offiziere, die persönlich die Nachricht überbringen, *fühlen sich auch unwohl in ihrer Haut.*

Also richtet den Blick nach oben, entrollt eure Fahnen, erschauert bei den Trompetenklängen, die man zu Ehren eurer Lieben bläst, und jubelt innerlich, dass ihr selbst noch am Leben seid. Die Welt ist im Arsch.

Miss Eduards. Obwohl sie täglich Kerzen anzündet und zum Lord betet, geht sie nie in die Kirche. Aber dafür ein Herz so groß wie eine Kathedrale. Mit der zweifachen Unterstützung, die ihr die Regierung gewährt, kommt sie über die Runden. Und für ein paar weitere Pfund hat sie mich bei sich aufgenommen, damit ich mich erholen kann.

Ich bin ein neuer Lichtblick in ihrem Leben. Das sagt sie fast jeden Tag. Ich glaube nicht, dass sie mich wirklich gern hat. Ich glaube auch nicht, dass sie mir einen Platz unter ihrem Dach gewährt, weil sie in mir ihren Sohn sieht. Er hat ja die Universität besucht, bevor er die Überfahrt antrat.

Ich glaube, ich bin für sie einfach nur der einzige noch vorhandene Grund, dass sie jeden Morgen aufsteht, sich wäscht und anzieht, sich am Nachmittag noch zurechtmacht für ihre Miniprozession am Kaminsims, dass sie Essen kocht, aufs Klo geht, die Wohnung in Ordnung hält. Ich bin für sie das letzte Argument, weiterzuatmen. Sie hätte sich auch einen Hund oder eine Katze ins Haus holen können.

Aber gut, sie hat mich also unter ihre Fittiche genommen. Wir haben ein Bündnis geschlossen, ohne allzu viele Worte. Ich schäle für sie die Kartoffeln, pule die Erbsen, poliere zweimal die Woche die vergoldeten Fotorahmen, reibe mit einem Bimsstein die Schwielen von ihren Fersen und simuliere ein offenes Ohr, wenn sie wieder mal vom Gesangstalent ihres Sohnes spricht.

Die Soprangeschichten des *Choir of St John's College* hängen mir zum Hals raus. Der todtraurige Ton, mit dem sie die letzten drei Liedertexte vorträgt, die ihr Spross auswendig gelernt hatte, lässt meine Magensäure brodeln. Ich kriege davon Dünnschiss. Aber ich tue so, als würde ich wirklich zuhören. Das Interesse steht mir ins Gesicht geschrieben. Mehr tue ich nicht für sie. Mehr kann ich auch nicht tun. Ich bleibe immer im Haus und schlafe viel, in diesem kleinen Zimmer, in dem man kaum stehen kann.

Und dort hat sie mich also gefunden, der Engel mit den weißen Flügeln.

Sie steht in der Diele, bei dem blank polierten Tisch, auf dem eine Pferdeskulptur prangt. Obwohl aus teurem Marmor, vielleicht Carrara, lässt das Ding nicht annähernd den Gedanken an ein Pferd aufkommen. Für Witwe Eduards aber ist es ein Prunkstück, ein Familienerbstück, das ihr irgendein geistesgestörter Onkel geschenkt hat, der zur See gefahren war.

Sie hatte mich mit ihrer schrillen Stimme gerufen. Es dauerte einen Moment, bis ich die hinfällige Tür öffnete und zum Vorschein kam. Die Hände in die Hüften gestemmt, hat sie sich direkt hinter meinem weiblichen Besuch postiert, mit dem Blick eines Kundschafters, der Gefahr wittert.

Als erstes fällt mir der Rosenstrauß ins Auge. Ich bin perplex. Dann erst sehe ich den Engel. Sie hält sich tapfer. Anders als ich es von ihr erwartet hätte. Früher hatte sie immer Wert auf schöne Kleider gelegt, auf teures Parfum, sorgfältig frisierte Haare. Sie mochte schöne Dinge. Das war auch der Grund, warum ich in ihrem Leben landete. Und nun sieht sie mich auf der Türschwelle. Sie weiß es vielleicht schon. Sie hat wahrscheinlich Geschichten gehört. Oder das Leben hat auch sie verändert, und sie kann es wirklich verkraften.

Meine Zimmerwirtin sieht meine Zweifel und fragt: »Ist es Ihnen lieber, wenn ich sie wegschicke, *Valentine?*«

Ich schüttle den Kopf.

»Nein, ist schon gut, ich komme gleich ins Wohnzimmer.«

Aber ich komme nicht sofort. Ich ziehe mich erst in meine

Höhle zurück, knöpfe mein Hemd zu und ziehe einen Wollpullover mit Rollkragen an. Ich nehme auch die rotbraun karierte Decke mit, das letzte Exemplar, das Witwe Eduards für mich gehäkelt hat. So begebe ich mich in die gute Stube.

Meine Zimmerwirtin hat zwei Tassen bereitgestellt, Zucker und Milch. Ich höre, wie sie in der Küche den Wasserkessel volllaufen lässt. Ich sitze dem Engel gegenüber am Tisch. Sie studiert aufmerksam eine Federzeichnung, die an der Wand hängt. Eine Zeitlang sagt keiner von uns etwas. Wir sehen einander an. Die Rosen liegen auf dem Tisch, das Papier ist an der Unterseite durchgeweicht.

Fast gleichzeitig beginnen wir zu reden.

Ich: »Wie hast du mich gefunden?«

Sie: »Ist das Wetter hier immer so grau?«

In solchen Momenten muss man, ohne sich abzusprechen, beschließen, mit welcher Frage man weitermacht. Wir entscheiden uns für die unverfänglichste.

»Meistens, aber in London ist es noch viel ungemütlicher«, sage ich.

»Es ist ja auch noch kein Sommer.«

»Ja, es könnte schlimmer sein.«

Wieder eine Pause. Sie schiebt die Blumen ein Stück zur Seite und wischt mit ihrem Taschentuch ein paar Tropfen Wasser weg, die von den Stängeln auf den Tisch getropft sind. Verirrte Spritzer auf einer Lage Möbelpolitur.

»Verstehst du sie?«

»Wen?«

»Die Engländer.«

»Wie meinst du das?«

»Ihre Sprache. Sprichst du Englisch?«

»Ein paar Brocken. Genug, um zurechtzukommen.«

»Ich nicht. Ich musste mich mit Händen und Füßen verständlich machen.« Sie lächelt nervös, als würde sie durchschauen, was ich mir bei diesem Satz alles vorstelle.

Lebhaft gestikulierend gegenüber irgendeinem Gentleman. Tochter aus adligem Haus, die sich in schon fast lächerlicher Weise mit ihrer Mimik und Gestik abmüht, um dann doch nur eine Antwort in einer Sprache zu bekommen, die sie nicht versteht. Kein Engländer, der sich dazu herablässt, ihr etwas mit Zeichensprache zu erklären. Sie wiederum, in ihrer Ehre gekränkt, empört schnaubend, die Arme in die Luft werfend. Aber sie hatte sich vermutlich etwas in den Kopf gesetzt und würde weiter durch die Stadt streifen, auf der Suche nach der richtigen Straße mit dem richtigen Haus. Wütend auf die Welt und das Unrecht, das ihr angetan wurde. Ich sehe es so vor mir.

»Aber du hast es dann doch hierher geschafft.«

»Stimmt«, sagt sie.

»Bedienen Sie sich nur selbst«, schaltet sich Witwe Eduards ein und stellt die Teekanne auf einen geflochtenen Untersetzer. »Ich gehe noch kurz in die Stadt, eine Besorgung machen.«

Aus ihrem starr auf mich gerichteten Blick sprechen die drängendsten Fragen, die sie beunruhigen. Wer ist sie? Was will sie hier?

»Danke, Miss Eduards«, sage ich.

Diese Antwort ist ihr viel zu karg. Sie wirft einen vernichtenden Blick auf den Blumenstrauß. Wenn sie könnte, würde sie ihn mit ihren Augen auf der Stelle zu verdorrtem Unkraut verschrumpeln lassen. Zum Glück verlässt sie das Zimmer. Die Haustür schlägt fester zu als sonst.

»Eine liebenswürdige Dame«, sagt der Engel.

»Gewiss. Ohne sie …« Den Rest schlucke ich runter. Es ist nicht der Augenblick für solche Geschichten.

Ich schenke uns beiden Tee ein. Ich frage, ob sie Zucker oder Milch möchte. Zweimal nein. Trotzdem nimmt sie den Löffel und rührt. Das Geräusch des silbernen Kleinods in der Porzellantasse erzeugt eine befremdliche Atmosphäre. Sie trinkt vorsichtig. Der Tee ist heiß. Ihr kleiner Finger ist etwas abgespreizt. Feine Manieren, die sie irgendwann irgendwo gelernt hat. Von ihrer Mutter vielleicht. Sie stellt die Tasse wieder auf die Untertasse.

»Was um Himmels willen tust du hier?«, frage ich.

Sie seufzt. Legt die Hände vor sich auf den Tisch und setzt sich aufrecht. Sie weiß, dass sie sich ein paar Fragen gefallen lassen muss.

»Es ist lange her, Valentijn.«

»Das ist keine Antwort auf meine Frage.«

»Stimmt. Aber vielleicht doch eine Erklärung für das, was ich heute denke und wie ich mich heute fühle.«

»Ich lass mich überraschen.« Ich lehne mich in meinem Stuhl zurück und kann meine Skepsis kaum verbergen.

»Ich war damals wütend auf dich. Weißt du noch?«, fragte sie.

Ich lache nur kurz.

»Ich hab getobt vor Wut«, fährt sie fort.

»Dann bist du am schönsten.«

»Ich hab dich einfach nicht verstanden.«

»Meine Begründung war klar und deutlich.«

»In meinen Ohren klang sie dumm.«

»Sie war ehrlich. Mehr nicht. Aber wenn ich die Uhr hätte zurückdrehen können …«

»… dann wärst du mitgekommen?«

»Nein, dann hätte ich mich ordentlich verabschiedet.«

»Das ist nicht dein Ernst.«

»Aber ja.«

»Sogar wenn du gewusst hättest, wie es für dich ausgeht, hättest du dich so entschieden?« Sie erhebt die Stimme mit dem Ton eines Kindes, das sich zurückgesetzt fühlt.

»Ja.«

»Das ist Irrsinn.«

»Das gehört bei Entscheidungen dazu.«

Wir schweigen. Sie trinkt einen Schluck Tee. Ich rühre meinen nicht an. Mein Blick gleitet über ihren Körper.

»Weißt du«, sagt sie nach einer Weile, »als ich kürzlich gehört habe, was mit dir passiert ist, musste ich mir etwas eingestehen.«

»Was?«

»Dass ich dich noch nicht vergessen hatte.«

»Wirklich?«

»Dass ich dich nicht vergessen konnte. Ich wollte zu dir.«

»Du hättest mich drüben nie gefunden.« Ich lächle. Ergeben. Beim Wort »drüben« kommen mir unwillkürlich ein paar Krähen in den Sinn, die sich um ein Stück rohes Fleisch zanken und heftig darauf einhacken.

»Vater hat es mir nicht erlaubt.«

»Eine vernünftige Entscheidung.« Eine der Krähen gewinnt und fliegt mit der Beute im Schnabel weg in meinem Kopf.

»Ich wollte kommen und dir helfen, dich pflegen.«

»Du hättest nicht viel tun können.«

Sie trinkt wieder einen Schluck Tee. Sie leckt sich über die Lippen, als sie die Tasse absetzt.

»Tat es sehr weh?«

»Rate mal.« Meine Worte triefen von Sarkasmus.

Sie schaut zur Seite. Sie kann nicht anders. Aber das Bild an der Wand hilft ihr nicht.

»Du hast Glück gehabt, Valentijn. Du hättest tot sein können.«

»Nennst du das Glück?«, erwidere ich und ziehe langsam die Decke weg.

Nur noch eine Unterhose verhüllt meine Nacktheit. Zwei eigenwillige Stümpfe, die Oberschenkel, die sie noch retten konnten, sind jetzt zu sehen. An den Enden hat man die Haut zusammengefaltet wie die Apfeltaschen von Bäcker Ampe. Die großen Stiche, mit denen alles vernäht worden ist, heben sich purpurrot von der weißen Haut ab. Ich sehe meine Besucherin intensiv an. Ich will sie ergründen. Sie lässt sich nichts anmerken. Nur ihre Hände, die auf dem Tisch liegen, verraten etwas, einen Moment lang zittern die Finger leicht. Wirklich tapfer. So kenne ich sie gar nicht.

»Entschuldige mich bitte kurz. Wo ist die Toilette?«, fragt sie, während sie aufsteht und mich unverwandt ansieht.

»Im Gang, zweite Tür rechts.«

Sie dreht sich anmutig um, selbst zum Klo geht sie mit Stil. Ich sehe, dass ihr Körper noch schöner ist als früher. Ich versuche, ihr mit meinen Augen die Kleider vom Leib zu brennen, und trotz oder dank der jämmerlichen Ohnmacht, die mich in meinem Rollstuhl gefangen hält, gelingt mir das auch. Fast sofort ist die Erinnerung wieder da.

Hinten in dem dunklen Raum, in dem das Personal ihres Vaters die Vorräte lagerte, saß ich auf einem Sack Weizenmehl. Sie rittlings auf mir. Sie hatte die obersten Knöpfe ihres Kleides geöffnet. Ihre Schultern schimmerten, und die Grübchen über den feinen Schlüsselbeinen waren wie winzig kleine Seen, in denen ich am liebsten ertrunken wäre. Sie hatte mich geküsst. Innig geküsst. Sie hielt meinen Kopf mit beiden Händen, sah mich mit sinnlichem Blick an, verlangend, erregt, sie spannte die Schenkel noch etwas mehr um mich, sodass sie zwangsläufig die brennende Fackel spürte, die sich in meinen Knickerbockern aufgerichtet hatte. Ich war damals achtzehn.

»Hast du dich entschieden, Valentijn? Kommst du mit?«, fragte sie.

Ich schüttelte den Kopf. »Nein, das geht nicht, das ist feige.«

»Für wen solltest du es tun? Du hast schon so viel Schreckliches durchgestanden.«

»Eben deshalb.«

»Du könntest zur Ruhe kommen.«

»Werde ich jemals Ruhe finden? Es ist so viel kaputtgegangen.«

»Dort kannst du dich ein bisschen erholen. Gerade da kannst du dich retten. Deine Haut. Und unsere Liebe.«

»Ich werde dich immer lieben. Auch wenn ich zurück bin. Es dauert nur ein paar Wochen, höchstens ein paar Monate.« Es war mir damals ernst damit.

»Falls du zurückkommst, Valentijn. Genau darum geht es.« Sie hatte die Betonung auf das Wort *falls* gelegt.

»Natürlich komme ich zurück.«

»Das ist nicht sicher. Aber unser Plan ist es.«

»Euer Plan ist feige. Und er ist falsch. Es ist ein Verbrechen.« Nach all dem, was ich in jenem Sommer durchgemacht hatte, benutzte ich starke Worte.

»Es ist ein Fetzen Papier, Valentijn. Ein Formular. Zufällig falsch ausgefüllt. Ein dummer Fehler bei einem Datum. Du würdest deshalb nie in Verdacht geraten. Keiner wird es merken.«

»Ich will aber nicht.«

»Du bist ein Dickkopf.«

»Ich bin ehrlich, und ich will nicht.«

»Auch wenn du dann darauf verzichten musst?« Sie knöpfte das Kleid weiter auf und streifte es von ihren Schultern. Ihre Brüste waren nackt. Sie drückte sie herausfordernd vor. Bis sie fast mein Gesicht berührten. Mundgerechte reife Früchte.

»Wirst du das vergessen können, wenn du weg bist?«

Sie zog meinen Kopf dichter an sich, eine Brustspitze war jetzt an meinen Lippen. Ihre Schenkel rieben sich an meinem Unterleib.

»Wenn ich zurückkomme, sind wir doch wieder zusammen«, versuchte ich sie zu widerlegen, aber ich spürte schon, dass ich ihrem hitzigen Charme erliegen würde.

»Komm mit, um mich dort zu wärmen, Valentijn.« Sie steckte die Hand in meine Hose und begann zu fummeln. »Und ich dich«, sagte sie heiser in mein Ohr, bevor sie mit der Zunge darüberfuhr.

Ich konnte nicht mehr an mich halten. Das Blut toste durch meinen Körper. Sie zog mir das Hemd über den Kopf. Sie biss mich in den Hals. Ihre Hand bewegte sich weiter in meiner Unterhose, mit der anderen zog sie meinen Kopf an den Haaren nach hinten, sodass sie mich küssen konnte. Und das tat sie. Und ich ließ sie gewähren. Meine Zunge antwortete ihrer.

»Siehst du, du kommst doch mit«, sagte sie zwischen zwei Küssen.

Ich stieß sie weg. Etwas rabiat. Sie machte ein verdutztes Gesicht.

»Nein«, sagte ich. »Ich tu's nicht.«

Sie versuchte, meinen Kopf wieder an ihren Busen zu drücken, aber ich wehrte mich. »Nein, ich meine es ernst.«

Die Spannung ihrer Schenkel erschlaffte. Ihre Augen, ihre großen braunen Augen, kniff sie zu schmalen Schlitzen zusammen. Sie stieg von mir herunter und zog ihr Kleid wieder hoch.

»Bin ich dir nicht schön genug?«

»Das ist es nicht.«

»Ist die rohe Gewalt, die dich morgen erwartet, aufregender als mein Körper?«

»Halt den Mund. Du weißt nicht, was ich denke.«

»Dann hau ab.«

»Du übertreibst.«

»Du bist ein Profiteur. Immer schon gewesen.«

»Sag so etwas nicht.«

»Und jetzt bist du ein Feigling!«, rief sie. »Ein jämmerlicher Feigling.« Sie knöpfte ihr Kleid zu, ordnete ihre Haare mit ein paar grimmigen Bewegungen und ließ mich im Lagerraum ihres Vaters zurück.

Sie kommt von der Toilette zurück und lächelt merkwürdig.

»Was ist?«, frage ich.

»Trotzdem hast du Glück gehabt, wie auch immer.«

Unverfrorenheit. Auch so kenne ich sie. Das Mädchen mit den Kaprizen. Den modischen Kinkerlitzchen. Launen und Stimmungsschwankungen. Wilde Pläne manchmal, die sie bereits zwei Stunden später schrecklich langweilig finden konnte. Dann machten wir etwas anderes. Ich betete sie an. Ich war verrückt nach ihrem Körper. Ihre Haut, ihre Haare, ihre Augen, ihre Glieder, ihre Brüste, ihre Schenkel, die Mulde ihres zurückweichenden Bauchs, das kleine Büschel gekräuselter Haare unterhalb ihres Nabels, alles zog mich unwiderstehlich an. Auch die Arroganz des Geldes. Der Dünkel der Herkunft. Aber das war damals.

»Du hast deine beiden Beine noch. Wie kannst du es wagen, solche Worte in den Mund zu nehmen.«

»Du hast sogar mehr Glück, als du denkst«, piesackt sie mich weiter. Sie stellt sich herausfordernd vor mich, beugt sich vor und stützt die schlanken Hände auf die Armlehnen meines Rollstuhls. Eine schwarze Wolke zieht vor meinen Augen auf. Das Gift der Ohnmacht.

»Wenn ich könnte, würde ich dich rauswerfen.« Meine Worte sollen resolut klingen, haben aber nicht mal die Kraft, die andere Seite des Tisches zu erreichen. Als würden sie auf der Möbelpolitur wegrutschen.

»Jetzt lass mich doch mal erzählen, warum ich hergekommen bin. Danach hast du mich doch vorhin gefragt.« Ihr Gesicht ist nun ganz nah an meinem.

»Na schön, Violette. Und dann mach, dass du wegkommst.«

Sie richtet sich wieder auf und geht zur anderen Seite des Tisches.

»Ich will dir erst noch etwas zeigen.«

Aus einer Tasche, Krokodilleder, wie sie behauptet, zieht

sie einen Packen Fotos hervor. Ich schätze, um die dreißig. Ihr Vater war immer ein begeisterter Fotoamateur. Es sind viele Aufnahmen von ihr aus den letzten Jahren dabei. In den Gärten des südfranzösischen Landhauses, wo sie die ganze Zeit gelebt haben. Blühender Oleander. Die Farben brauche ich nicht zu erraten. Die malt sie mir entzückt in allen Tönen aus.

Ein Bild von ihrem Vater, dem Baron. Noch immer das distinguierte, sehr strenge Erscheinungsbild. Sein Widerstand gegen meine Anwesenheit in der Nähe seiner Tochter war zäh, aber nicht besonders effektiv. Dafür hielt er sich zu selten in seinem Schloss in Woesten auf. Dass ich der Sohn eines Arztes war, reichte nicht als Ausgleich für seine vernichtenden Vorstellungen von der Herkunft meiner Mutter. Und dann war da noch der fatale Zustand meines Bruders. Der Baron hat mich nie gemocht. Im Gegensatz zu den meisten anderen Leuten aus unserem Dorf.

Zu meinen Kindheitserinnerungen gehört vor allem, dass ich unzählige Male gedrückt und geherzt wurde. Von meiner Mutter. Meiner Tante. Den Nachbarn. Dem Dorf. Von allen, denen ich begegnet bin. Ich muss ein so hübsches Bürschchen gewesen sein, hat mir meine Mutter erzählt, dass mich jeder anfassen wollte. Meine blonden Locken fanden sie niedlich, mein Lächeln herzerwärmend. Mein schönes, rundes, offenes Gesicht weckte bei allen Menschen freundliche Gefühle, ob Mann oder Frau. Als kleines Kind erinnert man sich vor allem an die Berührungen. Das und die Gewöhnung daran wird auf die Dauer etwas ganz Normales, auch, dass einem jeden Tag Leute sagen, wie hübsch man doch ist. Das war meine Kindheit.

Anfangs habe ich das sehr genossen. Ich kuschelte mich darin ein. Für mich war die Welt damals eine große Daunendecke, die regelmäßig für mich kurz aufgeschüttelt wurde. Ich gebe gern zu, dass ich diese Bewunderung auch später noch sehr genossen habe. Dennoch kam ein Moment, in dem ich alt genug war, um zu merken, dass etwas nicht stimmte. Unheil schob sich über die flauschige Welt meiner kindlichen Gedanken. Ich muss etwa sechs gewesen sein.

Meine Mutter ging mit mir in einen Laden, rasch Salz besorgen, die Kartoffeln standen schon auf dem Herd.

Die alte Thérèse raffte gerade ihre schwarzen Röcke und erklomm eine kleine Treppenleiter, um eine Flasche Wein aus dem Regal zu nehmen.

»Elisabeth, hast du's eilig?« Sie streckte sich und tastete mit ihrer zerknitterten Hand nach etwas, was nicht einmal mehr des Namens Essig würdig gewesen wäre. Sie lagerte ihre Weine nämlich immer aufrecht stehend in einem Regalfach, das bei gutem Wetter der prallen Sonne ausgesetzt war.

»Ja«, sagte meine Mutter. »Ich brauche nur ein bisschen Salz.«

Die alte Frau blieb auf der Treppenleiter stehen und sah uns an. Sie ragte beängstigend über mich hinweg. Groß und spindeldürr, mit einer Hexennase. Sie hatte Schwielen an den Fingern, weil sie so oft ihr Geld zählte. Und nachzählte. Und noch einmal zählte. Und zum Schluss noch ein letztes Mal kontrollierte. Aber bei ihr gab es immer alles zu kaufen, was man brauchte. Zum Beispiel Salz.

»Ach sieh an, der kleine Valentijn hilft seiner Mutter.«

Meiner Mutter fiel keine Antwort ein, sie war in Eile. Sie

dachte wahrscheinlich an den Topf mit heißem Wasser auf dem Herd und an meinen Bruder, den sie in ihrem Zimmer mit einer Kiste Bauklötze eingeschlossen hatte.

»Er wird jeden Tag hübscher, dein Kleiner.« Sie pustete den Staub von der Weinflasche. »Aber nicht gut verteilt, was, Elisabeth«, fuhr sie fort. »Als ob er bei der Geburt seinem Bruder alles weggenommen hätte.«

Wie sie da stand, in Schwarz, ein wenig gebeugt, mich anstarrend, einen krummen Finger auf mich gerichtet, musste ich an einen Geier denken.

»Bitte ein Pfund Salz, Thérèse«, war das Einzige, was meine Mutter sagte. Die alte Hexe kletterte herab. Die kleine Leiter hatte nur zwei Sprossen, aber sie stöhnte und ächzte.

Während ihre runzligen Hände in dem großen Sack mit Salz nach einer Schaufel suchten, schwirrten mir die Worte, die sie gerade orakelt hatte, durch den Kopf. Hatte ich ihm alles weggenommen? War es meine Schuld, dass mein Bruder so aussah? Das Salz wurde in eine Papiertüte geschöpft, meine Mutter fragte kurz angebunden, was sie schuldig sei, warf die Münzen auf die Theke und zog mich hinter sich her.

»Und vielen Dank auch«, rief die alte Thérèse noch.

Die Hässlichkeit meines Bruders. Die Missbildungen in seinem Gesicht. Die abnormalen Kieferknochen. Als kleines Kind war es mir nie besonders aufgefallen. Ich wusste es nicht besser. Durch die ständigen Vergleiche der Dorfbewohner bekam ich dann allmählich ein anderes Bild von schön und hässlich. Ihr Bild.

Violette erzählt tausend Sachen. Bei jedem Foto, das sie mir zeigt, sprudeln neue Geschichten aus ihr heraus. Sie ist richtig aufgedreht. Ihre Wangen haben sich leicht gerötet. Die Friedhofsmauer, erster Kuss. Der Teich bei ihrem Schloss. Das erste mehr als ein Kuss. Ihr Schlafzimmer. Der erste echte Liebesakt. Ihre Eltern waren nicht zu Hause, und die Gouvernante hatte ein Auge zugedrückt. Was anderes blieb ihr auch nicht übrig, denn wir hatten sie eine Woche zuvor dabei ertappt, wie sie sich eine Flasche guten französischen Cognac aus den Kellern des Barons unter den Nagel gerissen hatte.

Violette mit dem geblümten Kleid, das ich für sie in Brüssel gekauft hatte, in Begleitung meiner Großmutter, der ich das Geld dafür abgeschwatzt hatte. Wenn man ihr Geschichten über Liebe und Leidenschaft auftischte, ließ sich Marraine stets erweichen. Meine Eltern besuchten sie nie, aber seitdem meine Zeit im Kolleg ein einziges großes Fiasko wurde – also von Anfang an – nutzte ich jede freie Minute in Brüssel, um sie zu besuchen. Der erste Grund: Sie vergötterte mich mehr als jeder andere. Zweiter Grund: Sie drückte Zuneigung sehr oft in Geld aus.

Zum Schluss noch ein Foto von mir. Ich, gerade achtzehn, in einem kleinen Ruderboot auf dem Teich, mit nacktem Oberkörper, muskulösen, starken Armen, die Sonne auf meiner makellosen Haut. Ich muss zugeben, die Verwüstung der vergangenen Jahre hat viel von dieser Zeit aus meinen Gedanken getilgt. Aber nun kommen sie zurück. Alle Bilder.

Der sportliche Valentijn, der lange Wanderungen unternahm. Der starke Valentijn, der, wo er nur konnte, seine Muskeln trainierte. Sich bei Liegestützen noch Gewichte auf die Schultern packte. Der den Kanal entlangrannte bis zur Fähre und auf der anderen Seite den ganzen Weg wieder zurück bis zur Schleuse. Klimmzüge an den Querbalken der Brücke, mit gestrecktem Rücken und den Ellbogen in einem vollkommenen Winkel von neunzig Grad.

Je mehr Aufmerksamkeit und Lob ich für meinen Körper bekam, desto mehr beschäftigte ich mich mit ihm. Ich konnte stundenlang vor dem Spiegel stehen. Mich von allen Seiten betrachten, bei unterschiedlichem Lichteinfall. »Eitler Fatzke«, sagte meine Mutter oft. Ich stritt das damals ab, aber heute weiß ich, dass sie recht hatte. Ich war als das hübsche Entlein auf die Welt gekommen und wollte unbedingt der Adonis werden, den man viel zu früh in mir gesehen hatte.

In der Schule war ich eine Null. Mein Bruder hat mir am Anfang noch einen Haufen Ärger erspart. Im Internat verdankte ich es meinen sportlichen Leistungen und vor allem der Unterstützung meiner Großmutter, meiner Marraine – wen kannte sie nicht in diesem Kolleg –, dass ich dort sechs Jahre bleiben durfte. Das Abschlusszeugnis hat sie mir gekauft, die Witwe Duponselle. Mir war das einerlei. Mein Vater bezahlte den Nachhilfeunterricht. Sie bezahlte die Noten. Sie kannte übrigens viele von meinen Lehrern und wusste eine ganze Menge über ihr Privatleben.

Trotzdem war es eine gottserbärmliche Zeit. Jede Stunde auf der Schulbank war eine Qual. Mein Kopf hämmerte tagein, tagaus von dem leiernden Tonfall, den ständigen Predigten, den Sprüchen und Ratschlägen, dem Büffeln, den endlosen gut gemeinten Litaneien der Priester. An ihnen lag es nicht. Ich war nun mal nicht zum Lernen geschaffen. Man erwartete von mir Durchhaltevermögen und Ausdauer. Aber meine einzigen Interessen richteten sich auf meinen Körper, und auf den von Violette. Ich kam nur in den Ferien nach Hause und konnte sie bloß noch in dieser Zeit besuchen.

Sie hat sich neben mich gesetzt. Ihre braunen Augen versuchen, durch meine hindurchzusehen. Ein Blick, der den Staub von der Seele blasen will. Ein Blick, in den man hineinbeißen möchte, auch wenn man weiß, dass er giftig ist. Sie hat sich ausgeschnattert über ihre Fotos. Ich kenne sie gut genug. Sie wird jetzt erst mit dem Grund ihres Besuchs rausrücken.

»Ich bin hier, um dich zu holen, Valentijn.«

Ich glaube, mich verhört zu haben.

»Wie bitte?«

»Ich bin hier, um dich zu holen. Wir fahren nach Hause. Nach Woesten. Wir beide.«

»Du bist verrückt.«

»Nein, es ist mein Ernst.«

»Das ist nicht dein Ernst. Du willst mich verschaukeln.« Ich werde wütend.

»Warum sollte ich dich verschaukeln wollen?«

»Hör damit auf!«, rufe ich. »Du weißt nicht, was ich alles durchgemacht habe.«

»Stimmt. Aber du weißt auch nicht alles.«

Stille.

Ich schweige, verstehe nicht, worauf sie hinaus will.

»Kennst du Herrn Funke noch?«

Ein Granateneinschlag.

Es war ein Frühlingstag. Mein Vater ging neben mir. Er war ein respektabler Mann, ein guter Arzt und im Dorf beliebt. Ein bisschen schweigsam. Mit mir unternahm er lange Wanderungen. Er war stolz auf mich, wo er auch mit mir erschien. Ich war sein Prunkstück. Meine körperliche Schönheit verlieh seinem Status zusätzlichen Glanz. Ich war sein Held. Bis er entdeckte, dass ich nicht sein Wunderkind war. Es war noch einer von den schöneren Spaziergängen, in unserem Frühling sozusagen.

Wir gingen die Wege zwischen den Weiden entlang. Ich tollte herum, sprang und hopste, und er erzählte mir etwas vom Leben. Meist Weisheiten, die er irgendwo gelesen hatte oder sich ausdachte. Auf einmal blieb er stehen.

»Komm, wir ruhen uns ein bisschen aus«, sagte er.

Neben dem Weg lag ein umgestürzter Baum. Er breitete sein Taschentuch aus und setzte sich vorsichtig auf den Stamm. Ich hockte mich vor ihm ins Gras.

»Du bist jetzt alt genug, mein Sohn.«

Ich pflückte eine Pusteblume und blies.

»Alt genug«, fuhr er fort und klopfte ein paar Löwenzahnschirmchen vom Revers seines Jacketts, »um ein Geheimnis zu bewahren.«

Aus dem Stängel in meiner Hand tropfte eine milchweiße, klebrige Flüssigkeit.

»Du sollst es wissen, Valentijn, eines Tages kommst du sowieso dahinter.«

Er machte mich neugierig.

»Deine Mutter ist ein bisschen krank im Kopf.«

»Das habe ich nicht gewusst«, flüsterte ich, weil ich glaubte, dass man bei solchen Geheimnissen besser mit gedämpfter Stimme spricht.

»Sie ist manchmal verwirrt. Dann trifft sie sich mit Leuten, die sie besser nicht treffen sollte.«

»Wie meinst du das, Papa?«

»Ich meine, dass deine Mutter manchmal Besuch bekommt von Männern aus dem Dorf.«

»Du kriegst doch auch Besuch, jeden Tag.«

»Das ist was anderes. Meine Patienten. Mutter kriegt Besuch von Männern, die es nicht gut meinen mit ihr.«

»Tun sie ihr denn weh?«

»Nein. Aber sie lassen sie reden, die ganze Zeit, obwohl sie krank ist. Dann wird sie müde. Das ist nicht gut für sie.«

»Ich glaube, einen von den Männern hab ich schon mal gesehen, Vater. Herrn Funke.«

»Das stimmt, das ist auch einer von denen.«

»Redet er zu viel mit Mutter?«

»Das weiß ich nicht. Aber du kannst mir helfen.«

Das Geheimnis wurde eine Verschwörung. Ich fühlte mich groß. Ich war sein Verbündeter geworden.

»Was kann ich dagegen tun, Papa?«

»Die Augen offenhalten, mein Sohn. Immer. Und jedes Mal, wenn du siehst, dass deine Mama Besuch hat, den Tag und die Zeit für mich aufschreiben.«

»Und dann, was passiert dann?«

»Dann werde ich mal mit den Männern reden. Und ihnen alles erklären.«

»Gut, Vater, das mache ich.«

»Du tust es für deine Mutter, das weißt du jetzt.«

»Natürlich.«

»Und den Mund halten, ja?« Er zwinkerte mir zu. Es war der Moment der größten Verbundenheit mit ihm, die ich jemals empfunden habe.

Heute schäme ich mich dafür. Denn seit diesem geheimen Gespräch auf der Weide wurde ich Spion gegen meine eigene Mutter. Ich tat, was von mir verlangt wurde. Mehr als zwei Jahre lang notierte ich alles in ein kleines Büchlein, das ich ihm, wenn es gerade passte, vorlegte. Ich glaube, mich sogar zu erinnern, dass ich mir ein paar Besuche nur ausgedacht habe. Er nickte dann zufrieden. Hin und wieder belohnte er mich mit einem Geldstück. Das war der Höhepunkt des Frühlings mit meinem Vater.

Ich selbst habe Herrn Funke nicht gut gekannt. Wenn ich ihn manchmal im Dorf sah, nickte er mir freundlich zu. Lange Zeit sah ich darin einen Beweis, dass er genau wusste, wie sehr er meine Mutter ermüdete. Und dass er sich dafür entschuldigen wollte. Ich nickte zurück und schrieb abends wieder etwas in mein Büchlein.

Nach dem Tod meiner Mutter habe ich ihn nur noch ein einziges Mal gesehen. Wer nicht in Woesten? Das ganze Dorf stand dabei. Eine wahnsinnige Meute. Rache hing in der Luft. Die Meinungen, wer die grässliche Mordtat begangen hatte, waren geteilt. Boshafter Klatsch. Niederträchtige Verdächtigungen. Jeder sprach mit jedem. Theorien wurden aufgestellt. Komplotte zusammengesponnen. Das ganze Dorf war eine große Truppe von Ermittlern geworden. Richter an der Theke, Justitias in schwarzen Röcken und mit weißen Spitzenhauben auf dem Marktplatz.

Erst war es mein Vater. Selbstverständlich. Ihn hatte ich beim Leichnam angetroffen. Außerdem sperrte der Ermittlungsrichter ihn drei Wochen ein. Ihren Doktor. Ihren geliebten Doktor. Was für eine Erleichterung, als bekannt wurde, dass er wieder in Freiheit war. Ein fröhliches Gesumme in jenem Sommer, der so beängstigend langsam, Tag für Tag, Stunde um Stunde, die Welt in den Würgegriff nahm. Es war ein Aufatmen, das ihre üble Nachrede für eine Weile erstickte. Mit ihm feiern konnten sie nicht. Von der Zelle aus ging er an die Front.

Dann war es Namenlos. Mein eigener Bruder. Sie haben verdammt noch mal meinen eigenen Bruder verdächtigt. Sie haben ihn nie gekannt, es nie gewagt, ihm in die Augen zu sehen, und dann solche Behauptungen. Aber so läuft es nun mal, dem Dorf war die Unbeschwertheit genommen worden. Dann will so ein Dorf jemanden auf dem Schafott sehen. Egal wen. Dann verkümmert die Vernunft. Dann versinkt die Gerechtigkeit in dem Erbrochenen aus Lüge und Erfindung. Man will auf jemanden zeigen. Mit ausgestrecktem Arm. Schuld und Sühne.

Schließlich pflanzte das Schicksal ihnen einen neuen Gedanken in die Köpfe. Im Süden des Landes näherte sich ein Feind. Deutschsprachig, na eben. So einen gab es auch im Dorf. Die Mucker nahmen Witterung auf. Das Opfer war ganz in der Nähe. Keiner hielt mehr den Mund. Jeder dachte sich das Seine.

»Der kommt doch auch von da, oder nicht?«

»Keine Ahnung.«

»Der hat nie was von sich erzählt.«

»Er ist ein Fremder, aber er hat keinem was getan.«

»Er hat sie oft besucht.«

»Der hatte nichts Böses im Sinn.«

»Aber er ist nun mal ein Fremder, der Herr Funke.«

»So heißt hier keiner.«

»Er hatte nicht mal einen Spitznamen.«

»Doch. Der Fremde.«

»Er hat aber immer alle gegrüßt.«

»Dahinter kann viel Bösartigkeit stecken.«

»Vor allem, wenn einer nicht von hier ist.«

Der Dorfpolizist machte einfach seine Arbeit. Mehr konnte er nicht tun. Es war nach der Gemeinderatssitzung im Wirtshaus beschlossen worden. An dem großen Tisch im Brouwershof, an dem immer die wichtigsten Dinge geregelt wurden. Dass der Herr Polizist sich mal die Papiere von Herrn Funke vornehmen sollte. Ob er tatsächlich so deutsch war wie befürchtet.

»Ich dachte, ich seh nicht recht«, erzählte Daems am nächsten Tag lautstark mitten auf dem Kirchplatz. Sie umdrängten ihn. Er war auf der richtigen Spur. Dafür hatten sie eine Nase.

»Hinten in seinem Atelier. Da hab ich ihn gefunden. Ich war da vorher noch nie gewesen.«

»Natürlich nicht, er hatte ja nie Besuch«, schrie jemand.

»Und dann? Was hast du gesehen?«, fragte jemand anders.

»Kaum zu glauben. Er saß in seinem Lehnstuhl und weinte wie ein kleines Kind.«

»Ist das alles?«

»Nein.« Daems nahm seine Mütze ab. Haarsträhnen klebten ihm an der Stirn. Erschütterung fordert ihren Tribut, auch bei diesem Mann des Gesetzes. »Er flennte, und um ihn herum standen Gemälde, bestimmt mehr als zwanzig.«

»Er ist ein Künstler. Das wusste ich.«

»Die sind ja meist ’n bisschen verrückt.«

»Funke ist nicht verrückt.«

»Hast du ihn jemals bei der Arbeit gesehen?«

»Nein.«

»Na also.«

»Bist du deshalb so von den Socken, Daems?«

»Das Stärkste kommt noch.« Daems Stimme bekam einen dramatischen Unterton. Die Leute drängten sich noch näher heran.

»Die Bilder waren alle …«, er zögerte kurz, als ahnte er schon die mögliche Wirkung seiner Worte auf das Publikum, »… also Stück für Stück waren es Porträts von Elisabeth. Der Frau vom Herrn Doktor.«

Die Menge verstummte. Für einen kurzen Moment. Alle sahen Daems an. Dann war es in ihren Hohlschädeln angekommen. Dann machte sich Hysterie breit. Das Geschwür der Rache reifte in wenigen Sekunden. Gejohle und Gezeter brach los. Die Leute brüllten Fragen. Gaben sich selbst Antworten. Aus wilden Vermutungen machten sie eine neue Wahrheit.

»Wenn er so verrückt ist, ist er auch zu einem Mord fähig.«

Schlagartig war er ein Feind, wie die, die sich von der anderen Seite aus dem Land näherten. Nur keine Zeit verlieren. Nichts wie hin zu seinem Haus. Alles auf den Kopf stellen. Manchmal muss das Volk das Recht selbst in die Hand nehmen.

Ich traute meinen Augen nicht. Ich kam mir vor wie im Mittelalter. Manche griffen noch nach einer Heuforke oder einer Mistgabel. Die alte Thérèse nahm ihren Besen mit. Die Meute zog in den Kampf. Es war wie ein Naturereignis. Ich habe mich geschämt für mein Dorf. Aber ich bin ihnen trotzdem gefolgt. Ihr Gift hatte auch bei mir gewirkt. Ich war ja so verwundbar. Sie waren dem Mörder meiner Mutter auf der Spur.

Als sie vor Funkes Haus standen, gab es kein Halten mehr. Sie hämmerten an die Tür. Sie warfen Steine an die Fenster. Ein paar versuchten sogar, durch die kleine Pforte an der Rückseite einzudringen. Der Dorfpolizist hinderte sie daran. Gesetz war Gesetz. Das akzeptierte die Meute nicht. Sie skandierten seinen Namen.

»Funke! Funke! Funke!«

Schließlich öffnete der arme Mann selbst die Haustür.

Ein paar Hitzköpfe standen auf der Treppe und zerrten ihn auf die Straße. Andere drangen ins Haus ein. Sie schleppten alle Bilder nach draußen und lehnten sie an die Fassade. Eine Ausstellung, wie es sie noch nie gegeben hat. Meine Mutter in allen Posen. Aus allen Blickwinkeln. In Kleidern, die ich kannte. Mit Hüten auf dem Kopf, die, wie ich wusste, im Schrank lagen. Und mit ihrer immer fröhlichen Miene.

Funke machte einen abwesenden Eindruck. Er ließ sich stoßen und schlagen. Er hörte sich die Beschimpfungen an. Dank dem Dorfpolizisten, das muss doch erwähnt werden, kam er mit dem Leben davon. Man hätte ihn sonst auf der Stelle gerichtet. Daems hatte den lahmen Staf, einen Cousin väterlicherseits, inzwischen zur Gendarmerie geschickt.

Sie kamen zu viert und wollten Funke gerade in Handschellen abführen, als Baptiste Kesteloot, ein Markthändler, vom Eingangspodest herab für alle vernehmbar rief: »Und das hier? Das sagt ja wohl alles!« Triumphierend schwenkte er einen Gegenstand. Ich erkannte den goldfarbenen Kerzenleuchter, identisch mit dem Exemplar, das mein Vater in der Hand hielt, als ich ihn beim Leichnam meiner Mutter antraf.

»Das Ding hab ich in seinem Hof gefunden«, rief Baptiste noch.

Gut, dass die Gendarmen zu viert waren.

Funke wurde zum Verhör gebracht. Sie haben ihm die Hölle heiß gemacht. Wird jedenfalls erzählt. Wie meinem Vater. Der Ermittlungsrichter hat mich auch noch einmal vorgeladen. Zum zigsten Mal. Es musste schnell gehen, denn am nächsten Tag musste ich mich in der Kaserne melden.

»Haben Sie diesen Kerzenleuchter schon einmal gesehen?«

»Meine Mutter hatte zwei, die so aussahen«, sagte ich. »Sie standen auf dem Kaminsims.«

Der Ermittlungsrichter schnaubte. Warum ich ihm das erst jetzt erzählen würde.

»Ich habe einfach nicht daran gedacht.«

»Und was ist mit diesem Mann. Kennen Sie ihn? Funke?«

»Ja«, sagte ich. »Flüchtig.« Ich wagte ihm nicht in die Augen zu sehen. Ich sagte ihm auch nicht, was mein Vater mir damals, auf dem Baumstamm am Rand der Wiese, erzählt hatte. Und auch meine kindliche Spionagetätigkeit verschwieg ich. Eine Schuld, die ich nie mehr wiedergutmachen könnte, erstickte jeden Gedanken im Ansatz. Wenn ich alles, was ich irgendwann in den kleinen Heften notiert hatte, früher jemandem erzählt hätte, würde meine Mutter vielleicht noch leben. Dann wäre dieser Funke vielleicht eher verhaftet worden, weil er ihr so viel Kraft raubte und sie wirr im Kopf machte.

Der Verhaftete wurde unter Mordverdacht gestellt. Zu einem Prozess kam es nicht mehr. Funke erhängte sich im September in seiner Zelle. Ich war damals schon beim

Militär. Es ist mir zu Ohren gekommen wie alle anderen Nachrichten in dieser Zeit. Als Geschichte mit vielen Ausschmückungen.

Violette rückt ihren Stuhl näher zu mir heran und legt die Hand auf meinen Arm. Sie duftet wunderbar. Ihr Mund ist jetzt dicht bei meinem.

»Notar Bouttelgier hat mich letzte Woche zu sich bestellt«, flüstert sie. »Du wirst wegen einer Erbschaftsangelegenheit gesucht.«

Sie raubt mir den Verstand, mit ihrem Parfum und ihren Worten. Ich rühre mich nicht und höre ihr zu. Berausche ich mich an ihr oder an dem, was sie sagt? Sie erzählt mir die ganze Geschichte dicht an meinem Ohr. Triumph schwingt in ihren Worten mit. Siegesgewissheit. Bei jeder Silbe fühle ich ihren Atem. Manchmal berühren ihre Lippen meine Haut. Mit jedem Satz, den sie mir sanft ins Ohr singt wie eine Sirene, nimmt meine Verwunderung zu.

»Da ist dann noch eine Sache«, sagt sie zum Schluss. »Dein Bruder muss das auch wissen.« Sie hat wieder etwas Abstand genommen, um sehen zu können, wie ich hierauf reagiere.

Mein Bruder. Ich seufze.

Mir sein Gesicht vor Augen zu rufen, ist nicht schwer. Einzig an der Front habe ich Menschen gesehen, die noch grauenhafter entstellt waren, aber die hatten wenigstens ein Glück: Sie schafften es nicht.

Ich habe oft mit meinem Bruder gespielt. Wie die meisten Brüder das machen. Balgereien und Dummejungenstreiche. Gemeinsam über Dinge lachen, die niemand sonst begreift. Nur wir zwei. Dass wir Zwillinge sind, half lange Zeit, um ihn als meinesgleichen zu sehen. Bis die alte Hexe im Lebensmittelladen diesen Gedanken zerfetzte. Aber er blieb mein Bruder. Ich verstand ihn. Wie meine Mutter. Die verstand ihn auch.

Seine Sprache war sehr sonderbar. Eine Aneinanderreihung von missgestalteten Tönen. Doch wir wussten, was er sagen wollte. Am nächsten an richtigen Worten war er das eine Mal, als ich mit ihm heimlich – Vater hatte mir verboten, mit ihm zusammen aus dem Haus zu gehen – bis zum Kanal gewandert bin.

Ich war dort schon öfter gewesen. Er nicht. Er stand ja unter Hausarrest. Ich brachte ihm bei, wie man Steine übers Wasser flitscht. Er hatte großen Spaß und sprang eifrig umher, um die richtigen Steine zu suchen. Und schon bald glückte es ihm fantastisch. Er konnte es wie kein anderer. Die Steine hüpften übers Wasser. Sie tanzten. Sie taten, was er wollte. Er war ein wahrer Meister. Der Choreograf der Steine.

Wir vergaßen die Zeit und spielten dort das schönste Spiel, das wir je gespielt hatten. Erst die untergehende Sonne mahnte uns, den Heimweg anzutreten. Noch ein einziges Mal, gestikulierte er. Er schleuderte den Stein mit ganzer Kraft. Und mit der richtigen Technik. Wie schaffte er das? Es war ein unvergleichlicher Augenblick. Der perfekte Stein auf spiegelglattem Wasser. Ein weißer Stein, der mit kurzen, übermütigen Hüpfern alle Rekorde brach. Ich weiß nicht mehr, wie oft. Zwölf, behauptete mein Bruder. Sicher ist auf jeden Fall, dass der Stein das andere Ufer erreichte. Das war mir und keinem meiner Freunde jemals geglückt.

Namenlos drehte sich um, warf die Arme in die Luft wie ein Radrennfahrer, wenn er über die Ziellinie rollt, und rief laut *jotmeteladie*. So klang es. *Jotmeteladie*. Es war ein Freudenschrei. Ein Schrei wilden Entzückens. Für mich war es ein Wort. Das erste Wort, das er jemals gesprochen hat. Und das einzige.

Ich wiederholte es. Ich ließ es im Mund zergehen. Ich rief es ihm lachend zu. Und er rief es zurück. Abwechselnd, immer lauter. Arm in Arm gingen wir lachend nach Hause, wiederholten dabei das Wort unzählige Male. Wir kamen viel zu spät, Vater wartete schon auf uns. Aber nicht mal seine Scheltworte und Schläge konnten uns den Spaß noch verderben. Mit diesem einen Wort war alles gesagt, was zwischen Namenlos und mir bestand. *Jotmeteladie*.

Als wir zwölf waren, trennte Vater uns. Er sah in mir nicht mehr das Wunderkind. Er schickte mich in das beschissene Internat. Unser Herbst begann. Namenlos musste zu Hause bleiben. Meine Schuld. Das war die Überzeugung, die in mir wucherte. Die ein Stück von mir wegbrannte. Gegen den Schmerz kämpfte ich auf meine eigene seltsame Weise an. Meine Eigenliebe wurde noch größer. Ich widmete meinem Körper noch mehr Aufmerksamkeit. Als hätte ich geglaubt, die Mängel im Äußeren meines Bruders müssten durch meinen Körper wettgemacht werden. Als müsste ich dann eben für zwei schön sein. Der Spiegel wurde mein Verbündeter.

Im Internat wurde ich deshalb oft ausgelacht. Ich trainierte meinen Körper, der früh damit begonnen hatte, sich aus dem Schatten der Kindheit zu lösen, noch intensiver. Ich wurde der beste Läufer der Schule seit Jahren. Stunden einsamen Trainings. Muskelkraft. Ich machte Schwünge und Überschläge am Reck, ich sprang spektakuläre Saltos und landete kerzengerade, die Füße nebeneinander, auf der Matte. Die Arme am Körper anliegend, das Kinn leicht nach oben. Das Lachen über meinen Narzissmus verstummte schon bald. Die anderen verloren das Interesse an mir. Ich hatte keine Freunde. Wirkliches Vertrauen hatte ich nur zu meinem Spiegelbild.

Und wenn ich dann nach Hause kam in den Ferien oder an langen Wochenenden, erfand ich für meine Eltern Erlebnisse mit Schulkameraden. Über meine Schulleistungen schwieg ich mich aus. Darüber wurden sie ohnehin informiert. Ich versuchte in diesen kurzen Momenten, in denen wir noch zusammen waren, wieder einen Draht zu meinem Bruder zu bekommen. Aber das war nicht mehr möglich. Wir hatten uns einander entfremdet. Es schien unabwendbar. Ich fand keine Worte mehr. Er hatte keine.

Außerdem verbrachte ich die meiste Zeit mit Violette.

Heimlich. Ich gab vor, lange Wanderungen zu unternehmen oder meinen Trainingsplan zu erfüllen. Mein Vater war furchtbar wütend auf sie. Er war davon überzeugt, dass sie der Grund für meine schlechten Schulzeugnisse war.

Sie war zwei Jahre älter als ich. Mit Abstand das hübscheste Mädchen im Dorf. Aber auch das am besten behütete. Die Tochter des Barons. Es war schon ein wahres Wunder, dass sie bis zu ihrem zwölften Lebensjahr bei den Nonnen in die Schule ging. Dann wurde auch sie in ein Internat verbannt. Dem Baron unterlief dabei ein gewaltiger Fehler. Er schickte sie zufällig in dieselbe große Stadt, in der auch ich später war.

Natürlich durften wir nicht raus. Strikt verboten. Und

wenn es doch einmal gestattet war, nur unter strenger Aufsicht und fast militärischem Reglement. Sogar Seitenblicke wurden kontrolliert und, falls nötig, bestraft. In all den Jahren habe ich Violette nur ein einziges Mal in der Stadt selbst gesehen. Bei einer Parade für den König und die Königin. Alle Oberschulen und Internate waren in Reih und Glied angetreten, die Schuluniformen makellos, die Haare perfekt gekämmt. Auf den Gesichtern ein Lächeln. Pflichtgemäß. Applaus auf Kommando. Die Jugend grüßt ihr Königspaar. Scheinheilige Pharisäer schauten zu.

Sie stand auf der anderen Straßenseite und schwenkte treuherzig ein Papierfähnchen. Am liebsten hätte ich ihren Namen gerufen, wäre über die Straße gerannt und ihr um den Hals gefallen. Das hätte mir absolute Unsterblichkeit in den Annalen unserer Schulen eingebracht. Aber ich beherrschte mich.

Unsere zarte Jugendliebe bekam dennoch die Chance, aufzublühen. Trotz Internatsmauern, verschlossenen Pforten und Sittenwächtern. Es war meine Großmutter, die dafür sorgte. Marraine Duponselle.

Bis zu meinem zwölften Lebensjahr hatte ich sie noch nie gesehen. Bei uns zu Hause wurde ihr Name nie erwähnt. Keine Fotos. Keine Geschichten. Nichts. Ich wusste nur, dass sie existierte. Mehr nicht. Bis ich eines Tages vom Superior persönlich aus dem Klassenzimmer geholt und in ein Sprechzimmer geführt wurde, wo eine Frau auf einem Stuhl saß. Wie sie schaute, wie sie den Rücken straffte, den Kopf schräg hielt. Mir war, als begegnete ich mir selbst in einer weiblichen und älteren Version.

Der Superior stellte sie mir als meine Großmutter vor.

Ich bekam eine ganze Schulstunde frei, um mich mit ihr zu unterhalten. Er zwinkerte ihr zu, bevor er den Raum verließ.

»Valentijn Duponselle«, sagte sie und musterte mich von Kopf bis Fuß.

»Guten Tag, Madame.«

»Junge, nenn mich bitte Marraine.«

»Guten Tag, Marraine«, sagte ich, auch wenn ich nicht wusste, warum.

»Endlich lerne ich dich kennen. Du bist genauso, wie ich mir vorgestellt habe.« Sie hob beide Hände zum Mund und blieb kurz so sitzen. Ich dachte einen Moment, dass ihre Augen einen feuchten Schimmer bekamen. Aber ich kann mich getäuscht haben.

»Du weißt doch, wer ich bin?«, fragte sie.

»Nein«, sagte ich.

»Die Mutter deines Vaters.«

»Ach so«, war meine Antwort.

Sie war also die bei uns zu Hause Totgeschwiegene.

Stille trat ein. Ich stand aufrecht da, die Arme hinterm Rücken verschränkt. Die Standardhaltung der Elitetruppen, in die man mich eingereiht hatte. Sie blieb würdevoll sitzen. Das feine Lächeln auf ihren roten Lippen stand in einem scharfen Kontrast zu dem dunklen, schweren Mobiliar. Schwanenhälse aus Eichenholz wanden sich an den Stuhlbeinen hoch, Schwanenköpfe schmiegten sich an die Armlehnen. Die gepolsterte Sitzfläche war mit schimmerndem Samt bezogen.

»Komm, setz dich zu mir«, sagte sie. »Dass dein Vater keinen Kontakt mehr mit mir will, sollte uns nicht hindern, uns was zu erzählen.«

Ich tat, was sie von mir verlangte.

Sie fing an, mir Fragen zu stellen.

Ich antwortete. Höflich und zurückhaltend.

Ich kann nicht behaupten, dass dort, in diesem Zimmer, von Anfang an ein inniges Gespräch zwischen uns zustande kam. Beide waren wir reserviert. Es war ein vorsichtiges Erkunden. Aber nach dieser einen Schulstunde – Latein war dran, das weiß ich noch – hatte ich eines mit sicherem Gespür erfasst: Diese Dame kam mir eigentlich nicht so unbekannt vor. Und ich merkte auch, dass all die Bewunderung, in der ich mich in meiner Kindheit im Dorf hatte sonnen dürfen, sich nun in dieser Frau kristallisierte. Meine Schönheit hatte sie erobert. Mein Körper hatte sie in seiner Macht. Sie war hingerissen. Aus ihrem Blick sprach ein blasierter Stolz, als sie mir zum Abschied einen Kuss auf die Wange gab.

»Bis bald, mein Enkelsohn«, sagte sie noch.

Es war ihr ernst. Seit diesem Tag besuchte sie mich einmal in der Woche. Nach einiger Zeit gelang es ihr sogar, mich an Sonntagnachmittagen mit Erlaubnis des Superiors vom Internat abzuholen, um im Park spazieren zu gehen oder in ihrem hochherrschaftlichen Haus Kaffee zu trinken.

Ich genoss es. Was nicht schwer war. Jede Minute Zerstreuung in der Ödnis meiner Schulzeit war ein Gottesgeschenk. Außerdem tat sie alles für mich.

Ohne dass sie mich darum gebeten hätte – jedenfalls kann ich mich nicht entsinnen, dass sie das jemals tat –, erzählte ich weder meinem Vater noch meiner Mutter von unseren Begegnungen. Der Superior selbst hatte offenbar auch Gründe, Diskretion zu wahren. Es hing mit der Instandhaltung der Gebäude und den dazugehörigen Rechnungen zusammen. Meine Großmutter hatte weitreichende Verbindungen.

Über ihr Netzwerk von alten Bekannten, die ihr alle noch einen Gefallen schuldeten, sorgte sie dafür, dass Violette und ich uns Briefe schreiben konnten. Unsere zarte Jugendliebe durfte blühen. Ohne Zensur und hinter dem Rücken unserer Eltern.

Marraine kümmerte sich persönlich um die Postzustellung zwischen den beiden Eliteschulen. Und die Personen, die als Zwischenglieder in diesem System fungierten, hätten sich nie den Mund verbrannt. Marraine wusste offenbar zu viel über sie. Ich glaube sogar, dass sie genau das am meisten genoss. Selbstverständlich nebst der Tatsache, dass ihr geliebter Enkel dem in ihren Augen perfekten Mädchen zugetan war. Schön. Reich. Aus der richtigen Gesellschaftsschicht.

In Wirklichkeit war Violette nicht so perfekt, wie Marraine glaubte. Das merkte ich im Laufe der Zeit durchaus. Wie jeder junge Mann, der bis über beide Ohren verknallt ist, lernte ich die Launen meiner Angebeteten kennen. In meinem Fall die Kaprizen, die zur Schönheit gehören, die Allüren, die dem Adel innewohnen.

Aber ich war verliebt. Ich war privilegiert. Mein heimliches Leben außerhalb von Woesten gefiel mir. Und die Ferien in Woesten auch, denn dann konnte ich sie besuchen und ihren Körper erkunden. Die Leidenschaft, mit der sie küsste, die Lust, mit der sie sich meinen Körper aneignete, die ungehemmte Preisgabe ihres Körpers raubten mir die Vernunft. Ich verzehrte mich immer mehr nach ihr. Und ich vergaß Namenlos. Ich ging meinen Eltern aus dem Weg. Ich wurde ein Fremder in meinem eigenen Zuhause.

»Natürlich muss mein Bruder es wissen«, sage ich.

»Du weißt, dass er im Kloster ist?«, fragt Violette.

Ich nicke.

»Dann ist dir auch klar, dass damit Konsequenzen verbunden sind?«

Ich bin auf der Hut. Hinter diesen Worten verbirgt sich etwas.

»Wir werden sehen, wie er darüber denkt.«

»Also kommst du mit?«

»Ja.«

Der Duft und die Wärme des Körpers, der mir so vertraut ist, und die Neuigkeiten, die sie mir mitgeteilt hat, haben eine Bresche in meine Abwehr geschlagen.

»Das hättest du schon vor fünf Jahren tun sollen.« Sie beugt sich noch weiter vor und küsst mich auf den Mund.

Ich halte die Lippen fest geschlossen. Ich bezweifle, ob ich die richtige Entscheidung getroffen habe.

Mit diesem Gefühl lässt sie mich zurück. Ihre vollen Lippen auf meinem Mund, der sich versagt. Es brennt.

Violette geht in die Stadt, um ein Zimmer zu mieten und die Fahrkarten für das Schiff zu bestellen, das wir in drei Tagen nehmen werden.

11

»Wann kommen Sie wieder?«, fragt Witwe Eduards.

Ich muss ihr die Antwort schuldig bleiben.

Sie ist aufgeregt und reibt sich nervös über die Knie. »Ich hab's dem Ding gleich angesehen.«

»Sie reden von einer alten Liebe«, weise ich sie in die Schranken.

»So einen Blick hat sie aber nicht in den Augen.«

»Sie sind nur eifersüchtig, das ist es. Weil Ihnen eine Riesenchance durch die Lappen geht.«

Sie kann über meinen Scherz nicht lachen und schweigt mich bis zum nächsten Tag an.

Dann ist ihr Widerstand gebrochen. Sie muss meine Entschlossenheit gespürt haben. Mit Tränen in den Augen fragt sie mich, welche Kleidungsstücke ich mitnehmen will. Verbissen beginnt sie zu waschen und zu bügeln. Ihre Art und Weise, Dingen einen Platz zu geben.

Am Morgen meiner Abreise kann sie nicht ruhig auf einem Stuhl sitzen. Von der Küche ins Wohnzimmer, vom Kamin zum Fenster. Mindestens zehnmal kontrolliert sie den Inhalt meines Reisegepäcks. Und ob ich es warm genug haben werde. Sie sieht den Stapel Fotos, die ich von Violette bekommen habe, und fragt, ob sie sie anschauen darf. Natürlich, warum nicht. Ihr Hand zittert, als sie lange auf das letzte Bild starrt. Ich mit achtzehn, ein paar Wochen vor dem Bruch mit Violette. Kräftig, stark, bereit, dem Vaterland zu dienen.

»Darf ich das haben?«, fragt sie schluchzend.

Was soll ich sagen.

Das Foto ist vielleicht ihre Rettung, um die nächsten Monate zu überstehen. Sie umarmt mich und kramt sofort aus einem ihrer Schränke einen vergoldeten Bilderrahmen hervor, identisch mit den beiden, die auf dem Kaminsims stehen. Ich bekomme einen Platz zwischen zwei Toten. Ich spare mir einen Kommentar.

Eine Stunde später schrillt die Türglocke durchs Haus und durch ihr Herz. Alles steht im Gang bereit. Ich habe meinen besten Mantel an. Sie hat mir ihre schönste Decke geschenkt und meine Stümpfe damit fürsorglich zugedeckt. Statt gleich zu öffnen, geht sie zur Garderobe, zieht ihren Mantel an und knöpft ihn zu. Sie stellt sich hinter meinen Rollstuhl und schiebt. Zu Violette sagt sie nur: »Ich habe ihn so ins Haus geholt. Ich bringe ihn auch wieder weg. Kümmern Sie sich um die Koffer.« Violette hat eine Droschke bestellt. Aber das kommt nicht in Frage. Da kennt sie die Witwe Eduards schlecht. Die Koffer kommen in die Kutsche. Violette auch. Wir werden uns am Schiff wiedersehen.

Die Abschiedsworte meiner Zimmerwirtin am Kai lassen an Deutlichkeit nichts zu wünschen übrig.

»Wenn es stimmt, was ich in ihren Augen sehe, dann seien Sie nicht zu stolz, um mir zu schreiben. Leben Sie wohl, mein Junge.« Ohne jedes weitere Wort dreht sie sich um und verschwindet in der Menge.

Violette steht geduldig in der Schlange und stört sich anscheinend nicht an dem Gewimmel, dem Gedränge und Geschubse der aufgeregten Reisenden vor der Gangway.

Es wird gelacht und disputiert. Es herrscht eine vergnügte Stimmung. Fast jeder scheint noch eine Botschaft für ein Familienmitglied zu haben, das am Kai zurückbleibt. Ich nicht. Für mich ist der Kai gottverlassen leer.

Mithilfe von zwei Trägern schafft Violette mich auf die Gangway.

»Hinunter könnte ich ja allein«, murmele ich, aber die beiden Burschen wagen es nicht, darüber zu lachen.

Sie hat eine luxuriöse Kabine reserviert. Ich hatte nichts anderes erwartet. Ein großes Wohnzimmer, Teppiche auf dem Boden, Möbel im Kolonialstil. Ein separater kleiner Schlafraum. Ein Doppelbett. Sie stellt mich in meinem Rollstuhl vor der Kabine auf das Deck. Eine kraftlose Sonne scheint über den Hafen.

»Ist dir kalt?«

Sie jetzt auch. Ich blicke starr vor mich hin. Ich verstehe die Frage nicht. Ob mir kalt ist? Was meint sie damit? Was hat Witwe Eduards damit gemeint? Was wird jedes lebende Wesen, das nicht dabei war in den eisigen Schlammgräben, in den nächsten Jahrhunderten damit meinen? Ist dir kalt?

Ihre braunen Haare flattern im Wind. Um ihre Augen ziehen sich kleine Fältchen. Kleine, feine Furchen, die sie schöner machen. Sie ist reifer geworden. Aber wer ist das nicht, nach den vergangenen Jahren? Schon jetzt ist zu sehen, dass die Zeit ihr nie wirklich etwas anhaben kann. Die Zeit wird höchstens ihre Vorzüge noch mehr herausstreichen. Ihre Trümpfe besser zur Geltung kommen lassen im Spiel, ihre Anmut noch veredeln. Sie wird keine Angst vor dem Alter haben müssen.

Sie streicht sich mit der Hand ein paar Haarsträhnen hinters Ohr. Schöne Finger, gepflegte Nägel. Keine Ringe. Auch nicht an der anderen Hand.

»Sonst hol ich dir gern noch eine Decke.«

»Nicht nötig«, sage ich.

Sie lächelt unvermindert freundlich. Das Grübchen am Kinn ist noch da. Wie oft habe ich es geküsst? Unzählige Male. Zähl die Sterne, nimm die Zahl mal tausend und du kommst in die Nähe der Anzahl Küsse, die ich ihr auf dieses Grübchen gegeben habe. Die meisten davon in Gedanken.

Was um Himmels willen tun wir hier? Ich begreife es nicht. Ist mir die Welt abhandengekommen, und ich weiß nicht mehr, was ich sage und tue, sehe und höre? Sie holt mir eine Tasse Kaffee. Ich trinke sie aus.

»Erzähl mir vom Krieg.«

Die Frage, die ich am meisten fürchte. Wo fängt man an? Bei der Rekrutierung, denken die meisten. Das stimmt nicht. Das ist nur der Anfang der Handlung. Der Übergang zur Aktion. Man stellt sich selbst auf einen anderen Platz des Spielbretts. Man sprudelt vor Energie. Man spürt die Kraft seines Körpers. Das Vaterland gehört auch einem selbst. Sie werden es nie erobern. Das weiß man dann ganz genau. Aber das ist nicht der Anfang.

Ich weiß, dass sie ihren Vater unermüdlich bearbeitet hatte. Schon Wochen vorher. Damit er etwas regelte. Sie hatte sogar aufgehört zu essen und konsequent gehungert.

Um ihn unter Druck zu setzen. Schließlich ließ sich der Baron erweichen und dachte sich einen Plan aus. Er würde mit seiner Frau und seiner Tochter in den Süden fliehen. Dort lebte ein Cousin von ihm. Sie zogen auf dessen Landgut. Und er erlaubte, dass ich mitkam.

Nicht, weil er mich besonders mochte. Sondern weil er sah, wie seine Tochter dahinkümmerte. Es ließe sich etwas machen mit französischen Papieren, wenn ich dort arbeiten würde. Mein Geburtsjahr falsch eintragen lassen sei nicht allzu teuer und würde mich mindestens ein Jahr vor dem Zugriff der Armee bewahren. Danach würde es ja sicher vorbei sein. Ich müsste nur rechtzeitig das Land verlassen. Aber ich lehnte das Angebot ab, während ich auf einem Mehlsack saß.

Der Tod meiner Mutter hatte mich aus der Spur geworfen. Mir den Lebensmut genommen. Mein Vater saß in Untersuchungshaft. Namenlos war von Tante Zoë ins Kloster geschickt worden. Ich blieb allein zurück in dem Haus, in dem alles geschehen war. Ich hatte dem Tod ins Auge gesehen. Er war noch da, als ich an dem verhängnisvollen Tag ins Zimmer meiner Mutter trat.

Es gibt einen Unterschied zwischen »für immer wissen« und »nie mehr vergessen«. Dieser Sonntag im Juni war der Tag, an dem ein junger Student einen Erzherzog erschoss, irgendwo weit weg, kaltblütig. Ich kam gerade von einem Spaziergang zurück. Das hatte ich Mutter erzählt. In Wirklichkeit war ich zum Sommerhaus des Barons geschlichen und hatte dort mit Violette Liebe gemacht. Kurz und heftig. Wie so oft in jener Zeit. Der junge Student hieß Gavrilo. Sein Opfer Franz Ferdinand.

Ich betrat das Zimmer. Ich sah zuerst die Wände. Den

Teppich. Den Mahagonischreibtisch, den er ihr geschenkt hatte. Dann sah ich ihn, bei ihr kniend. Den Mann, den ich enttäuscht hatte. Der nichts dagegen tun konnte, dass sein eigener Körper seit Jahren immer mehr abbaute. Wegen meines Versagens. Wegen des Lebens meines Bruders. Wegen der Frau, die nicht mehr die seine war. Oder wegen des Genevers. Oder war es alles zusammen? Er kniete dort, zitterte, hatte Blut an den Händen.

Erst dann sah ich den Tod. Das Blut. Den Blick ihrer Augen. Oder eher ihre blicklosen Augen. Ich wollte sie berühren. Aber ich konnte es nicht. Ich traute mich nicht und lief weg.

Denn da begann mein Krieg.

Ich war aus der Spur geraten. Wie ein Zug ohne Schienen. Ohne zu wissen, wie oder wann stand ich vor dem Haus des Dorfpolizisten. In Unterhose öffnete er die Tür. Ich fand den Anblick ulkig. Danach durchstand ich, was alles geschah. Letztendlich macht jeder seine Arbeit: der Ermittlungsrichter, der Gerichtsarzt, der Pastor und die beiden ziemlich unbedarften Gendarmen.

Der Große und der Dicke. Sie machten ihre Arbeit mit auffallendem Eifer. Einen toten Körper mustern. Fakten notieren. Bleistift spitzen. Zigarette anzünden. Neugierige abwehren. Es ging ihnen verdammt leicht von der Hand. Machte es den Scheißkerlen Spaß?

Ich habe meinen Vater zweimal in der Zelle besucht. Das erste Mal, weil der lange Gendarm es so wollte. Ich musste meinem Vater saubere Hemden bringen. Das zweite Mal, um mich von ihm zu verabschieden. Ich stand vor den Gittern und sah ein Tier. Er war kein Mensch mehr. Mit seiner Klaue berührte er kurz meine Hände. Ich hoffte so sehr, dass er etwas sagen würde. Dann hätte ich es noch verstanden. Ich sehnte mich zutiefst nach ein paar Worten. Erklärungen. Entschuldigungen. Ein Lebewohl. Es kam nichts. Er starrte mich mit den Augen eines Tieres an. Besser kann ich es nicht ausdrücken. Dann setzte er sich auf seine Pritsche. Er war, so schien es mir, schon ganz woanders.

Ich bin lange dort stehen geblieben, habe gewartet. Ich habe ihn eingehend betrachtet. Sein eingefallenes Gesicht. Die viel zu dünnen Arme. Die ungekämmten Haare. Die Hände. Auf die habe ich lange geschaut. Waren das die Hände, die meine Mutter zum Schweigen gebracht hatten, die den Kerzenleuchter ergriffen und so grässlich ausgeholt hatten? Hatte er, der Dorfarzt, sich so mit dem Tod angefreundet?

Nach seiner Entlassung aus dem Gefängnis ist er nur zwei Tage zu Hause gewesen. Ich war nicht da. Ich war bei Violette. Bevor er aufbrach, muss er ein paar Sachen aus seinem Behandlungszimmer geholt haben. Das ist mir erst später aufgefallen. Offenbar war er vom Tatvorwurf freigesprochen, trotzdem war ich froh, dass ich ihm dort nicht begegnet bin. Ich hatte auch nicht die Absicht, ihn jemals wiederzusehen. Das Schicksal dachte ein wenig anders darüber.

In diesen Wochen des bizarren Wahnsinns bat mich Violette mehrmals: »Bitte. Komm mit uns.« Ihre großen Augen flehten mich an. Ihr Körper bebte.

Aber in mir hatte etwas zu keimen begonnen. Ich würde dieses Blut vergelten. Der Welt zeigen, dass ich auch konnte, was man meiner Mutter angetan hatte. War es mein Vater gewesen? Oder Herr Funke? Was für ein größeres Geschenk konnte ich bekommen als einen Krieg? Ich nannte es Aufrichtigkeit. Vaterlandsliebe. Letztendlich war es Rache. Das Gelüst, das einen überkommt, wenn eigenes Blut vergossen wurde. Violettes letzter Versuch, mich zu überreden, fand im Vorratsraum ihres Vaters statt. Sie konnte bloß noch meine Lust wecken. Das andere Feuer aber konnte sie nicht löschen. Deshalb sagte ich nein. Deshalb wurde sie wütend. In meinen Augen war es Liebe. Damals ja.

Der erste Schuss folgte. Die erste Angst. Der erste Granateneinschlag. Ein erster Kamerad, der fiel. Nein, kein Kamerad. Höchstens ein Passant in meinem Leben. Aber trotzdem.

Meine Rache konnte beginnen.

Das mit den Kameraden ist ein bisschen gelogen. Man macht sie doch dazu. Das geht auch nicht anders. Jeder Halt ist willkommen. Also auch Passanten, die zu mehr werden als flüchtigen Vorübergehenden. In meiner Kompanie waren es Cyriel und Gust. Bauernsöhne vom anderen Ende des Landes. Zwei Kumpel, die sich von früher her kannten. Sie schlossen mich in ihre Arme. Weil ich muskulös war, athletisch und sie nur spillerige Hänflinge. In der Armee ist man gnadenlos, selbst in den eigenen Reihen. Ich wurde ihr Leibwächter.

Sie brachten mir das Zocken bei. Würfeln um Geld. Um viel Geld manchmal. Mit dem man aber nichts anfangen konnte. Und doch wieder alles. Denn die Extras an der Front kosten Geld. Zigaretten. Schnaps. Frauen.

Ich spielte nicht schlecht. Vor allem kommt es darauf

an, welche Miene man beim Würfeln macht. Wer kannte schon mein wahres Gesicht? Ich hatte es selbst verloren.

Cyriel und Gust waren mehr als Seelenbrüder beim Spiel. Sie erzählten mir ihr Leben, das sie zurückgelassen hatten.

Cyriels Mutter hatte sieben Kinder geboren. Sieben Jungs. Vier waren schon eingezogen worden. Der Rest würde noch folgen. Eine Mutter, die dem Krieg dient. Gust hatte einen Bruder, der viel älter und Missionar bei den Schwarzen war. Er bekam oft Briefe von ihm.

Sie besaßen Schönheit, die zwei. Ich meine nicht ihr Gesicht oder ihre Gestalt. Nein, ich meine die Wörter, die sie sprachen. Die Tränen, die sie weinten. Die Schläge, die sie einander versetzten. Sie waren aus dem richtigen Holz geschnitzt. Und sie ließen mich in Ruhe, wenn das nötig war. Wenn ich mich mit einem Foto von Violette zurückzog. Ein einziges hatte ich bei mir. Es war schon bald schmuddelig und zerknittert. Ich ging nicht gerade sorgsam mit dem letzten Abzug meiner Geliebten um.

In unserer Kajüte ist ein Hebel, wenn man ihn umlegt, klingelt eine kleine Glocke bei den Laufburschen auf dem Oberdeck. Kurz darauf wird an die Tür geklopft. Ein Asiate. Mit zugekniffenen Augen nimmt er die Bestellung entgegen. Mit demselben Gesicht bringt er das Gewünschte. Eine Flasche Weißwein und zwei Gläser. Violette bedenkt ihn mit einem großzügigen Trinkgeld. Er macht eine tiefe Verbeugung, faltet seinen Körper fast in der Mitte. Geld macht Menschen geschmeidig. Sie fragt mich nicht, ob ich überhaupt Wein trinken möchte. Sie schenkt einfach ein. Diese Seite von ihr hat sich also nicht verändert.

Ich sehe ihren Lippenabdruck auf dem Glasrand und wäre gern das Glas.

»Erzähl mir, wie das gekommen ist.« Sie zeigt auf meine Beine. Oder jedenfalls auf die Stelle, wo meine Beine sein müssten.

Will sie das wirklich wissen? Hat sie mich deshalb von der Witwe Eduards weggeholt?

Wir hatten uns an dem kleinen Fluss postiert. Den sollten wir verteidigen. Hinter uns lag nicht mehr viel Vaterland. Im Blickfeld die großen Verluste. Aber wir taten es ohne nachzudenken. Auf Kommando. Das Gewehr im Anschlag, das Messer im Gürtel. Dem Feind entgegen. Endlich real. Auge in Auge mit dem Bösen. Der Vergeltung nahe.

Gust und Cyriel hatten Angst. Ich versuchte, sie zu beruhigen. Es sei nur eine kurze Mission. Im Nu vollbracht. Sie blickten zu mir auf, meinten, ich sei dreimal so stark wie sie. Es war eine dunkle Nacht. So eine Nacht, in der man vergebens nach Sternen ausschaut. Und an verlorene Küsse denkt.

Auf irgendeinen Befehl stürmten wir voran. Wir schrien. Brüllten. Gaben alles. Wir zu dritt auf einer Linie. Ich in der Mitte. Kurz vorher hatte ich noch einen Witz erzählt. Von einem Kaninchen und einem Jäger. Ich weiß die Pointe nicht mehr. Ist auch nicht wichtig. Lautes Donnern und Dröhnen. Dann plötzlich ein Blitz, viel zu nah. Wir flogen zu dritt in die Luft. Ich hätte ihnen weiß Gott gern das Fliegen beigebracht, konnte es aber selbst nicht. Wir kehrten auf die Erde zurück, zu dritt. Die Schmerzen waren entsetzlich. Das Licht verschwand. Nur noch Blitze in der Ferne.

Cyriel war nicht mehr Cyriel. Unkenntlich. Das Blut quoll aus seiner Kehle. Trotz allem beugte ich mich vor und sagte, seine Brüder würden ihn rächen. Auf der anderen Seite lag Gust, er sagte nichts mehr. Hatte seine letzte Reise angetreten. Das ist das Ende, dachte ich. Die Würfel sind gefallen.

Grässliche Schmerzen überwältigten mich. Es waren meine Beine. Es klingt offensichtlich, aber in so einem Moment ist es das nicht. Man ist schon froh, dass man weiß, wo man verwundet ist. Meine Beine also. Ich konnte nicht mehr laufen. Ich würde auf dem Feld der Ehre liegen bleiben. Auf dem Feld der Rache.

Dann kam er, aus dem Nichts. Ich erkannte ihn nicht gleich. Auch sein Gesicht war voller Schlamm und Blut. Er gab Befehle. Schrie und tobte. Es war der Klang seiner Stimme, der mir Gewissheit gab. Als er mich ins Internat schickte. Als er mich schlug wegen eines Kusses hinter dem Friedhof. Als er mich wegen der Liebe bestrafte. Das Schicksal ist gnadenlos.

Ich versuchte, etwas zu sagen. »Vater«, stammelte ich. »Vater.« Mein Mund war voller Schlamm. Er hat mich nicht erkannt, glaube ich. So wie er mich nie erkannt hat. Zugegeben, das war auch schwierig in der Dunkelheit über dem Schlachtfeld mit den Blitzen im Hintergrund. Ich war über und über mit Cyriels Blut beschmiert. Es gibt angenehmere Umstände, um einander in die Arme zu fallen. Er hat mich ausgewählt, nicht Cyriel, der auch noch lebte, das weiß ich genau. Er ließ mich wegbringen. Er selbst blieb zurück, warum, weiß ich nicht. Ich habe eigentlich nie gewusst, was er wirklich gemacht hat. Ich wurde weggetragen.

»Schrecklich«, sagt sie. Sie wischt mir die Schweißtropfen von der Stirn. Sie schenkt Wein nach, trinkt selbst auch aus ihrem Glas. Ich finde sie schöner denn je. Mein Herz zerbricht in kleine Stücke.

»Und dann?«, fragt sie. »Was ist dann passiert?« Ihr Hunger nach Tatsachen kennt keine Grenzen. Und irgendwie tut es auch gut, ihr alles erzählen zu können. Ein Schauder überläuft mich dabei. Ich genieße mein Heldentum.

Sanitäter trugen mich weg. Sie rannten sich die Seele aus dem Leib. Nicht um meinetwillen. Um ihretwillen. Aber ein guter Nebeneffekt. Ich sackte immer wieder weg. Blitze, Donnern, Dröhnen.

Die Männer rannten und rannten. Sie brachten mich zu einem Sanitätsposten. Erste Hilfe. Beängstigende Blicke. Was war nur mit meinen Beinen? Tut es immer so weh, wenn man einen Treffer abkriegt? Ich wurde mehrmals wach. Vom Stöhnen der anderen, die hereingebracht wurden.

Danach ging es weiter. Nun auf einem Wagen, zum Bahnhof. Es war eine lange Zugfahrt, bis ans Meer. Ein großes Krankenhaus. Ein Ozean des Leidens.

Auch das war nur für ein paar Tage. Hübsche Krankenschwestern gab es dort. Mit weißen Schürzen. Ich wurde eingeschifft. Man schob mich auf eine Fähre, die zum Schlachthaus fuhr. Sie taten alles, um meine Schmerzen zu lindern. Nichts half. Ab dann führen Träume und Tatsachen ein Eigenleben. Übernehmen selbst das Regiment.

Ich liege japsend in einem Bett. Mein Fieber wird gemessen. Eine Schwester schiebt mir etwas unter die Zunge. Sie trägt eine weiße Haube. Ihr Körper ist süß. Die Pille, die sie mir gibt, bitter. Die Worte, die sie mir sagt, vernichtend. »Sie müssen sich jetzt ausruhen. Gleich beide Beine, das ist kein Pappenstiel. Der Wundbrand darf nicht in die Schenkel hochsteigen.« Ich taste mit der Hand nach meinen Knien. Und versinke in einem tiefen Loch. Atemnot. Tränen. Sie sind nicht mehr da.

Mit ihren sanften Händen streicht sie mir durchs Haar. Ihre Worte bringen mich in die Kabine zurück. Ein luxuriöser Ort auf den schaukelnden Wellen. Ich trinke einen Schluck Wein. Sie bestellt eine zweite Flasche. Sie hat Kerzen angezündet, rückt näher heran. Unsere Oberarme berühren sich. Sie erzählt etwas von ihrem Cousin in Südfrankreich. Die Sonne scheint dort meist. Die Leute lachen mehr. Kein Wunder, denke ich bei mir. Sie wissen nicht mal, wie ein Geschütz aussieht oder sich anhört. Geschweige denn, was es anrichtet.

Der Wein hat freies Spiel über sie gewonnen. Ich lasse sie gewähren. Ich denke kurz, dass sie mir die Hand aufs Knie legt. Ich schaue hin. Ein Irrtum. Ihre Hände liegen auf dem Tisch und spielen mit dem Weinkorken. Er rollt von links nach rechts. Hin und her. Von ihren Fingern berührt. Dort würde ich gern liegen.

»Ich habe fünf Jahre auf dich gewartet.«

Ich glaube, sie sagt die Wahrheit.

Sie merkt, dass ich ihrem Blick ausweiche. »Und du?«

»Glaubst du, dass es an der Front viele Frauen gibt?«

»Man hört so Geschichten.« Ich spüre die Härchen ihres Oberarms.

»Die Leute reden viel«, sage ich. Ein nackter Satz. Meine Lüge muss spürbar sein.

»Und was sagst du?«

Ich nehme ihr den Korken aus den Händen. Sie macht mich auf einmal nervös.

»Du hast gesagt, ich wäre ein Feigling.« Angriff ist die beste Verteidigung.

»Das tut mir heute leid. Das habe ich dir schon gesagt.«

Das hat sie noch nicht gesagt. Sie hat es gedacht. Aber so ist sie. Ihre Entschuldigungen muss man erahnen. Sie spricht sie nicht aus. Das habe ich früher immer in Kauf genommen. Stattdessen hatte sie so viel anderes zu geben.

»Also ich habe nicht gewartet«, sage ich.

»Nein?« Ein kleines Wort. Und doch verhüllt es kaum den Zweifel und die Angst. Liebe Violette. Wie schwach du plötzlich bist.

»Ich war nicht mehr ich selbst.« Ich ekle mich vor mir, als ich das sage. Es ist die dümmste Entschuldigung, die ich selbst jemals gehört habe.

Sie gewinnt ihre Fassung zurück. »Es macht nichts«, sagt sie.

Wieder glaube ich, dass sie das ernst meint.

»Mein Vater behauptet«, fährt sie fort, »dass der Krieg seine eigenen Gesetze hat.«

»Er muss es ja wissen.« Eine sarkastische Bemerkung. Die hätte ich mir sparen können.

Ich spüre, dass ich die Wahrheit aufblähen will. In tausend kleine Stücke zerreißen. Damit sie sich ausbreitet in der dünnen Luft. Wie wenig Sauerstoff doch in so einer Luxuskabine ist.

»Ich hab mir einen runtergeholt, dreimal am Tag«, sage ich lachend. Das säuerliche Lachen eines Clowns, der seinen eigenen schlechten Witz zu retten versucht. Sie zögert, legt meine Worte auf die Waagschale. Dann entscheidet sie sich, lieber kein Risiko einzugehen, und lacht mit. Ich bezweifle, dass sie wirklich überzeugt ist.

»Nur nicht im Schützengraben«, scherze ich weiter. »Ihn sollten sie nun wirklich nicht abknallen.«

Sie kichert.

»Du hast also auf mich gewartet.« Ihre weißen Zähne werden sichtbar. Statt Zweifel Gewissheit. Sie glaubt mir. Ich habe gewonnen. Der Wein hat mir geholfen, denke ich. Sie schmiegt sich an mich und legt nun tatsächlich ihre Hand auf meinen Schenkel. Mir bricht wieder der Schweiß aus.

Ich könnte es ihr jetzt sagen. Aber ich tue es nicht.

Es gab eine andere. Eine schöne Frau. Nicht so schön wie sie.

Diese Frau hat mehr als nur Liebe mit mir gemacht. Sie hat meine Gedanken auf ein Karussell gesetzt. Das ist viel schlimmer. Seit ich in ihrem Bett gelegen habe, finde ich keine Ruhe mehr.

Es geschah zwei Wochen vor dem verhängnisvollen Blitz, der mich die Beine kostete. Wir hatten zehn Tage Urlaub. Gust und Cyriel waren mit mir im Hinterland unterwegs. Ich hatte viel Geld dabei. Als ich zum Militär musste, hatte ich zu Hause noch alles eingesteckt, was ich in Vaters Schublade fand.

Wir betranken uns in einer Spelunke. Eine alte, hässliche Frau mit dick geschwollenen Füßen stand hinter der Theke. Sie konnte sich nur mühsam bewegen. Ihre Füße waren mit weißen Tüchern umwickelt. »Die sieht genauso aus wie der Brabanter Gaul von meim Onkel«, sagte Gust und wieherte los. Auch Cyriel bog sich vor Lachen. Sie waren blau, ehe sie es merkten. Sie waren nicht viel gewöhnt. Zu guter Letzt streifte ich allein umher.

Ich landete in einem Hurenhaus. Drei Frauen, Champagner, warum nicht. Erst hatte ich gar nicht viel vor, höchstens ein paar schlüpfrige Plaudereien. Einmal an die Brust fassen und dann nach Hause. Aber die hübscheste der drei zog mich ins Hinterzimmer. Sie hatten gelost, als ich pinkeln war, und sie hatte mich gewonnen. Sie hieß Irene. Ich sagte ihr, dass ich keinen wirklichen Bedarf hätte. Dass ich besser wieder gehen sollte. Sie hatte schöne, volle Brüste und breite Hüften und trug ein Korsett, das nur halb zugeschnürt war. Mit dem Nagel ihres Zeigefingers kratzte sie einen feinen Strich in meine Halsgrube. Ich hing am Haken. Sie brauchte ihren Fang nur noch einzuholen.

»Für dich ist es umsonst«, sagte sie. »So ein schöner Körper.«

Sie beherrschte ihr Metier. Sie gab sich Mühe. Vorsicht. In Kriegszeiten ist das pures Glück. Eine appetitliche Hure, die es umsonst mit dir macht. Vom Körperlichen selbst weiß ich nicht mehr viel. Der Alkohol hatte auch mich benebelt.

Erst danach platzte die Bombe. Ein Granateneinschlag in meinem Hirn. Wir lagen nebeneinander im Bett. Sie streichelte mein Brusthaar und las dabei unbefangen meinen Namen, der auf der Innenseite meiner Mütze stand. Ich hatte ihn selbst eingenäht, ein bisschen schief und schräg, aber leserlich genug, um meine eigene Kopfbedeckung einfordern zu können. Keine Läuse von sonst wem auf meinem Kopf.

»Duponselle«, sagte sie und runzelte die Brauen. »Hieß

so nicht auch der Arzt, dessen Frau der Schädel eingeschlagen wurde?«

»Keine Ahnung«, sagte ich. Hätte sie die Hand auf meine Brust gelegt, dann hätte sie jetzt gemerkt, wie mein Herz hämmerte. Sie merkte es nicht.

»Also keine Verwandtschaft?«

»Nicht dass ich wüsste«, log ich.

»Letzten Monat hab ich noch was darüber gehört, hier in diesem Bett.«

»Worüber?« Betont ungezwungen.

»Über diese Frau.«

»War sie nicht tot?«

»Nein. Ich meine ihren Namen. Ich habe ihren Namen hier gehört. Ein Kunde hat von ihr erzählt.«

»Was hat er denn gesagt?«

»Es war seltsam. Unheimlich. Irgendwann habe ich ihn weggeschickt.«

»Was hat er denn gesagt?«

»Alles Mögliche. Es fing schon an, als er noch auf mir lag. Wir waren noch gar nicht fertig.«

»Reden und vögeln zugleich. Das kann ich nicht.«

»Er hat ihren Namen gerufen, bevor er kam.«

»Wie bitte?«

»Elisabeth. Das war es. So hieß sie. Elisabeth. Er hat es bestimmt fünfmal gerufen.«

Ich war schlagartig nüchtern. Ich setzte mich im Bett auf und zündete mir eine Zigarette an.

»Passiert bestimmt öfter«, sagte ich so beiläufig wie möglich. »Dass sie in dem Moment den Namen ihrer Frau rufen.«

»Es war nicht seine Frau.«

»Wie? Es war nicht der Arzt, der hier bei dir war?«

»Nein. Ich weiß nicht, wer es war. Aber sie muss ihm viel bedeutet haben. Er hat hier geflennt wie ein kleiner Junge.«

»Ein Soldat?«

»Ich denke nicht. Ein Zivilist. Blond. Um die vierzig.«

»Vielleicht ihr Bruder. Oder ein Verwandter.«

»Ach komm. Du rufst nicht den Namen deiner Schwester, wenn du zwischen meinen Beinen liegst.«

Sie zündete sich auch eine Zigarette an.

»Hendrik hieß er«, sagte sie, nachdem sie Rauchkringel zur Zimmerdecke gesandt hatte. »Er hatte zu viel getrunken, und er hat geflennt wegen Elisabeth Duponselle. Er hat sich als Feigling bezeichnet. ›Ich liege neben einer Hure, und der Mörder läuft noch frei herum. Und ich tu nichts.‹ Das hat er die ganze Zeit wiederholt.«

»Der Täter ist also nie gefasst worden?« Ich stellte die Frage mit unverhohlenem Interesse. Zwei Bilder aus einem Stummfilm erschienen ständig vor meinen Augen. Mein Vater in der Zelle und Herr Funke vor seiner Haustür.

»Keine Ahnung. Laut diesem Hendrik nicht. *Meine Stunde kommt noch*, hat er beim Weggehen gelallt. *Ich werde ihm noch die Gurgel zudrücken.* Alkohol macht schnelle Helden. Das weiß ich schon länger.«

»Wahrscheinlich hat er dummes Zeug geredet.« Ich hörte am Ton meiner Stimme, dass ich vergeblich versuchte, meine Gedanken unter das Bett zu schieben, um sie dort in diesem zwielichtigen Hurenhaus zurückzulassen. Aber sie würden mich immer verfolgen. Sie hatten sich schon in meinem Kopf festgesetzt.

»Mir war es unheimlich«, sagte sie und löschte ihre Zigarette in einem kleinen Rest Champagner. »Ich habe noch nie einen Mann um eine Frau weinen sehen, so wie er das tat.« Dann legte sie ihren Kopf auf meine Brust und war im nächsten Moment eingeschlafen.

Ich blieb noch liegen, starrte an die Zimmerdecke. Dort waren Tücher befestigt, blaue Seide, mit vergoldeten Nieten. An der Tür hatte sich ein Stück gelöst.

Ich lag die ganze Nacht neben Irene wach. Ihre nackten Schenkel leuchteten verlockend im weißen Mondlicht. Aber die Bedürfnisse meines Körpers waren gestillt. In meinem Kopf hatte sich ein Räderwerk in Gang gesetzt. Mein Verstand wurde in einen Kokon eingesponnen. Aus jedem Kokon schlüpft später ein Tier.

Über Irenes Augen lag eine Haarsträhne. Behutsam schob ich sie hinter ihr Ohr. Ich wollte ein reines Bild von ihr, bevor ich ging. Sie wachte nicht auf, als ich meine Kleider zusammensuchte und mich leise anzog. Sie schlief friedlich weiter, meine Nachtnymphe. So sah sie unschuldig aus. Kein Gedanke mehr an die vollen roten Lippen, an die Wölbung ihrer Brüste. Nicht an die schlanken Beine, in deren Umklammerung sie die Welt vorübergehend in die Vergessenheit schicken konnte. Sie glich eher einem Schulmädchen, die Haare sittsam zurückgekämmt, mit geschlossenen Augen von Welten träumend, in denen nicht für Körper bezahlt wird.

Beschämt über meine eigene Schmutzigkeit legte ich ihr doch Geld auf den Nachttisch. Alkohol spült das Gehirn weg und greift die Leber an. Nächte mit Huren fressen Löcher in die Geldbörse und vor allem in die Seele. Ich weiß nicht, was ich am schlimmsten finde. Sie murmelte leise etwas im Schlaf, als ich die Tür öffnete. Ich blickte mich nicht mehr um, ich hatte Angst, dem Drang nicht widerstehen zu können, wieder zu ihr unter die warme Decke zu schlüpfen und meinen Körper mit ihrem für immer zu verschmelzen, damit ich diese verdammte Litanei aus meinem Kopf herausbekäme.

Die kühle Brise tat mir gut. Das letzte Stückchen Nacht fügte sich allmählich der Morgendämmerung, die im Osten über das Stadttor glitt. Ich wanderte ziellos durch die Straßen. Ich hoffte, dass die frische Luft Irenes letzte Worte aus meinem Kopf schwemmen würde. Das Gegenteil geschah. Bei jedem Schritt hämmerten die Worte *und der Mörder läuft noch frei herum* fester an meine Schläfen. Bei jeder Gasse, in die ich einbog, hörte ich diesen Hendrik wiederholen *ich werde ihm noch die Gurgel zudrücken.* Ich lief immer weiter, wurde immer schneller. Erst weit draußen vor der Stadt kam ich wieder zur Besinnung.

Der Oberst war fuchsteufelswild, weil ich zu spät zum Appell antrat. Gust und Cyriel haben mich da gerettet. Mit einer hirnrissigen Geschichte über ein altes Mütterchen, das schlecht zu Fuß war.

Es ist Nacht. Violette hat zwei Träger kommen lassen, um mich ins Bett zu hieven. Kann die Scham größer sein? Die Kerzen hat sie ausgepustet. Ihre Kleider liegen auf dem Boden. Sie legt sich zu mir ins Bett.

»Nicht doch, Violette.«

»Psst«, sagt sie sanft.

»Sag mir, was für eine Zukunft hast du mit mir?«

Ich wehre ihre Hände ab.

Sie sieht mich verständnislos an.

»Eine großartige Zukunft, Valentijn. Wenn es tatsächlich so viel Geld ist, kannst du jeden Meter Grund kaufen von der Schmiede bis zum Schloss. Überleg mal, was für ein Landsitz das wäre. Unser Landsitz.«

In meinem Hinterkopf schlägt jemand eine Trommel.

»Und was habe ich davon? Ich schaffe es doch nicht mal vom Sessel bis aufs Klo.«

»Ich werde für dich sorgen. Glaub mir.«

Sie schlüpft unter die Decke. Ihre Hände und Lippen beginnen ein Spiel, das kein Höhenflug für mich wird. Ich bin ein junger Mann. Brünstig. Die Füße fest auf dem Boden. Erigiertes Glied. Obwohl nur fünf Jahre dazwischenliegen, fühle ich mich jetzt als altes Wrack. Sie will mich anlanden lassen. Sie gibt sich alle Mühe. Aber mein Mast will nicht mehr. Sie bekommt den Wind nicht in die Segel. Es ist peinlich. Viel rabiater als gewollt schubse ich sie von mir weg. Sie stößt sich den Kopf am Bettgestell.

»Lass sein, Violette, es ist sinnlos.«

Sie verbeißt sich ihren Schmerz.

Der Rest der Reise besteht vor allem aus Kälte. Lauwarme Erinnerungen werden aufgefrischt. Aber die kräftige Brise auf dem Oberdeck weht sie sofort wieder weg, ehe sie unser Herz erwärmen können. Violette unternimmt keine Anstalten mehr, mich zu berühren. Wessen Stolz am meisten verletzt wurde, ist unklar. Dass unsere Hände einander losgelassen haben, steht fest. Ich bitte sie noch um einen einzigen Gefallen. Natürlich will sie das tun. Sie würde Berge für mich versetzen, bis auf die andere Seite der Welt, wenn ich sie darum bitten würde. Aber ich habe sie zum zweiten Mal weggestoßen. Ihre Schönheit besteht zu einem Teil aus Hochmut. Ein drittes Mal wird sie es nicht versuchen.

Ich schreibe einen Brief an Namenlos. Violette gibt ihn für mich auf. Vorher setzt sie mich noch in einem Krankenhaus an unserer eigenen Küste ab, auf Fürsprache des Arztes von der anderen Seite. Zur Kontrolle und zum Vergleich der Methoden. Bloß für ein paar Wochen. Man muss doch etwas lernen aus so einem Krieg. Am Eingang liefert sie mich einer Krankenschwester aus.

»Mach's gut«, sagt sie.

Ich nicke kurz. Ich werde hineingerollt und weiß genau, dass sie nicht weint, obwohl ihr danach zumute ist.

Das habe ich ihr nie beibringen können.

III

Seit einer Woche bin nun schon in diesem Krankenhaus. Beschädigung ist das einzige, was ich hier sehe. Es hat etwas von einer Fabrik. Langgestreckte, niedrige Gebäude, parallel angeordnet. Franziskanerinnen. Jungfräuliche Atmosphäre. Man tut hier alles dafür, damit die Dinge gerade und sauber aussehen. Obwohl jeder, der hier liegt, krumm ist oder zerrissen, ramponiert, zerbröckelt, auseinandergenommen und wieder zusammenflickt.

Regelmäßig sehen sie nach mir. Vor allem nach meinen Stümpfen. Ärzte im weißen Kittel, die Haare sorgfältig gekämmt, Klugscheißerbrillen auf der Nase, Patientenakten in der Hand. Immer wieder Skizzen und Notizen. Von meinem linken Stumpf. Von meinem rechten Stumpf. Von beiden Stümpfen zusammen. Sie stellen viele Fragen. Nach den Schmerzen, die ich hatte. Nach den Schmerzmitteln, die man mir gegeben hat. Wie lange es gedauert hat, bis ich sitzen konnte, und wann ich wieder Wasser lassen konnte und Stuhlgang hatte. Ob ich meine Knöchel und meine Knie noch spüre. Und wie oft am Tag. Ob ich dort noch Juckreiz habe. Und mich dann kratze. Wie denn?

Manchmal sind auch junge Männer dabei, die das Metzgerhandwerk noch erlernen müssen. Ich bin ein prima Anschauungsexemplar. Einer der Herren, der oft vorbeikommt, ist der große Chef dieser Fabrik. Perfekt gepflegter Bart, der Vertrauen einflößt. Die linke Hand steckt meist in der Hosentasche, und der weiße Kittel hängt offen, wenn er durch die Gänge fegt. Die Schöße flattern wie Flügel hinter ihm her. Mit einem Bleistift fährt er bei seinen Erläuterungen über die Narben an meinen Schenkeln. Er benutzt schwierige Wörter und illustriert den praktischen Gehalt seines Unterrichts anhand meiner zusammengenähten Fleischlappen.

Ich bin ein Modell. Eine Gliederpuppe dieses Oberhaupts im Land der Chirurgen. Ich bin ein Schulbeispiel für die Heilkunde des nächsten Krieges. Eine Marionette. Aber die Leidenschaft, mit der er Anfängern erklärt, wie sie Teile von Menschen sachgerecht vom ursprünglichen Exemplar trennen können, ehrt ihn durchaus. Er wirkt wie ein Künstler, der seine neuesten Pinselstriche demonstriert, ein Fachmann, der stolz seine beste Ausrüstung vorzeigt.

Ich werde von hier nach da geschoben und immer in den Saal für die Rehabilitanden zurückgerollt. Die Baracke, in der man sein Selbstwertgefühl zurückgewinnen soll. Egal, in welchem Zustand man ist, welche Knochen oder Gliedmaßen einem fehlen, hier wird einem geholfen, sich wieder aufzurichten. In meinem Fall nicht im wörtlichen Sinn. Das Ächzen und Stöhnen, das hier zu hören ist, drückt die Ungewissheit aus und die Zweifel. Was kann man nicht mehr, was muss man demnächst können? Ich lasse alles über mich ergehen. Es ist nur für etwa zwei Wochen, hat man mir gesagt, dann darf ich nach Hause.

Es ist Mittagszeit, eine Matrone mit schuppigen Händen hat meinen Rollstuhl in den Speisesaal geschoben. Die silbergrauen Haare hat sie zu einem Dutt zusammengedreht. Der Mann mir gegenüber leert schweigend seinen Teller. Kartoffeln mit Prinzessbohnen und Schweinebraten.

»Warst du noch mal da, in der ganzen Zeit?«, fragt er unvermittelt.

Ich sehe ihn an. Seine Stimme kommt mir bekannt vor. Das leicht Leiernde. Die näselnde Boshaftigkeit.

»Wo?«, frage ich.

Er gestikuliert, dass er mich nicht verstanden hat. Ich wiederhole meine Frage lauter.

»In unserem Dorf natürlich, Schwachkopf. Das Hirn haben sie dir doch nicht weggeschossen, hoffe ich. Oder hat das auch in deinen Haxen gesteckt? Dann liegt's jetzt irgendwo im Mülleimer.« Er muss über seinen eigenen Witz lachen.

Auch ich lache. Lieber das als Mitleid.

»Kennen wir uns denn?«, frage ich.

Wieder hat er mich nicht richtig gehört.

»Ich wüsste gern, woher wir uns kennen.«

»Sieh mal richtig hin«, sagt der Mann und streicht die halblangen Haare nach hinten. »Irgend so ein dreckiger Deutscher hat mich erwischt.«

Ich muss genau hinsehen. Das linke Ohr ist weggeschossen.

»Ich lass mir die Haare noch länger wachsen«, sagt er, als er sieht, wie ich erschrecke. »Dann fällt's kaum auf.«

Woher kenne ich sein Grinsen?

Ein Bild tritt vor mein inneres Auge. Meine Tante Zoë, die wutentbrannt die Straße überquert, einen Bengel bei der Kapelle anhält und ihm ein paar auf die – damals noch komplett vorhandenen – Ohren gibt.

»Pier Keiremelk?«, frage ich.

»Höchstpersönlich«, sagt er lachend. »Hab nur einen von meinen beiden Löffeln abgegeben.«

»Du hast es also auch geschafft.« Die Banalität meiner Bemerkung wird mir sofort bewusst.

»Du musst auf der richtigen Seite sprechen«, sagt er und zeigt auf sein intaktes Ohr. Mit oder ohne Ohrmuschel, er ist immer noch der Alte. Hier so mit ihm zusammen zu sitzen macht ihn ein bisschen zu einem Mann wie mir. Das Frontleben macht Menschen zu Brüdern. Und der Krieg ist ihre Mutter. Ob sie wollen oder nicht.

»Warst du noch mal da?«, fragt er erneut.

»In Woesten? Nein.«

»Stell dir nur nicht zu viel darunter vor.«

»Bei mir ist es jetzt fast fünf Jahre her.«

»Und wann haben sie dich erwischt?« Er zeigt auf meine Beine.

»Schon früh. Direkt vor dem ersten Gasangriff.«

»Da war ich noch nicht dabei«, sagt er feixend.

»Gehörst du nicht auch zu meinem Jahrgang?«

»Klar, aber ich war nicht da.«

»Wo warst du denn?«

»Weg, wegen Geschäften.«

»Geschäften?« Jetzt lache ich. »Pier, spinn nicht herum. Ich kenne dich gut genug.«

»Klar, Geschäfte«, protestiert er gereizt. »Ich hab mehr als ein Jahr lang Taxi gespielt für die, die wegwollten. Hunderte sind getürmt, mit ihrem ganzen Krempel. Jemand musste doch den Karren schieben mit den Sachen, die zu schwer waren.«

»Und du bist nicht eingezogen worden?«

»Nicht dass ich wüsste. Ich war nicht zu Hause.«

Er füllt das Glas, das vor ihm steht, mit Wasser aus einem Steinkrug.

»Du auch ein bisschen? Ich spendier's dir.«

»Nein, danke. Erzähl mir lieber, was du über Woesten weißt. Wer ist alles weggegangen?«

»Mensch, fast jeder. Die Angst steckte allen in den Knochen. Ist ja wohl logisch. Fast alles ist in die Luft gejagt worden.«

»Hat es Tote gegeben?«

»Na klar, wer sich nicht beizeiten auf die Socken gemacht hat, musste dran glauben.«

»Wer denn?«

»Thérèse zum Beispiel. Kennst du sie noch?«

»Ist nicht dein Ernst.«

»Aber ja.«

Er beugt sich vor, um die Spannung noch zu steigern.

»Sie stand beim Opferstock vom heiligen Christophorus und hat laut mit sich selbst gestritten, wie viele Kerzen sie anzünden sollte. So wird es jedenfalls erzählt, ich war nicht dabei. Du kennst meine Abneigung gegen Kirchenstühle und Tabernakel. Ich krieg davon Kopfschmerzen. Allein schon vom Geruch.«

»Kerzen anzünden ist meines Wissens nicht tödlich. Hat sie Feuer gefangen oder so?«

»Quatsch. So was doch nicht. Sie war so in ihr Selbstgespräch vertieft, dass sie die Bombe nicht kommen gehört hat. Du kennst sie doch, wenn's um Geld geht.«

»Sie ist hochgegangen?«

»Nein, warte. Du lässt mich nicht ausreden. Die Kirche wird getroffen. Das Dach des Chors stürzt ein. Die Leute erzählen, sie wäre sofort zu ihrem eigenen Stuhl gerannt, um ihn vor der Zerstörung zu retten. Alle Achtung. Courage hatte sie.«

Er macht eine Kunstpause und trinkt. Er weidet sich an meiner Ungeduld.

»Und dann ist der letzte Rest vom Dach runtergekommen, genau auf ihren Kopf.«

»Und tot.«

»Mausetot. Nichts mehr zu machen. Ihr Portemonnaie hielt sie offenbar noch in der Hand. So hat man sie in den Trümmern gefunden. Mit Münzen in der Faust.«

»Arme Thérèse.« Ich sehe sie wieder auf dem Treppchen in ihrem Laden stehen.

»Sie war ja so was von geizig.«

»Trotzdem ist es schlimm.«

»Für wen? Kinder hatte sie keine. Freunde schon gar nicht. Jetzt muss sich keiner mehr rumzanken über den Preis der Milch oder ob ihre Waage richtig eingestellt ist. Sie hatte doch einen schönen Tod. Und preiswert. Sie haben sie zusammen mit vier anderen Opfern von dem Tag unter die Erde gebracht. Schade, dass sie das nicht mehr miterleben konnte.«

»Mitleid, Pier. Kennst du das Wort?«

»Dafür kann man sich nix kaufen. Hätte sie mal auf mich gehört. Ich wollte sie bis hinter Paris bringen, aber ich war ihr zu teuer.«

»Hast du wirklich dein Brot mit den Leuten verdient, die geflüchtet sind?«

»Jedenfalls im ersten Kriegsjahr. Dann haben sie mich gefunden, die Scheißkerle.«

»Du hast dreckiges Geld mit dem Elend anderer gemacht.«

»So darfst du das nicht sehen. Ich hab ihnen aus dem Elend rausgeholfen. Sie in Sicherheit gebracht.«

»Und wer hat alles für deine Dienste bezahlt?«

»Alle, außer deiner Tante Zoë. Die hab ich bis hinter Bordeaux gebracht, zu einem gewissen Médard. Das Einzige, was sie mir dafür gegeben hat, waren drei tote Kaninchen. Diese Schnepfe. Ich kapier immer noch nicht, warum nun ausgerechnet das.«

»Und wer sonst noch?«

»Ich kann sie gar nicht alle aufzählen, so viele waren es. Die Nobelste war sicher die Madam vom Notar. Die hat gequiekt wie ein angestochenes Schwein, als ihr Mann abgereist ist. Nach Deutschland noch dazu. Was hatte er da zu suchen. Der Lump.«

Ich glaube zu ahnen, was der Mann dort zu tun hatte, durch Violettes Geschichte, aber ich schweige und nicke Pier nur zu.

»*Enfin*, er hatte genug Schotter in der Schublade zurückgelassen, damit ich seine Madam an einen sicheren Ort bringen konnte. Wohin er dann später nachkommen wollte. Die Großkopferten können doch überall hin.«

»Und dir kam das wahrscheinlich ganz gelegen.«

»Du wirst dich wundern. Was meinst du, was für einen Ärger ich damit hatte.«

»Mit der Madam vom Notar?«

»Sieben Kisten voll. Hör gut zu. Sechs Kisten Portwein. Und eine Kiste mit Brautkleidern. Nix als Brautkleider. Man soll es nicht für möglich halten. Was macht die Frau damit? Aber na ja, der Kunde ist König.«

»Schöne Erinnerungen vielleicht?«

»Erinnerungen, ach leck mich. Eine eingebildete Gans ist

sie. Völlig überkandidelt. Ich hab auch ihr Klavier transportiert. Bleischwer, kannst du dir ja denken. Und sie immer dabei, wie eine Mutter bei ihrm Kind. Statt einfach mit dem Zug zu fahren. Nein, Madam musste unbedingt mit auf den Wagen, auf einem Hocker am Klavier. Wenn sie wenigstens spielen könnte. Sie hat nur falsche Arien geträllert.«

»Und du hast es geschafft?«

»Alles bei ihrem Onkel abgeliefert. Der ist noch reicher als der Notar. Mann, was für ein Schloss. So was hab ich mein Lebtag nicht gesehn. Da haben sie in aller Ruhe vier Jahre gehockt.«

»Vernünftig.«

»Der Baron auch, aber das weißt du ja, was? Der ist auch ab nach Frankreich. Mehr in den Süden. Hat sich mit seinem dicken Glatzkopf in die Sonne gesetzt. Dass Violetje weggegangen ist, weißt du ja?«

Ich schweige wieder.

»Lief da nicht was zwischen euch beiden, damals?«

»Gute Freunde. Mehr nicht.« Ich erschrecke über meine Lüge.

»Verstehe. Is'n anderer Stall als unserer. Da liegen Welten zwischen. Das kann nicht gutgehn.«

Er leert sein Glas und sieht sich im Saal um. Die dicke Matrone von vorhin hat ihren Arm in den eines jungen Mannes mit verbranntem Gesicht gehakt. Er ist blind, sie bringt ihn zu einem Sitzplatz.

»Totsein wär besser«, sagt Pier trocken.

Er wendet sich wieder zu mir.

»Was mir gerade einfällt, mein Beileid für das mit deiner Mutter, was da vor fünf Jahren passiert ist. Ich hab dich seitdem nicht mehr gesehn.«

»Danke.«

»Du hast ja wirklich deinen Teil abgekriegt, Mensch. Erst das und dann dies hier.« Wieder zeigt er auf meine Beine.

»Weißt du, Pier, ans Elend ... daran gewöhnt man sich.«

Seine Miene verfinstert sich. Er geht darauf nicht weiter ein.

»Trotzdem gut, dass sich der Dreckskerl selber umgebracht hat.«

»Wer?«

»Funke natürlich, nach dem, was er deiner Mutter angetan hat.«

»Findest du?«

»Was?«

»Findest du, es war richtig, dass er das getan hat?«

»Aber klar doch. Sonst sperren sie so einen ein und füttern ihn durch, bis er irgendwann abkratzt. Jetzt kostet es uns wenigstens kein Steuergeld.«

»Trotzdem weiß ich nicht so recht.«

»Wolltest du ihn noch zur Rede stellen oder was?«

»Ja. Eigentlich ja.«

»Und ihn selber abmurksen. Kann ich gut verstehn. Aber das darfst du nicht, Mensch. Am Ende bist du der Angeschmierte und hockst den Rest deines Lebens bei Wasser und Brot.«

»Nein. Einfach so. Ihn noch einmal sehen.«

»Du bist doch ein komischer Vogel, schon immer gewesen. Aber nicht halb so komisch wie dein Bruder. Wie geht's dem übrigens? Von dem hab ich auch nichts mehr gehört.«

Auch dieser Frage weiche ich aus. Wie noch vielen anderen an diesem Nachmittag. Wir plaudern stundenlang.

Frischen Erinnerungen auf. Lassen Dorfbewohner Revue passieren. Wir lachen. Wir schweigen. Wir weichen aus. Wir lügen.

Abends mache ich ihm einen Vorschlag. Auch er wird ja morgen oder übermorgen entlassen.

»So viel Geld«, sagt er. Es klingt misstrauisch.

»Also was ist, ja oder nein.«

»Einmal Arztsöhnchen, immer Arztsöhnchen.«

Ich überhöre es. Wir schlagen einander abwechselnd auf die flache Hand. Diesmal keine Fäuste. Dafür ein kleines Bündnis.

Unrast steckt in mir seit meiner Kindheit. Stillsitzen ist nichts für mich. War es nie. Bis sie mir die Beine abgenommen haben.

Ich weigere mich zu glauben, dass es einen Gott gibt. Das Schicksal, der Zufall, das ist meine Religion.

Man muss Schneid haben, um daran zu glauben. Es ist eine seltsame Form der Sinngebung. Die meisten Menschen haben Angst davor. Das Schicksal spielt mit einem. Ein Spiel ohne Sinn. Es wirft dich hoch in die Luft, wirbelt dich herum, lässt dich fallen, vernachlässigt dich manchmal eine Weile, so wie ein Kind sein Spielzeug irgendwo achtlos liegen lässt. Es macht dich krank, es heilt dich, beweihräuchert dich, lobt dich in den Himmel, macht dich runter, verbrennt, zerschmettert, bejubelt, verherrlicht, kränkt und tröstet. Es braucht dafür keine Gründe. Es hat seine eigenen Regeln in diesem Spiel. Das Schicksal will nur seinen Spaß. Will sich berauschen an seiner unbezähmbaren Macht. Aber ich habe gelernt, weiter zu blicken. Das Schicksal hat seine Mängel. Seine Unvollkommenheiten.

Es verliert manchmal Spielsteine. Karten kommen abhanden. Würfel rollen plötzlich nicht mehr weiter. Münzen bleiben auf der Kante stehen.

Dann muss man das Spiel schnell selbst in die Hand nehmen. Die eigene Zeichnung neu skizzieren. Oder die von jemand anders. Ich glaube, man kann das Schicksal überlisten.

Und das habe ich jetzt vor. Ich bin schon unterwegs. Ein Mann, der nur noch ein Ohr hat, ist mein Gefährte.

ZWEISAM

VALENTIJN

»Kurze Pause, Valentijn. Mir läuft der Schweiß übern Rücken.« Pier setzt den Handkarren am Straßenrand ab.

Er hat ihn, als wir aus dem Bahnhof kamen und weder eine Kutsche noch ein Bauernfuhrwerk zu sehen war, auf dem erstbesten Gehöft organisiert, an dem wir vorbeikamen. Er hat mich raufgehoben und den Rollstuhl darauf festgebunden. »Was hat der Bauer gesagt?«, frage ich.

»Weiß nicht. Niemand gesehn.«

»Das ist aber Diebstahl.«

»Ach was.« Pier zeigt beim Lachen seine verfaulten Zähne. »Das ist öffentlicher Nahverkehr.«

»Und die Kissen?«

»Die hab ich im Wohnzimmer gefunden. Die Tür stand offen.«

»Schon wieder Entwendung von fremdem Eigentum.«

»Nö, Armenhilfe«, ist seine Antwort, während er mir die Kissen hinter den Rücken schiebt, damit ich bequem sitze.

Die Straße ist in miserablem Zustand. Überall Löcher. An vielen Stellen sind die Pflastersteine einfach verschwunden.

NAMENLOS

Ich bin am frühen Morgen spazieren gegangen. Unterwegs habe ich alle Psalmen gesungen. Mein Kopf ist eine Kapelle. Ich gehe hinein. Das war die Kirche von Woesten. Ich nehme mir einen Stuhl, der verloren an der Seite steht. Die Lehne ist kaputt. Der Sitz ist noch stabil. Ich sehe ein kleines Namensschild aus Messing an der Rückseite. »Virginie Le Page« steht darauf eingraviert. Den Fußboden der Kirche, oder was noch davon übrig ist, hat vor Kurzem jemand gefegt. Die Linien, die der Besen im Staub hinterlassen hat, bilden ein seltsames Muster. Ich setze mich in die Mitte. Ungefähr auf der Höhe der Nische, in der früher die Statue der heiligen Rictrudis stand. Mit ihrem Segen gegen die Fallsucht. Viel hat sie nicht retten können.

Ich lege die Hände auf die Knie und blicke auf die Stelle, wo der Altar gestanden hat, wo der Herr Pastor die Hände weit zum Himmel streckte und das Brot brach im prächtig gefärbten Gegenlicht. Als Kind hatte es für mich einen magischen Reiz. Er kam mir damals vor wie ein Zauberer im Märchen. Das Klingeln der Glöckchen des Messdieners. Die Stille unter den Gläubigen. Das kaum hörbare Knacken der Hostie, wenn sie durchgebrochen wurde. Wo ist das alles hin?

VALENTIJN

»Es ist so viel kaputt«, sagt er mit einiger Bewunderung in der Stimme. Pier und Zerstörung: Freunde fürs Leben. Ihn lässt das alles kalt. So war es schon immer. Nester ausrauben und die Eier zerschlagen. Neugeborene Kätzchen gegen die Stalltür knallen, sodass sie mit zerschmetterten Knochen in die offene Senkgrube rutschen. Kaninchen abstechen und ihnen das Fell abziehen. Ratten fangen und ihnen den Schwanz abhacken. Das steht alles auf der Liste seiner Heldentaten. Ich möchte nicht wissen, was Pier im Krieg getrieben hat. Mensch oder Tier, für ihn macht es kaum einen Unterschied.

Die Kirche ist stark beschädigt. In den Fenstern ist kein Glas mehr. Aus den Mauern an der Ostseite sind große Happen herausgebissen. Ein wüstes Ungeheuer hat seinen Hunger damit gestillt. Kein Dach mehr, nicht einmal mehr ein Dachstuhl. Nur noch ein paar abgebrochene Sparren ragen in den Himmel. Große Splitter im leeren Raum. Was haben sie mit meinem Dorf gemacht? Alles liegt in Trümmern. Das Pfarrhaus ist dem Erdboden gleich gemacht worden. Violette. Wie gut, dass du in Frankreich warst.

NAMENLOS

Ich bin den ganzen Vormittag sitzen geblieben. Ich hörte, dass im Dorf der Feiertag eingesungen wurde. Fröhliche Kinderstimmen, so wie sie sein sollen.

In Gedanken wandere ich mehrmals zu unserem Haus. Wie ich es früher so oft gemacht habe. Von der Kirche zur Schmiede und zurück. Es ist ein letzter Versuch, die Landschaft wieder erstehen zu lassen, die Straßen, die Häuser, die Mühle, die Brauerei, unser Zuhause. Aber nichts ist mehr wie früher. Kein Dachziegel ist an seinem Platz geblieben.

Hinter mir knackt etwas. Eine braune Ratte huscht über halb verkohlte Holzabfälle und sieht mich ein paar Sekunden lang an. Ihre Schnurrhaare zittern. Ich habe sie auf ihrem Terrain gestört. Dann verschwindet sie wieder, scheu, so wie sie gekommen ist. Hier gibt es nichts zu holen.

Ich bleibe reglos sitzen. Die Hände still gefaltet. Als hätte ich Angst, auch nur die kleinste Bewegung könnte den Rest der Mauern und den Turm einstürzen lassen. Als würde ein Atemzug reichen, um den Fundamenten die letzte Festigkeit zu rauben.

Ich fühle mich leer und schließe die Augen. Dann kommt das Bild, auf das ich all die Jahre gewartet habe. Meine Mutter steht neben mir, in einem geblümten Sommerkleid. Sie ist jünger als die Frau, die ich damals gekannt habe. Sogar jünger, als ich es bin. Meine Mutter ist hübsch. Sie legt mir die Hand auf den Kopf und streicht mir über die Haare. Sie sagt etwas. Sie spricht meine Sprache. Seltsame Laute. Ich verstehe sie.

»Komm mit mir«, sagt sie. »Verlass das hier alles. Lass es hinter dir. Und geh mit.« Ihre Finger fahren durch meine Haare, vom Ohr zum Nacken, schieben die Riegel einer Erinnerung beiseite, die ich weggeschlossen habe.

Was mir fünf Jahre lang nicht gelungen ist, geschieht nun in der Ruine der Kirche, die kein Mensch mehr betritt. Hierher kommt nur noch Ungeziefer. Anderes Ungeziefer. Ich beginne zu weinen wie ein kleines Kind. Die Tränen kommen von selbst. Ich lasse es geschehen, da, wo es angefangen hat. Alpha und Omega. Die stehen gebliebene Uhr am Kirchturm ist mein Verbündeter. Meine Mutter verschwindet, als ich die Augen wieder öffne.

Hinter mir höre ich die Stimmen zweier Männer.

Er schiebt mich in einem wahnsinnigen Tempo, dieser Irre. Mir tut der Rücken weh, meine Hände sind feuerrot, weil ich mich auf dem Karren festhalten muss. Wir begegnen keiner Menschenseele. Alle sind in der Messe, in der Kapelle des Klosters. In der Kirche geht es nicht mehr.

»Hier ist es immer acht Uhr«, sagt Pier. Er zeigt auf die Turmuhr. Seltsam, dass sie noch an ihrem Platz ist. Der große Zeiger steht auf zwei Minuten vor.

»Gefällt mir, komm ich nie mehr zu spät nach Hause«, sagt er grinsend. Er stößt mich weiter voran, zwischen den Buchen hindurch, die ein Ehrenspalier bilden für unseren absonderlichen Zug. Der meiste Schutt wurde bereits weggeräumt. Steine, die wieder benutzt werden können, sind aufgestapelt. Pier öffnet die Tür mit einem Fußtritt und schiebt mich hinein. Er weiß, dass das mein Ziel ist. Dass er seine Moneten kriegt, wenn er mich bis hierher bringt.

»'Ne Kirche ohne Dach«, sagt Pier. »Praktisch für den Herrn zu Himmelfahrt.« Er spuckt einen Brocken grünen Schleim in die dunkle Nische eines zusammengesackten Beichtstuhls. Viel mehr kann hier nicht entheiligt werden. Ich sehe mich um, und obwohl bis auf ein paar Schutthaufen nur noch wenig in der Kirche zu finden ist, dauert es einen Moment, bis ich ihn erblicke. Er steht in seiner Mönchskutte vor der Wand, die Kapuze auf dem Kopf. Pier bemerkt ihn auch.

»Du willst mir doch nicht erzählen, dass du ins Kloster gehst?«

Ich schweige. Mein Blick haftet an der reglosen Gestalt, die an dem abbröckelnden Putz lehnt. Sie fällt kaum auf.

»Guten Tag, Bruder.« Pier geht mit ausgestreckter Hand auf ihn zu. »Einen gesegneten Feiertag.«

Jede Wette, dass er noch nie zuvor in seinem Leben solche christlichen Worte von sich gegeben hat. Die Gestalt erwidert nichts. Nur ein Nicken.

»Besonders gesprächig sind Sie ja nicht. Ich weiß, Sie haben unserm Herrgott das Schweigen gelobt. Aber der ist nicht hier, wenn Sie mich fragen. Es regnet rein, das sehn Sie doch.« Pier lacht dümmlich über seinen eigenen Witz und kommt dann wieder zu mir.

»In Ordnung, wenn ich dich hier ablade? Für 'nen netten Plausch bist du bei dem aber an der falschen Adresse.«

»Ja, Pier, alles in Ordnung. Aber sei vorsichtig, ich habe Schmerzen.«

Pier schiebt mich zu dem Pater. Er hält mir die geöffnete Hand hin, ohne die befremdende Gestalt aus den Augen zu lassen. Ich lege sechzig Franc hinein.

»Bitte sehr.«

»Merci, Valentijn. Sag Bescheid, wenn ich mal wieder was für dich tun kann. Allerdings weiß ich nicht, ob ich hier noch lange bleibe. Ist ja nicht mehr viel übrig, was.«

»Achte auf dich, Pier.«

»Mach dir keine Sorgen. Wenn die Haare noch ein bisschen gewachsen sind, sieht man's nicht mehr.«

»Natürlich, Pier.«

»Und du pass auf.« Er zeigt wieder auf die Gestalt. »Ich trau dem nicht. Er kriegt's Maul nicht auf. Willst du wirklich hierbleiben?«

»Ja.« Ich nicke. »Ist schon gut. Geh nur. Dein Geld hast du ja.«

Die Hände in den Hosentaschen, zuckt er mit den Schultern und zieht ab.

»Und der Karren? Was ist jetzt damit?«, rufe ich noch.

Er dreht sich nicht mehr um.

NAMENLOS

Der Anblick meines Bruders, fast halbiert, an einen Rollstuhl gefesselt, trifft mich wie ein Keulenschlag. Der Mann, der ihn hergebracht hat, verschwindet. Seine Schritte verhallen. Ich habe ihn wiedererkannt. Pier Keiremelk. Ich hebe den Kopf und schiebe langsam die Kapuze zurück.

VALENTIJN

Er hat sich nicht verändert. Nur die Haare sind jetzt kurz geschoren. Sein entstelltes Gesicht ist noch genauso aufrichtig wie früher.

»Guten Tag, Namenlos«, sage ich.

Er antwortet nicht.

NAMENLOS

Der Klang seiner Stimme geht mir unter die Haut. Mein Hals ist wie zugeschnürt. Ich knie vor ihm nieder. Unsere Augen sind nun auf einer Höhe. Man hat ihn damals mit einem Wagen von mir weggeholt, und genauso wurde er zurückgebracht. Ganz kurz scheint es, als wäre in der Zwischenzeit nichts geschehen. Ich lege meinen Kopf in seinen Schoß.

VALENTIJN

Der Stoff seiner Kutte ist rau. Meine Fingerspitzen berühren seinen Nacken. Wie zum Abschlachten bereit liegt er da. Kennt er die Wahrheit? Wie lautet sein Urteil? Sein gebräunter Hals, ein paar Falten, feine Linien, gezeichnet von Jahren, von denen ich nichts weiß, dieser Hals liegt so zerbrechlich vor mir. Mit einem kräftigen Handkantenschlag wäre er ausgeschaltet, für immer erlöst. Das habe ich im Ausbildungslager gelernt. Die elementaren Überlebensregeln. Ich seufze tief, beuge mich vor, soweit das mit meinem Scheißkörper geht, und küsse ihn auf den Kopf.

»Komm, Bruder«, sage ich, »wir gehen nach Hause.«

NAMENLOS

Es hat etwas von einer Prozession. Auch wenn der große Zug schon vor ein paar Stunden stattgefunden hat. Wer mitgegangen ist, sitzt jetzt vielleicht im Wirtshaus oder an der Festtafel. Die Honoratioren trinken in allen Ehren ein Gläschen Wein beim Herrn Pastor, der jetzt, da das Pfarrhaus in Trümmern liegt, sicher im Nonnenkloster ein Unterkommen gefunden hat. Die Bannerträger werden ihre Tragegurte abgeschnallt und die prachtvollen goldbestickten Bilder der Heiligen an eine Mauer gelehnt haben, um auch das Glas zu heben auf diesen schönen Tag, an dem mit feurigen Zungen gesprochen wird. Und darauf, dass sie wieder alle zusammen sind.

Kinder spielen auf der Straße. Manche schon in Sonntagskleidern. Andere noch in den Sachen, die mit knapper Not über die vergangenen Jahre gerettet wurden und die sie jetzt auftragen. Wen kümmert es. Vor allem die Gemüter der Menschen sind sauber gewaschen und gebügelt ohne falsche Falten und duften frisch nach Sommerblumen. Ein munteres Gewimmel füllt die Hauptstraße und den Platz. Frauen können wieder mit vollen Händen aus ihrem Vorrat an Geschichten und Erdichtetem schöpfen.

Bis wir erscheinen. Die kleine Prozession. Nur wir zwei. Ich schiebe ihn im Rollstuhl vor mir her. Den Rücken gestrafft, die Schultern nach hinten, den Kopf entblößt. Den Blick geradeaus gerichtet. Die Leute verstummen. Ihre Gespräche stocken. Witze werden heruntergeschluckt. Bier wird verschüttet. Sie stoßen sich gegenseitig an. Ich schiebe meinen Bruder vor mir her, mitten durch die Menge, die sich für uns teilt. Niemand wagt etwas zu sagen. Nur das Knarren der Räder des Rollstuhls ist zu hören. Ich rolle ihn weiter, bis zur Ecke des Platzes. Von dort aus kann ich schon einen schiefen, schmiedeeisernen Zaun sehen. Die Eingangspforte ist aus den Angeln gerissen und liegt zwischen dem Unkraut. Die Mauern stehen noch. Das Dach liegt noch darauf. Die Schmiede unseres Großvaters hat standgehalten. Ich gehe schneller. Valentijn spannt sich an. Hinter uns wird aus Stille langsam leises Gemurmel. Als es angeschwollen ist zu aufgeregten Gesprächen, stehen wir auf der Schwelle des Hauses unserer Kindheit.

In den beiden vorderen Zimmern ist nichts mehr übrig geblieben. Vaters Schränke sind ausgeräubert worden. Die Glasscheiben seines Apothekerschranks sind zerschlagen. Von seinen Büchern liegen nur noch ein paar zerrissen auf dem Boden neben dem Ofen. Die anderen sind vielleicht verheizt worden. Hier und da liegen noch ein paar Instrumente, die ich vage erkenne. Sie sind verrostet. Vielleicht hat man damit Dosen geöffnet oder Zehennägel gesäubert oder Schlamm aus Stiefelsohlen gekratzt. In Mutters Zimmer ist der Sekretär aus Mahagoni verschwunden. Auch der Schrank, mein Versteck von früher, ist weg. In einer Zimmerecke haben Soldaten ihre Notdurft verrichtet. Mit den Seiten aus einem Gedichtband haben sie sich den Hintern abgewischt. Ich bücke mich und blicke auf die verschimmelten Exkremente. Ein Vers von Baudelaire ist zwischen dem Unrat der Menschheit gelandet.

VALENTIJN

Er hat mich in Vaters Behandlungszimmer geschoben und den Rollstuhl ans Fenster gestellt. Er hat erst die Glasscherben zusammengefegt mit einem Besen, den er noch in der Scheune gefunden hat. Dann hat er sich zu mir gesetzt, auf eine umgedrehte Kiste, vorgebeugt, die Ellbogen auf die Knie gestützt, die Hände unterm Kinn verschränkt, die Augen auf mich gerichtet.

Jetzt sieht er mich an. Fragend. Was will ich?

»Es gibt Dinge, die ich dir berichten muss, Namenlos.« Ich seufze, fummle an einem Strohhalm, der sich an meinem Stuhl gelöst hat, und weiß nicht, wo ich anfangen soll.

Er wartet.

»Ich habe Violette getroffen. Deshalb bin ich hier.«

Ich erkenne keine Regung.

»Sie hat mir Dinge erzählt, die du wissen musst.«

Seine Gedanken sind unergründlich. Ich erzähle ihm, dass ein Testament von Funke existiert. Er unterbricht mich nicht, zeigt keine Reaktion, aus der ich schließen könnte, ob es ihn berührt oder nicht. Was ich in Irenes Bett gehört habe, verschweige ich.

Zu seinem Schutz? Oder weil ich auch ein elender Feigling bin?

NAMENLOS

Obwohl den ganzen Tag die Sonne geschienen hat, ist es kühl in unserem Haus. Ich habe noch weiter aufgeräumt. Wir beziehen den Raum des Doktors. Eine Ehrenbezeigung für Mutter. Er wehrt sich nicht dagegen. Ich suche zusammen, was noch brauchbar ist. Auf dem Dachboden finde ich einen kleinen Tisch und ein paar leere Koffer. Die Bettkästen von oben schleppe ich nach unten und lege Jutesäcke hinein, die ich in der Scheune gefunden habe. Vorher habe ich mit einer Kohlenschaufel den Staub herausgeklopft. Alte Vorhänge finde ich im Keller. Sie sind angeschimmelt, aber halten wenigstens die neugierigen Blicke fern. Seit wir an diesem Nachmittag über den Marktplatz stolziert sind, zeigt sich vor unserem Haus immer wieder der eine oder andere forsche Dorfbewohner und versucht, einen Blick durchs Fenster zu erhaschen. Ein paar Porzellanschüsseln sind noch heil. Ich spüle sie mit Brunnenwasser ab. Unser neuer Aufenthaltsort beschränkt sich auf diesen einen Raum. Ich richte ihn so gemütlich wie möglich ein. Wir schlafen wenig in unserer ersten Nacht.

Montagnachmittag. Heute Vormittag habe ich eingekauft. Ein Stück Käse, Zwieback, Nägel, Rasierseife, Lampenöl, Butter, ein Knäuel Bindfaden, Tinte und Federhalter, ein Notizbuch, Zwiebeln und zehn Eier. Alles ist in der Küche an seinem Platz. Ich fange an, den Gang und Mutters stinkendes Zimmer zu putzen. Hinter mir ein Hüsteln.

»Verzeihung, Bruder …«, sagt Notar Bouttelgier, der in einem weißen Anzug und mit einem schwarzen Hut in der Hand auf der Türschwelle steht.

»Rochus. Bruder Rochus!«, ruft Valentijn aus dem anderen Zimmer.

Der Notar erschrickt kurz, stößt den Kopf vor und zurück wie ein Huhn, das versucht, ein übergroßes Korn hinunterzuschlucken, und kommt dann mit ausgestreckter Hand auf mich zu.

»Guten Tag, Bruder Rochus. Namenlos, nicht wahr?«

Ich gebe ihm die Hand und brumme ein bisschen. Mit einem kleinen Kopfnicken zeige ich ihm den Weg zu dem Zimmer, in dem Valentijn ist.

Aller Wahrscheinlichkeit nach ist er genau im Bilde. Trotzdem zögert er auf der Türschwelle, als er meinen Bruder im Rollstuhl erblickt. Dann fasst er sich, nimmt sich einen Stuhl und setzt sich zu Valentijn. Er gibt ihm nicht die Hand, klopft ihm aber auf die Schulter. Als ob man nach dem Verlust der unteren auch die oberen Gliedmaßen nicht mehr benutzen könnte.

»Guten Tag, Valentijn. Gut, dass Sie wieder da sind.«

»Dafür haben Sie gesorgt, Herr Notar.«

»Ich würde Sie gern in mein Büro bestellen. Dort liegen ein paar Dokumente, die ungeheuer wichtig sind.«

»Geht es wirklich um so große Werte, Herr Notar?«

Bouttelgier wartet einen Moment mit der Antwort.

»Überzeuge ich Sie, wenn ich sage, dass so etwas in meiner Kanzlei noch nie vorgekommen ist?«

Auf Valentijns Gesicht erscheint ein Lächeln.

»Wann erwarten Sie uns?«

»Morgen früh, wenn es Ihnen passt, um zehn Uhr.«

»Ich glaube nicht, dass wir dann schon eine Verabredung haben. Oder, Bruder Rochus?« Sein Blick spricht Bände. Mit einem Nicken bestätige ich seine Antwort.

»Also sehen wir uns morgen.« Der Notar setzt seinen Hut wieder auf und sieht sich kurz im Zimmer um.

»Ich lass Sie dann mal allein, Sie haben noch genug zu tun«, sagt er.

Auf dem Weg nach draußen hebt er seine Hosenbeine ein bisschen an und steigt vorsichtig über die Pfützen schmutziger Seifenlauge.

VALENTIJN

Eine Mappe aus zwei Bögen festem Karton, bedruckt mit grünschwarz geflammten Blüten, verbunden mit einem angeklebten schwarzen Stoffstreifen und auf der anderen Seite mit Bändern zugeschnürt, darin ein dicker Stapel Dokumente. Der Notar betritt damit feierlich das Besprechungszimmer und legt sie mit großer Behutsamkeit vor uns auf den Tisch, als hielte er den Inhalt für zerbrechlich und als wollte er damit dem ursprünglichen Besitzer eine Art Hommage erweisen. In elegant geschwungenen Lettern steht auf dem Etikett *Legat Johannes Friedrich Funke.*

»Das hier, meine Herren, ist das außergewöhnlichste, vielleicht sogar das irrsinnigste Testament, das ich jemals in meiner Laufbahn gesehen habe und vielleicht noch sehen werde.«

Namenlos, der neben mir sitzt, blickt mich kurz an.

»Herr Funke hat diesen letzten Willen im Juli des Jahres neunzehnhundertvierzehn mit mir zusammen aufgesetzt. Genau vier Tage, bevor die Gendarmen ihn verhaftet haben. Was danach mit ihm geschehen ist, wissen Sie. Ich habe dem guten Mann seinerzeit, das gebe ich unumwunden zu, den klugen Rat gegeben, diese Entscheidung noch ein paar Nächte zu überschlafen, in Anbetracht des Umfangs der Hinterlassenschaft. Aber davon wollte er nichts wissen. Er wollte nur noch eines: Alles sollte den beiden Söhnen von Elisabeth Mazereel überschrieben werden. Mit ›alles‹ meinte er den gesamten Grundbesitz, alle Häuser, die vollständige Einrichtung, die Fahrzeuge, die Ausstattung, die Fässer und Weinflaschen in den Kellern als auch die gut vier Millionen deutsche Mark auf verschiedenen Bankkonten, dazu noch Wechsel im Wert von etwa zwei Millionen, die in einer Pariser Bank deponiert sind. Ich wusste damals noch nicht, was ein paar Tage später bekannt wurde. Meine Herren, das ist ein Vermögen. Sie sind steinreich.«

In mir springt eine Feder. Das Schicksal ist einen Moment unaufmerksam gewesen.

Ich beginne zu kichern, zuerst verhalten, in mich hinein,

aber dann lauter und lauter, bis ich schließlich brüllend lache und mir dicke Tränen in die Augen springen. Ich höre erst auf, als ich merke, dass Namenlos aufgestanden ist und sich von mir abgewandt hat.

»Was ist los, Bruder?« Mein ganzer Körper zuckt noch. »Ist dir eigentlich klar, was der Herr Notar gesagt hat?«

Mein Bruder dreht sich brüsk um, tritt vor den Schreibtisch des Notars, nimmt den Federhalter aus dem Tintenfass und kratzt hastig auf ein Blatt Papier das Wort: *»Warum«*. Hinter der Verkrampfung, mit der er diese fünf Buchstaben schreibt, steckt eine Wut, die ich bei ihm noch nie zuvor wahrgenommen habe. Der Notar nimmt ihm das Blatt in aller Ruhe aus der zitternden Hand und legt es auf die Akte. Er holt tief Luft.

»Ich verstehe, dass vor allem Sie, Bruder Rochus, ein Problem damit haben. Das Drama lässt sich damit nicht ungeschehen machen. Ihre geliebte Mutter bekommen Sie dadurch nicht zurück. Das Leid, das Sie beide erlitten haben, lässt sich mit Geld nicht lindern. Das begreife ich mehr als jeder andere. Ich habe in meiner langen Laufbahn schon so viele Testamente gesehen, und zahlreiche Erben, und ich kann Ihnen versichern, es gibt nur zwei Sorten Hinterbliebene. Die Leute, für die der Verstorbene in ihrem Herzen schon viel länger unter der Erde ist, die mit gierigen Händen ihr Erbe in Empfang nehmen und diese Kanzlei gut gelaunt verlassen. Die Aasfresser. Aber es gibt auch die anderen. Die gehen durch die Tür mit einem Besitz in den Händen, dessen Wert sie nie und nimmer erfassen werden, weil sie mit dem Verlust eines geliebten Menschen auch einen Teil ihres Verstandes verloren haben. Sie sind gefangen in etwas, das sie Trauer nennen,

Melancholie. Haben Sie jemals die Augen einer Kuh gesehen? Diese Gruppe nenne ich die dummen Rindviecher. Sie müssen sich entscheiden, zu welcher Kategorie Sie gehören möchten. Ob Sie wollen oder nicht. Ich an Ihrer Stelle wüsste es genau. Gegen Aasfresser ist nichts einzuwenden. Sie räumen in der Natur auf. Das wissen Sie doch. Und um Ihre Frage zu beantworten: Ich glaube, Herr Funke wollte damit nur seine Reue zeigen. Reue über seine Tat. Reue über die Grausamkeit seiner Tat. Dieses Wort können Sie doch am besten von uns dreien verstehen, Bruder Rochus. Reue. Der Mann muss sich vor Gewissensnot verzehrt haben. Finanzielle Buße. So könnte man es bezeichnen. Machen Sie damit, was Sie wollen. Aber wenn Sie es schaffen, Ihren gesunden Menschenverstand zu bewahren, dann ist es eine reiche Entschädigung für das, was Sie verloren haben. Lassen Sie sich das von mir gesagt sein.«

Namenlos hat die ganze Zeit angespannt zugehört. Bei den letzten Worten des Notars wird er kreidebleich, dreht sich um, legt mir die Hand kurz auf die Schulter und verlässt den Raum. Der Notar unternimmt keinen Versuch, ihn zurückzuhalten; er wartet, bis er die Tür hinter sich zugezogen hat, nimmt das weiße Blatt mit dem Wort *Warum*, zerknüllt es und wirft es in den Papierkorb.

»Dann wenden wir uns nun der praktischen Seite zu, um alles abzuwickeln.«

Ich bleibe sitzen wie ein Aasgeier.

NAMENLOS

Zu Hause lege ich mich ins Bett. Hinter meinen Augen spüre ich ein Brennen. Ich werde Mutters Grab nicht mit dem Geld ihres Mörders besudeln. Ich drehe an dem kleinen, gekerbten Rädchen der Roskopf-Uhr, bis die Feder springt.

VALENTIJN

Das Vermögen, das zum Greifen nah ist, hat mich mit Beschlag belegt. Der Notar hat mir den ganzen Tag lang alles erklärt. Was der Grundbesitz und die Gebäude an der Mosel wert sind. Wie ich alles am besten verkaufen kann. Über welche Wege sich Transaktionen von einem Land ins andere bewerkstelligen lassen. Welche Möglichkeiten der Geldanlage es gibt. Wie alles sinnvoll verwaltet werden kann. Selbstverständlich ist sein Rat nicht umsonst, aber Geld spielt ja keine Rolle, also warum nicht. Ich gebe zu, dass ich die Überfahrt auch unternommen habe, weil mich im Bett einer Prostituierten eine Unruhe erfasst hat. Die Pläne, die mir der Notar einflüstert, die Möglichkeiten für mich und meinen Bruder, drängen diese Gedanken jedoch völlig in den Hintergrund. Geld löscht viele Feuer: Wut, Rache, Schmerz.

Aber Namenlos blockiert. Er will kein Blutgeld annehmen. Ich könnte noch damit leben. Er nicht. Er ist so viel rechtschaffener als ich. Ich schäme mich.

Ich muss ihm also alles erzählen. Er muss die Geschichte kennen, die ich in dem Hurenbett erfahren habe. Er hat das

Recht darauf. Ich muss es ihm beichten. Vielleicht glaubt er es.

NAMENLOS

Ich lasse ihn ausreden. Dass er Frauenkörper anders sieht als ich, habe ich gewusst. Das war immer so. Dass er im Krieg so mit ihnen umgegangen ist, mit diesen Körpern, behagt mir überhaupt nicht. Für mein Empfinden ist es zu animalisch.

Ich höre mir an, was diese Irene ihm erzählt hat.

Ich habe Zweifel.

Sagt er die Wahrheit? Oder will er mich einwickeln? Bis ich einen Namen höre.

Diesen einen Namen.

Hendrik.

VALENTIJN

Ich habe keine Wahl. Er hat nun alle Macht über mich. Ich bin an meinen Stuhl gefesselt.

Er reagiert nicht mehr auf meine Worte.

»Ich kenne keinen Hendrik. Willst du etwa alle Hendriks im Land abklappern? Vielleicht ist er ja tot. Wir hatten Krieg«, rufe ich. »Im Krieg sterben Leute.«

Er denkt nicht daran, mir zu antworten.

Er schiebt mich voran. Die Straßen werden schlechter, je näher wir dem Centime-Viertel kommen.

»Namenlos, was hast du vor?«

Ohne Rücksicht darauf, dass mir immer wieder der Schmerz in den Rücken fährt, schiebt er meinen Stuhl verbissen weiter, bis wir zu ein paar Bruchbuden gelangen. Baracken, die alle gleich aussehen. Vor einer steht ein kleines Mädchen. Schmutzig und zerlumpt. Er geht auf sie zu, zieht einen Zettel aus der Tasche und zeigt ihn ihr. Ich weiß nicht, was darauf steht. Aber ich ahne es. Es ist Irrsinn. Wir suchen eine Nadel im Heuhaufen. Warum sucht er überhaupt hier?

Das Mädchen kneift ängstlich die Augen zu. Sie hat vielleicht noch nie einen Mönch gesehen. Oder einen Mann im Rollstuhl. Dann zeigt sie auf eine Hütte. Ganz am Ende der Reihe.

Auf dem Dach liegen Bretter und verfaulte Schilfmatten. Eines der beiden kleinen Fenster ist zerbrochen, Latten sind davor genagelt. Die Tür ist am unteren Ende morsch, ein Stück ist schon abgefault. Ein spindeldürrer, räudiger Kläffer kriecht durch das Loch und kommt knurrend auf uns zu. Die Nackenhaare sind gesträubt. Er zieht eine Hinterpfote unnatürlich abgespreizt hinter sich her.

Ein Schicksalsgenosse, denke ich.

NAMENLOS

Er sieht nicht mehr aus wie der Mann, mit dem ich damals zum ersten Mal im Leben Bier getrunken habe. Sein Rücken ist so gekrümmt, als stünde er pausenlos bereit, die ganze Welt zu schleppen, mitsamt der Menschen mit ihrem Kummer und ihren Sorgen. Er ist fast kahl, die blonden Haare sind nur noch an den Schläfen zu sehen. Das Gesicht verwittert und runzlig. Resignation. Mutlosigkeit in der Mähne des Löwen.

Eine Zigarette baumelt in seinem Mund. Eine große Holzkiste, als Bett kann man es kaum bezeichnen, mit einer durchgelegenen Matratze, ist der Thron, auf dem er sich fläzt, mehr Landstreicher als König, er liegt auf der Seite, den Kopf auf den Unterarm gestützt. Der Ellbogen ist voller Schorf. Sein Blick ist trübe. Erloschen. Wo sind die Augen, die mir damals so imponiert haben? Wo ist die Stimme, tief, aber warm, die mich über die Hürde der Schüchternheit hob und mir einen besonderen Frühlingstag in meiner Jugend schenkte? Nichts von alledem übrig. Um seinen Thron ein Schlachtfeld: Rum- und Geneverflaschen, Essensreste, altes Brot, Apfelbutzen, abgenagte Hühnerknochen, ein Handtuch, steif von Fett und Schmutz. Seine Kleider stinken. Er hat seine Schuhe noch an. Keine Strümpfe.

Das Tageslicht, das in den Raum flutet, tut ihm weh, er hält sich eine Hand vor die Augen. Seine ersten Worte richtet er an den Hund.

»Basiel, beiß sie in die Klöten, statt die ganze Nachbarschaft zu wecken.«

Der Hund schaltet sofort um auf ein tiefes Knurren, was völlig lächerlich ist, wenn man seinen dürren Leib sieht, übersät mit Krusten und kahlen Stellen, an denen er mit seinen Zähnen auf den Juckreiz losgegangen ist.

»Es ist Mittagszeit, da wird kaum jemand geweckt«, sagt mein Bruder.

Hendrik setzt sich auf und wischt sich mit dem Handrücken Spucke vom Kinn. Er blinzelt.

»Was wollt ihr von mir? Geld? Dann sucht mal schön. Ich lass mich überraschen.«

Sein Lachen hält die Mitte zwischen einem kränklichen Geröchel und einem schwachsinnigen Würgen. Ich schlage meine Kapuze zurück und stelle mich vor ihn. Er erkennt mein Gesicht sofort, auch wenn sein Gedächtnis ein paar gefährliche Klippen in den mit Alkohol getränkten Hirnwindungen umschiffen muss.

»Du bist doch der Fratz von der Elisabeth. Der mit dem schiefen Maul.«

»Pass auf, was du sagst, du Lump. Auch wenn ich keine Beine mehr habe, ich …«

Ich mache Valentijn schnell ein Zeichen, er soll es gut sein lassen.

»Dann bist du die hübsche Ausgabe von dem hier«, fährt Hendrik unerschütterlich fort. »Die Brut von Elisabeth Mazereel in meiner Bude. Man hält es nicht für möglich.«

Valentijns Haltung bleibt feindselig. Er sitzt ganz steif in seinem Rollstuhl, umklammert krampfhaft die Armlehnen. Die beiden Stümpfe in den hochgekrempelten Hosenbeinen eines Anzugs, den ich ihm im Dorf besorgt habe, machen ein paar kurze, seltsame Bewegungen.

»Wer bist du?«, fragt Valentijn. »Woher kennst du unsere Mutter?« Er blickt auch zu mir hin.

Ich schweige.

»Hendrik, der Sohn von Schlunze Mia. Reicht das?«

»Hendrik?« Valentijn schüttelt ungläubig den Kopf. Wieder sieht er mich an.

Ich nicke.

»Habe ich deinen Namen irgendwo fallen gehört? Vor gut einem Jahr?«, fragt Valentijn in scharfem Ton.

»Schon möglich. Mein Name fällt öfter mal. Vor allem, wenn Polypen in der Nähe sind.«

»Ich habe mit einer Hure gesprochen, die dich kennt, Irene.«

Hendrik richtet sich weiter auf in seinem Bettkasten. Er reibt sich mit beiden Händen über den Stoppelbart. Ein schabendes Geräusch. Basiel legt sich vor das Bett. Ein kranker Hund neben einem ausgemergelten Löwen.

»Ich geh zu den Frauen, wann ich will«, sagt er. »Außerdem warst du selber dort. Du kannst mir nichts weismachen. Wer mit ihr quatscht, landet fast immer zwischen ihren Beinen.«

»Stimmt. Es war auch sehr angenehm dort.«

Die Bemerkungen der beiden widern mich an.

Er steht auf und geht zum Schrank in der Zimmerecke. Bierflaschen stehen darin. Er öffnet eine und setzt sie an den Mund. Mit großen Schlucken gießt er die braune Flüssigkeit in sich hinein. Sein Adamsapfel hüpft auf und ab. Er rülpst laut und setzt sich wieder.

»Und was für lüsternes Zeug hat sie dir ins Ohr geflüstert?«

Valentijn lässt einen Moment Stille aufkommen. Dann beugt er sich vor. Ich bekomme Angst, dass er aus seinem Stuhl kippt, und trete näher an ihn heran.

»Was weißt du, Hendrik?«

Hendrik grinst uns an und zuckt mit den Schultern.

»Dass die Welt im Arsch ist. Seht euch an. Seht mich an. Einen klareren Beweis kann es doch nicht geben.«

»Was weißt du aus der Zeit direkt vor dem Krieg?«

»Dass damals noch alles gerade stand«, sagt er gleichgültig. Er trinkt noch einmal von seinem Bier.

»Tu nicht so dumm. Was weißt du von dem Tag, an dem unsere Mutter starb?«

Hendrik schweigt.

Ich nehme mir eine Obstkiste, die in einer Zimmerecke steht, und setze mich zu ihm. Mit einer energischen Kopfbewegung deute ich zu Valentijn. Antworte auf seine Fragen!

»Du weißt mehr von diesem Mord, Hendrik.«

Er zögert noch kurz. Dann platzt er damit heraus.

»Ich war dabei.«

Wir sehen ihn beide an.

»Ich war dabei, als sie starb.«

Basiel erhebt sich und humpelt weg. Kein Hund, der gern Beichten hört.

»Ich bin ihr überall hin gefolgt. Aus einiger Entfernung. Ich habe sie geliebt. Ich war ihr zweiter Schatten. Ich wollte wissen, warum sie mich abgewiesen hat. Sie hat mich doch auch geliebt. Das wusste ich genau. Verdammt noch mal. Das weiß ich noch immer. Ich hatte Nachtarbeit angenommen in der Brennerei, tagsüber habe ich ab und zu Transporte erledigt. Dabei bin ich dir begegnet. Das eine Mal.«

Er zeigt auf mich. Dann erzählt er weiter.

»Ich bin um euer Haus geschlichen. Ich bin ihr auf der Straße hinterhergegangen. Ein Tag, an dem ich sie nicht sehen konnte, hat mich verrückt gemacht. Ich hab nicht viel geschlafen in dieser Zeit. Ich bin ihr auf den Fersen geblieben. Ich wusste, sie würde schwach werden. Verdammt noch mal, ich war mir wirklich sicher. Zwischen eurem Vater und ihr war nichts mehr. Der war kein Hindernis. Euer Vater, der Pillendreher, der Saufbold, hat nichts dafür getan, sie wiederzukriegen. Es war nicht der Herr Doktor, der sie davon abhielt, sich für mich zu entscheiden. Es war dieser schleimige Deutsche. Dieser hochgewachsene Kauz mit dem Spazierstock. Der elegante Herr mit dem großen Geld. Der Fremde. Funke. Habt ihr das nicht gewusst?«

Valentijn und ich sehen uns an.

»Er hat sie immer eingewickelt. Er durfte auch ins Haus. Mit seinen Büchern und seinen Geschichten. Er hat sie damit wirr im Kopf gemacht. Dieser Schmierlappen hat sie langsam ausgesaugt, wie eine Spinne das mit einer Fliege macht. Ich musste ihn daran hindern. Aber ich wusste nicht, wie. Ich musste sie davor bewahren, aber ich wusste nicht, was ich hätte tun können. Ich kam aus dem Kittchen. Ihr Kopf war ganz in seinem, aber ihr Körper und ihr Herz haben sich nach mir gesehnt. Das weiß ich genau. Verdammt genau.«

Draußen kräht irgendwo ein Hahn. Eine Mutter schreit ihr Kind an. Grobe Worte, doch dem Bürschchen scheint es nichts auszumachen. Die Hitze lastet schwer, die Sonne lässt die Erde und den Dreck gären. Es stinkt hier. Nach Armut und Schmutz. Nach Menschen, die sich mit viel Mühe am Leben festklammern. Der Geruch von verwesenden Tieren und verschimmelten Gedanken. Die hören wir uns an.

Ich lasse ihn aufstehen und zu einer neuen Flasche Bier greifen. Seine Geschichte ist noch nicht zu Ende.

»Sie war schon seit Wochen unheimlich fleißig. Sie hat Spitzen geklöppelt für die Heiligenfiguren. Auch an diesem Nachmittag. Ich hing schon seit dem Morgen in der Nähe der Kirche rum. Ich wusste, dass sie kommen würde. Ich versteckte mich hinter der Kirchenmauer. Da, wo immer alle gegen pissen, ihr wisst schon. Ich habe dich auch reingehen sehen. Du warst zuerst da.«

Er sieht mich kurz an.

»Nach einer Weile kam eure Mutter. Sie ging rein, aber kam ganz schnell wieder raus. Irgendwas war mit ihr. Panik. Wahnsinn in den Augen. Sie lief nicht, sie stürmte durchs Dorf. Ich konnte ihr nicht folgen, ohne dass es auffiel. Ich habe einen großen Umweg gemacht. Am Wald des Barons entlang. So aufgelöst wie in dem Moment, als sie aus der Kirche kam, hatte ich sie noch nie gesehen. Ich wollte ihr helfen. Ich musste etwas unternehmen. Bevor dieser Funke zu ihr gehen und sie wieder mit seinem süßlichen Geseire einlullen würde. Ich bin nach einer Weile zu eurem Haus gegangen.«

Er starrt vor sich hin. Durch die Holzwände seiner Hütte hindurch. Ich denke, dass er die Erinnerungen dieses Tages über Zeit und Raum hinweg wieder lebendig machen will. Valentijn durchbricht die Stille.

»Und dann hast du sie kaltgemacht?«

Ich fürchte, dass diese Frage alles zertrümmert. Dass Hendrik kein Wort mehr sagt oder in Wut gerät und uns rausschmeißt. Dass er die Wahrheit hinunterschlucken und für immer mit sich nehmen wird, weg von uns, weg von diesem Dorf, in eine andere Welt. Aber er bleibt sitzen. Ruhig. Er reibt sich die Hände, wie es jemand macht, der eine schwere Arbeit anpacken will, einen Baumstumpf spalten, eine schwere Last hochwuchten, einen Sparrennagel einschlagen. »Nein, ich hab sie nicht angefasst. Ich hab sie aber gefunden. Sie lebte noch. Es war schrecklich. Ihr schönes Gesicht, das blonde Haar. Sie hat mich angesehen, wie sie mich immer angesehen hat. Ihren Blick hatte dieser Schmierlappen noch nicht kaputt gekriegt. Da noch nicht. Sie wollte etwas sagen. Ich kniete mich zu ihr und hob sanft ihren Kopf an. ›Wer war es?‹, habe ich gefragt. Ihre Stimme war heiser. Schwer zu verstehen. Bei jedem Wort kam ein kleiner Blutstrahl aus ihrem Mund. ›Der Herr Pastor‹, sagte sie. Ich antwortete, dass ich den sofort holen würde, wenn sie das wollte. Für die letzte Ölung. ›Aber wer hat es getan?‹, habe ich noch einmal gefragt. Ich hatte nicht begriffen, was sie eigentlich sagen wollte. Sie bewegte langsam den Kopf. Ihre Augen verdrehten sich. Ich zog sie dichter zu mir heran. Ihr Blick kam noch einmal zurück. Ein paar Sekunden sah sie mich an, wie sie mich immer angesehen hat. Noch eines hat sie geflüstert: ›Ich will mit dir mitgehen.‹ Ich hab mir das nicht eingebildet. Sie hat es wirklich gesagt. Dann verlor sie das Bewusstsein. Und kam nicht mehr zu sich. Ich blieb bei ihr sitzen. Für einen Moment. Um zu begreifen, was passiert war. Aber ich habe es nicht kapiert. Ich bin hochgeschreckt, als ich jemand an der Hintertür gehört habe. Ich bin aufgesprungen und habe, ohne nachzudenken, einen von den Kerzenleuchtern in die Hand genommen, die auf der Erde lagen. Der Mörder ist noch im Haus, dachte ich. Ich blieb im Flur stehen. Die Tür zur Küche stand noch offen. Euer Vater kam herein. Besoffen. Er sank neben ihr nieder und jammerte furchterregend. Ein roher Gesang, so was habe ich noch nie gehört. Ich bin nicht stehen geblieben. Alles Mögliche spukte mir durch den Kopf. Ich hatte schon Jahre im Knast gesessen. Kein zweites Mal. Ich musste dort weg. Ich war voller Blut. Sie würden mich verdächtigen. Ich habe mich durch die Haustür rausgeschlichen. Dass mich keiner gesehen hat, ist ein Wunder. Dann habe ich etwas ganz Gemeines getan. Ich hab viel Mist gebaut in meinem Leben, aber ich war nie hinterhältig. Da schon. Statt in die Felder zu rennen oder in die Wälder des Barons, in Nachbardörfer oder noch viel weiter weg, ins Ausland, habe ich am Dorfrand kehrt gemacht. Am Friedhof vorbei bin ich zur Hinterseite von Funkes Haus gegangen. Funke, die Spinne. Der Fremde. Über die Gartenmauer hab ich den Kerzenleuchter auf sein Grundstück geschmissen. Ich hab ihn sogar vorher noch mit meinem Taschentuch sauber gewischt. Erst Wochen später ist mir klar geworden, dass ich meinen Rivalen damit zum Tode verurteilt hatte. Ich wusste nicht, was in mich gefahren war. Sie wäre mit mir mitgekommen, eure Mutter, wenn er nicht gewesen wäre.«

Wir sind beide sprachlos. Das muss ich alles erst mal sacken lassen. Hendriks Geschichte hat in mir die Trossen der Wahrheit losgeworfen. Ich bin froh, dass Valentijn das Wort ergreift. Es hält mich noch kurz an meinem Platz.

»Du meinst also, Funke ist nicht der Mörder unserer Mutter?«

»Ich bin mir ganz sicher. Hundert Prozent. Funke war eine Spinne. Aber das hätte er nie getan.« Er trinkt wieder einen Schluck Bier. Etwas von dem Löwen ist zurückgekehrt.

»Wer denn dann?«

Er schweigt.

»Wer denn dann?«, fragt Valentijn noch einmal. »Wer würde so etwas tun?«

»Frag deinen Bruder. Er weiß, was dort in der Kirche passiert ist.«

Beide sehen mich an. Alles kommt zurück. Der säuerliche

Geruch nach Urin, das Würgen, meine Mutter, das Spitzengewand.

»War es der Herr Pastor?«

Ich nicke. Das Schiff der Wahrheit geht über Stag.

Lange Zeit herrscht Schweigen. Jeder ist in sein eigenes Fragenknäuel verstrickt.

An der Kiste, auf der ich sitze, hat sich ein Brett gelöst. Ich nehme es in die Hand und streiche über das glatte Holz. Ein Astansatz steckt darin, so groß wie eine Münze. Er ist lose. Mit beiden Daumen drücke ich ihn heraus. Es geht ganz leicht. Er fällt auf die Kutte in meinen Schoß. Ich nehme ihn vorsichtig zwischen Daumen und Zeigefinger, betrachte ihn eine ganze Weile und reiche ihn dann Hendrik.

Manchmal muss man einen Seitensprung machen, denke ich, als ich die runde Holzscheibe in seine raue Handfläche lege. Er sieht etwas in meinem gesunden Auge. Das weiß ich genau. Ich denke, er begreift es.

Dann stehe ich auf, wende Valentijns Rollstuhl und schiebe ihn hinaus. Valentijn lässt mich noch kurz anhalten. Er dreht sich um und sagt: »Würdest du als Zeuge in einem neuen Prozess aussagen?«

»Für kein Geld der Welt, Mann. Leuten wir mir glaubt keiner. Einmal Messerstecher, immer Messerstecher.«

Wir schweigen beide. Was sollen wir darauf noch erwidern?

»Trotzdem danke, Hendrik. Für die Wahrheit.«

»Die Welt ist im Arsch«, ist das Einzige, was der erloschene Löwe noch sagt.

Seine Finger spielen mit der Holzscheibe.

VALENTIJN

Was kann ein Dorf in fünf Jahren durchmachen?

Es fängt alles an mit einem grausamen Mord an einer Mutter. Unserer Mutter.

Dann vier Jahre Donnern und Dröhnen, sehen, wie die schönsten Häuser einstürzen. Alle Menschen sterben oder fliehen sehen, es gab keine Wahl. Keine Heilige konnte Schutz bieten.

Am Ende des Jahrfünfts die Erschütterung. Das Grauen höchstpersönlich, das dem kleinen Dorf einen Besuch abstattet. Um den Kreis des Elends zu schließen?

Ein zweiter Mord. Grässlicher wegen der Umstände. Der Schändung des Allerhöchsten. Der Herr Pastor wurde in seinem Schlafzimmer im Kloster tot aufgefunden. Abgeschlachtet.

Modest ist gekommen, um es uns zu erzählen. Er ist schon vierundzwanzig Stunden auf Achse. Er geht mit seiner Geschichte von Haus zu Haus, im Tausch gegen ein Schnäpschen. Das braucht man, wenn man so was gesehen hat. Auch zwei. Oder drei … warum nicht?

Er hat es entdeckt, Dienstag in der Früh. Er war im Kloster, um zwei Einbauschränke an der Wand der Klassenzimmer anzubringen.

»Schöne Schränke, dunkelrotes Kirschbaumholz«, erzählt er. »Sie haben ja Geld, die Schwestern, das könnt ihr mir glauben.«

Er trinkt erst noch einen Schluck und erzählt dann weiter: »Ich laufe durch den Flur. Die Oberin hatte mir die Tür aufgemacht und war dann wieder gegangen. Es war noch früh. Ich kenne mich dort aus und habe erst mal mein

Werkzeug reingeholt. Ich brauchte eine Treppenleiter. Die hatte ich nicht bei mir. Oben stand eine, im Schlafgang. Das wusste ich, weil ich eine Woche vorher die Vertäfelungen dort repariert hatte. Die englischen Soldaten haben da viel demoliert. Einfach Löcher reingehauen mit den Hacken ihrer Stiefel. Zu lange von zu Hause weg wahrscheinlich, kaputt vor Kummer. Aber das kennst du ja, was, Valentijn, dir brauch ich das nicht zu erzählen.«

Er schenkt sich selber nach. Wir lassen ihn gewähren.

»Ich geh also nach oben, auf Zehenspitzen, es war ja noch früh, und ich weiß bei Gott nicht, wie lange die Schwestern in den Federn liegen. Vielleicht sind ja auch welche krank und brauchen ihre Ruhe, kann ja sein, man weiß ja nie. Ich also auf den Zehen durch den Gang, bis ganz ans Ende. Ich seh schon die Leiter an der Wand lehnen. Unter einer Marmorfigur von einer Wölfin mit zwei Menschenkindern, die bei ihr trinken. Was nicht alles in so 'nem Kloster steht, kaum zu glauben und zu begreifen schon gar nicht. Ich also hin zu der Wölfin. Ich hab mich sogar ein bisschen erschrocken. Ist doch wahr, so ein Biest, das man hier nicht mehr sieht. Lebensgroß, aus Marmor.«

Genever tropft in seinen Schnurrbart. Seine Augen glänzen.

»*Bon*, am Ende des Ganges steht also die Leiter. Aber am Ende des Ganges ist auch das Zimmer vom Herrn Pastor. Seit er zurück ist und nicht mehr in seinem Pfarrhaus unterkommen kann, hat er dort einen Schlafplatz. Gut versorgt von den ganzen Schwestern. Mehr kann man sich nicht wünschen. Tschuldigung, kein schlechtes Wort über ihn. Über die Toten nur Gutes. Jedenfalls gut versorgt, es hat ihm an nichts gemangelt, da bin ich mir sicher. Ich hatte mir gerade die Leiter genommen und wollte weg von der Wölfin mit den zwei Kindern, da fiel mir auf, dass seine Zimmertür halb offen stand. Ich bin neugierig. Vor allem morgens früh. Das ist einfach so, am Anfang des Tages will ich immer alles wissen. Das ist praktisch und interessant, wenn man an dem Tag noch woanders hinmuss, dann hat man was zu erzählen, die Leute hören das gern, wisst ihr. Ich bin also neugierig und klopfe an die Tür, kriege aber keine Antwort. Ich klopfe noch mal. Nichts. Ich stoße die Tür weiter auf. Das hätte ich besser nicht gemacht. Ich stehe wie angenagelt. Der Herr Pastor auf seinem Bett, ganz nackt. Normalerweise guckt man nicht länger hin, aus Respekt, ihr wisst schon. Aber er war tot. Die Kehle durchgeschnitten. Wer tut nun so was? Er hatte noch so schön gepredigt letzten Sonntag. Und er hatte gerade vom Bischof die Genehmigung und auch das Geld gekriegt, das weiß ich aus guter Quelle, seine Kirche und die Sakristei wieder aufzubauen. Die gute Nachricht hat er auch in seiner Predigt vom Sonntag verkündet, haben das nicht alle gehört? Du doch auch, Namenlos, du warst doch am Sonntag in der Kirche? Wer tut nun so was? Es muss ein Lump gewesen sein. Oder der Teufel selbst. Vielleicht ja der Geist von Herrn Funke. Auch wenn der Mann unter der Erde liegt. Man kann nie wissen, die Bomben haben so viel wieder nach oben gebracht. Wer verstümmelt nun auf so eine Art einen so frommen Menschen? Ein Monstrum muss es gewesen sein. Der Herr Pastor lag wie aufgebahrt da, die Hände auf dem Bauch gefaltet, und in den Händen hielt er den Hostienkelch, und darin lag eine kleine runde Holzscheibe, so groß wie eine Münze. So was Verrücktes. Gieß mir noch ein Gläschen ein, wenn ich so erzähle …«

Namenlos steht die ganze Zeit neben mir. Seine Hand liegt während der gesamten Schauergeschichte auf meiner Schulter. Nur bei der Erwähnung der Holzscheibe spüre ich, wie sich seine Fingernägel in meine Haut bohren. Ich sehe nicht zu ihm auf. Wir geben Modest noch ein paar Gläschen. Vom Schrank aus Kirschbaumholz bis zum goldenen Kelch. Noch einmal die gleiche Geschichte. Dann geht er zum nächsten Haus.

Als er den Hof verlassen hat, sehe ich Namenlos an.

»Hast du was damit zu tun, Bruder?«

Er schüttelt den Kopf. Ich höre ein klägliches Brummen.

NAMENLOS

Hendrik de Maere ist verhaftet worden. Ein Schlachtermesser wurde unter seinem Bettkasten gefunden. Er hatte sich nicht mal die Mühe gemacht, es wegzuwerfen oder zu säubern. Sie haben ihn am Grab meiner Mutter aufgegriffen.

»Ich komme mit«, soll er zu den Gendarmen gesagt haben. Er hat sofort gestanden. Aber er hat nicht gesagt, warum.

Mehrere Geschichten machen die Runde. Er hat sich kaputtgesoffen. Der Gestank des Centime-Viertels hat ihm den Verstand geraubt. Er war schon immer eine Bestie. Es ist sein zweiter Mord, das wissen wir ja. Einmal Messerstecher, immer Messerstecher. Die Mucker sind sich nicht einig.

Ich bin mir sicher, dass er mehr weiß.

Ich bin mir sicher, dass er mein Geheimnis kennt.

Wir haben beide nein gesagt. Obwohl wir genug Geld haben.

Wir sind zu Spezialisten gegangen. Ich zu einem Arzt in Paris. Namenlos zu einem Wunderchirurgen in den Niederlanden. Für mich wollten sie Kunstbeine entwerfen. Für den Mann war ich offenbar ein sehr interessantes Exemplar. An mir hätte er etwas erproben können. Neue Systeme. Moderne Materialien. Ich würde meine Freude daran haben. Völlig baff dastehen. Ich glaube, ihm war nicht klar, was er von sich gab. Sie haben alles Mögliche an meinen Körper angepasst. Maß genommen, Modelle angefertigt, Gewichte berechnet, Scharniere ausgewählt. Man baut dort Menschen nach, aus Holz. Ein kunstvoller Harnisch aus Ledergurten sollte alles an seinem Platz halten. Diesen Harnisch bekam ich mit nach Hause. Zum Ausprobieren. Um mich daran zu gewöhnen. Ich sollte darüber nachdenken. Kein Wunder, dass man für ein Paar neue Beine Bedenkzeit braucht.

Der Wunderchirurg in den Niederlanden sah selbst wie ein Streuselkuchen aus. Überall quollen Warzen und Beulen aus seinem Innern, an denen er zudem noch ständig kratzte. An manchen Stellen, bis es blutete. Er hatte eine hübsche Assistentin, die fantastische Zeichnungen machte. Kunstwerke, ungelogen. Vorderansicht, Profil von links, Profil von rechts, Oberseite, Unterseite, Details der Kieferknochen, die Augenhöhlen, Bleistiftlinien für neue Lippen, mit Schatten und allem Drum und Dran. Wie viel sie doch lernen konnten in den letzten Jahren. Eine ganze Mappe voll bekam Namenlos zugesteckt. Er brauchte sich nur etwas auszusuchen. Endlich ein neues Gesicht, eine schöne Maske für den Deformierten. Er nahm die Mappe entgegen, klemmte sie sich unter den Arm, schüttelte dem Arzt freundlich die Hand, nickte der hübschen Dame zu und schob mich wieder hinaus.

Wir sollten bald wiederkommen. Dann könne alles endgültig geregelt werden. Jedenfalls, wenn es keine finanziellen Hindernisse gäbe, hatte die Assistentin noch vorsichtig geäußert. Wenn sie wüsste. Zu einem nächsten Mal ist es nie gekommen.

Wir waren beide unschlüssig, das ja. Ich lag fluchend in diesem Harnisch auf dem Bett. Er hatte mehr Gurte, als mir lieb war. Manchmal stieß ich die Schnalle in das Fleisch meiner Stümpfe, und das Metall schnitt mir in die Haut. Und Namenlos hat mehrere Abende beim Licht einer Petroleumlampe auf sein neues Selbst geschaut.

Der Mord am Pastor liegt inzwischen ein Jahr zurück. Erneut ein schöner Sommer. Wir haben die Schmiede herrichten lassen. Das Haus ist wieder möbliert, der Hof gepflegt. Im Garten wachsen Kartoffeln und Gemüse. Die beiden vorderen Räume sind nun zwei Schlafzimmer. Seins und meins. Hühner scharren auf dem Grundstück herum. Wir haben zwei Kühe gekauft. Er versorgt sie. Er melkt sie. Er buttert und stampft das Leben wieder aus der verwüsteten Erde. Damit lässt er den Tod ein Stück hinter sich. Wir sitzen draußen vor der Schmiede und genießen die Nachmittagssonne. Namenlos steht unvermittelt auf und geht ins Haus. Kurz darauf kommt er mit einem großen Paket unterm Arm zurück. Er hat ein altes Laken darum gewickelt. Ich lasse ihn gewähren. Ich weiß, was darin ist. Er legt das Paket auf meinen Schoß und schiebt mich im Rollstuhl voran. Bis zum Kanal. Dort riecht es nach frischem Frühlingsgrün. Neben einem alten, morschen Baumstumpf bleibt er stehen. Er setzt sich neben mich. Ein paar kleine Bäumchen sprießen aus dem Boden. Kleine Ulmen, sehen wir. Die Erde mit ihren Samen lässt sich von einem Krieg nicht unterkriegen. Es werden immer neue Schösslinge nachwachsen. Wir bleiben eine Weile sitzen. Schweigsam. Dann nimmt er das Paket von meinem Schoß und wickelt den Inhalt aus dem Laken. Alle Zeichnungen, die die hübsche Assistentin für seine neue Visage angefertigt hat, hat er aufgerollt und mit dem ledernen Hüftgestell meiner neuen Gliedmaße zusammengebunden. Er sieht mich lächelnd an, blickt aufs Wasser und wieder zu mir.

»Mach's ruhig«, sage ich. »Du hast recht.«

Er nimmt Anlauf und wirft das Paket mit ganzer Kraft bis in die Mitte des Kanals. Es schwimmt noch einen Moment oben. Als ob sein Gesicht von morgen nicht ertrinken will, als ob sich meine Beine noch kurz sträuben. Aber dann neigt es sich zur Seite und versinkt. Luftblasen steigen auf. Der Atem von morgen, denke ich.

Ich habe ihn lange Zeit nicht mehr so fröhlich gesehen. Er sieht sich um und findet schnell, was er sucht. Er sammelt Steine auf und legt sie mir in den Schoß. Dann schiebt er mich nah ans Wasser.

»Jotmeteladie«, sagt er.

Ich lache.

Ich habe meinen Bruder wieder.

Die ganze, unwahrscheinliche Idee keimte auf nach meinem Besuch in der grauen Burg des Verborgenen. Das ist der Name, der mir dafür in den Sinn kam, mein erster Eindruck, als ich davor stand. Hohe Mauern aus schwarz verrußtem Backstein, auf der Mauerkrone einzementierte Glasscherben, Stahlbolzen, die in den Himmel zeigen, Stacheldraht, um die letzten Träume draußen und die finstersten Gedanken drinnen zu halten. Die Wahnideen der Menschheit, die unterschwellige Wut, die Hände, die sich des Totschlags schuldig gemacht haben, die Leute, die die Ehrbarkeit von Frauen zerstört haben, die kranken Gemüter, die brillanten Gehirne, Schuldige, Unschuldige, Menschen aus Fleisch und Blut und aus noch etwas, was wir vielleicht nicht kennen, werden dort verborgen gehalten vor der Welt, vor dem Tageslicht, vor den Augen der heranwachsenden Jugend. Normalerweise hat man keinen Zutritt, es sei denn, man ist ein naher Verwandter und kann Geld auf den Tisch legen. Oder du kennst einen angesehenen Richter, der das Bett mit deiner Großmutter teilt. Über sein Räderwerk von Beziehungen wird das große Tor aus rauem Holz mit den stählernen Verstrebungen für mich geöffnet. Ein Wärter mit pomadeglänzendem Schnurrbart, dessen linkes Bein kürzer ist, führt mich durch ein unterirdisches Netz von Gängen zu meinem Ziel. Die Decke ist niedrig und hat Salzablagerungen in braunen Feuchtigkeitskringeln. Während er vor mir herhinkt, muss er jedes Mal, wenn sein Gewicht auf dem rechten Bein lagert, den Kopf etwas einziehen. Der Fußboden besteht aus hochkant gelegten Backsteinen, in der Mitte ist eine Rinne, sodass das aufsteigende Wasser in einem kleinen Strahl zur tiefsten Stelle fließen kann, wo es in einem dunklen Loch verschwindet. Wir kommen an mehreren Türen mit einem vergitterten Fenster vorbei, nicht größer als ein Taschentuch. Wenn man hindurchschaut, klafft dort eine Leere, manchmal schaut man auch direkt in die Augen von jemandem, der dort gezwungenermaßen seine letzte Zeit verbringt. Blicklose Augen, tief in den Höhlen, ohne Hoffnung, erloschenes Leben, nur warten, bis die Zeit das letzte Wort ergreift. Ganz am Ende des Ganges bleiben wir stehen. Hinkebein macht mir ein Zeichen, dass ich mich an die gegenüberliegende Wand stellen soll. Er hat einen riesigen Schlüsselbund dabei und schließt die Tür auf. Dahinter gähnt eine dunkle Nische. Zuerst sehe ich nichts.

»Auf deine Pritsche, De Maere«, bellt er.

Ich höre Ketten klirren, Holz knarren.

»Arme nach oben.« Wieder das Geräusch von Metall auf Metall.

»Besuch für dich. Zehn Minuten. Nicht mehr.« Er tritt hinaus und gibt mir eine Petroleumlampe, deren Docht er etwas höher dreht.

»Kommen Sie ihm nicht zu nahe«, flüstert er. »Sie wissen ja, ehrwürdiger Bruder, er ist ein Monstrum.«

Vorsichtig gehe ich hinein. Ein Loch, drei mal drei Meter.

Ein Tisch, ein Stuhl und eine Pritsche, auf der Hendrik sitzt. Die Fußgelenke in Ketten, die Arme hinterm Kopf an der Wand mit Metallringen festgekettet. Ich erkenne ihn fast nicht wieder. Er sieht wahrhaftig noch schlechter aus als bei unserem Besuch vor einem Jahr in seiner Hütte, betrunken und ungewaschen. Jetzt ist er nüchtern, selbstverständlich, aber mindestens so verdreckt, seine Haut ist voller Schorf, er hat alle Haare verloren und ist ausgemergelt. Vor allem aber: Seine Augen sind schon nicht mehr hier. Ich trete auf ihn zu und lege den schmutzigen Umschlag neben ihn auf die Pritsche. Er würdigt ihn keines Blickes. Er weiß, was in dem Brief steht. Er hat ihn selbst geschrieben, schon vor einigen Monaten, und an mich geschickt. Mit knappen Worten hat er mich gebeten, ihn noch einmal zu besuchen.

»Du bist gekommen«, ächzt er. Ich nehme den Stuhl und setze mich zu ihm. Die Petroleumlampe stelle ich zwischen uns auf den Boden. Das flackernde Licht von unten macht es noch gespenstischer. So sitzen wir einen Moment da.

»Ich hab's für sie getan«, sagt er plötzlich. »Und für dich, das weißt du doch?«

Ich nicke.

»Wenn du verrückt vor Liebe hinter der Frau deines Lebens herschleichst, tagein, tagaus, kommst du hinter vieles, Namenlos. Dann siehst du Dinge, bei denen du dich fragst, ob Gott das tatsächlich weiß.«

Ich bleibe auf meinem Stuhl sitzen, den Kopf gesenkt, den Blick zu Boden gerichtet. Ich dachte, er hätte mich gerufen, um vor mir, einem Pater, eine Art von Reue zu zeigen, um Absolution zu bitten. Aber so wie er spricht, wie er die einzelnen Sätze stammelt, mit rauer Stimme, heiser durch die Schwindsucht, die ihn in diesen feuchten Kellern heimsucht, bekomme ich eher das Gefühl, dass ich bei ihm zur Beichte bin. Als würde ich ihm meine sündhafte Vergangenheit offenbaren und nur noch zu hören bekommen, welche Buße mir auferlegt wird.

»Ich bereue es nicht, Namenlos. Was ich getan habe, musste sein, wie auch immer.«

Wenn ich sprechen könnte, würde ich ihm nicht einmal sagen, dass es niemals eine Rechtfertigung dafür gibt, einem Menschen das Leben zu nehmen. Denn in diesen dunklen, feuchten Höhlen, in denen er seine letzten Monate verbringen wird und ich nur ein Voyeur bin für ein paar Minuten, bin ich ebenfalls von Vergeltung durchdrungen, bin ich Richter und Henker, wie er es gewesen ist, sosehr das auch gegen meine Gelübde verstößt.

»Eine Sache muss ich dir noch sagen.« Er atmet schwer. Womöglich ist er sehr krank, oder das Gewicht seiner Worte ist doch schwerer, als er geahnt hatte.

»Als ich deine Mutter gefunden habe und sie ihre letzten Worte zu mir sagte, hatte sie etwas in ihrer Faust versteckt. Ich habe es herausgewunden, gerade noch, bevor ich deinen Vater hereinkommen hörte. Ein zusammengeknüllter Zeitungsartikel. Wenn ich davon gewusst hätte, hätte ich sie dort hingebracht. Liebe geht oft verschlungene Wege. Lass dir das gesagt sein.«

Er beginnt zu zitieren. Es klingt fast wie ein Gedicht. Er hat den ganzen Artikel im Kopf. Vom ersten bis zum letzten Buchstaben, da bin ich mir sicher.

L'île de Wight, c'est le paradis terrestre ist das Letzte, was er zu mir sagt.

Die zehn Minuten sind um.

Es hat lange gedauert, bis ich mich traue, sie zu besuchen. Vielleicht hilft mir dieser Besuch bei ihr, dass ich den Verlust meiner Beine akzeptiere.

Es ist verrückt, Namenlos kennt sie nicht einmal, nur vom Hörensagen. Ich weiß, dass ihr Leben, das immer im Zeichen von Prunk und Glanz, von Schönheit und Raffinesse gestanden hat, in seine letzte Phase eingetreten ist und dass ein Besuch von uns, nach der ganzen Zeit, ein Anschlag auf ihre Gesundheit sein kann.

Marraine musste sich früher übergeben, wenn sie mit Unvollkommenheiten konfrontiert war. Sie wurde davon buchstäblich krank. Trotzdem muss es sein. Außerdem muss ich ihr für vieles danken, auch wenn Violette nicht mehr in meinem Leben ist.

Weil Namenlos vor einer Weile unbedingt in das Gefängnis von Brügge wollte, musste ich wieder Kontakt mit ihr aufnehmen. Sonst wäre es vielleicht nie mehr dazu gekommen.

Aber da gibt es etwas in meinen Besitztümern, die ich von der Front übrig behalten habe, ein in Segeltuch gewickeltes Päckchen, das ich ihr noch bringen wollte. Die Uniformjacke meines Vaters ist darin. Schmutzig. Nie gewaschen. Getrockneter Schlamm und geronnenes Blut kleben daran. Ich will, dass es so bleibt. Eine Art von posthumer Würdigung. Man spült den letzten Überrest der Seele, den letzten Schweiß seiner Vorfahren nicht weg.

Ich habe die Jacke mehrmals auseinandergefaltet, als ich noch bei der Witwe Eduards wohnte. Ich habe sie betastet, bin mit den Fingerspitzen über den rauen Stoff gefahren, habe daran gerochen und gehofft, etwas von meinem Vater wiederzufinden. Vergebens.

Aber es gab auch den Brief in der Innentasche. *An meine Mutter*, stand darauf. Ich war mehrmals kurz davor, ihn zu öffnen. Doch etwas hat mich davon abgehalten. Ich musste den Brief der Person überbringen, an die er gerichtet war.

Namenlos hat uns ein Automobil besorgt, in dem man mich auf den Rücksitz hieven kann und in das auch der Rollstuhl passt. Er sitzt neben dem Chauffeur, einem Mann, den er auf dem Markt angesprochen hat. Wie schnell Menschen für Geld zu gewinnen sind.

Es ist eine lange Fahrt. Der Wagen ruckt manchmal und bleibt hin und wieder stehen. Dann müssen wir warten, bis sich der Motor etwas abgekühlt hat und wieder angekurbelt werden kann. Er tuckert und macht knallende Geräusche auf dem Weg in die Hauptstadt.

Das letzte Stück der Reise müssen wir zu Fuß zurücklegen, denn der arme Mann wagt sich mit seiner klapprigen Karre nicht in die belebte Innenstadt. Namenlos schiebt mich über die Boulevards.

In unserem kleinen Dorf haben sich die Bewohner an unseren Anblick gewöhnt, aber hier in der Stadt fällt umso mehr auf, was für ein seltsames Duo wir sind, ein Beinloser im Rollstuhl, der von einem Mönch mit tief ins Gesicht gezogener Kapuze geschoben wird. Die Leute machen Platz, ziehen ihre Kinder an sich, flüstern, starren uns nach. Ich muss mich noch immer daran gewöhnen. Für Namenlos ist es nichts Neues.

Der Richter muss Marraine stützen.

»*Mon dieu*«, sagt sie und schlägt die Hände vor den Mund.

Er bietet ihr den Arm und geleitet sie in den Salon, dessen Fenster auf die Hauptstraße hinausgehen. Er nimmt sein Taschentuch, besprenkelt es mit einer paar Tropfen Eau de Cologne und hält es ihr vor die Nase.

»Mon dieu, les Allemands sont des monstres.«

Vielleicht meint sie, dass wir die Monstren sind, aber sie muss jemandem die Schuld geben. Ihre Art, Unrat im Leben zu beseitigen. Das Gespräch verläuft schleppend. Sie schweigt fast die ganze Zeit. Ein Dienstmädchen bringt Kaffee und Tee und Zigarren. Der Richter gibt sich betont freundlich, heuchelt Interesse und lässt mehrmals dezent durchblicken, wie dankbar Namenlos ihm sein kann, weil er so schnell den Besuch im Gefängnis gedeichselt hat.

»Die Umgebung war nicht so *agréable, n'est-ce pas?*«

Namenlos antwortet nicht einmal.

Dann lasse ich ihn das Paket übergeben.

»Die letzte Armeeuniform unseres Vaters«, sage ich.

Ihre alten Finger zittern. Der Richter muss ihr beim Auspacken helfen. Er legt die Uniformjacke neben ihr auf den Diwan. Sie betrachtet sie eine ganze Weile, ohne sie zu berühren.

»Einer der Knöpfe ist mit falschem Nähgarn angenäht«, sagt sie. Ich denke, da kommt nichts mehr. Sie wird es dabei belassen, das letzte Überbleibsel ihres Sohnes abzuweisen wie einen falsch angenähten Knopf. Aus Versehen auf dem falschen Revers gelandet.

»Es ist auch noch ein Brief drin, Marraine. An dich.«

Die Geräusche der Stadt draußen beherrschen alles. Der Richter steht hinter ihr. Seine Hände liegen auf der geschnitzten Rückenlehne des Diwans. Mit dem Zeigefinger reibt er sanft über die vergoldeten Polsternägel, mit denen der bordeauxrote Stoff am Holz befestigt ist. Sie wartet.

Ich sitze in meinem Rollstuhl, sehe zu, hilflos. Namenlos findet die Situation offenbar unerträglich, denn er geht auf den Diwan zu, er will den Brief aus der Jacke nehmen und ihr geben. Aber sie stoppt ihn.

»Arrête«, sagt sie und hebt dabei die alte, runzlige Hand. Die Diamanten an ihren Ringen funkeln.

Namenlos tritt wieder einen Schritt zurück.

Ohne Hast zieht sie den Brief behutsam aus der Jackentasche. Er ist zerknittert und schmuddelig, aber auf dem Umschlag steht noch deutlich lesbar: *An meine Mutter.*

Die Langsamkeit, mit der sie das Kuvert öffnet, die Spannung, die auf ihren Lippen erscheint, ihre Augen, die über die Zeilen gleiten, das Zittern ihrer Hände, und schließlich ihr Blick, der sich unübersehbar verändert: Sie wird schöner in diesem einen Moment, auch jünger, sie ist wieder die vitale, energiegeladene Frau, die ich gekannt habe, mit ihrer blasierten Haltung.

»Er hat es also doch bereut«, sagt sie mit einigem Triumph. »Letztendlich kehrt jedes Kind in den Mutterschoß zurück.«

Sie gibt mir den Brief.

»Du darfst ihn behalten«, sagt sie. »Mir genügt es, dass ich das weiß.«

Liebste Mutter,

ich habe Dinge gegen deinen Willen getan.
Ich bin aus Deinem Leben verschwunden.
Das war vielleicht nicht klug. Wer kann das schon sagen?

Aber du sollst wissen, dass Du mir fehlst und dass ich Dich immer lieben werde.

Dein einziger Sohn.

Marraine will eine Flasche Champagner aufmachen.

Aber wir gehen.

WIR

Seit wir wussten, wo genau diese Insel lag, stand unser Plan fest. Wir brauchten dafür keine Worte. Wie früher. Vor langer Zeit. Alles ging ziemlich schnell.

Die Schmiede haben wir verkauft. Der Baron war der Käufer. Violette ist die neue Bewohnerin. Ihr Grund und Boden erstreckt sich bis zum Schloss. Sie ist jetzt verheiratet, mit einem Mann von Adel. Sie wird dort Kinder bekommen und sterben.

Bevor wir uns hier niederlassen konnten – wir hatten schon dreimal die Überfahrt gemacht und auf einer südlich gelegenen Klippe ein prachtvolles, leerstehendes Herrenhaus gefunden –, hatten wir beide noch eine Rechnung zu begleichen.

Ich kaufte für die Witwe Eduards ein schönes, großes Haus in der Oberstadt. Mein Foto wird dort immer auf dem Kaminsims stehen bleiben, das hat sie mir feierlich versprochen, als ich ihr die Schlüssel übergab.

Namenlos hat lange mit einem Orgelbauer in den Niederlanden verhandelt. Es sollte das Beste vom Besten sein. Es hatte etwas mit Klängen zu tun. Ich habe nichts davon begriffen. Schließlich wurde es in der Kirche des Klosters aufgestellt und am Geburtstag eines gewissen Bruders Leonardo eingeweiht. Wir waren zusammen in dieser Messe. Mir hat es wenig gesagt. Diese Kirchengesänge klingen alle gleich. Namenlos war ergriffen. Und was seltsam war: Irgendwie sang er mit. In dieser Woche ist er aus dem Orden ausgetreten. Aber seine Mönchskutte trägt er weiterhin. Sie sitzt wie angegossen, behauptet er.

Wir haben etwas ganz Besonderes aus dem Haus gemacht. Mit Steinen aus der Gegend haben wir es um eine Etage aufstocken lassen. Wir wollten siebzehn Gästezimmer. Keins mehr und keins weniger. In dem schönen, geräumigen Vestibül mit einem Fußboden aus Naturstein steht ein prachtvoller, niedriger Schreibtisch. Speziell nach Maß für meinen Bruder. Hier empfängt er die Gäste. Trägt sie ein. Mit seinen strahlend blauen Augen und seinem einnehmenden Lächeln. Er macht auch die Buchhaltung und verteilt die Aufgaben unter den Dienstmädchen und dem Küchenpersonal.

Ich sorge für die Innenausstattung. Zu Funkes Hinterlassenschaft gehörten auch zwanzig Ölgemälde. Einige davon hatten durch die Feuchtigkeit Schaden erlitten. Angeschimmelt. Verzogene Rahmen. Siebzehn konnten wir retten. Sie sind von seiner Hand. Keine Meisterwerke. Aber auf allen ist eine schöne Frau, aus verschiedenen Blickwinkeln gemalt. Jedes Mal, wenn wir die Räume betreten, fällt uns auf, dass sie dem, der es sehen will, ein Lächeln schenkt. Oft fragen uns Gäste, wer die Frau auf den Bildern ist.

»Sie ist die Fröhlichkeit«, sagen wir dann.

Jeden Monat hänge ich neue, eingerahmte Verse darunter. Baudelaire, Boddaert, van Eeden.

Wir lieben das Abendlicht. Es legt Schatten auf den Strand. Die Sonne, gerade hinter dem Dachrand des Hotels versunken, zeichnet die drei kleinen Türme hübsch im Sand ab. Wir blicken aufs Wasser, trinken Weißwein. Johannasberg. Wir schauen zum anderen Ufer. Dort liegt so vieles, hinter dem glitzernden Spiegel des Meeres. Verstaubte Erinnerungen unter den neu hochgezogenen Hausmauern. Im Mörtel der stolzen Strebepfeiler, die gerade noch standhalten konnten. Auf dem Schaum des Biers, das man dort braut. Hinter den Augenlidern der Menschen, die das Land wieder in gerade Furchen ziehen. Zwischen den schlanken Fingern von Frauen, die unbeirrbar weitergeklöppelt haben. Wir sind hier. Das alles liegt dort.

Jeden Sonntagmorgen gehen wir hinunter. Auf dem Grundstück unseres Hotels liegt unten, mehr zur See hin, ein kleiner, von einer niedrigen Mauer umgebener Garten, den nur wir betreten. Darin stehen ein paar bizarr geformte Sträucher, die dem Seewind und dem Salzwasser trotzen. In der Mitte ist ein Beet aus weißen Steinen. Das haben wir selbst angelegt. Stein um Stein haben wir an den Stränden hier gesammelt.

Wir schweigen die ganze Zeit. Manchmal lauschen die Schwalben mit uns.

Ich habe Woesten, dieses schöne Dorf in der Westhoek, einer Region in Westflandern, als Kulisse für meinen Roman benutzt.

Ich erzähle Geschichten. Ich bin kein Historiker.

Die Namen der Personen habe ich mir ausgedacht, sie sind meinem Kopf entsprungen bei der Arbeit am Text. Bei manchen Orten und Bauwerken handelt es sich um fiktive Beschreibungen, weil die Geschichte es verlangte.

Ich hoffe, dass mir das niemand übelnimmt. Dem besonderen Platz, den das Dorf in meinem Herzen bekommen hat, tut es jedenfalls keinen Abbruch.

Kris Van Steenberge
September 2013